As cores do entardecer

JULIE KIBLER

As cores do entardecer

Tradução:
Geraldo Cavalcanti

Título original: Calling me home
Copyright © 2013 by Julie Kibler
Copyright © 2015 Editora Novo Conceito
Todos os direitos reservados.

Nenhuma parte desta publicação poderá ser reproduzida ou transmitida de qualquer modo ou por qualquer meio, seja este eletrônico, mecânico, incluindo fotocópia, sem permissão por escrito da Editora.

Esta é uma obra de ficção. Nomes, personagens, lugares e acontecimentos descritos são produto da imaginação do autor. Qualquer semelhança com nomes, datas e acontecimentos reais é mera coincidência.

1ª Impressão — 2015

Produção editorial:
Equipe Novo Conceito
Impressão e Acabamento Intergraf 111214

Dados Internacionais de Catalogação na Publicação (CIP)
(Câmara Brasileira do Livro, SP, Brasil)

Kibler, Julie
  As cores do entardecer / Julie Kibler ; tradução Geraldo Cavalcanti. -- 1. ed. -- Ribeirão Preto, SP : Novo Conceito Editora, 2015.

  Título original: Calling me home.
  ISBN 978-85-8163-591-0

  1. Ficção norte-americana I. Título.

14-09901   CDD-813

Índices para catálogo sistemático:
1. Ficção : Literatura norte-americana   813

Rua Dr. Hugo Fortes, 1885 — Parque Industrial Lagoinha
14095-260 — Ribeirão Preto — SP
www.grupoeditorialnovoconceito.com.br

Para minha avó, pelo que poderia ter sido.

Mas tudo que se perdeu está nas mãos dos anjos,
   Amor;
O passado para nós não morreu, apenas dorme,
   Amor;
Os anos no paraíso a todas as pequenas dores do mundo
   Irão curar,
Lá, juntos, poderemos recomeçar
   Na nossa infância.

– do poema "At Last" (Enfim), de Helen Hunt Jackson.
(Tradução livre.)

1
Miss Isabelle, Dias Atuais

EU AGI DE FORMA DETESTÁVEL COM DORRIE quando nos vimos pela primeira vez, há uns dez anos ou mais. A pessoa se levanta depois de anos e se esquece de usar seus filtros. Ou então não se importa mais. Dorrie achou que eu não ligava para a cor de sua pele. Nada mais longe da verdade. Sim, eu estava zangada, mas só porque minha consultora de beleza – cabeleireira é como a chamam hoje em dia, ou *stylist*, que soa tão metido a besta – partira sem aviso prévio. Eu andei até o fim do salão, um esforço nada insignificante quando se é idoso, e a moça atrás do balcão disse que minha menina de sempre tinha pedido demissão. Fiquei diante dela, piscando os olhos, furiosa, enquanto ela olhava a agenda. Com um sorriso engraçado, ela disse: – Dorrie tem um tempo livre. Ela vai poder cuidar da senhora em um instante.

Em poucos instantes, Dorrie me chamou e, sem dúvida, sua aparência me surpreendeu. Pelo que dava para ver, ela era a única afro-americana no salão. Mas este era o verdadeiro problema: mudança. Eu não gostava disso. Gente que não sabia como eu gostava do meu cabelo. Gente que amarrava a capa muito apertada no meu pescoço. Gente que ia embora sem avisar. Eu precisava de um tempo, e acho que isso transpareceu. Se aos 80 anos eu gostava de ter minha rotina – e, quanto mais velha fico, mais isso importa –, imagine agora que estou com quase 90.

Noventa anos. Sou velha o bastante para ser a avó de cabelos brancos de Dorrie. Ou mais. Isso é óbvio. Mas Dorrie? Ela talvez nem saiba que se tornou para mim a filha que eu nunca tive. Por tanto tempo eu a segui de um salão para outro – quando ela não parava quieta em um só lugar. Hoje ela está mais feliz, tem o próprio salão, mas ela vem a mim. Como faria uma filha.

Quando Dorrie vem, nós sempre conversamos. No começo, quando a conheci, eram assuntos corriqueiros. O clima. O noticiário. Minhas novelas e programas de auditório, os *reality shows* e as séries de comédia dela. Qualquer assunto para passar o tempo enquanto ela lavava e cortava meus cabelos. Mas com o tempo, quando você vê a mesma pessoa semana após semana, ano após ano, por uma hora ou mais de cada vez, as coisas podem se aprofundar. Dorrie começou a falar de seus filhos, do traste do ex-marido, de como queria ter o próprio salão um dia e de todo o trabalho que isso ia dar. Eu sou uma boa ouvinte.

Às vezes ela me perguntava coisas também. Quando começou a vir a minha casa e ficamos à vontade em nossa rotina, ela perguntou sobre os retratos nas paredes, sobre os pequenos objetos expostos aqui e ali. Sobre isso era bem fácil falar.

É engraçado como às vezes se encontra uma nova amiga – nos lugares mais normais – e quase que imediatamente vocês podem falar de tudo. Mas, com maior frequência, após o primeiro fulgor, vocês descobrem que na verdade não têm nada em comum. Com outras pessoas, acha que nunca passarão de conhecidas. Vocês são tão diferentes, afinal. No entanto, a coisa pega você de surpresa, durando mais tempo do que se esperava. Você passa a contar com isso e essa relação vai reduzindo as barreiras, pouco a pouco, até você se dar conta de que conhece aquela pessoa melhor do que qualquer outra. Vocês se tornaram amigas de verdade.

É assim com Dorrie e eu. Quem iria imaginar que dez anos mais tarde não só ainda teríamos uma relação comercial como muito mais também? Que estaríamos não só falando de programas de televisão como às vezes assistindo-os juntas? Que ela iria arranjar desculpas para passar

As cores do entardecer

em minha casa várias vezes por semana, perguntando se eu não precisava que ela cuidasse de algo por mim, querendo saber se precisava de ovos ou leite, se precisava ir ao banco? Para me lembrar, quando estivesse andando de carrinho pelo mercado depois de o Handitran[1] me deixar, de colocar meia dúzia de latas de seu refrigerante favorito na cesta para ela ter algo para molhar o bico antes de cuidar dos meus cabelos?

Certa vez, há alguns anos, ao começar a fazer uma pergunta, ela ficou constrangida e parou no meio da frase.

– O que foi? – perguntei. – O gato comeu sua língua? Isso eu nunca vi.

– Ah, Miss Isabelle, acho que a senhora não vai se interessar. Deixa para lá.

– Está bem – falei. Nunca fui de espremer as coisas das pessoas quando elas não querem falar.

– Bem, já que insiste em saber... – Ela sorriu. – Stevie tem um concerto na escola quinta-feira à noite. Ele vai tocar um solo de trompete. Sabia que ele toca trompete?

– Como é que eu não ia saber, Dorrie? Você me fala disso há três anos, desde que ele passou na audição.

– Eu sei, Miss Isabelle. Sou um pouco exagerada no orgulho quando se trata das crianças. Mas, então, a senhora gostaria de vir comigo? Para vê-lo tocar?

Eu hesitei por um instante. Não que tivesse qualquer dúvida de que queria ir, mas porque fiquei emocionada. Levei um tempo até conseguir falar.

– Tudo bem, Miss Isabelle. Não se sinta obrigada. Não vou ficar magoada se a senhora...

– Não! Eu ia adorar. Na verdade, não posso imaginar nada melhor para fazer na quinta-feira à noite.

Ela riu. Eu nunca saía para lugar nenhum, e não havia nada de bom na televisão nas noites de quinta-feira aquele ano.

Desde então, não tem sido raro ela me levar junto quando seus filhos têm algum evento especial. Deus sabe, o pai delas sempre se esquece de

---

1. Handitran – Serviço de transporte especializado para idosos (N.T.).

aparecer. A mãe de Dorrie costuma ir também e temos boas conversas, mas sempre me pergunto o que será que ela pensa da minha presença. Ela me observa com um quê de curiosidade, como se não conseguisse entender as razões de eu e Dorrie sermos amigas.

Mas ainda há tanta coisa que Dorrie não sabe. Coisas que ninguém sabe. Se eu fosse contar para alguém, provavelmente seria para ela. Seria para ela, com certeza. E acho que chegou a hora. Mais do que em qualquer outra pessoa, confio nela para não me julgar, não questionar o modo como as coisas aconteceram e como tudo terminou.

Então aqui estou eu, pedindo a ela que me conduza do Texas até Cincinnati, atravessando metade do país, para me ajudar com minhas questões. Não sou orgulhosa demais para admitir que não consigo fazer isso sozinha. Já faço o bastante por conta própria, sozinha, desde que seja capaz de me lembrar.

Mas isso? Não. Isso eu não consigo fazer sozinha. E também não quero. Quero minha filha. Quero Dorrie.

2
Dorrie, Dias Atuais

QUANDO CONHECI MISS ISABELLE, ela parecia mais Miss *Miserabelle*. E isso é um fato. Mas não achei que ela fosse racista. Juro por Deus, era a última coisa que teria passado pela minha cabeça. Você pode achar que pareço muito nova, fico muito agradecida, mas já trabalho nisso há um bom tempo. Ah, as histórias que contam as linhas em torno dos olhos de minhas clientes, a tensão no couro cabeludo quando o massageio com xampu, as condições dos cabelos quando os enrolo no frisador. Eu vi na mesma hora que Miss Isabelle tinha coisas maiores do que a cor da minha pele pesando em sua mente. Por mais linda que fosse para uma senhora de 80 anos, havia uma sombra sob a superfície que a impedia de relaxar. Porém, nunca fui de ficar perguntando muito – a beleza da coisa pode vir daí mesmo. Eu já tinha aprendido que as pessoas falam quando estão prontas. Com o passar dos anos, ela se tornou muito mais do que apenas uma cliente. Ela era boa comigo. Eu nunca cheguei a admitir isso às claras, mas ela era mais como uma mãe para mim do que a que Deus me deu. Quando pensei isso, me esquivei, esperando um raio me atingir.

Ainda assim, o favor que Miss Isabelle me pediu foi uma surpresa. Ah, eu procurava ajudá-la de vez em quando com algumas tarefas ou fazendo pequenos consertos pela casa. Coisas pequenas demais para ter que chamar alguém, ainda mais quando eu já estava lá mesmo. Nunca aceitei um centavo por isso. Eu fazia porque queria, mas acho que, como ela era uma cliente pagante, mesmo sendo minha "cliente especial", podia haver sempre um sentimento, por menor que fosse, de que aquilo era como uma extensão de minha obrigação.

Mas isso? Era algo grande. E diferente. Ela não me ofereceu pagamento. Sem dúvida o faria se eu tivesse pedido, mas senti que essa não era uma proposta de trabalho, simplesmente levar alguém do ponto A ao ponto B, sendo eu a única pessoa em que ela conseguiu pensar. Não. Ela queria que eu fosse. Tive tanta certeza disso quanto tenho de que a lua fica lá no céu quer eu a veja ou não.

Quando ela me fez o pedido, pousei as mãos em seus ombros. – Miss Isabelle, eu não sei. A senhora tem certeza? Por que eu? – Eu vinha cuidando de seus cabelos em sua casa havia uns cinco anos, desde que ela levara um tombo feio e seu médico dissera que seus dias atrás de um volante haviam terminado. Eu nunca iria abandoná-la só porque não podia mais ir até mim. Eu tinha me apegado.

Ela me observou pelo espelho em cima de sua penteadeira antiquada, na qual montávamos nosso posto de trabalho todas as segundas-feiras. Então os olhos azul-prateados, mais prateados a cada ano à medida que o azul ia se esvaindo com sua juventude, fizeram algo que eu jamais havia visto ao longo de todos os anos em que vinha cortando, alisando e modelando seus cabelos. Primeiro eles brilharam. Depois marejaram. Minhas mãos pareciam feitas de argila umedecida por suas lágrimas e eu não conseguia movê-las, nem me decidia a apertar de leve seus ombros em um gesto caloroso. Não que ela fosse gostar se eu demonstrasse reconhecer sua emoção. Ela sempre fora tão forte.

Seu olhar se desviou e ela alcançou um pequeno dedal de prata que sempre estivera sobre a penteadeira desde quando comecei a frequentar sua casa. Nunca tinha lhe dado muita importância. Com certeza não tanto quanto a outras recordações que havia por toda parte. Era só um dedal.

– Nunca tive tanta certeza em toda a minha vida – disse enfim, fechando a mão em torno do dedal. Não revelou a razão. Compreendi então que, mesmo pequenino daquele jeito, aquele dedal tinha uma história. – Então, estamos perdendo tempo. Termine meus cabelos para podermos traçar nossos planos, Dorrie.

Ela podia parecer um pouco mandona para os outros, mas não era essa sua intenção. Sua voz libertou minhas mãos e eu enrolei uma mecha de seus cabelos em meu dedo. Eles combinavam com seus olhos e contrastavam com minha pele como água sobre a terra.

Mais tarde, no salão, abri minha agenda. Olhei meus compromissos para ver como estava a minha semana. Havia muitos espaços em branco. Páginas tão vazias que o branco delas me dava dor de cabeça. Entre as temporadas, as coisas ficam mais calmas. Nada de penteados novos para as férias ou cortes especiais para o baile de formatura, e as extensões para encontros de família só viriam dali um ou dois meses. Eram só cortes normais aqui e ali, algumas menininhas querendo um coque para a páscoa, mulheres querendo uma aparadinha de cortesia na franja. A vida seria bem mais simples se deixassem a droga de suas franjas em paz.

Os homens eu podia adiar. Quando eu tivesse tempo para atendê-los, eles deixariam, como sempre, sobre o balcão, suas notas de vinte novinhas, recém-sacadas do caixa automático, felizes por não ter que explicar a uma pessoa estranha como gostam que cortem seus cabelos. Eu podia até ligar para alguns e perguntar se não preferiam ir naquela tarde. Em geral eu fechava às segundas-feiras. O lado bom de ter alugado minha lojinha nos últimos anos é que eu fazia as regras e abria nos dias em que normalmente ficava fechada, se assim quisesse. Melhor ainda, não havia ninguém acima de mim pronto para gritar comigo ou, pior, me despedir por sair em viagem sem avisar.

Eu sabia que minha mãe cuidaria das crianças se eu fosse com Miss Isabelle. Ela me devia; eu dei um teto para ela. De qualquer jeito, Stevie Júnior e Bebe já eram crescidinhos, e ela só precisava ficar de olho nas saídas e entradas constantes dos dois, ligar para a emergência no caso de o fogão pegar fogo ou chamar um encanador se o banheiro alagasse. Deus que me ajude!

Fiquei sem desculpas. Além disso, para ser honesta, eu precisava de um tempo longe de tudo. Tinha muita coisa passando na minha cabeça. Coisas sobre as quais precisava pensar.

E... Parecia que Miss Isabelle estava mesmo precisando de mim.

Comecei a ligar para as pessoas.

Três horas depois, meus clientes estavam todos definidos e minha mãe estava a postos para cuidar das crianças. A meu ver, só faltava uma ligação a fazer. Minha mão buscou o celular, mas parou no meio do caminho. Esse lance com o Teague era algo tão recente, tão *frágil*. Eu não tinha sequer mencionado seu nome para Miss Isabelle ainda. Tinha quase medo de mencioná-lo para mim mesma. Afinal, o que deu na minha cabeça para querer confiar em outro homem? Eu tinha perdido o juízo? Bem que tentei recuperá-lo e enfiá-lo de volta na minha cabeça dura.

Mas não consegui.

Naquele instante, o toque do telefone do salão me despertou de minhas reflexões.

– Dorrie? Está fazendo a mala? – estrilou Miss Isabelle, e eu afastei o fone do ouvido, quase o lançando para o outro lado do salão. O que dá em gente idosa que precisa gritar ao telefone como se o outro fosse surdo também?

– O que houve, Miss *Izzy-belle*? – Eu não conseguia me conter, às vezes, e brincava com seu nome. Brincava com o nome de todo mundo. De quem eu gostava, pelo menos.

– *Dorrie*, eu avisei.

Dei risada. Ela estava ofegante, como se estivesse sentando em cima da mala para fechá-la. – Acho que posso liberar minha agenda – respondi –, mas não, ainda não estou fazendo a mala. Além do mais, a senhora ligou para o salão. Sabe que não estou em casa. – Quando achava que eu estaria lá, ela insistia em ligar para o fixo do salão mesmo eu já tendo dito que podia ligar para meu celular.

– Não temos muito tempo, Dorrie.

– Está bem. Mas a que distância fica Cincinnati, afinal? E me diga o que levar.

— São quase mil e seiscentos quilômetros de Arlington a Cincy. Dois bons dias de estrada na ida e na volta. Espero que não se assuste, mas odeio viajar de avião.

— Não, tudo bem. Eu nunca nem pisei em um avião, Miss Isabelle. — E nem pretendia fazê-lo tão cedo, mesmo a gente morando a menos de dezesseis quilômetros do aeroporto de Dallas-Fort Worth.

— O que você costuma vestir está bom, eu acho. Só uma coisa: você tem um vestido?

Ri baixinho e balancei a cabeça. — A senhora acha que me conhece, não acha?

Na verdade, ela quase não havia me visto sem ser vestida para trabalhar: blusas simples e calças jeans, sapatos que não trucidavam meus pés após oito horas sobre eles e um jaleco preto para manter minhas roupas secas e livres de cabelos. A única diferença entre minha roupa de trabalho e a normal era o avental. Sua pergunta, portanto, era válida.

— Surpresa, surpresa, eu tenho um ou dois vestidos — respondi. — Imagino que estejam guardados no fundo do meu armário em sacos plásticos com naftalina e uns dois números abaixo do que eu uso. Mas eu tenho. Por que preciso de um vestido? Aonde estamos indo? A um casamento?

Hoje em dia, são poucas as ocasiões em que uma boa calça e uma blusa elegante não resolvam o caso. Eu só conseguia pensar em duas. Então o silêncio de Miss Isabelle trouxe à luz a pergunta que estava me incomodando. Tive um arrepio. — Ai, nossa, me desculpe. Eu não fazia ideia. A senhora não disse que...

— Sim. Será um velório. Se não tiver nada que sirva, podemos parar no caminho. Terei prazer em...

— Ah, não, Miss Isabelle. Eu me arranjo. Estava só brincando sobre a naftalina e tudo. — Enquanto eu a ouvia arrumando suas coisas, tentava pensar no que eu tinha que poderia servir para um velório. Nada, para ser exata. Mas eu teria justo o tempo necessário para passar na JC Penney's no caminho para casa. Miss Isabelle já havia feito muito por mim me dando boas gorjetas quando eu cuidava de seus cabelos e

15

um bônus sempre que arranjava qualquer desculpa, me recebendo com um bonito sanduíche quando eu não tinha tempo para comer antes de atendê-la, dando conselhos quando as crianças me deixavam louca. Mas não importava o quanto nos sentíssemos próximas, eu jamais a deixaria pagar por esse vestido. Há certos limites que não se cruzam. Por que ela não havia dito que íamos a um *velório*? Esse era um detalhe importante. Melhor, um detalhe fundamental. Quando ela disse que precisava resolver um assunto, pensei que estivesse falando de papéis que precisava assinar pessoalmente, talvez para poder vender alguma propriedade. Negócios. Nada tão importante quanto um velório. E ela queria que eu a levasse. Eu. Achava que a conhecia melhor do que qualquer outra cliente. Afinal, ela era minha cliente *especial*. Mas, de repente, Miss Isabelle era uma mulher misteriosa de novo – a mesma mulher que se sentara em minha cadeira tantos anos atrás, carregando seus fardos tão lá no fundo que eu não conseguia sequer imaginá-los.

Miss Isabelle e eu havíamos passado horas conversando ao longo dos anos. Mais horas do que posso contar. Entretanto, só agora me ocorria que, por mais que gostasse dela, por mais que ela confiasse em mim para acompanhá-la nessa viagem, eu nada sabia sobre sua infância ou sobre de onde ela vinha. Como podia? Tenho de admitir que fiquei intrigada, embora eu tente deixar a solução de mistérios para os personagens de televisão. Descobrir como pagar minhas contas já é mistério o bastante para mim.

Miss Isabelle, pelo que pude perceber, tinha acabado de arrumar suas coisas e me despertou bruscamente do meu modo 007. – Podemos partir amanhã, então? Às dez da manhã em ponto?

– Com certeza, mocinha. Dez da manhã, marcado. – Ia ficar apertado, mas eu daria um jeito. Sem mencionar que o que parecia mero detalhe antes agora era importante.

– Usaremos o meu carro. Não sei como vocês jovens aguentam andar nessas latas de hoje em dia. Não tem nada entre vocês e o asfalto. É como andar em uma bola de papel de alumínio.

– Ei, papel de alumínio quica. Mais ou menos. Mas está ótimo. Vou gostar de dirigir aquela sua barca. – Pena os tocadores de CD serem opcionais em 1993, quando ela comprara seu Buick. Eu jogara fora todas as minhas fitas antigas. – Miss Isabelle? Lamento por...

– Vejo você de manhã, então – ela me interrompeu sem cerimônia. É óbvio que ainda não estava pronta para falar dos detalhes desse velório. E eu, sendo como sou, não ia fuçar.

– Combustível? – disse Miss Isabelle ao nos prepararmos para partir na manhã seguinte.
– Sim.
– Óleo? Cintos? Filtros?
– Sim. Sim. Sim.
– Guloseimas?

Dei um assovio. – S-I-M, com letras maiúsculas.

Passei na casa de Miss Isabelle uma hora antes do combinado para levar o Buick na Jiffy Lube[2]. Eles deram uma geral no carro e eu parei no posto para colocar gasolina e comprar algumas coisas. A lista de guloseimas para a estrada de Miss Isabelle devia ter um quilômetro de comprimento.

– Ah, não – disse ela, estalando os dedos. – Esqueci uma coisa. Tem a Walgreens[3] descendo a rua.

O que ela poderia precisar tanto que exigia um desvio antes mesmo de sairmos da cidade? Engatei a ré e desci a rampa da garagem de Miss Isabelle até a rua. Na esquina, esperei mais do que o normal, pacientemente deixando passar os carros até ter um bom espaço para entrar.

– Se for dirigir assim o tempo todo, nunca chegaremos lá – disse Miss Isabelle. Ela me observou. – Acha que, por estar acompanhando uma velhinha a um velório, tem que agir como uma idosa você também?

Soltei o ar pelas narinas. – Não queria que sua pressão subisse demais, Miss Isabelle.

– Eu me preocupo com minha pressão e você se preocupa em nos levar até Cincy antes do Natal.

---

2. Jiffy Lube – Oficina para troca de óleo (N.T.).
3. Walgreens – Rede de farmácias (N.T.).

– Sim, senhora. – Levei as pontas dos dedos até a testa e pisei no acelerador. Foi bom ver que ela continuava tão irascível como sempre. A morte nunca é uma coisa fácil, no fim das contas. Ela ainda não havia me contado os detalhes. Só que havia recebido uma ligação e sua presença era requisitada em um velório em Cincinnati, Ohio. E, claro, ela não podia viajar sozinha.

Na Walgreens, ela tirou uma nota nova de dez da carteira. – Isso deve dar para duas revistas de palavras cruzadas.

– Sério? – Arregalei os olhos. – Palavras cruzadas?

– Sim. Pare de me olhar assim. Elas me mantêm sã.

– E a senhora planeja resolvê-las no carro? Não quer Dramamine[4] também?

– Não, obrigada.

Dentro da loja, estudei as revistas e lamentei não ter pedido mais detalhes. Por via das dúvidas, escolhi uma com letras grandes, "Fácil", e uma normal. Assim seria mais seguro e eu só faria uma viagem à loja. Quem já viu alguém comprar uma revista dessas a não ser que estivesse na sala de espera de um hospital? Se bem que, pensando melhor, lembrei que minha avó fazia palavras cruzadas quando eu era uma menininha. Concluí que devia ser uma dessas manias de gente velha.

Segurei-as contra minha perna, como se levasse um pacote gigante de produtos femininos para o caixa em um mercado. Mas a menina do caixa nem prestou atenção ao passá-las pelo leitor de barras. Nem em mim, por falar nisso, ao se oferecer, em uma voz entediada, para ensacá-las. Achei que seria um desperdício, apesar do meu constrangimento.

De volta ao carro, Miss Isabelle examinou as revistas à distância do braço esticado. – Vão servir. Agora teremos sobre o que conversar na estrada.

Imaginei quais assuntos as palavras cruzadas poderiam inspirar. "Horizontal quatro: um pássaro rosa". *Flamingo*.

Ia ser uma longa viagem pela Interestadual 30.

---

4. Dramamine – Remédio para enjoo (N.T.).

As cores do entardecer

Ficamos em silêncio a primeira hora mais ou menos, eu tentando atravessar o trânsito matinal de Dallas sem xingar demais, as duas se sentindo um pouco encabuladas nesse ambiente diferente, ambas ainda com os pensamentos imersos em outras coisas, outros lugares.

Minha mente estava na noite anterior, na hora que a correria do dia afinal se acalmou. Meu vestido novo, etiqueta removida, enfiado em um saco plástico e pendurado na porta do meu armário. Bebe lendo um livro na cama. Stevie Júnior jogando *videogame*, como sempre, exceto quando teclava a mil por hora mensagens para a namorada.

E eu pensando em Teague, em por que estava tão nervosa em ligar para ele. Talvez, apenas talvez, fosse por causa daquela vozinha insistente na minha cabeça: Teague, Teague, é muita areia para o seu caminhãozinho!

Então meu celular tocou. Era o tom de chamada que eu tinha programado para ele algumas semanas após o nosso primeiro encontro de verdade: *Let´s get it on.*

Sim, eu sei. Piegas.

– Como vai a minha garota especial?

Eu sei. Eu sei. Com qualquer outro, eu ia me arrepiar e sair correndo para as montanhas. Que texto! Mas com Teague? Não dá para explicar o que me fazia sentir.

Tudo bem, eu posso tentar.

Especial. Eu me sentia especial.

– Bem, muito bem. E você? As crianças já estão prontas para dormir? – perguntei. Eu sempre procurava ser fria quando ele me ligava. Tentava mostrar que ele não ia conseguir me derreter com algumas palavras, sugar o que quisesse e deixar o bagaço. Eu vinha mantendo os homens a distância havia anos depois de tantos desacertos. No entanto, os outros interpretavam minha atitude como uma dispensada e minha relutância em me envolver fisicamente como algum tipo de provocação, em algumas ocasiões me chamando de pudica e partindo para outra. Teague, porém, continuava ali, marcando. E eu já tinha permitido que olhasse por trás de minhas barreiras algumas vezes. Só um pequeno vislumbre da mulher que ansiava por um homem de verdade em sua vida. De algum modo, eu sentia que ele estava disposto a esperar aquela mulher se decidir.

Quando desliguei, dez minutos depois, belisquei meus braços e dei tapas em minhas bochechas. Eu estava acordada ou sonhando? – Eu entendo – dissera Teague. – Você está fazendo a coisa certa, ajudando Isabelle assim. Vou sentir sua falta, mas nos vemos quando você voltar. – E ainda: – Dê o meu número para sua mãe. Estou acostumado a lidar com crianças. – Verdade! Ele era pai solteiro de três crianças! – Se ela precisar de ajuda com Stevie ou Bebe ou qualquer outra coisa enquanto você estiver fora, é só ligar.

Eu queria acreditar que ele estaria *mesmo* por perto se precisassem de alguma coisa. Eu quase conseguia. Quase.

Eu não sabia o que esperar quando dissesse a ele que ia viajar sem mais nem menos. Mas eu sabia bem como Steve, meu ex, iria reagir mesmo antes de teclar seu número. Tinha que contar a ele, caso as crianças precisassem de algo. Aí só me restava desejar-lhes sorte. Steve reclamou, gemeu, me repreendeu. Perguntou como eu podia deixar as crianças assim durante dias. Engraçado como ele nunca parece ter dado uma boa olhada no espelho, não é?

E quanto a outros caras no meu passado? Quando eu pegava as crianças para uma viagenzinha qualquer, era sempre "Ah, meu bem, não consigo viver sem você. Não me deixe". Mas, assim que deixava os limites da cidade, eu juro que era como se alguém desse o tiro de largada: *Cavalheiros* (no sentido mais livre da palavra), *liguem seus motores!* Então eles disparavam para onde quer que fosse para arranjar uma namorada substituta. Quando eu voltava e via o batom nos colarinhos e sentia o cheiro de perfume barato em seus carros, eles começavam com: "Desculpe, garota, mas o que eu posso fazer se você sai e me deixa assim? Você sabe que é você que eu quero, mas eu ainda não estava certo disso".

Sei.

Teague, porém, me pegou de surpresa. Mais uma vez.

Havia algo de *diferente* em um homem que liga após o primeiro encontro para perguntar como eu estou e saber se eu me diverti. Não, espera. Sem esse desespero. Ele não me ligou cinco minutos depois de eu fechar a porta, todo choroso porque eu não o convidei para entrar, já disparando alarmes de que eu tinha feito "Mais Uma Escolha Errada". Não, Teague esperou respeitosas vinte e quatro horas e depois não agiu como se tivéssemos que marcar outro encontro imediatamente, embora dissesse que gostaria de me ver outra vez. Agora, mais de um mês e vários encontros depois, sempre que pensava nele, uma só palavra vinha à mente: *Cavalheiro*. Dos verdadeiros.

Ah, está bem, outras duas palavras: Wayne Brady[5]. Porque Teague me fazia lembrar o apresentador do *Let's Make a Deal*[6] com seu sorriso pateta, seu senso de humor e seu estilo meio geek, mas um geek do tipo atraente.

Outros homens já tinham aberto portas para mim no primeiro encontro. Até se ofereceram para pagar, embora eu sempre insistisse em dividir a conta. Eu e minha independência: somos totalmente conectadas. Mas isso ia além do básico. Já tínhamos ultrapassado o estágio de primeiro encontro havia tempos, algo que sem dúvida nos surpreendeu, e a novidade tinha acabado. Mas ele continuava abrindo portas, ainda pagava a conta a não ser que eu fosse mais rápida. Ainda me tratava com todo o respeito, como uma dama.

Com Teague, eu suspeitava de que a gentileza fosse até os ossos.

Mas eu não tinha certeza de que confiava em mim mesma. Eu saberia reconhecer um homem de verdade? Um homem confiável? É aquela coisa: engane-me uma vez, vergonha sua. Engane-me dez vezes, então a burra sou eu.

Na ponte sobre o Lago Ray Hubbard, ainda estávamos presas no trânsito pesado, mas Miss Isabelle resolveu abrir a boca. – Você conheceu Stevie Sênior na sua cidade natal, não foi?

---

5. Wayne Brady – Ator, cantor, comediante e apresentador de televisão americano (N.T.).
6. Let's Make a Deal – Programa de auditório do canal americano CBS. Na televisão portuguesa, "Negócio Fechado" (N.T.).

Seu nome era Steve, só, mas não me dei ao trabalho de corrigi-la. Tentei me lembrar do que já havia lhe contado. Steve vivia ligando para mim no trabalho, interrompendo meu atendimento, e, se eu não largasse tudo, quando dava por mim, lá estava ele em pessoa. Para que lado a conversa ia dependia de seu humor no momento e do que teria bebido na noite anterior. Por isso eu procurava mantê-lo ao telefone e longe do salão. Se uma cliente queria dar uma boa relaxada enquanto cortava os cabelos, mesmo que só por uma horinha, eu fazia de tudo para manter meus problemas e minha vida pessoal fora do radar. Mas nem sempre conseguia. E, como as coisas com Miss Isabelle eram diferentes – durante anos ela me ouvira reclamando do pai das crianças –, ela já devia ter formado uma ideia parcial dele. Eu achava que os detalhes teriam se revelado no processo, mas pelo visto não. Afinal, eu mesma havia ficado surpresa ao perceber quão pouco eu sabia da infância dela, não é? Mas eu não estava a fim de recomeçar lá do início.

– Sim. Namorados do tempo de escola – eu disse, esperando que minha resposta refrescasse sua memória.

– E vocês se casaram assim que terminaram o ensino médio. – Ela fez uma pausa, cheia de expectativa, como se quisesse ouvir a história toda mais uma vez. Passei a unha por uma irregularidade mínima no estofado do descanso de braço.

– Qual é a vertical três, Miss Isabelle?

Ela colocou os óculos de leitura de volta no nariz para ler a palavra cruzada que havia começado. Com um sorriso triunfante, leu a dica. – Um adjetivo de cinco letras para "muito estimado, favorito".

– Desisto.

– *Desisto*? Tem seis letras.

– Quero dizer que estou desistindo.

– Você não pode desistir. Você nem tentou.

– Estou tentando dirigir agora, isso sim.

– *Amado*.

– Amado?

– Sim. É a resposta. Como na frase "Stevie Sênior era seu amado na escola".

As cores do entardecer

Lá se foi a esperança de as palavras cruzadas desviarem a conversa de assuntos incômodos.

– Steve pode ter sido amado um dia, mas agora é só um tremendo aborrecimento.

– Isso é tão triste.

– Eu é que sei. – Suspirei e senti que minha determinação em manter as coisas simples estava enfraquecendo. – Sempre achei que ele seria aquele cara equilibrado. Um bom marido e pai. Ele foi o melhor atleta do nosso distrito escolar, colecionando *touchdowns* no outono e cestas de três pontos no inverno. E campeonatos. Todo mundo achava que ele ganharia uma bolsa de estudos e se tornaria alguém na vida. E eu achava que, depois que ele se formasse, nós nos casaríamos e partiríamos em direção ao sol poente. Uma casa, filhos, cerquinha de madeira e tudo mais. – Minha voz se apagou, deixando apenas o eco de minha desilusão.

– As coisas nem sempre acontecem do jeito que queremos, não é?

– Ora, Miss Isabelle, a senhora sabe como acabou. Tenho os filhos. Tenho a casa. Mas estava errada quanto à cerquinha de madeira. E o Steve.

Passados uns minutos, eu disse: – E a senhora, Miss Isabelle, não teve um amor dos tempos de escola? Seu marido, foi ele o seu amado? – Eu sabia que as pessoas na época dela costumavam se casar cedo e ficar casadas a vida toda. Será que os homens eram diferentes antigamente ou as mulheres é que eram mais pacientes com eles quando agiam como idiotas?

A resposta dela foi um longo suspiro. E pareceu tão cheio de dor. Uma dor de encher o peito e doer as costelas, maior que a vida. Senti que havia dito algo errado, mas não tinha como voltar atrás.

Ela virou uma página da revista de palavras cruzadas e continuou preenchendo as respostas como se sua vida dependesse disso. Enfim, ela disse: – Meu primeiro amor... Aí, sim, tem uma história.

Tudo começou e terminou com um vestido de velório.

3
Isabelle, 1939

NELL SOLTOU A MECHA DE CABELOS que esfumava no ferro de alisar e moldou-o em um cacho dependurado sobre meu ouvido. – Você vai ser a menina mais bonita da festa – disse, distraindo-me da contemplação do meu vestido preto sem adornos. Inclinei a cabeça de lado, estudando o resultado de seu trabalho, e a balancei com cuidado para não desfazer o penteado que ela havia demorado mais de uma hora para terminar. Teimosos e crespos, meus cabelos escuros insistiam em assumir formas inadequadas. Por ora, os cachos alisados emolduravam meu rosto como uma fileira de prismas pendurados em um abajur, mas logo virariam uma colcha de renda. Eu teria de levar uma fita no bolso para amarrá-los mais tarde.

Dei uma bufada. – Nell Prewitt, eu nunca serei a menina mais bonita em qualquer festa, mas obrigada por tentar. – Meu rosto já fora descrito como inteligente, minhas feições, como notáveis, mas eu nunca fora chamada de bonita. Nem mesmo quando ainda aprendia a andar vestida em sainhas curtas e sapatinhos de couro. Ao me aproximar dos 17 anos, eu já havia aceitado que os meninos nas festas às quais minha mãe me forçava a comparecer iriam sempre olhar além de mim, para as meninas com aparência mais dócil, vestidas em tons pastel e babados.

Mas eu detestaria ouvir as palavras "tons pastel" em referência a mim de qualquer forma, fosse em relação a minha aparência ou minha personalidade. Ficava até contente de ser chamada de séria, o adjetivo que mais ouvia das outras meninas. "Ah, Isabelle, por que tão séria?", perguntavam, mordendo os lábios e apertando as bochechas, observando ao espelho as pinceladas de pó e ruge que suas mães lhes permitiam ou se contorcendo para ver se a linha das meias seguia perfeitamente reta pelas pernas.

– De qualquer jeito – disse para Nell –, eu devia começar eu mesma a me pentear. As mulheres hoje em dia são independentes. Elas fazem tudo sozinhas.

Nell recuou como se eu tivesse lhe desferido um tapa. Tarde demais, percebi que tinha sido descuidada e indelicada. Ela me ajudava a me vestir e me preparar para festas e ocasiões especiais havia anos – não só como empregada da casa, mas também como minha amiga. Nunca iríamos juntas a uma festa, é claro, então a preparação se tornara nosso rito de passagem particular. Mas, por mais próximas que fôssemos – mais como confidentes íntimas do que uma menina privilegiada e a empregada de sua mãe –, ela nunca se sentiria à vontade para expressar sua dor por ser dispensada com tanta facilidade.

– Oh, Nell, me desculpe. Não é você. – Dei um suspiro e segurei em sua manga, mas Nell não disse nada. Afastou-se um pouco e voltou ao trabalho. Era como se uma ínfima brecha houvesse se aberto, criando um espaço entre nós que nunca houvera antes.

Por mais próximas que fôssemos, e apesar do fato de ter compartilhado cada detalhe de minha vida com Nell, eu não podia contar a ela meus planos para aquela noite. Claro que eu iria à festa da Earline, mas depois diria que mamãe precisava de mim em casa e fugiria.

Eu já estava mais do que farta dessas festinhas que os pais davam para manter os filhos longe de problemas, das tentações dos clubes glamourosos a alguns minutos de distância em Newport e até mesmo começando a penetrar os limites de nossa cidadezinha pacata. Quando eu era mais nova, costumava observar minha tia se arrumando para sair à noite, seu corpo metido em vestidos ousados, de bainha na altura dos joelhos, que se moldavam levemente aos quadris e aos ombros como as vestes de uma deusa grega, adornados com contas de azeviche ou bordados de lantejoulas que luziam como penas de pavão. Seus acompanhantes apareciam vestidos em ternos escuros, justos, que realçavam os ombros largos. Minha mãe ficava de lado, os lábios apertados e o cenho franzido. Reclamava que seu desregramento iria nos derrubar a todos. Afinal, éramos a família do único médico de Shalerville. Mas Tia Bertie tinha renda própria e respondia que não dependia da família. Mamãe não tinha escolha a não ser permitir que ela entrasse e saísse como quisesse.

Às vezes, quando ela voltava, tarde da noite, eu ia às escondidas até seu quarto e implorava para que me falasse dos lugares em que estivera. E Tia Bertie, com as roupas cheirando a cigarro e seu hálito exalando algo doce e acerbo, meio perigoso, contava – a versão abreviada, agora eu suspeitava. Aos sussurros, descrevia os vestidos das mulheres, seus acompanhantes, a música, a dança, os jogos, os pratos finos e as bebidas. Esses vislumbres eram suficientes para iluminar as diferenças entre suas aventuras e os eventos enfadonhos que meus pais frequentavam. Eles voltavam para casa, metidos em suas roupas sombrias, ainda menos entusiasmados com a vida do que quando saíam, o que parecia contrariar o propósito de sair. Por fim, Tia Bertie se mudou. Minha mãe não estava mais disposta a aturar seu desrespeito às regras da casa. Poucas semanas depois, seu acompanhante embriagado virou o volante para o lado errado e mergulhou o carro na ribanceira, levando os dois à morte instantânea. Fiquei chocada ao ouvir minha mãe declarar que foi o que minha tia mereceu por viver daquela maneira – apesar de a dor deixá-la de cama por vários dias. Nós, crianças, fomos mantidas longe do velório. Eu chorei sozinha no meu quarto, enquanto ela e meu pai foram ao culto. E nunca mais voltamos a falar de sua irmã.

Eu ainda sentia demais a falta de Tia Bertie. E, naquela noite, eu esperava ver algumas das coisas das quais ela me contou aos cochichos. No início daquela semana, eu havia sido escolhida para sentar ao lado de uma menina nova na escola. Trudie tinha se mudado de Newport para Shalerville para morar com a avó. As outras meninas a insultavam ou ignoravam – qualquer pessoa nova na cidade já era suspeita, mas, sendo de Newport, duas vezes mais. Ela parecia não se importar. Erguia o queixo diante dos insultos, das tentativas de cortá-la da fila da cantina ou quando mudavam de posição para não lhe dar espaço em suas mesas – não que ela tivesse a menor intenção de se sentar com elas. Trudie me disse que a mãe a mandara para Shalerville a fim de mantê-la afastada das más influências de Newport – "Newpert", como ela dizia, arrastando vogais e consoantes ainda mais do que todas nós, sem pronunciar uma sílaba com clareza – e ela não estava nada feliz com a mudança de ambiente. Perguntei como era morar na cidade e ela achou graça em meu interesse, mas ficou surpresa também, considerando a forma como as outras meninas a evitavam. No dia seguinte, ela me chamou de lado e disse que ia para casa no fim de semana. Perguntou se eu queria encontrá-la no sábado à noite. Ela me mostraria a cidade. Talvez até a gente pudesse entrar em um dos clubes noturnos que suas amigas de casa tanto falavam – um lugarzinho limpo com boa música e dança.

Meu rosto formigava com certa emoção desconhecida enquanto eu escutava sua proposta. Eu sabia, por mais que detestasse o confinamento de minha vida, que a noite de Newport não era meu lugar, mas estava tentada. Meus pais jamais concordariam, é claro, o que significava que eu teria de dar uma escapulida. Mas eu não estaria sozinha ao chegar lá e teria a chance de observar algo que só conhecia de ouvir falar. Ninguém das minhas relações teria coragem de ir.

Mais tarde, ouvi meus irmãos mais velhos falando com um amigo sobre o Rendez-vous, o clube recém-inaugurado na Rua Monmouth. Era elegante, comentaram, e seria um bom lugar para levarem as namoradas. Eles se lamentaram por não poderem ir no sábado. Haviam prometido que as levariam ao cinema. Azar o deles, sorte a minha. Senti-me mais tranquila sabendo que o Rendez-vous era um lugar para onde eles levariam as namoradas. Pelo menos um pouco mais. No dia seguinte, na escola, eu disse a Trudie que iria, mesmo sentindo um frio premonitório

As cores do entardecer

na barriga. Combinamos de nos encontrar em frente ao Dixie Chili no sábado às sete e meia.

Nell deu uma última ajeitada nos meus cabelos ao ouvirmos o som de uma buzina pela janela. – É o melhor que posso fazer. Vá agora. Aproveite a festa.

Em um impulso, abracei-a. – Eu vou, Nell. Espere só para ver. Amanhã vou ter um monte de histórias para contar. – Ela se encostou contra a porta. Eu não sabia o que a tinha deixado mais espantada: minha afeição repentina ou meu entusiasmo com uma festa de escola dominical, que ela sabia que eu detestava desde a segunda vez que fora a uma e percebi que seria sempre a mesma coisa. Os mesmos meninos e meninas. Os mesmos jogos sem graça. O mesmo monte de nada.

– Miss Isabelle?

Olhei por cima do meu ombro.

– Você tome cuidado.

– Oh, Nell. E como é que eu poderia arrumar algum problema?

Ela comprimiu os lábios, cruzou os braços e se encostou contra a porta de novo. Parecia-se tanto com sua mãe – a preocupação regendo toda a sua atitude – que me surpreendeu. Mas eu fiz um gesto rápido de até logo e zuni pelas escadas, diminuindo a velocidade no final. Sabia que minha mãe estaria esperando à porta da frente para aprovar minha roupa, meu penteado e minha aparência.

– Eu ouvi você. Damas não correm. E jamais escada abaixo – ela me repreendeu, batendo de leve com os óculos no meu ombro.

– Sim, senhora – respondi, me desviando dela rapidamente.

– Por que está usando *este* vestido? Não é apropriado para uma festa – disse ela, franzindo o cenho.

– Por nada – respondi.

Papai apareceu, seus óculos puxados para baixo, na ponta do nariz, para ler o jornal que trazia nas mãos. Ajustou-os para cima e olhou para mim. – Oi, minha flor. Você está linda. Divirta-se na festa.

Mamãe fungou. – Os Jones vão levar e trazer vocês esta noite? Esteja de volta antes das onze e meia.

29

— É claro, mamãe. Posso virar uma gata borralheira se não voltar antes da meia-noite.

— Isabelle, comporte-se. — Ela ficou me observando enquanto descia até a calçada. Acho que continuou olhando ainda por um bom tempo depois de o carro partir.

Eu tinha conseguido desviar sua atenção do vestido, mas não tinha como evitar as perguntas no carro. Sissy Jones colocou a cabeça para fora da janela traseira do carro do pai. — Isabelle, querida, o que é isso que está vestindo? Parece até que vai a um velório, enfiada nesse trapo velho.

Ela tinha razão. Eu havia usado esse mesmo vestido escuro no velório do meu avô, alguns meses antes. Mas era a única peça em meu armário que não gritava a menininha. Eu procurara entre as bijuterias que Tia Bertie me dera para brincar tantos anos antes até achar um broche de contas em estado razoável e escondera na bolsa. Daria um toque a mais no meu vestido simples se o colocasse na gola. E isso teria de bastar. Nem todas as mulheres que frequentavam a noite de Newport seriam tão glamorosas quanto fora minha tia. Melhor seria se meu vestido não chamasse mesmo muita atenção. Meu único objetivo de me encontrar com Trudie, no fim das contas, era ver como eram as coisas além da cerca invisível que as mães de Shalerville haviam construído para manter as crianças na linha.

— A boboca da Cora — eu disse a Sissy. — Ela pegou todos os meus vestidos mais bonitos para lavar e passar faz dias e ainda não devolveu. O que mais eu podia fazer? — Cruzei os dedos atrás das costas ao contar a mentira. O rosto da mãe de Nell teria demonstrado ainda mais perplexidade com minha afirmação do que o de Nell quando a magoei mais cedo. Cora às vezes parecia mais minha mãe do que minha própria mãe. Era quase sempre ela quem me limpava quando eu caía e arranhava o joelho, ou me abraçava contra o peito macio cheirando a sabonete e goma de passar quando eu sofria com as reprimendas imprevisíveis de minha mãe. Mas eu precisava de uma desculpa para minha roupa incomum, e o que Cora não sabia não iria afetá-la.

— Obrigada por me apanhar, Senhor Jones. — Acomodei-me ao lado de Sissy. — Não vou precisar de carona para casa. Vou sair cedo.

Sissy inclinou a cabeça. A linha de suas sobrancelhas me julgava. – E como pretende voltar para casa? – perguntou. Todo mundo sabia que mamãe não me permitia andar sozinha à noite.

– Ah, sim. Nell e seu irmão virão me buscar.

– Então você vai sair antes de escurecer? Por que ir à festa se vai ter de sair tão cedo?

Os negros não podiam andar nas ruas de nossa cidade depois do pôr do sol, mas eu não contava que Sissy se lembraria desse detalhe tão cedo. Ela era afiada, no entanto esperta demais para o próprio bem, e nunca fora minha melhor amiga, embora nossas mães cultivassem nossa amizade desde pequenas. Ela era uma das meninas que maltrataram Trudie, e eu sorri imaginando sua reação se soubesse dos meus planos para essa noite.

– Eu só posso ficar cerca de uma hora, mas você não acha que eu perderia a festa de Earline, acha? – Meus olhos a desafiaram. Ela sabia muito bem o quanto eu detestava essas festas, mas ela também sabia que eu jamais perderia a chance de sair de casa em um sábado à noite. – Eu vou sair bem antes de escurecer.

Na verdade, foi uma sorte. Agora eu tinha a desculpa perfeita para ficar menos tempo na festa de Earline. Afinal, não ia querer criar problemas para Nell ou Robert – ou algo pior – ao mantê-los na cidade após o sol se pôr. Eles precisariam estar a caminho de casa bem antes de o sol lançar os últimos raios sobre nossa cidadezinha tão pequena e monótona.

O Sr. Jones nos deixou na casa de Earline e eu aturei como pude a rodada usual de abraços, gritinhos e beijinhos nas bochechas das outras meninas. Várias delas olharam meu vestido com a mesma estranheza que mamãe e Sissy, mas logo desviei o assunto. Da próxima vez eu exibiria a piteira de jade que Tia Bertie esqueceu em casa – a que estava escondida em minha bolsa junto com minha maquiagem ilícita. Eu poderia furtar um cigarro dos meus irmãos quando não estivessem olhando, então, na festa, pediria a um dos meninos com o rosto coberto de espinhas que acendesse meu Camel só para ver a reação das meninas.

Contei os segundos de cada minuto até cumprir todas as minhas obrigações sociais. Após uma hora exata, agradeci a Earline o convite e fui até a cozinha falar com sua mãe. – Obrigada por me convidar, Senhora Curry. A festa foi ótima e mamãe mandou um abraço.

– Já está de saída, querida?

– Sim, senhora. Mamãe precisa de minha ajuda para preparar um jantar especial de família amanhã. – Contei uma meia-verdade. Mamãe havia convidado as namoradas dos meus irmãos para o jantar de domingo. Ela deixaria de ir à igreja na manhã seguinte para poder cuidar dos preparativos finais. Como a Sra. Curry e mamãe quase não se falavam, a não ser na igreja, até que se reencontrassem, a mãe de Earline já teria esquecido por completo a minha saída mais cedo.

– Eu não ouvi nenhum carro chegando – comentou.

– Nossa empregada e o irmão dela vão me acompanhar. Vou esperar lá na frente. – A Sra. Curry apertou meu ombro distraidamente e voltou a cortar os pequenos sanduíches sem sabor que parecem ser item obrigatório nesses eventos. Acho que algumas de minhas amigas até gostam deles.

– Cuide-se, meu bem. Vejo você amanhã de manhã.

– Boa noite, Senhora Curry.

Andei nas pontas dos pés até o vestíbulo, parando para espiar a sala onde minhas amigas faziam Freddy rodar e rodar para que pudesse tentar espetar o rabo no burro. Éramos velhas demais para brincadeiras como essa, mas as meninas ainda ficavam tontas e alvoroçadas quando meninos por quem se interessavam tentavam espetar o rabo do burro em seus vestidos. Por isso continuavam. O coitado do Freddy, que ficava tão cego sem os óculos que nem sei por que ainda lhe colocaram a venda, tropeçou em alguma coisa. Com todo mundo distraído e rindo dele, saí com toda a discrição e puxei a porta da frente até quase fechar, mas não o bastante para a lingueta fazer um barulho e chamar a atenção de alguém que pudesse olhar pela janela e perceber minha saída à francesa. Uma moça desacompanhada nas ruas de Shalerville, Kentucky, cuja população era de mais ou menos mil e quinhentos habitantes, não era algo incomum, mas a cidade toda sabia como era minha mãe. Assim mesmo, eram menos de oitocentos metros até o ponto onde eu pegaria o bonde para a rápida viagem até a Rua Monmouth.

As cores do entardecer

Só que agora o nervosismo bateu fundo. Mesmo durante o dia, Newport ficava a mundos de distância das ruas mais limpas e elegantes de Shalerville. Homens e mulheres apressados apinhavam as calçadas dia e noite, e nosso pastor trovejava sobre suas salas de jogos e covis de prostituição.

Mas lembrei o que ouvira dos meus irmãos. Eles podiam se meter em aventuras arriscadas quando eram só os rapazes, mas com certeza não com suas namoradas – meninas boas que não faziam ideia do quanto Jack e Patrick podiam ser imbecis.

Eu ficaria colada em Trudie; se no final minha coragem me abandonasse, daria meia-volta e sairia correndo.

Trudie chegou atrasada ao ponto de encontro. Quinze minutos depois da hora marcada. Fiquei de queixo caído, sem fala, vendo-a descer a calçada em minha direção. Mal parecia a menina sem grandes atrativos que se sentara ao meu lado na escola. Trajava um vestido decotado com estampa de esmeraldas contra um fundo branco. O vestido justo, seu batom – quatro vezes mais berrante do que o que eu aplicara no bonde – e seus sapatos bicolores brilhantes lhe davam a aparência de uma mulher bem mais velha do que éramos, apesar de ela ter me confessado na escola que tinha um ano a mais do que a maioria da turma, tendo ficado para trás na Newport High.

– Você veio! – ela exclamou, me girando em um abraço que quase me desequilibrou. – Minha mãe *nunca* teria me deixado sair se não tivesse dito que ia encontrar com uma menina comportada de Shalerville. Era bem o que ela queria quando me mandou para lá. Vamos – ela disse, me puxando pelo braço até chegarmos ao Rendez-vous.

Fiquei surpresa com a pressa dela em ir logo para o clube. Eu achava que iríamos passear pela Rua Monmouth pelo menos um pouco, já que ela havia prometido me mostrar as atrações noturnas da cidade. Mas deixei que me levasse. Dentro do clube, tive de me esforçar para acompanhar seu passo longo – ela era uns quinze centímetros mais alta – enquanto costurava pelo turbilhão de gente em direção ao bar. Mal chegamos ao balcão, um rapaz lhe ofereceu uma bebida, que ela tomou de uma vez, e a tirou para dançar. Com um pedido de desculpas capenga – Isabelle, você não se incomoda se eu dançar um pouco, não é? –, Trudie saiu rodopiando nos braços do moço.

De início, encolhi-me contra a parede, ofegante, o queixo mole. Trudie era mais mundana do que eu havia imaginado – mesmo sabendo que sua mãe a tinha mandado embora para mantê-la afastada de problemas. Mas eu não esperava ser abandonada daquela forma. O que eu devia fazer? Quase fui embora naquela hora.

Em vez disso, fiquei sozinha encostada na parede por quase meia hora enquanto Trudie circulava pela pista de dança. Dei uma olhadela furtiva nas pessoas, batendo o pé e fingindo estar embalada pela música que um trio tocava no pequeno palco elevado cerca de trinta centímetros do chão. Homens e mulheres se misturavam pelo salão ou na pista de dança oval com chão de parquete e cercado por um corrimão de bronze. Outros jantavam, sentados a pequenas mesas encostadas contra o corrimão ou espalhadas pelo salão. Todo mundo bebia coquetéis e fumava, e os risos, a música e o tilintar dos copos se combinavam em uma harmonia que até então eu só ouvira em filmes.

Eu nunca me sentira tão deslocada na vida. Nas festas de meus colegas de escola eu tinha lugar, mais ou menos, mesmo que a meu próprio ver eu não me encaixasse direito. E eu estava completamente errada quanto ao vestido preto. Agora desejava estar usando algo estampado, por mais juvenis que meus trajes floridos parecessem. Eu me sentia como um pombo triste no meio de uma revoada de passarinhos coloridos. Tirei da bolsa a piteira de Tia Bertie. Talvez, se eu fingisse fumar, parecesse menos uma menininha e mais uma mulher. Assim que peguei a piteira, um homem de terno azul-marinho atravessou o salão esfumaçado em minha direção.

– Quer fogo, boneca?

Dei uma olhada rápida para Trudie na pista de dança. Ela parecia estar se divertindo bastante. Em uma fração de segundo, tomei minha decisão. – Preciso de mais do que fogo – respondi. – Tem um cigarro? – Eu esperava que baixar o tom da voz e encurtar as vogais, fingindo uma autoconfiança que na verdade não sentia, fossem o bastante para dar a aparência de que eu sabia o que estava fazendo.

As cores do entardecer

Ele sacou um maço de cigarros de dentro do bolso e inseriu um na piteira de Tia Bertie. Inclinei-me à frente, a ponta de jade entre meus lábios, e imitei o que já havia visto antes. Inalei quando o homem encostou o fósforo aceso na ponta do cigarro. O calor avançou pela minha garganta, mais forte do que eu esperava. Segurei o fôlego até passar a vontade de tossir.

– O que está bebendo? – perguntou.

– Nada ainda.

– O que gostaria?

Revi na memória os filmes a que havia assistido com minhas amigas. Os atores principais e as estrelas glamorosas sempre tinham um coquetel nas mãos. – Um Sidecar?

– É para já. – Ele estalou os dedos para um garçom que passava.

Em poucos instantes, eu segurava na mão a coisa mais doce, mais azeda e mais deliciosa que já havia provado em toda a minha vida – depois do choque inicial do primeiro gole. As coisas estavam indo bem agora. Perfeitas. Logo esvaziei meu copo. Rápido demais? Eu não fazia ideia. De qualquer jeito, em um instante apareceu outro na mão do meu benfeitor, como em um passe de mágica, e eu aceitei esse também.

– Primeira vez aqui? – perguntou.

– É assim tão óbvio? – Continuei falando rapidamente, sem lhe dar chance de responder. – Ouvi dizer que era um lugar fino. – A cinza na ponta do meu cigarro se curvava como uma cobra carbonizada, balançando como se fosse cair a qualquer momento. Estiquei o braço, horrorizada. O homem pegou um cinzeiro de cristal de um aparador e eu bati a piteira nele.

– Obrigada. Acho que você salvou minha vida, Senhor...

– Sou Louie. É o diminutivo de Louis; meus amigos me chamam de Louie. – Ele piscou. – Que tal uma dança?

– Claro, hã, Louie. – Ele parecia um cavalheiro com seu terno engomado e impecável. E com certeza fora atencioso com o cigarro e os coquetéis, sem falar de como pegou as cinzas antes que caíssem no chão. Apaguei o cigarro e retornei a piteira para a bolsa enquanto Louie cuidava do meu segundo copo junto com os vários que ele já havia esvaziado.

Ele me conduziu até a pista de dança e me segurou apertado – mais apertado do que eu gostaria. Mantive os braços duros para forçar um espaço entre nós. Eu estava um pouco tonta, e o desenho do chão de parquete agora parecia mais detalhado do que o meu cérebro era capaz de absorver. Mantive os olhos fixos no queixo de Louie. Quando a música terminou, recuei, aliviada, ao ver que Trudie estava deixando a pista de dança em direção ao bar com seu acompanhante. Eu precisava usar o toalete. Mas Louie segurou meu braço e me conduziu para uma porta nos fundos do salão. – Vamos pegar um ar fresco, doçura. Está abafado aqui.

Ele apertou meu braço e eu tentei me desvencilhar. Ele sorriu, mas continuou me segurando. – Estou apertando demais? Desculpe. Isto aqui está um forno. Estou com pressa de chegar lá fora e poder respirar. – Afrouxou um pouco a mão, mas continuou me conduzindo com firmeza para a porta. Virei o pescoço para ver se Trudie estava vendo e acenei, mas ela estava perto do bar e não percebeu o meu dilema. Estava rindo de alguma coisa que seu acompanhante dissera e tinha uma bebida na mão. Louie abriu a porta para mim. Eu esperava poder conversar um pouco com ele e então escapar de volta para dentro do clube e ir ao toalete sem ser grossa.

No beco, do lado de fora, nós nos encostamos à parede de tijolos do prédio. Tinha ficado escuro no curto espaço de tempo em que eu permanecera dentro do clube. O cheiro de lixo azedo me fez observar com cuidado onde colocava a ponta dos pés para o caso de haver roedores nas sombras. Dois rapazes e uma moça riam de uma história que um deles contava. Quando os risos acabaram, eles se viraram para entrar.

Louie puxou de novo o maço de cigarros. – Quer mais um, boneca? Ei, espere. Você sabe o meu nome, mas eu não sei o seu. Não é justo.

– Isabelle. Lamento, mas tenho de entrar. Preciso ir ao toalete. – E me virei para ir atrás dos outros três que já haviam entrado.

– Ah, não vai, não – disse Louie, agarrando meu braço de novo. Seu sorriso ficou feroz. Ele deve ter percebido meu incômodo, pois seu rosto mudou. Eu já nem o achava mais bonito. Suas feições agora pareciam mal desenhadas, não esculpidas, e seu sorriso era ameaçador. – Não vai sair correndo assim. Quero conversar com você um pouquinho, Isabelle, hmm? Um doce nome para uma doce menina.

Olhei para a entrada na esperança de algum frequentador do clube surgir. Mas a porta pesada insistia em ignorar meu pedido silencioso para que se abrisse.

– Sério, Louie, preciso entrar. Minha amiga deve estar me procurando. E... Acho que vou passar mal. – Apertei a mão contra a boca. Não era uma desculpa. Meu estômago estava revirando e eu achava mesmo que os drinques iam voltar. Antes eu não tinha sentido o efeito, a não ser uma sensação quase prazerosa na cabeça. Agora eu estava mesmo enjoada, e a loção pós-barba de Louie, junto com o cheiro do lixo em decomposição, era demais para mim.

– Você está bem. Vamos. Só quero uma lembrancinha. Você sabe, em troca do cigarro e das bebidas. Um beijinho... – Ele me puxou para junto de si e espremeu a boca contra a minha. Se eu achava que ia vomitar antes, agora tinha quase certeza. Seus lábios, carnudos e úmidos, fediam a álcool e fumo, e seus dentes rangeram contra os meus quando ele forçou sua língua para dentro de minha boca.

Engasguei e tentei empurrá-lo. – Ei, pare! Eu não sou esse tipo de garota. Nem tenho idade para estar aqui. Me solte!

– O único tipo de garota que vem aqui sem acompanhante é esse tipo de garota, doçura. A idade não importa. Agora pare de brincar comigo. Isso me deixa impaciente.

Ele me segurou ainda mais apertado, colocando uma mão no meu traseiro e escorregando os dedos por dentro da seda fina do meu vestido, buscando lugares que eu sabia que ele não devia tocar. Com a outra mão, ele apalpou meu seio e apertou – com força. Eu gritei. Tentei resistir, arranhando o que conseguisse alcançar. – Deixe-me em paz! Você não pode... – Ele riu e continuou. Lutei com mais força, mas o álcool havia me deixado lenta e atrapalhada, como em um pesadelo no qual eu não conseguia me mover rápido o bastante para me salvar.

O clube era o último prédio do quarteirão, e uma figura nas sombras chamou minha atenção, dobrando a esquina ao final do beco.

— Você ouviu a moça, senhor. Solta ela. — Aquela voz, familiar, grave e carismática, me surpreendeu. Tentei me lembrar de onde a conhecia. Tentei ver o rosto do homem ao se aproximar. Louie virou-se para ele, relaxando o bastante para eu escapar de seus braços. Recuei, cambaleando alguns passos, ainda segurando o fôlego e tentando não vomitar. Perto da porta, hesitei, pensando que talvez fosse melhor fugir dali o mais rápido que pudesse. Eu não devia nada a Trudie àquela altura – não depois de ela me abandonar no momento em que entramos naquele lugar.

— Ei, quem você pensa que é, cara? Ela está comigo. Vocês, que são negros, deviam se meter com suas vidas. — Louie avançou em direção ao outro homem e eu então o reconheci. Não era sequer um homem de verdade. Tinha mais ou menos a minha idade.

— Robert? — chamei, e o irmão da Nell olhou para mim por cima do ombro, dando a Louie a chance de lhe acertar um soco direto no queixo. Robert cambaleou para trás, quase aterrissando em meu colo quando nós dois caímos sentados. Ele logo se levantou e ergueu as mãos espalmadas diante de si.

— Por favor, não quero problemas, senhor. Só quero acompanhar a Miss Isabelle de volta para casa. O pai dela é muito respeitado por aqui. Você também não vai querer arrumar encrenca.

— Ah, vai se catar! Ela pediu isso. Além do mais, por que eu devo dar ouvidos a um crioulo? — Louie levou o punho para trás de novo, então olhou para mim.

Robert encolheu-se ao ouvir o insulto lançado com tanta casualidade, mas então endireitou o tronco e o enfrentou. — Ela é apenas uma menina, senhor. Nem sabe o que está fazendo. Sem falar que o Doutor McAllister não ficaria nada contente em saber que alguém andou se metendo com a filha dele. E os irmãos dela, então... — Robert balançou a cabeça. Eu tinha certeza de que Louie não fazia ideia de quem era meu pai, mas Robert falou com convicção. E meus irmãos não facilitavam com qualquer um que os ofendesse. *Eles*, sim, *deviam* ter uma reputação em Newport.

Louie enfim recuou. — Se é assim, o Doutor McAllister e os irmãos deviam ficar de olho na pequena Isabelle e não permitir que frequentasse

As cores do entardecer

lugares que não deve. As garotas de Newport têm uma reputação: escolas públicas de dia, serviços públicos à noite. É nos clubes que elas ganham seu salário – ele disse, cuspindo um glóbulo brilhante de muco no sapato de Robert e cambaleando de volta ao clube. Só então percebi que devia estar bêbado. Eu fora ingênua demais para perceber a diferença. Ou a bebida havia me afetado também. – Vou ficar de olhos abertos. Se voltar a vê-lo, vai se arrepender do dia em que cruzou meu caminho.

Escondi o rosto entre os joelhos, chorando aliviada agora que sabia que minha virtude – ou minha vida – não estava mais em risco. – Eu sou tão burra! – exclamei. – O que deu em mim para vir aqui? E ficar? Eu devia ter dado meia-volta assim que Trudie me puxou para dentro.

Robert tirou o boné da cabeça e o ficou passando de uma mão para a outra. Sem dúvida concordava com minha autocrítica, mas é claro que jamais o diria abertamente. Estiquei a mão. – Me ajude a me levantar, Robert, por favor.

A ideia de tocar em mim deve tê-lo deixado nervoso. Agora ele estava torcendo o boné como se quisesse tirar água dele.

– Ora, vamos. Não tem ninguém aqui. Ajude!

Ele me colocou de pé, então soltou minha mão como se fosse um carvão em brasa. Passei as mãos pelo vestido, limpando os detritos de incontáveis brigas e atentados bêbados que deviam ter acontecido naquele beco. Fiquei ainda mais envergonhada ao me dar conta do quanto eu havia sido boba. Achava que estava sendo tão madura. Louie com certeza percebera que eu era uma menina inexperiente brincando de me vestir como gente grande, fingindo saber o que fazer com um cigarro, um coquetel e um homem. Caí direitinho em sua armadilha.

– Miss Isabelle, o que está fazendo aqui? Quem é essa tal Trudie com quem se encontrou? – Robert transitava sem jeito entre o modo de falar que eu escutara a vida toda de sua mãe e a linguagem mais refinada que vinha aprendendo na Covington Grant High, do outro lado do Rio Licking; o único de sua família a chegar tão longe na escola. Nell havia parado de estudar na sétima série para trabalhar em tempo integral para minha família, e Cora, a pessoa mais sábia que eu conhecia, nunca fora à escola.

— Eu já disse. Fui uma burra. Achei que estava sendo esperta e que faria algo mais interessante do que ir às festas bobas às quais meus pais me mandam todo sábado. Do jeito que meus irmãos falaram deste lugar, parecia uma boa ideia. Trudie é uma amiga da escola. – Quase engasguei na palavra *amiga,* de tanta raiva que senti de mim mesma pela ingenuidade. – Ela me dispensou. E o resto foi demais para mim. – Robert bufou, indignado, e imaginei meus irmãos fazendo o mesmo, minha inocência evidente agora que eu não estava mais me iludindo. Jack e Patrick eram preguiçosos e às vezes eram rudes também. Eu sabia que devia dar um desconto de noventa por cento em tudo o que diziam. Então pensei em Trudie e nas coisas que Louie dissera sobre as meninas de Newport. A mãe dela a mandara embora por uma razão, talvez a razão a que ele se referia. Arrepiei-me com minha credulidade.

— Vou ter que levar você para casa agora, Miss Isabelle. Não posso deixá-la aqui sozinha. Seu pai ia arrancar meu couro se eu fizesse isso.

Arregalei os olhos para ele. Se me defender nesse beco já fora arriscado, entrar em Shalerville à noite era um verdadeiro perigo para Robert. – Ah, não. Não pode fazer isso. Se virem você...

— Vou ficar bem – ele respondeu. – Vou pensar em alguma desculpa até chegarmos lá. Mas é melhor sairmos logo daqui antes que aquele sujeito venha procurar por você. Ou por mim. – Ele balançou a cabeça e acenou para o beco. – Vamos, Miss Isabelle, vamos embora.

Acertei o passo ao seu lado, mas senti o momento no final do beco em que ele recuou um pouco para trás de mim ao sairmos em terreno aberto. Diminuí o passo para me emparelhar com ele, mas ele andou ainda mais devagar até que eu dei um suspiro resignado e assumi minha posição de superioridade. Ambos estávamos acostumados a isso pela vida inteira.

Pensei outra vez na ironia da minha situação – a mentira que havia contado à minha amiga mais cedo se realizara em parte. Ali estava Robert para me levar para casa, embora Nell talvez estivesse dormindo àquela hora. – Como você me encontrou? – perguntei.

— Sua mãe me mandou comprar ovos no Lemke para o jantar de domingo. – Imaginei Danny Lemke olhando Robert de cima a baixo. A família de Danny viera para os Estados Unidos havia apenas algumas gerações, mas Danny era o sujeito mais prepotente que eu conhecia. – Quando saí de sua casa de novo para ir para a minha, vi você saindo da cidade como se fosse a algum lugar. Eu pensei comigo mesmo: "isso não é bom", então a segui. Tive receio de que se metesse em encrenca.

– Puxa, você estava certo – disse, suspirando.

– Fiquei na esquina, esperando que saísse logo com sua amiga e voltasse para casa. Mas aí ouvi você gritando com aquele safado, então fui ver e vocês estavam lutando.

– Ah, Robert, estou tão feliz que tenha me seguido. Fico até com medo de imaginar o que poderia ter acontecido. – Suspirei, pensando no dilema que havia criado para nós dois.

– Você está bem agora, Miss Isabelle. Mas o que sua mãe vai dizer se eu aparecer com você? E de noite? Nós dois vamos ficar encrencados. E vamos rezar para o Senhor Jack e o Senhor Patrick não estarem por perto. Aquele tal do Louie se daria melhor do que eu com aqueles dois.

– Não vou deixar que você me leve até a porta de casa de jeito nenhum. – Os portões do inferno iriam se abrir se Jack e Patrick me vissem sozinha com Robert. Eles viviam falando de honra e de proteger as mulheres brancas, mesmo tratando as próprias namoradas como brinquedos, descartando-as quando se cansavam.

– Veremos.

Eu sabia que ele não iria discutir comigo, mas Robert parecia decidido a me escoltar até a porta da frente de minha casa.

Esperamos no ponto de ônibus. Ficamos em silêncio a maior parte do tempo, iniciando conversas e nos interrompendo em intervalos constrangidos sempre que passava alguém. A maioria das pessoas estava indo para a cidade e não saindo. Era cedo ainda para uma noite de sábado em Newport. Tínhamos o ponto só para nós.

Robert fora uma presença vaga em toda a minha vida, o filho da mulher que sempre cuidara de mim e o irmão de minha amiga de infância, até ela começar a trabalhar para minha família também. Depois de crescido, Robert passou a cuidar de pequenas tarefas para minha mãe e a ajudar meu pai com um ou outro serviço na casa, ou passava na cozinha para comer com Cora e Nell quando não estava na escola. Ele era apenas um menino para mim – um menino mais ou menos insignificante.

Eu sabia que ele era paciente e gentil – mesmo quando éramos pequenos e Nell o ignorava, dizendo que não podia brincar com a gente no jardim atrás da casa. Ele encolhia os ombros, sem mágoas, e voltava a brincar sozinho, criando mundos inteiros, desenhando fronteiras no chão e povoando os países com pedrinhas e gravetos. Era responsável e respeitoso – obedecia à mãe sem reclamar e cumpria as tarefas que lhe davam sem precisar ser corrigido. E também era inteligente. Papai costumava ensinar matemática e ciências para ele, os dois sentados à escrivaninha em seu escritório na rua principal, em Shalerville, às vezes comigo ao lado, ao passo que levava as mãos à cabeça frustrado com a falta de interesse de meus irmãos pelos estudos e sua aparente incapacidade de melhorar as notas na escola.

De alguma forma, apesar de minha indiferença, eu sabia que Robert era especial. Ele tinha uma aura que o destacava dos outros – não só dos outros poucos meninos negros que eu conhecera aqui ou ali, mas dos meninos brancos também. Havia algo intenso em seus olhos, contrariando a solidez que em qualquer outro rapaz poderia ter sido confundida com falta de complexidade.

No entanto, nem sequer uma vez eu havia me interessado em conhecer seus sonhos e desejos.

Naquela noite, eu me interessei. Queria conhecê-los em detalhes. Porém, antes que pudesse perguntar, o bonde chegou, com o rangido agudo de seus freios interrompendo nossa conversa.

Sentei-me sozinha à frente, usando um lenço umedecido com minhas lágrimas para limpar o ruge do rosto e o rímel dos olhos, que agora me faziam sentir mais criança do que adulta. Robert sentou-se nos fundos, vigiando-me como um falcão que protege o ninho a distância. Descemos separadamente, um ponto antes de Shalerville, e voltamos a andar lado a lado na calçada. O motorneiro hesitou, olhando para mim preocupado ao ver que só eu e Robert havíamos saltado do bonde, mas

As cores do entardecer

sorri para ele e ele soltou o freio. Eu poderia ter continuado no bonde até Shalerville, mas, é claro, estando com Robert, tudo mudava. O motorneiro não o deixaria saltar lá.

No vale entre o Rio Licking e a ribanceira, andamos em direção à cidade. As usinas de aço de South Newport funcionavam dia e noite. Daquela altura, as luzes brilhantes, a fumaça densa e o barulho ritmado das máquinas pareciam independentes de qualquer manipulação humana. Eu não via aquela fachada noturna lúgubre e quase fantástica de tão perto havia anos. Hesitei. Meu desejo inicial de voltar para casa o mais rápido possível estava tomando um novo rumo: a vontade de prolongar o momento. O estado de espírito de Robert parecia combinar com o meu, e nós ficamos olhando aquele mundo distante e estranho juntos, qualquer conversa agora sendo uma intrusão.

No limite da cidade, diminuí ainda mais o passo. Isso era algo que eu vira a vida inteira toda vez que entrávamos ou saíamos de Shalerville. Era mais ou menos como papel de parede, em nada diferente das árvores ao lado da estrada. Mas essa noite meu peito se apertou com uma sensação dolorosa de vergonha. Robert havia me salvado de algo que eu mal conseguia imaginar, mas estava proibido de me levar para casa por causa de uma regra que eu nunca havia questionado antes. Li a placa como se fosse a primeira vez: NEGRO, É MELHOR NÃO SER APANHADO EM SHALERVILLE DEPOIS DO PÔR DO SOL.

4
Dorrie, Dias Atuais

ESTÁVAMOS OFICIALMENTE FORA DO TRÁFEGO de Dallas e logo apareceram pinheiros margeando a estrada, mais altos e mais grossos e mais densos a cada quilômetro que passava. Comecei a me sentir apertada, presa em meu corpo, como sempre me sentira crescendo no leste do Texas.

Todavia, a tristeza inevitável de Miss Isabelle, algo pelo qual eu já vinha esperando, parecia, como era de estranhar, consolada pelas recordações de sua aventura em Newport. E não vou mentir: a história de Robert, seu salvador improvável, me surpreendeu. Pensar naquela cidadezinha remota me deixava ao mesmo tempo zangada e curiosa. Eu queria saber mais. No entanto, a saída para *minha* cidade natal apareceu e, que droga, foi justo ali que Miss Isabelle decidiu que era hora de parar para comer.

– Aqui? – perguntei, em um tom agudo.

– O que tem de errado aqui? É sua cidade natal. E, olha, tem um Pitt Grill do outro lado do viaduto. Eu sempre quis comer em um Pitt Grill.

Eu gemi, com a leve suspeita de que parar ali tinha sido seu plano desde o início. Eu tinha morado naquele acidente geográfico de três faróis e um Wal-Mart no meio do nada a vida inteira até Stevie e eu nos mudarmos para Arlington. Era para ser um recomeço, ou seja, para eu ganhar mais do que um salário-mínimo e construir uma clientela até conseguir uma lojinha própria e Stevie continuar com sua brilhante carreira de não ter uma carreira. Mas nunca pensei em comer no Pitt Grill, nem mesmo quando morava perto dele. E, mesmo tendo passado tanto tempo, suspeitava que pouca coisa teria mudado no leste do Texas. Havia anos que não fazia uma visita, não existia uma razão concreta e eu não estava muito a fim de relembrar aquela fase de minha vida. Por infortúnio, o Pitt era o único restaurante perto da estrada.

– Ora, vamos. Vai ser uma aventura – disse Miss Isabelle. Agora, como se isso fosse possível, ela parecia empolgada com o Pitt, enquanto eu, do meu lado, me contorcia. Mas dei de ombros, contente por vê-la mais animada. Eu sabia que seria inútil discutir, de qualquer jeito.

– Como quiser, Miss Isabelle. – Peguei a saída e atravessei a ponte até o estacionamento. Alguns caminhões de madeireiras estavam estacionados entre o restaurante e um hotel barato. – Acho que Paul Bunyan[7] costuma comer aqui também – comentei. Miss Isabelle revirou os olhos e foi entrando no pé-sujo (a única descrição cabível ao local à primeira vista). Segui-a resignadamente, segurando a respiração e rezando para que ela não tropeçasse em nada. Eu sabia que, se lhe oferecesse o braço, ela me daria um tapa na mão. Uma garçonete metida em um vestido rosa de poliéster enfiou um caderno de comandas no bolso e uma caneta atrás da orelha e se apressou a vir em nossa direção. Pegou o cardápio de uma pilha no balcão e cumprimentou Miss Isabelle.

– Uma pessoa, querida? Não fumante?

O maxilar de Miss Isabelle caiu, porém sem que abrisse a boca, alongando o queixo de forma nada atraente. Ela fuzilou a garçonete com os olhos. A suposição de que não estávamos juntas – mesmo estando perto o suficiente uma da outra – não me surpreendeu.

---
7. Paul Bunyan – Lenhador gigante lendário do folclore americano (N.T.).

As cores do entardecer

A garçonete mal olhou para mim, mas assim mesmo eu a reconheci. Ora essa, se não era Susan Willis, rainha do baile no ano em que Steve e eu nos formamos. Steve foi o rei e a escoltou pelo campo de futebol, para consternação do pai reacionário dela e de quase toda a cidade. Pude ver que ela não me reconheceu, no entanto, e me senti quase constrangida por ela. Torci para que sua amnésia continuasse. Não dava para imaginar a garota mais popular da escola terminar como garçonete no Pitt Grill duas décadas depois. Sempre achei seu cabelo bonito, mas, Deus que me perdoe, ela bem que precisava dar um jeito na franja anos 80 e entrar no século XXI, fora escurecer um pouco aquela cor amarela.

Miss Isabelle estalou a língua e disse: – Mesa para duas. Se houver algum problema, podemos sentar ao balcão.

– Duas? – Por um segundo, Susan deixou transparecer seu espanto o bastante para que eu o detectasse, mas logo se recompôs. – Ah, sim, senhora, temos uma mesa. Claro que sim. Por aqui.

Enquanto a seguíamos, pensei no que ela diria da minha vida. Sim, eu tinha meu negócio, mas vivia de mês a mês, sempre me preocupando se conseguiria pagar as contas e alimentar e vestir as crianças. Até que ponto isso era melhor do que se escravizar em troca de gorjetas no Pitt, talvez tendo de sustentar duas crianças porque seu marido imprestável havia caído fora? Talvez tivéssemos mais em comum do que eu jamais havia pensado que teríamos na época de escola.

Ou talvez não. Talvez seu marido fosse dono do Pitt Grill.

Susan não parava de olhar para nós. E sem fazer questão de disfarçar. Eu não sabia se era por curiosidade, querendo entender qual era a relação entre Miss Isabelle e eu, ou se ela estava me reconhecendo. Eu preferia a primeira opção. Mas percebi que minha sorte tinha acabado e que Susan havia recuperado a memória quando ouvi, no momento em que Miss Isabelle e eu nos preparávamos para sair do Pitt: – Ora, Dorrie Mae Curtis, é *você* mesma?

Senti um arrepio e me virei de lado, pedindo misericórdia. Mas Susan estava parada ali, com a nota de cinco dólares na mão que Miss

Isabelle havia deixado de gorjeta na mesa e que ela ainda não havia enfiado no bolso de seu uniforme de poliéster. A expressão em seu rosto confirmou que nosso reencontro era inevitável.

– Oi, Susan. Tem razão. Sou eu, Dorrie. Como vai? – Cruzei os dedos, torcendo para que ela me desse uma resposta fácil, algo padrão como "Você está ótima. Dá para acreditar que faz quase vinte anos?", e me deixasse ir embora.

Mas minha sorte estava esgotada por completo àquela altura.

– Ai, Dorrie, você não ia acreditar se eu te contasse da missa um terço. Eu e Big Jim compramos isto aqui em 98. – Então minha segunda opção era a correta: o maridão era o dono do Pitt! – Aí Big Jim ficou com o olho maior que a barriga, o que não era de espantar. Um verdadeiro caipira magnata dos imóveis. Ele me trocou por uma mulherzinha que conheceu na nova pista de patinação que construímos. Ele ficou com a pista e eu fiquei com o Pitt. Faço o que posso para manter a casa funcionando e cuidar dos meninos, todos os quatro, que estão seguindo direitinho os passos do pai, pelo que vejo sempre que consigo encurralá-los por um instante.

Então, a primeira previsão também estava correta. Eu não sabia bem como devia me sentir com isso. – Arram, bem, lamento saber. Puxa, que bom que ficou tudo bem. – Encolhi os ombros. Não havia resposta para uma história dessas.

– E você, Dorrie Mae? O que tem feito esses anos todos? Aposto que você e Steve já têm um time inteiro de futebol a esta altura. Vocês se mudaram, não é?

Como se ela pudesse não saber disso naquela cidadezinha. E eu queria que parasse de me chamar de Dorrie Mae. Eu tinha me mudado para mais de trezentos quilômetros de distância para me livrar daquele nome, que odiei todos os anos de escola. Olhei para Miss Isabelle, que segurava a bolsa firmemente contra a barriga, seus lábios se contraindo. Se ela me chamasse de Dorrie Mae no carro, eu daria um grito.

– Parece que você é quem tem um time de futebol. Tenho apenas duas crianças. Um menino e uma menina. Fomos para Arlington, estrada abaixo, em DFW. Steve e eu nos divorciamos também.

As cores do entardecer

– Ah, que pena – disse Susan, seu rosto se contorcendo em algo parecido com compaixão, *como se não tivesse acabado de contar sua história tão triste quanto, se não fosse pior!* – Você e Steve. Eu e Big Jim. – Ela suspirou fundo. – Lembra quando Steve e eu fomos rei e rainha do baile? Isso prova que todas aquelas previsões do álbum de formatura não significam nada, não é? Sempre achei que nós quatro teríamos uma vida de contos de fadas.

– Você e eu, Susan. Bem, minha amiga e eu precisamos voltar à estrada. Temos uma longa viagem à frente.

– Ah! Para onde estão indo? E quem é essa simpática senhora?

É óbvio que Susan estava louca para conversar com qualquer um que tivesse mais de 18 anos e não usasse boné de caminhoneiro ou tivesse manchas de xarope de bordo nos cotovelos. Senti pena dela, de verdade, mas não o bastante para prolongar ainda mais aquele reencontro surreal. Olhei para Miss Isabelle.

– Dorrie e eu estamos indo a Cincinnati para um funeral de família – ela disse, seu tom educadamente frígido desafiando Susan a continuar falando. Sem dúvida, ela ainda não havia perdoado Susan por achar que não estávamos juntas.

– Oh, lamento muito. – Os olhos de Susan não paravam. Eu, Miss Isabelle, eu, Miss Isabelle. Parecia mais perplexa do que nunca, sem saber como nos encaixar uma com a outra. – Bem – disse –, não quero atrasar vocês, Dorrie Mae. Mas trate de parar aqui na próxima vez que passar. Se eu a tivesse reconhecido antes, sua conta ficaria por conta da casa. Das duas, é claro. Posso pelo menos oferecer bebidas para a viagem? Café? Refrigerante?

– Não, obrigada. Cuide-se bem, Susan.

Virei-me e andei de modo resoluto até a porta. Dessa vez deixei Miss Isabelle me seguir.

– E como, de maneira exata, acontece de o rei do baile virar um sujeito que explora a ex-mulher?

Ai! Miss Isabelle nunca foi de enfeitar a verdade, mas essa doeu. Eu sabia que ela me faria um monte de perguntas enxeridas depois que

Susan deixou escapar aquela informação em especial, mas não tínhamos andado quatro quilômetros em direção à divisa na interestadual. – Ah, Miss Isabelle, é uma história muito comprida. A senhora não vai querer saber. Então, qual é a horizontal vinte e três?

Miss Isabelle deu uma fungada e pegou de dentro do porta-luvas a revista dobrada na página de uma palavra cruzada resolvida pela metade. – Horizontal vinte e três: "Um roedor com medo do palco".

– Essa é fácil. "Gambá"[8].

– Cinco letras. "Gambá". – Ela preencheu as letras enquanto eu fazia o possível para evitar as irregularidades na estrada. Nada muito difícil. Ainda não estávamos no Arkansas. Depois que cruzássemos a Avenida Stateline, em Texarkana, eu não me responsabilizaria pelas letras que ultrapassassem as linhas em garranchos. – Arram – ela disse. – Gambá.

A palavra ficou no ar como um desafio. Senti vontade de rolar de costas e me fingir de morta.

– Sabe, Miss Isabelle – eu disse –, minha mãe e eu, nós não temos nada em comum.

– Estávamos falando de sua mãe? – Ela me contemplou de seu lado do carro.

– Bem, se vamos falar do Steve e de por que deixei que ele tirasse vantagem de mim, acho que vamos ter que falar de minha mãe primeiro.

– Continue – ela disse, com calma, como se fosse uma analista e eu estivesse deitada no divã. *Diga-me como se sente de fato a respeito de sua mãe...*

– Mamãe sempre precisou de alguém que a resgatasse. Antes um homem, agora, eu. Eu jurei de tudo que é jeito que nunca ia ser como ela. Desde cedo, decidi que ia ser autossuficiente. Eu trataria de garantir os recursos para cuidar bem dos meus filhos. Com ou sem um homem ao meu lado. Claro, eu esperava que Steve e eu fôssemos nos casar e ter uma família, mas fiz um curso de cosmetologia no último ano do ensino médio como plano B. Foi a sorte, porque descobri que estava grávida

---

8. Gambá – Em inglês, "Opossum" ou "Possum". A expressão "play possum", significando fingir-se de morto, é usada para descrever o medo que paralisa pessoas diante do público (N.T.).

As cores do entardecer

duas semanas antes da formatura e Steve largou a faculdade depois de um semestre. Disse que precisava estar em casa quando seu bebê chegasse para poder cuidar das coisas. – Dei uma bufada. – Seu ideal de cuidar das coisas era literalmente ficar em casa olhando Stevie Júnior o dia inteiro e depois sair com os amigos fracassados para beber cerveja a noite inteira, enquanto a bundona aqui, perdoe-me a linguagem, trabalhava que nem doida no Stop'n Chop.

Miss Isabelle estalou a língua.

– Digo, era bom ter alguém cuidando do bebê de graça, mas fala sério! Também me preocupava o fato de que Stevie Júnior ficava o dia inteiro preso na cadeirinha, pois era onde eu o encontrava quase sempre quando chegava em casa. Steve sempre dizia que tinha deixado ele ali por um minuto enquanto tomava uma ducha ou começava a preparar o jantar, o que para ele significava tirar um hambúrguer do congelador e colocar para descongelar em cima do balcão da cozinha para eu fritar. E você tem razão: eu deixei ele se safar. Mas mantive a promessa que fiz a mim mesma. Meus filhos são saudáveis e felizes... Mais ou menos. A maior parte do tempo. – Estiquei a mão para ligar o rádio e escolher uma estação. Não havia nada além de música country, e eu duvidava que isso fosse mudar antes de chegarmos a Memphis. Abaixei o volume e decidi arriscar mais uma pergunta enxerida na esperança de que talvez pudesse nos levar de volta ao tema do Robert. – Fale-me um pouco de sua mãe, Miss Isabelle.

Miss Isabelle virou o rosto para a janela. – Depois de tantos anos, por que você ainda me chama assim? Bastava me chamar de Isabelle. Mas acho que não faz mal, contanto que não me chame daqueles outros nomes bobos que vive inventando.

– Ora, vamos, nomes bobos são a minha marca registrada. Mas quer saber? "Miss Isabelle" flui com naturalidade. É bonitinho. E mais: uma coisa que minha mãe me ensinou foi sempre respeitar os mais velhos. – Esperei. Ela não me decepcionou. Virou-se no banco e me bateu com a revista dobrada no cotovelo. Fingi me proteger, o que não é fácil quando se está dirigindo. – Eu chamo todas as minhas velhinhas de

51

Miss Fulana de Tal. Não vá achar que estou lhe conferindo qualquer tratamento especial. – Miss Isabelle revirou os olhos. – Mas a senhora mudou de assunto.

– É uma história muito comprida – ela disse, repetindo minhas próprias palavras.

– Bem, são o quê? Uns seiscentos quilômetros de casa até Cincinnati? E rodamos menos de trezentos e sessenta até agora. Eu gostaria de saber mais.

– Eu acho... – Miss Isabelle fez uma pausa e olhou pela janela de novo. Uma cobertura de nuvens havia nos alcançado depois de deixarmos minha cidade natal e seguia em direção à divisa com o Arkansas. Agora caía uma garoa, e os pinheiros pelos quais passávamos na estrada viraram um borrão verde e marrom, como em uma pintura daquele cara, Monet. Trovoadas ribombavam no horizonte. – Acho que minha mãe vivia apavorada.

5
Isabelle, 1939

DEPOIS DE PASSARMOS PELA PLACA EM SHALERVILLE aquela noite, mergulhávamos nas sombras sempre que víamos alguém. Robert me acompanhou até o fim da minha rua, então ficou de olho até eu chegar em casa. Virei-me a tempo de vê-lo deixando a sombra de um carvalho enorme onde havia se escondido até eu chegar aos degraus da frente de casa.

Fiz uma prece pela sua segurança. Torci para ser ouvida por um Deus que protegesse tanto os negros quanto os brancos. Desconfiava de que o Deus que nossa cidade adorava não atenderia semelhante pedido. Na escuridão púrpura ao lado do alpendre, esperei até um automóvel passar pela rua, então entrei fazendo barulho. Gritei que tinha chegado e respirei aliviada porque minha mãe não desceu para me dar boa-noite ou perguntar como fora a festa de Earline. Ao cair no sono, percebi que estava errada sobre muitas coisas – em particular quanto a saber como me comportar no mundo adulto. Tinha mais uma coisa: eu estivera enganada sobre Robert, ao acreditar que sua existência não afetava a minha.

Aquilo me deixou intrigada. Além da simples gratidão por ele estar no lugar certo na hora certa, por sua intervenção no que poderia ter sido um desastre, comecei a achar que tinha sido mais do que uma simples coincidência. Parecia quase loucura, mas eu não conseguia deixar de pensar que algo maior do que nós havia acontecido, levando os dois a uma situação em que não tínhamos como nos evitar.

Vi que minha prece havia chegado ao Deus certo quando Robert apareceu em nossa casa na semana seguinte são e salvo, seu queixo livre de qualquer marca do punho de Louie. Eu estava na cozinha, aonde minha mãe havia me enviado para perguntar se Cora estava pronta para servir o almoço, quando uma batida à porta atrás de mim me deu um susto. Eu me virei. A janela emoldurava o rosto de Robert e seus cabelos curtos. Senti o calor subir ao rosto. Enfiei o queixo contra o peito enquanto Cora corria até a porta.

– Dá licença, Miss Isabelle, enquanto abro a porta para o meu filho. Diga à sua mãe que o almoço será servido ao meio-dia em ponto, conforme eu já disse esta manhã. – Ela sorriu carinhosamente. Tínhamos um acordo não declarado. Ambas concordávamos que mamãe era meticulosa ao extremo, e Cora confiava que eu manteria sua irreverência entre nós. Quando ela acenou para Robert entrar, percebi que ele não tinha me visto pela janela. Seu pescoço pareceu adquirir um tom ainda mais escuro de marrom, assim como as maçãs de seu rosto. Permaneci imóvel, como uma peça de xadrez no chão quadriculado branco e preto de nossa cozinha. Cora olhou para ambos com uma expressão perplexa. Eu soube então que Robert havia mantido em segredo minha desventura e seu papel subsequente na minha salvação. A voz dela, cheia de uma autoridade natural, me despertou. – Vá agora, Miss Isabelle. Sua mãe vai ficar preocupada se não lhe disser o que mandei.

– Obrigada, Cora. Vou dizer à mamãe – respondi. Então me virei para Robert. – Olá, Robert – disse, mas gaguejei em cima das sílabas tão simples. Ele meneou a cabeça, olhando para todos os lados menos para mim. Fugi dali, subitamente consciente de minha maneira de andar, certa de que meus passos desajeitados denunciavam meu nervosismo.

– O que foi isso? – ouvi Cora resmungar na cozinha enquanto eu me esgueirava pelo corredor em direção ao salão.

As cores do entardecer

Diminuí o passo e escutei apenas um murmúrio indistinto, mas acho que Robert disse: – Nada, mamãe. – Cora bufou. Ouvi o som de pratos e porcelana batendo e o rangido da tampa do forno se abrindo. Imaginei sua perturbação enquanto transferia pratos quentes para a bandeja.

Mais tarde, enquanto ela tirava a mesa, pedi licença e voltei à cozinha, sabendo que teria apenas um instante antes de ela retornar com a bandeja. Meu coração disparou quando vi Robert ainda sentado à mesa, imerso em um livro de escola aberto junto ao prato que Cora devia ter lhe servido entre uma viagem e outra à sala de jantar. Ele levantou a cabeça, a expressão em seu rosto mudando ao me ver à porta e não a sua mãe. Seus olhos perplexos me questionaram, mas ele nada falou.

– Você chegou em casa sem problemas? – Lá estava ele, sentado e em ótima forma, mas eu não sabia o que mais dizer e nós não podíamos ficar nos olhando para sempre.

– Foi tudo bem. Ninguém nem percebeu que eu cheguei tarde... – ele começou a dizer.

– Tive sorte. Minha mãe nem desceu para me ver...

Falamos ao mesmo tempo, nossas palavras se misturando, e rimos de nervoso.

– Eu já lhe agradeci antes, mas, Robert, não sei dizer... Tenho repassado as possibilidades repetidas vezes... – Respirei fundo e fui em frente. – Você estar lá aquela noite, ter me visto saindo da cidade, ter me seguido... Acho que foi *kismet*[9].

Depois de dizer a palavra, senti meu rosto ficar vermelho. Era um termo que eu encontrara nas palavras cruzadas do jornal de domingo, depois de ficar acordada até tarde na noite anterior. Parecia ser um sinal de que meus pensamentos não eram assim tão ridículos. Mas eu nunca ouvira o termo sendo usado em uma conversa normal e tinha certeza de que Robert ia me achar boba e dramática – se é que ele sabia o que significava.

---

9. Kismet – Palavra de derivação árabe. "Destino" (N.T.).

O brilho divertido em seus olhos confirmou duas coisas: ele sabia o significado da palavra, ou podia inferi-lo a partir do contexto, e eu era dramática. Mas ele não contestou minha afirmação; seu divertimento beirava a outra emoção que eu não conseguia identificar, embora quisesse.

Naquele verão, segui os movimentos de Robert entrando e saindo de casa. De início inconscientemente, depois de propósito. Não demorei a perceber que meu interesse havia se transformado em algo mais e eu não compreendia bem o quê. Passei a observar minha aparência ao espelho quando achava que ele podia estar por perto, então brigava comigo mesma por me importar com isso. Que razão poderia ter em querer ficar atraente para um rapaz de cor?

Eu estava envergonhada por um lado.

Estava apavorada por outro.

Eu sabia que, se minha mãe soubesse sobre a noite em que Robert me acompanhou até em casa ou se me descobrisse ajeitando os cabelos ou mordendo os lábios para ficarem mais vermelhos quando ele cruzava a entrada de nossa casa, ela ficaria louca.

Um dia escutei uma conversa dela com uma vizinha sobre as placas que avisavam os negros sobre o pôr do sol. Eu estava sentada nas escadas, separando as cartas de alguns baralhos que haviam sido misturados, quando ouvi as vozes que vinham da sala de estar na parte da frente da casa.

– Que mal faria retirar as placas, Marg? – perguntou a vizinha. – As pessoas de cor vêm trabalhando para quase todo mundo há anos. Não seria muito mais fácil se não tivessem que sair correndo antes do pôr do sol? Ou se não tivéssemos que transportá-los até os limites da cidade como se estivéssemos fazendo contrabando só porque os seguramos até tarde?

Minha mãe bufou. – Imagine como ficaria esta cidade se os negros pudessem andar por aí depois de escuro, Harriet, ou então, que Deus não permita, se pudessem voltar a morar aqui. Céus, é bem capaz que fossem querer estudar na nossa escola. Quando nos déssemos conta, as crianças deles estariam se misturando com as nossas, seus garotos estariam tentando desvirtuar nossas meninas. – Detectei o arrepio em sua voz. Ela começara o discurso sem muita certeza, mas ganhara ímpeto no final.

Nell fora enviada à cozinha para buscar chá gelado. Ela surgiu no corredor, carregando a bandeja pesada com a jarra de cristal e copos de gelo. Patrick passou no momento em que ela se encaminhava para a sala de estar. Ele esbarrou nela e a bandeja se inclinou em um ângulo duvidoso, fazendo balançar o chá na jarra e os copos tilintarem. Patrick ajudou a segurar a bandeja e, ao soltá-la, roçou a mão nos seios de Nell, pausando-a ali por um instante enquanto ela arregalava os olhos. Os olhos dele a desafiavam a reagir enquanto apertava devagar. Ela se encolheu, mas não soltou um pio.

– Nell, é você? – chamou minha mãe. – Pode trazer nosso chá agora.

– Sim, senhora – respondeu Nell. – Estou indo. – Ela passou por Patrick, desviando seus olhos dele. Ele me viu nas escadas, minhas mãos paralisadas segurando os ases de três baralhos diferentes. Sorriu como se eu fosse achar graça no que tinha acabado de ver. Senti-me enojada. Minha mãe se preocupava que os rapazes negros fossem desvirtuar nossas meninas? Ela não vira a expressão mista de terror e resignação no rosto de Nell. Depois de ouvir o que dissera à vizinha, eu sabia que ela veria esse acontecimento de forma diferente, talvez até acusando Nell de atiçar meu irmão.

Meu pai o teria repreendido duramente, exceto pelo fato de que parecia ter desistido de tentar influenciar meus irmãos agora que eram homens crescidos, como se supunha. Até onde consigo lembrar, por razões que nunca ficaram bem claras para mim, Jack e Patrick sempre haviam se espelhado nos outros meninos e homens que os cercavam na nossa cidade, e não em papai. E a falta de intervenção de minha mãe não ajudava em nada. Era eu quem imitava o comportamento de meu pai desde que era pequena, e ele sempre mostrara respeito pelos empregados da casa e por quaisquer pessoas de cor com quem interagia. Não que isso fizesse qualquer diferença para meus irmãos.

Patrick subiu as escadas, dando um peteleco em minha testa ao passar por mim e chutando as cartas que eu já havia separado, misturando tudo de novo.

Foi naquele momento que o interesse que vinha crescendo em mim desde a noite em que Robert me acompanhara até em casa se tornou claro. Era um interesse que poderia deixar até meu pai desconcertado. Se minha mãe pudesse ler meus pensamentos, ela acreditaria que espíritos malignos haviam me possuído – algo parecido com sua visão do que seria ter negros morando em nossa cidadezinha e todas as suas consequências.

Meus pensamentos, não tão platônicos assim, me causaram arrepios.

Em um final de tarde na primavera, eu estava lendo no jardim, encostada a uma árvore, quando Robert apareceu na entrada de casa. Ele levantou a mão ao me ver, mas continuou caminhando em direção à porta dos fundos. Meus olhos começaram a reler as mesmas linhas do texto várias vezes enquanto eu tentava imaginar o que o teria levado à nossa casa naquele dia. Alguns instantes depois, ele saiu de novo e foi até a garagem, onde meu pai guardava o seu precioso Buick Special 1936. Robert deu ré com o carro vinho-escuro até o lado de fora. Desligou o motor e voltou para a garagem, ressurgindo em seguida com balde e panos.

Ele já tinha lavado o carro do meu pai antes. Papai tinha orgulho do veículo e gostava de mantê-lo em ótimo estado. Ele já não confiava mais em Jack ou Patrick para lavá-lo. Nas poucas vezes em que o fizeram, tinham sido desleixados e danificaram a superfície imaculada, deixando pingos de sabão na pressa de terminar logo e partir para ocupações menos aborrecidas. Mamãe alegava que a falta de cuidado deles era causada pelo fato de papai não os deixar dirigir seu precioso Buick, mesmo porque ele mesmo quase não o conduzia. Shalerville era tão pequena que ele visitava a maioria dos pacientes a pé, a não ser quando o clima o impedia ou quando moravam fora da cidade. Era raro papai receber pacientes no consultório, que ficava a alguns quarteirões de casa. Ele se revezava com outros pais para levar a mim e a minhas amigas às nossas festas, e, em algumas ocasiões, atravessávamos o Rio Ohio para jantar em Cincy ou saíamos da cidade em um feriado, mas na maior parte do tempo o carro ficava na garagem, reluzindo e esperando uma rara aventura. Os meninos se viravam com o velho Modelo T do papai, o primeiro carro dele, que só andava quando queria, razão pela qual fora abandonado.

Mas eu implorei ao meu pai que me ensinasse a dirigir o Buick e ele enfim concordou, dizendo que me ensinaria no verão, quando eu às vezes o acompanhava em chamadas fora da cidade. Mamãe interveio: – Ora, John, não fique enfiando caraminhola na cabeça da menina – ela disse. Ela jamais sonharia em assumir o volante, nem queria ouvir falar em eu fazê-lo. Não era feminino. Papai encolheu os ombros em um gesto de desculpas e eu saí pisando pesado, amuada. Mesmo alvoroçada porque papai quase me ensinou a dirigir, fiquei preocupada também. Ele não permitia que meus irmãos dirigissem seu carro, mas estava disposto a me ensinar. Mamãe jamais sonharia me deixar dirigir, mas não entendia a firme recusa de papai em deixar os meninos chegarem perto da sua preciosidade. Parecia, às vezes, que éramos peões em alguma batalha silenciosa entre nossos pais. Seria a permissividade da mamãe com os meninos uma forma de se vingar de meu pai por alguma falha que eu não via? Passei a observá-lo depois disso, tentando discernir o que ele poderia ter feito para decepcionar minha mãe. Ele me parecia perfeito.

Agora, observei com inveja Robert ir até a torneira, sacudindo as chaves no bolso. Olhei para as janelas de trás da casa, embora soubesse que mamãe sempre descansava àquela hora da tarde. Certa de que ninguém estava nos observando, levei o livro até uma espreguiçadeira perto do carro, onde fingi mergulhar outra vez na leitura. – Tinha sombra demais ali – disse. – Estava ficando frio.

– Sim, senhora. Está um dia bonito, mas na sombra deve mesmo estar frio. – Robert encheu o balde de água com sabão e voltou até o carro, então parou. Entendi seu dilema assim que colocou o balde no chão. Eu o vira outras vezes pela janela. Em geral ele ficava só de camiseta sem mangas quando lavava o carro.

Mas eu não costumava estar presente.

Eu podia ter me levantado e entrado para que Robert seguisse sua rotina, mas algo dentro de mim se rebelou. Enterrei o nariz no livro, virando-me um pouco para não olhar diretamente para ele. Em vez de tirar a camisa, Robert arregaçou as mangas o mais que pôde e mergulhou as mãos na espuma. Não havia como evitar molhar o tecido embranquecido pelo sol. Ele torceu a esponja e a passou pelo capô do carro, fazendo uma careta com as manchas de água nas mangas.

Não pude evitar. Uma risadinha escapou de meus lábios. Cobri a boca com a mão.

– Se você fosse eu, não estaria rindo – disse Robert, de costas para mim.

– Desculpe – eu disse, mas não consegui me conter e comecei a rir de verdade. – Espero que você não precise vestir essa camisa para alguma ocasião mais tarde.

Robert olhou para a casa e, antes que me desse conta, mergulhou a esponja no balde e mandou um leque de água em minha direção. A água fez uma curva perfeita no ar e me acertou em cheio, encharcando o livro e minha saia; minha risada virou um grito esganiçado.

– Oh, sinto muito, Miss Isabelle. Não vi que estava tão perto de mim. Molhei você? – Seus olhos fizeram contato com os meus. Um sorriso abriu-se em seu rosto como o brilho do sol nascendo, e, por um instante, nos tornamos apenas duas pessoas jovens se divertindo juntas, nem bem de vida, nem pobre, nem branco, nem negro.

Até a porta de tela bater. Eu me virei. Minha mãe estava de pé na varanda de trás. Ela franziu a testa e olhou por entre os olhos semicerrados, a mão levantada fazendo sombra contra o sol ofuscante da tarde. – Isabelle? É você aí fora? Achei ter ouvido uma agitação. Você já ficou muito tempo ao sol, querida. Sua pele está ficando escura demais. Entre agora.

– Já vou, mamãe – respondi, obediente, mas o tom faceiro de minha voz denunciava minha impertinência.

Ela esperou enquanto eu sacudia a água da saia e pegava o livro. Limpei a capa, torcendo para que mamãe não percebesse as marcas escuras dos pingos ou o cheiro do sabão misturado com poeira de estrada nas minhas roupas. Uma vez segura de que eu estava obedecendo, ela se virou para entrar. Olhei para Robert e, mesmo sabendo que era uma criancice, estiquei a língua para as costas de minha mãe, enfiei os polegares nas orelhas e balancei os dedos. Foi a vez de ele cobrir a boca.

Conseguiu disfarçar os risos que tentavam escapar melhor do que eu. Balançou um dedo em minha direção e voltou ao trabalho.

Demorei-me a entrar, mas mamãe estava me esperando com uma expressão no rosto que eu podia jurar que era de puro apavoramento. Então ela comprimiu os lábios como fazia com Tia Bertie. – Isabelle, você dá liberdades demais aos Prewitts – disse. – Deve se lembrar de sua posição. E eles devem se colocar no lugar deles.

– Mãe... – comecei a protestar, mas ela já havia me dado as costas.

As férias de verão chegaram, e meus dias se alternavam entre a letargia e as tarefas que minha mãe me dava para me manter ocupada: aprender a arranjar as peônias ou lírios de um dia colhidos do jardim, selecionar pepinos ou quiabos maduros para Cora fazer conservas, ou qualquer outra coisa que me parecia sem sentido, como se vivêssemos em pleno século XIX. Eu preferia ler ou passear, mas não gozava mais da liberdade que tivera quando eu era mais nova. Em raras ocasiões, no entanto, minha mãe relaxava a vigilância.

Era um início de tarde em julho, no dia mais quente da temporada até então, o calor pesando sobre nós como um ferro de passar em brasa. Mamãe reclamou de dor de cabeça e se retirou mais cedo para seu descanso da tarde. Pediu a Cora que enviasse Nell até meu pai em busca de um remédio para aliviar sua dor, mas Nell estava lavando a roupa de cama. Embora desconfiasse de que Nell, oprimida duas vezes, pelo calor e pela umidade, teria gostado de um intervalo em sua tarefa, aproveitei minha chance.

– Ah, não, Miss Isabelle – disse Cora. – Nell pode terminar depois. Os lençóis não vão fugir.

– Eu não me incomodo. Quero mesmo ver o papai, e, além disso, não suporto esta casa abafada nem mais um segundo. – Coloquei as mãos sobre o peito. – Por favorzinho?

Cora riu. – Você venceu. – Mas então balançou um dedo para mim. – Você volte logo com esse remédio ou sua mãe vai nos dar a maior bronca.

Prometi ir e voltar correndo. Liguei para o consultório primeiro e papai prometeu que o remédio estaria pronto e esperando por mim mesmo que ele tivesse de sair.

Meu pai estava sentado à escrivaninha, comendo um lanche frio. Acenou para que eu entrasse em seu consultório. – Sente-se, querida. Fique um pouco. Depois pode levar minha lancheira de volta com você. – No verão, quando eu era mais nova, eu costumava fazer companhia para ele durante o lanche. Acho que ambos sentíamos falta de nossas conversas, e eu suspeitava de que os planos de minha mãe de me transformar em uma noiva instantânea eram tão difíceis para ele quanto eram para mim.

– É melhor eu correr. Mamãe vai ficar chateada se eu não levar o remédio logo, ainda mais porque está esperando a Nell.

– Ah, bem, vá logo, então. Não queremos que Nell ou Cora arrumem problemas com a chefe.

– Não, senhor, não queremos isso. – Coloquei o remédio no bolso. – Papai?

Ele sorriu. – Achei que estivesse com pressa.

– E estou, mas estava pensando... – Corri os dedos pelo tecido fino do meu vestido, pelas bordas de um envelope e girei a sandália em cima de um ponto escuro no linóleo. Balancei a cabeça. – Esqueça.

– O que é, querida? – A mão dele estava a meio caminho da boca, mas ele depositou o sanduíche no prato e se recostou na cadeira, os dedos entrecruzados sobre a barriga.

Não respondi de imediato. De repente fui transportada do presente para o passado com a lembrança de um evento ocorrido cerca de seis anos antes do qual eu não me lembrava até aquele instante. Robert e eu nos sentávamos em duas cadeiras de espaldar reto, flanqueando a escrivaninha do meu pai, uma de cada lado. Meu livro de matemática estava no meio da escrivaninha, onde todos podíamos vê-lo, e papai me ajudava com o dever de casa, pois eu tivera dificuldades no primeiro ano, enquanto Robert copiava os mesmos problemas em folhas de papel. Não era a primeira vez que fazíamos uma sessão de estudos

As cores do entardecer

como essa, e, de início, não entendi por que Robert fazia o mesmo dever de casa que eu recebia. Afinal, ele era um ano mais velho do que eu. Também não entendi por que Robert não trazia os próprios livros. Por que precisava usar os meus? Papai explicou, um dia, a caminho de casa, que a escola do Robert recebia livros descartados das escolas brancas das redondezas e que estes eram tão surrados que quase não saíam da sala de aula, pois eram poucos e preciosos demais para que os professores corressem o risco de perdê-los ou de vê-los sofrer danos. A escola nunca tinha professores suficientes, e era comum até os alunos mais inteligentes ficarem para trás. Os colegas de turma de Robert muitas vezes estavam ainda vendo matérias que minha turma havia aprendido anos antes. Papai o ajudava a adiantar os estudos para se preparar para a faculdade. Fiquei envergonhada ao lembrar que, às vezes, ao me sentir frustrada, havia atirado meus livros escolares para o outro lado do quarto, cansada até a morte de tanta trabalheira que raras vezes desafiava minha mente. Imaginei os estudantes que iriam usá-los depois de mim, com lombadas rachadas e tudo, e passei a tratar meus livros com maior cuidado, compreendendo que era um privilégio poder levá-los da escola para casa todos os dias. Eu perturbava os meninos que estudavam comigo, que largavam livros de qualquer jeito no chão quando improvisavam um jogo de bola depois da aula, mas eles reviravam os olhos e me ignoravam.

Naquele dia, eu me inquietava enquanto papai dissecava um problema com Robert. O menino costumava entender as coisas mais rápido do que eu, o que me irritava. Mas percebi que ele também estava irrequieto. Papai sempre fora paciente conosco e simplesmente continuou com o exercício até que Robert olhou para ele com uma expressão preocupada. – Senhor? – ele disse.

– Sim, Robert? O que é? Você não entende?

– Sim, senhor, eu entendo, sim. É só que... – Robert olhou para a janela. – Está quase escuro, senhor.

Meu pai virou-se para a janela e pareceu se surpreender, como se não tivesse percebido ainda como o sol se punha rápido após o fim da escola no fim do outono. Uma impaciência rara cruzou sua face. Não, algo mais intenso do que impaciência. Era raiva. Mas ele se recompôs e juntou os papéis de Robert com rapidez, mostrando o que deveria terminar antes de nossa próxima sessão. – Melhor correr, Robert. Não queremos que arrume encrencas com o chefe.

Eu não sabia bem de quem ele estava falando. Podia ser Cora, já que ele se referia a minha mãe como "chefe" em nossa casa. Mas eu nunca o ouvira usar o termo para Cora. Robert enfiou os papéis em sua bolsa surrada, herdada de Patrick, e saiu correndo do consultório. Meu pai voltou a atenção para mim, mas não parecia estar inteiramente atento ao resto da lição naquele dia.

– O que foi? – A voz do meu pai no presente ecoou a da minha lembrança. – Querida?

Eu disse: – Aquelas placas...

– Placas?

– Aquelas quando você entra e sai da cidade, não as que falam de Shalerville e da população, mas as que ...

Papai franziu o sobrecenho. – O que têm elas?

– Elas sempre existiram?

– Sempre? – Ele olhou para os dedos, observando uma unha, esfregando como se houvesse algo. – Não, acho que não. – Endireitando-se, disse: – É melhor você ir para casa agora, Isabelle. Cora vai estranhar seu atraso.

– Sim, senhor. – Virei-me para sair quando sua voz, com uma jovialidade atípica, me detém.

– Por que você não leva esse remédio para casa e depois tira o resto da tarde para você? Sua mãe tem lhe dado muitas tarefas este verão, querida, mas, se ela não está se sentindo bem, ter você por perto só vai piorar as coisas, não acha? – Ele deu uma piscada e meu ânimo se elevou. Ele não respondera com exatidão a minha pergunta, e eu ainda queria saber, mas toda uma tarde para fazer o que eu quisesse? Com a permissão do meu pai? Foi uma saída perfeita.

– Se sua mãe reclamar, direi que foi ideia minha, mas vá logo enquanto ainda pode. Esse remédio pode funcionar rápido demais se ela souber que você tem permissão para fugir.

– Oh, sim, senhor! – Quase bati a porta atrás de mim, então me lembrei de andar mais devagar diante da enfermeira do meu pai, que estava endireitando o armário de suprimentos na sala de exames. Ela sempre parecia terrivelmente estéril, como se nunca tivesse tocado em um dos pacientes do papai. Ela e mamãe cooperavam a respeito de sua tendência a prover cuidados médicos por menos do que seria bom para os negócios, mesmo a realidade sendo mais dura para muitos em comparação à nossa, mas papai tolerava sua cumplicidade pelo fato de ela ser uma enfermeira excelente. Ela também relatava qualquer infração minha diretamente a mamãe.

– Boa tarde, Isabelle – disse. Agradeci, mas, assim que passei da porta da frente e de sua janela, apressei o passo, quase correndo, diminuindo apenas ao subir uma ladeira e ver alguém na curta rua principal de Shalerville. Havia pouca gente naquele dia, pois o calor deixara as pessoas apáticas e mais inclinadas a parar em qualquer lugar onde pudessem sentir uma brisa fresca.

De volta em casa, encontrei Nell pendurando a última toalha de mesa no varal. Segurei um canto enquanto ela o prendia com o pregador de madeira. Ela passou os dedos na testa brilhando de suor. – Pode pedir à sua mãe que dê isto para a minha mãe? – pedi, tirando o envelope com o remédio de meu bolso.

Ela limpou a mão no avental e pegou o envelope. – O que está pensando em fazer agora? – perguntou. Esforcei-me para manter o rosto inexpressivo. Embora um distanciamento houvesse permanecido entre nós desde a noite em que eu magoara seus sentimentos, ela me conhecia. Eu sabia que ambas lamentávamos estarmos crescidas demais para fugir para os esconderijos no jardim como fazíamos quando éramos mais novas. Mal percebíamos o calor, então, jogando cinco-marias ou pulando corda, brincando de bonecas ou com meu jogo de chá, rindo e cochichando sobre coisas importantes, tais como que nome daríamos aos nossos primogênitos. Em algumas ocasiões, permitíamos a Robert entrar em nosso clube exclusivo quando precisávamos de alguém para levantar algo pesado ou para desempenhar os papéis masculinos em cenas imaginárias que criávamos.

Mamãe não se incomodava tanto com minha interação com a família de Cora naquela época. Jack era um ano mais velho do que Patrick e ambos eram vários anos mais velhos do que eu. Eles se faziam companhia e viviam arrumando encrenca. Sei que ela se sentia aliviada pelo fato de eu ter alguém conveniente com quem brincar, embora, no meu caso, Nell servisse para me manter ocupada e me desincentivasse a correr solta pela cidade, enquanto meus irmãos tinham rédea solta. Mamãe sempre se preocupava demais que eu pudesse me misturar com as pessoas erradas, mas naquela época Nell ainda era isenta. É provável que mamãe a visse como uma espécie de empregada com idade entre 6 e 8 anos. E pelo valor certo: de graça.

– Papai me deu permissão para passear – respondi para Nell. – Acho que vou levar meu livro até o riacho. – Um córrego suave corria perto de nossa propriedade, cerca de meio quilômetro saindo de casa pelo portão dos fundos. Perto o bastante para ser considerado um lugar seguro, mas longe o bastante para dar uma sensação fugaz de liberdade. Quando crianças, havíamos brincado juntas lá também.

Seus olhos refletiram sua incerteza, mas ela pegou o pacote e entrou em casa. Fiquei imaginando se ela havia percebido que eu não estava portando um livro. E que não a segui casa adentro para buscá-lo.

Não me era permitido usar calças. Na maioria das vezes, quando eu visitava minhas amigas em suas casas durante o dia, elas vestiam calças finas que batiam no calcanhar, o que não parecia tão masculinizado para mim, ou saias divididas tão femininas quanto qualquer vestido que já tivesse visto. Mas a campanha de mamãe para voltar no tempo algumas décadas era absoluta. Por uma vez, me senti grata por estar usando um vestido de algodão folgado que eu podia levantar e amarrar dos dois lados. Perfeito para vagar no riacho.

As cores do entardecer

O leito do riacho era de pedras de calcário moldadas e polidas pelo fluxo da água. Eu adorava pular de pedra em pedra na água fresca, vendo até onde podia avançar pelo rio antes de chegar a um ponto fundo demais para cruzar sem ter de mergulhar e nadar. Meu traje de banho, infelizmente, só via a luz do sol quando minha família fazia piqueniques no lago ou viajava de carro para a Carolina do Norte a fim de nadar no mar. Eu nunca tive permissão para usá-lo no riacho. De qualquer jeito, eu já tinha crescido alguns centímetros desde a última vez em que o usei, mas acredito que ainda serviria para cobrir minhas pernas magricelas e meu peito liso. Eu achava que teria aquele corpo de menino até me casar e começar a ter filhos.

Perto do riacho, tirei a fita que amarrava meus cabelos e a cortei ao meio, serrando-a contra um galho quebrado. Não me faria falta. Nunca me faltavam fitas para manter meus cabelos revoltos em ordem. Levantei minha saia, formando dois cachos laterais, e amarrei-os. Com certeza estava ridícula, mas não me importava. Não ia sacrificar uma tarde livre em nome da vaidade.

Deixei as sandálias na beira do riacho e pulei para a primeira pedra, parando um pouco para gozar minha liberdade, sorvendo o ar ameno refrescado pela água corrente, tão viçoso em comparação com a atmosfera estagnada que eu respirara a manhã inteira.

Mas logo passei de uma pedra à outra, esticando os braços, como uma águia-pescadora em voo, tentando manter o equilíbrio. Parei, afinal, quando cheguei à última pedra possível sem atravessar de volta à margem. A superfície da pedra era ampla e regular e eu me agachei perto da água, apoiando-me nos calcanhares com a saia acima dos joelhos.

Olhei para o riacho de minha infância e fui surpreendida pela melancolia. Senti saudade da época em que eu tinha mais espaço, dos verões em que podia brincar sem o fardo das expectativas de outras pessoas – expectativas que eu não compartilhava. Eu era esperta demais, dizia minha mãe. Ela torcia o nariz quando eu pegava os jornais de meu pai depois que ele os lia no café da manhã. Reclamava quando eu retornava da pequena biblioteca de Shalerville equilibrando de maneira precária mais uma pilha de livros nas mãos. Dizia que eu devia demonstrar maior interesse por atividades femininas. Mas costurar, bordar e aprender a receber bem eram assuntos que me deixavam morta de tédio. Certa vez, levantei a hipótese de fazer uma faculdade e me pareceu que meu pai apoiava a ideia. Pelo menos não a desencorajou. Mas mamãe disse: – Você? Na faculdade? – rindo, não com grosseria, mas seu escárnio respingou em mim. – A única educação de que precisa para ser uma boa esposa e mãe você receberá aqui mesmo, debaixo do próprio teto. – Previ, então, um futuro em que, em vez de partir para estudar em uma universidade, algo com que sempre sonhara e que me levaria a algum lugar longe desta cidade esquecida por Deus, eu me casaria, de acordo com as expectativas, com o primeiro pretendente aceitável que surgisse, é bem provável que sem amor ou interesses em comum, para nortear um tedioso período de cortejo, talvez alguém como Jack ou Patrick, que iria trabalhar e passar seu tempo livre como quisesse enquanto eu deixava de lado meus sonhos para cuidar da casa e ter filhos. Senti uma onda de raiva da minha mãe, que sem dúvida faria valer sua vontade, levantei-me e corri até a margem do riacho, onde soquei o chão com meus punhos, o aroma da poeira seca que se levantou me consolando e me enfurecendo ao mesmo tempo. Eu era privilegiada, até mesmo rica em comparação a muitas garotas, mas esbravejei contra minha sina, meus gritos ininteligíveis, como uma criança descontrolada. Quando por fim cansei, deitei a cabeça sobre os braços e olhei para o lado.

Vi um par de botas surradas.

– Está tudo bem, Miss Isabelle?

Levantei-me com um pulo. – De onde você surgiu? – Levei minhas mãos ao rosto. Pegava fogo. Estava tão envergonhada.

– Estava aqui o tempo todo. Você não me viu, acho, ou imagino que teria segurado isso tudo dentro de você. – Ele deu risada. – Eu estava mais para baixo do riacho quando você chegou. Estava só... Cuidando da vida. – Um sorriso encheu seus olhos de humor.

Tive de admitir para mim mesma: a probabilidade de que ele estivesse ali era grande. Minha vida inteira, no verão, quando não estava cumprindo pequenas tarefas para papai, Robert ia para o riacho. Mas hoje, depois de um breve reconhecimento de área nada rigoroso, acreditei que estava sozinha. Pensar que ele havia presenciado meu destempero, causado em parte pela sua ausência, feriu meu orgulho.

Então mudei de assunto. – Estava pescando?

– Estava pegando iscas. Procurando vairões. Se pegar bastante, vou até o rio. Não tem nada aqui senão uns peixinhos que não valem a pena.

– Me mostre como você pega os vairões – pedi de impulso. Eu já havia tentado antes, por diversão, mas os peixinhos minúsculos sempre escapavam. Tentara pegá-los com um balde ou com minhas mãos, mas eles fugiam assim que eu tocava na água. Nunca conseguira pegar mais do que uns poucos.

Robert olhou para mim, cauteloso, surpreso e achando graça ao mesmo tempo. Mas se virou e fez um gesto para que o seguisse. Dessa vez percebi que ele não cuidou de recuar um passo atrás de mim depois que espanei a poeira do vestido e me emparelhei a ele. Ao contrário, em alguns pontos onde o riacho se estreitava, dando passagem para apenas um de cada vez, ele passava à frente, parava e segurava juncos e galhos para trás, abrindo galantemente o caminho para mim.

Ele me levou até um trecho onde o riacho se alargava e os vairões costumavam se aglomerar. Naquele ponto, a água fluía preguiçosa, formando pequenos redemoinhos em abrigos criados por pedras maiores e reentrâncias ao longo da margem. Robert deu um grunhido e apontou para a margem. Gesticulou para que eu me sentasse e levou um dedo aos lábios, mandando-me ficar quieta e em silêncio.

Colocou o balde ao meu lado, depois tirou uma garrafa vazia de refrigerante do bolso de sua calça larga. Segurou a garrafa para me mostrar que havia colocado uma bola de pão amassado dentro dela. O pão rolava no fundo como uma bola de gude, embora Robert também tivesse colocado ali pedaços esponjosos de miolo. Ele amarrou um barbante comprido no gargalo da garrafa e então tirou as botas e entrou no riacho, silencioso como um índio, mal perturbando a superfície da água. Moveu-se com cuidado, debruçado, espiando de perto os pequenos recôncavos.

Por fim, parou. Mergulhou a garrafa na água com a boca virada no sentido da correnteza, pressionando-a na areia do leito para fixá-la. Tirou uma pequena pedra do bolso e prendeu a ponta do barbante em cima de um pedregulho do rio, então veio até a margem e se sentou ao meu lado. Parecia um processo complicado e trabalhoso demais para pegar alguns vairões, mas fiquei curiosa para ver como funcionaria.

– E agora? – sussurrei.

– Esperamos.

– Por que me mandou fazer silêncio e agora está falando?

– Eu vi quanto barulho você é capaz de fazer – ele respondeu, olhando rio abaixo, os lábios comprimidos. Vi que tentava segurar o riso.

Suspirei, balançando a cabeça. – Quanto tempo esperamos?

– O bastante. Não muito.

Esclarecedor.

Enquanto esperávamos, tentamos conversar. Até que enfim eu podia falar com Robert a sós de novo, algo que vinha querendo fazer o verão inteiro, mas agora não conseguia pensar no que dizer. O tempo parou e acelerou e eu me arrependi de não ter prestado mais atenção às meninas que sempre ridicularizava e tomado nota de como elas conversavam com os garotos com tanta desenvoltura. Mas Robert parecia bem à vontade com o silêncio, contente em esperar que eu iniciasse um assunto. Afinal, perguntei: – Você gosta de pescar?

– Faz passar o tempo. E é bom que a mamãe não precisa comprar carne para o jantar ou então ficar sem.

Franzi a testa. Senti-me repreendida, embora não por Robert. Nunca pensei que Cora tivesse dificuldade para comprar carne para sua família. Sempre tivemos fartura em nossa casa, mesmo nos piores anos da Grande Depressão. Os pacientes sempre pagavam meu pai com produtos como conservas caseiras e às vezes carne fresca ou seca. Eu sabia que mamãe dividia com Cora quando tínhamos mais do que podíamos usar antes de estragar, mas sempre imaginei que fosse mais um extra do que uma necessidade. Jack e Patrick costumavam caçar pequenos animais por puro prazer na floresta. Tenho certeza de que deixavam a caça lá apodrecendo.

As cores do entardecer

Depois de uns dez, quinze minutos, Robert foi até o barbante e puxou a garrafa de volta. Segurou-a para eu ver, mostrando cerca de uma dúzia de pequenos vairões circulando freneticamente dentro do vidro. A bola de pão se reduzira a uma fração apenas, mas os demais pedaços de miolo haviam sumido. Ele despejou no balde os vairões e a água e se arrastou de volta até o meio do riacho. Enfiou a mão no bolso e tirou novas migalhas de pão para colocar na garrafa.

– De quantos vairões você precisa? – perguntei.

– Ah, mais ou menos uns cinquenta devem dar. Guardo o que não usar para amanhã.

Fiz o cálculo de cabeça. Ficaríamos ali uma hora ou mais enquanto ele pegava sua isca. Eu saíra de casa havia menos de uma hora, então tudo bem. Ninguém viria me procurar a não ser que eu me ausentasse até quase a hora do jantar.

– Vai começar a faculdade no outono? – Eu esperava que não achasse minhas mudanças de assunto muito estranhas.

– É esse o plano, Miss Isabelle.

– Também queria ir, Robert – eu disse, com impulsividade, antes que pudesse me deter. – Você não precisa me chamar de *Miss* Isabelle. Não aqui fora, pelo menos. Faz eu me sentir... Bem, não sei o que me faz sentir, mas eu não gosto. Pode me chamar de Isabelle?

– Oh, eu não poderia. Minha mãe, sua mãe... – balbuciou ele, a cabeça balançando de um lado para o outro em dúvida, os olhos baixos evidenciando seu desconforto.

– Eles nunca saberiam. Por favor? – implorei. Aquilo me parecia tão importante quanto qualquer coisa que eu já quisera antes, por mais inconsequente que fosse.

– Isabelle – ele disse. – Está bem, então, Isabelle. – Ele rolou as sílabas na boca como se provasse uma nova receita que sua mãe queria testar. Olhou para mim com hesitação e sorriu. – Você não está querendo me meter em encrenca, está?

– Não! Eu nunca... – A pele de minha nuca se arrepiou. Pensei em como algumas das meninas que eu conhecia, e meninos também, podiam

71

ser inescrupulosas a esse ponto, dispostas a fazer algo de propósito para meter em apuros um dos poucos meninos negros que conhecíamos. A noção de tanta perfídia me repugnou.

— Oh, eu sei que não, Miss... Isabelle. — Ele balançou a cabeça de um lado para o outro. — Este vai ser um hábito difícil de perder, mas eu tento se você quiser.

Sentamos em silêncio outra vez. Com o passar do tempo, senti-me cada vez mais desajeitada. Tomei consciência de meu corpo, de minha pele, minhas mãos, meus pés descalços, a leve penugem em minhas canelas. Minha mãe raspava os pelos das pernas, mas eu nunca me incomodei. As minhas ficavam cobertas por meias quando eu precisava. Agora pareciam pernas de criança e eu só queria enfiá-las debaixo do vestido de novo.

Então tomei consciência dele, de sua pele, suas mãos, seus pés descalços, a penugem sobre seus lábios e seu queixo. Peguei-me segurando a respiração e deixei escapar devagar, para não sair tudo de uma vez como de um fole. — Você tem namorada, Robert? — perguntei, querendo tirar da cabeça esses pensamentos com alguma informação que os tornasse estéreis.

— Eu tinha — respondeu. — Mas ela se casou com um rapaz mais velho que ganha bem trabalhando como carregador na ferrovia. Não quis esperar eu ir para a faculdade. — Ele encolheu os ombros. — Não posso culpá-la.

— Você quer se casar? Quer ter filhos um dia? — Minha abordagem inicial não fora bem-sucedida por completo, mas contemplar Robert sob a luz de uma vida futura além de minha família e da maneira como nos servia me fascinava.

— Suponho que sim, algum dia. Se a garota certa aparecer. Uma garota paciente, provavelmente. — Ele sorriu para mim e eu ri, nervosa, pois sabia que ele estava rindo de mim, também, por dentro. Não que achasse que ele ousaria me comparar a qualquer menina que pudesse considerar. Isso seria tão errado.

Tão perigoso.

Uma nuvem cobriu o céu, repentina e pesada, e uma brisa se levantou. Tremi ao senti-la arrepiando a pele de meus braços. Quando o estrondo de uma trovoada fez tremer a terra sob nós, Robert levantou-se com um pulo.

– Nossa! Vem uma tempestade por aí. – Ele pulou no riacho, recolheu a garrafa e correu de volta para a margem. Colocou a garrafa dentro do balde, junto com os vairões, e depositou-o aos pés de uma árvore, junto com as botas. – Você acha que dá tempo de a gente correr? – perguntou. Olhou para o céu, que naquele instante se escancarou. Gotas do tamanho de colheres começaram a cair. – Melhor se abrigar, Miss... Isabelle. Venha aqui para baixo.

Olhei para cima também, avaliando a praticidade de ficar debaixo de uma árvore no meio de uma tempestade de raios. Mas então começaram a cair pelotas de granizo. Até eu correr para o lado de Robert, o granizo já estava do tamanho da bola de pão que ele tinha usado para atrair os vairões na garrafa.

Robert se espremeu contra a árvore, tentando abrir espaço para mim. Como não conseguia encontrar uma posição boa, começou a se afastar, mas eu peguei sua manga e o puxei de volta. – Não seja ridículo – eu disse. – Não pode se expor assim. – Não que a árvore nos desse muita proteção contra a chuva, que agora caía quase que de lado, mas pelo menos o granizo não nos atingia com toda a sua fúria.

Eu não soltei a sua manga, embora não me lembre de ter percebido isso logo. Ele se espremia contra o tronco, de costas para mim, e meu nariz mal alcançava seu ombro. Olhei as cortinas de chuva caindo, todos os sons silenciados pela sua intensidade. Nunca me sentira tão próxima a outro ser humano. Ou tão só. Passei os dedos pelo braço de Robert e o segurei na dobra do cotovelo.

Ele não reagiu a princípio, não visivelmente. Permaneceu imóvel e rígido como o tronco atrás de nós, tão antigo e grosso que mal balançava sob a tempestade.

Todavia, quando outra trovoada pareceu rachar o céu acima de nossas cabeças, levei um susto e apertei seu braço. Sem dizer uma palavra, Robert virou-se e me apertou contra seu peito. Senti seu cheiro, suado, natural, mas não desagradável, misturado ao cheiro da chuva que escorria das folhas e pelo tronco da árvore.

O cheiro me transportou. Eu tinha 7 ou 8 anos de idade. Estava abrigada com Robert e Nell sob outra árvore baixa perto do riacho enquanto uma tempestade de verão rugia, a chuva morna respingando e escorrendo por nossos braços e pescoços apesar do empenho de Robert em nos proteger com a manta que Nell e eu tínhamos usado para o piquenique. Nell estava sentada entre nós, mas meu braço desnudo deu a volta em sua cintura e meus dedos roçaram os pés cruzados de Robert. Ele gritou feito menina quando fiz cócegas em seu calcanhar, mas continuou segurando firme a manta, fazendo o possível para nos manter secas. Seria uma recordação verdadeira? Eu não tinha como ter certeza. Parecia ser.

Robert e eu permanecemos como estávamos até a tempestade amainar. O granizo e a chuva pararam tão rápido quanto haviam começado. Ele abaixou as mãos e deu um passo para trás.

Senti-me nua. Sozinha de novo.

– Eu não estava pensando. Sinto muito – disse Robert, metendo as mãos nos bolsos, o rosto sério, olhando em volta como se pudessem ter nos visto.

– Eu, não – repliquei. – Eu não lamento nada.

Virei-me e corri até o ponto onde havia deixado minhas sandálias, mas é claro que não estavam mais na margem do riacho. Já deviam ter flutuado para longe. Corri para casa, ignorando meu coração martelando no peito, parando apenas uma vez para soltar a saia antes de alcançar o portão de trás. Irrompi na cozinha, onde Cora e Nell estavam sentadas à mesa, uma descascando maçãs e a outra, batatas. Cora empurrou a cadeira para trás, e o rangido dos pés arrastando nos ladrilhos feriu meus ouvidos.

– Oh, Miss Isabelle, olhe só para você! – ela exclamou. – Sua mãe vai ter um troço se a vir assim! Vá logo tirar essas roupas molhadas. Ela já deve ter acordado, mas talvez você consiga passar sem que a veja. – Balancei a cabeça, concordando, e subi as escadas, pensando em como explicaria meus pés descalços a minha mãe se não conseguisse evitá-la e como explicaria o sumiço das sandálias na próxima vez em que ela sugerisse usá-las. Havia apenas um mês que as tinha ganhado, e, embora tivéssemos melhor situação do que a maioria das famílias em nossa área, sapatos novos eram caros. Mas eu também sabia que não trocaria minha tarde no riacho para tê-las de volta. Não trocaria por nada, um pensamento que me fez tremer até a sola dos meus pés descalços.

6
Dorrie, Dias Atuais

A ESTRADA AGORA SUBIA E DESCIA por uma região de pequenas elevações e eu olhava direto em frente, tentando absorver a história de Miss Isabelle. Ela estava em silêncio como se ainda perdida em suas lembranças. Quem diria que ela tivera uma relação tão espinhosa com a mãe? Eu a teria classificado como a típica menina branca mimada, criada desde o primeiro momento para acreditar que podia ter o que quisesse, até se casar e ter uma família. Uma filha doce e obediente e a mãe coruja. Quanto mais eu pensava naquele último pedaço, mais reconhecia minha presunção. Miss Isabelle, doce e meiga? *Tá* bom! Estava mais para vinagre e fel, isso sim.

Gostei mais dessa versão mental da jovem Miss Isabelle. Ajudava a dispersar meu receio de revelar meus desacertos e remorsos e me deixava mais confiante de que ela não iria me julgar.

E pensar que ela tivera uma paixão por um menino negro quando era menina. Eu não sabia bem o que pensar disso, mas aposto que foi uma senhora confusão se alguém descobriu. Na minha cabeça, Robert começava a se parecer com Teague quando era mais novo. Se era assim, com certeza eu não tinha como culpá-la por se apaixonar por ele.

– Minha mãe – eu disse, interrompendo os próprios pensamentos –, ela não se importava com o que eu fazia contanto que não lhe desse trabalho. Isto é, contanto que ela não tivesse de resolver qualquer problema para mim ou gastar dinheiro para me tirar de alguma encrenca. Ah, e contanto que não interferisse em nenhum de seus namoros.

Acho que mamãe acreditava que algum daqueles homens seria seu bilhete para uma vida melhor. Pena que nenhuma de suas escolhas tivesse dado certo.

Todos os dedos apontando para mim, é claro.

Mas pelo menos eu sempre paguei minhas contas, não importa o quê. Não importa quanto tempo eu tivesse deixado um homem viver à minha custa e quanto ele tirou de mim, mantive as coisas sob controle. Pelo menos as coisas importantes. Meus filhos vestiam roupas boas e comiam bem, sempre. Podiam fazer a maioria das matérias extracurriculares que quisessem. Nossa casa não era chique, mas era boa, limpa e arrumada. Eles podiam convidar os amigos sempre que tivessem vontade. De fato, eu encorajava isso. Queria ver com que tipo de gente andavam e como se comportavam diante dos amigos.

– O que a deixava feliz, então? Sua mãe? – perguntou Miss Isabelle.

– Mamãe? Ela ficava feliz quando tinha um homem. E ficava mais feliz ainda quando eu arrumava algum outro lugar para ficar quando eles vinham em casa. Ela me amava, eu sei que sim, mas naquela época ela preferia não passar mais tempo comigo do que o necessário. Acho que hoje ela lamenta. Reclama que eu trabalho demais e se queixa de que as crianças não passam nenhum tempo com ela.

Um sorriso se abriu em meu rosto. Mamãe ia cortar um dobrado essa semana. Afinal, eu veria algum retorno para meu investimento financeiro. Ela estava destinada a se mudar para um dos conjuntos habitacionais do governo, onde o município basicamente esconde os idosos pobres até morrerem. E, por mais que mamãe me irritasse, eu não desejaria isso para ninguém. Sempre fiz o que pude para mantê-la em um pequeno apartamento em um bairro decente.

As cores do entardecer

Agora, quanto à mãe de Miss Isabelle, ela me pareceu mais severa do que exigia o bom senso. Claro, as coisas eram diferentes então, mas acredito que Miss Isabelle nunca teve espaço sequer para respirar.

Deixamos a chuva para trás no leste do Texas. Vimos uma placa indicando um ponto de parada com banheiros, e o chá gelado que eu bebera toda vez que Susan Willis passava para encher meu copo estava me incomodando. Se tinha uma coisa que faziam direito no Arkansas eram os banheiros públicos. Sem dúvida o estado gastava todo o dinheiro neles em vez de nas estradas.

Quando vi Miss Isabelle se aproximando do pequeno prédio, ondas de nostalgia me surpreenderam. Era apenas um banheiro público, sim, mas era construído do mesmo material rústico com cheiro de desinfetante que os prédios do acampamento de verão financiado pelo governo a que eu ia quando era criança. Eu ficava feliz de sair de casa aquelas duas semanas todo verão. No dormitório cheio de meninas estridentes, mesmo quando havia garotas malvadas – e sempre havia —, eu caía logo no sono sem preocupação. Sofrer trotes enquanto dormia não me incomodava muito. Eu ria.

Em casa, minha mãe era inteligente o bastante para tentar manter seus namorados longe de mim. Quando ela arrumava um homem novo – coisa frequente, já que quase nunca duravam muito tempo –, eu travava minha porta enfiando debaixo da maçaneta uma cadeira dobrável de metal que resgatei de uma pilha de lixo. Nem sempre prendia a porta, mas pelo menos o barulho dela caindo me alertava. E em geral o barulho acordava minha mãe. – Jiiiimy? – ela chamava no corredor. Ou "Joe", ou "Jack", ou quem quer que fosse daquela vez. – É você, querido? Está voltando para a cama? – E os passos se afastavam, se nós duas tivéssemos sorte e mamãe estivesse bem acordada. Mas teve mais de um que só aprendeu do jeito mais difícil a não mexer comigo. Eu dava graças por minha mãe conseguir evitar os piores, aqueles que não se sentiriam intimidados por uma menininha com um bom par de pulmões e uma tesoura afiada na mão.

Eu tivera mais cuidado com minhas crianças. Minha filha sabia que estava segura em casa. Meu filho sabia que, por mais que seus assim chamados amigos tentassem convencê-lo a fazer besteira, só precisava chegar em casa que eu o deixava esperto. Assim mesmo, eu estava preocupada com ele.

Miss Isabelle e eu aproveitamos um momento para nos esticar depois de usarmos as instalações. Sentamo-nos em um banco para eu descansar a cabeça dos quase quinhentos quilômetros que já tínhamos viajado.

– Você parece uma boa mãe, Dorrie, mas acha que está funcionando? Digo, fazer as coisas de maneira diferente do que sua mãe fazia?

A pergunta direta de Miss Isabelle me surpreendeu. No entanto, depois de pensar um instante, entendi que ela não estava tentando me colocar na defensiva e que eu poderia ter feito a mesma pergunta a ela, que sobrevivera ao filho. Era raro mencioná-lo, mas Miss Isabelle tinha uma fotografia dele ao lado do minúsculo dedal de prata na sua penteadeira, assim como um retrato de família com ela e o marido em pé atrás do menino ainda adolescente. Ele morreu antes de eu conhecê-la. Talvez fosse doloroso demais falar disso.

Assim mesmo, demorei para responder.

– Minha garotinha, ela me deixa tão orgulhosa – eu disse, afinal. – O ensino fundamental é uma trincheira de guerra, mas ela está tirando boas notas e não deixa outras meninas influenciarem seu jeito de ser. Ainda. – Sorri, pensando em Bebe com seus óculos desajeitados e sua recusa em usar roupas esfarrapadas como tantas meninas de sua idade fazem. Às vezes ela ainda me deixava arrumar seus cabelos presos em rabos de cavalo ou pequenos pufes naturais. Eu continuaria a fazê-lo enquanto ela não reclamasse. Ela era como eu, só que mais inteligente. Eu rezava para que pudesse ser mais forte também. Era tão difícil hoje em dia. – Já Stevie Júnior é parecido demais com o pai. Um conquistador. É um bom menino, mas Steve não dá lá muito bom exemplo.

Meu filho estava tão perto de se formar que eu já sentia o gostinho. Em meio semestre e mais alguns dias ele devia subir naquele palco, vestindo sua túnica e capelo com toda a pompa e circunstância – um formando do ensino médio de segunda geração. Mas, nos últimos tempos, eu vinha recebendo ligações automatizadas da escola dizendo que ele havia faltado a uma ou outra aula. Também recebi lembretes sobre aulas de reforço para que alunos considerados fracos pudessem obter êxito nos exames finais. Essas ligações também eram automatizadas, mas eram direcionadas a quem precisava delas. Eu verifiquei.

Sua namorada mais recente, Bailey, que estava sempre pela casa com ele, parecia ser doce, educada – era sempre Sra. Curtis isso, Sra. Curtis aquilo, mesmo depois que eu a mandei me chamar só de Dorrie. Mas, de uns tempos para cá ela vinha arrastando os pés atrás de Stevie com uma cara triste. Eu reconheci aquele olhar. Eles vinham combinando ir ao baile de formatura juntos, mas havia tempos que eu não a ouvia falando com entusiasmo sobre algum vestido que tinha visto ou perturbando Stevie para ir experimentar um smoking.

– Acho que a namorada do meu filho pode estar grávida – deixei escapar para Miss Isabelle, e um longo e doloroso suspiro me estremeceu até a alma. Pronto. Admiti o fato pela primeira vez em voz alta. E agora eu via com clareza: era a maior razão de eu querer fugir de tudo.

– Oh, Dorrie, eu sinto muito. – Ela olhou para o estacionamento, onde uma família emergia de dentro de um carro econômico como uma trupe de palhaços. As crianças corriam tão rápido que eu não conseguia contá-las. E gritavam tão alto que parecia que estavam enfiadas naquela coisa há dias. O pai e a mãe pareciam prestes a cair de exaustão, mas continuaram firmes, distribuindo bebidas e sacos de salgadinhos e arrebanhando quem precisava ir ao banheiro antes de se sentarem para comer o piquenique deles. – Às vezes os bebês vêm na hora errada, mas ainda podem ser uma bênção se forem acolhidos e amados.

– E eu não sei, Miss Isabelle? – respondi. Ficaria furiosa se meu filho confirmasse minha suspeita, mas quem era eu para falar? Não conseguia imaginar minha vida sem ele, um filho que viera uns dois ou três anos antes de eu imaginar ser mãe. – Não sei se sobreviveria se o perdesse. Você deve sentir tanta falta do seu menino.

Ela respondeu após uma pausa. – Você acha que a dor de perder alguém vai passar depois de um tempo, mas não passa.

Levantamo-nos do banco e caminhamos para o carro, entramos e colocamos os cintos. Então ela disse: – Você trate de amar seu menino, Dorrie. E você vai amar qualquer criança que ele colocar neste mundo, não importa como ou quando acontecer, está entendendo?

A ideia de me tornar avó aos 36 anos era quase demais para mim. Mas, do jeito que Miss Isabelle falou, até parecia que eu tinha outra opção senão amar meu neto.

7
Isabelle, 1939

NO DIA SEGUINTE À TEMPESTADE, eu estava ajudando mamãe a arrumar a roupa de casa, separando as peças mais usadas para a caixa de caridade da igreja. Sugeri perguntarmos a Cora se ela não queria nada. O comentário que Robert fizera sobre ter carne na mesa ainda me incomodava.

– Oh, não, querida. Cora tem o bastante para sua família. Pagamos um bom salário para ela. Você devia ver como outras pessoas em nossa cidade vivem. É uma tristeza – disse mamãe, dobrando guardanapos. Era verdade. Barracos decrépitos nos entornos de Newport pareciam-se com os que eu via de tempos em tempos nas capas de revistas. Mães esgotadas, segurando bebês anêmicos, sentadas em alpendres desaprumados. Mas, com toda a sinceridade, eu não conseguia entender como um conjunto de guardanapos ou uma toalha de mesa bordada a mão iria ajudar gente que talvez não tivesse nem pão para pôr na mesa, muito menos carne. Achava que Cora gostaria de ter panos bonitos para a mesa dela, em especial se ela e a filha os vinham lavando e passando com tanto cuidado por anos.

Mas talvez ela fosse orgulhosa demais para aceitá-los. As coisas ficaram confusas depois do tempo que passei sozinha com Robert. Coisas que me pareciam tão certas antes agora eu questionava.

Mamãe me mandou buscar copos de leite com gelo na cozinha. O dia estava abafado de novo, mas dessa vez não haveria como fugir de casa. Embora não fosse minha intenção, quando uma menina se aproxima de uma porta e escuta uma conversa sussurrada, é natural que pare para escutar. Ainda mais uma menina que vinha sentindo as coisas que eu vinha sentindo nos últimos dias. Ainda mais quando a conversa podia ter algo a ver com o objeto de seu interesse.

– Viu as roupas molhadas que seu irmão deixou no varal ontem à noite? – perguntou Cora.

– Hã, não. Que desculpa ele deu? – disse Nell.

– Disse que foi pego pela chuva. Lá no riacho.

O silêncio inchou como massa de pão fermentando. Meus pés pareciam atolados nele. – Eu falei para aquele menino ficar longe de problemas. Avisei para ele abrir o olho ou a coisa ia acabar ficando ruim para nós tudo de novo. Fico contente que ele terminou o colégio, mais ainda que ele vai para a faculdade, mas eu juro, tem dia que acho que ficou de cabeça inflada. Esqueceu-se de seu lugar. As pessoas aqui não vão aceitar uma coisa dessas, nem nunca aceitariam.

– Ah, mamãe, ele não vai fazer nada errado. Ele sabe o que é certo – disse Nell, em uma voz fraca e vacilante como se não tivesse certeza de suas palavras. Como se também precisasse se convencer.

– Vamos torcer, Nell. Vamos torcer. Achar outro emprego como esse, nestes tempos, seria quase impossível. Tivemos sorte até agora.

O que Robert poderia fazer que seria tão perigoso a ponto de ameaçar a reputação da Cora junto a minha família? Nossos breves encontros tinham sido pura coincidência – a não ser que minha teoria de que algo maior havia nos juntado fosse verdadeira. E inocente. Sim, eu tinha sido audaciosa e me comportara de forma que surpreendera até a mim mesma, mas ele me parecia tão inofensivo...

Eu flertei.

Foi o que fiz. Eu flertei com Robert. E sua irmã e sua mãe podiam perder seus empregos por causa disso. Isso podia custar aos três mais do que eu era capaz de compreender em meu pequeno casulo protegido.

Apoiei-me contra a parede, angustiada com minha ambivalência. As tábuas do chão rangeram com a mudança de peso, provocando um surto de atividade na cozinha. Nell atravessou a porta, mas parou ao me ver no corredor.

– Nell, eu...

As palavras morreram em meus lábios. Eu não sabia o que dizer. Queria assegurá-la de que não faria nada para prejudicar sua família Mas isso seria o mesmo que admitir que existia essa possibilidade. Por uma vez, tagarela que eu era, as palavras me faltaram.

Nell apenas olhou para mim com uma expressão de desgosto, então baixou os olhos e seguiu pelo corredor, deixando-me no rastro de nosso crescente distanciamento. Eu queria ir para a sala de estar e voltar o relógio para trás até aquela noite em que ela me ajudou com meus cabelos. Eu me faria calar minha boca. Ficaria na festa. Não seria tão tola. Não seria tão egoísta.

E Robert não seria nada além de um menino em quem certa vez eu fizera cócegas no pé.

O coração é um inquilino exigente; com frequência apresenta argumentos fortes contra o bom senso. Na semana seguinte, com meu nervosismo apaziguado pelo tempo e tendo colocado de lado meus receios como apenas uma adolescente é capaz de fazer, meu egoísmo ressurgiu. Espiei Robert saindo de nossa casa. Corri para o andar de cima, peguei os livros que havia terminado de ler havia pouco tempo e saí correndo de casa, gritando ao sair: – Vou à biblioteca!

A biblioteca era o único lugar aonde eu podia ir sem mamãe fazer perguntas infindáveis sobre cada movimento meu, mesmo achando que eu lia demais. Eu já pretendia ir naquele dia, então minha saída não era inesperada. Meu atropelo poderia ter levantado suspeitas, no entanto, se alguém estivesse olhando e percebesse quem tinha saído logo antes de mim.

Disparei ladeira abaixo. Ao final de nossa rua, cobri os olhos para enxergar sob o sol ofuscante. Minhas pupilas não haviam se ajustado ainda após minha saída apressada de casa. No verão, ela era mantida tão escura e fresca quanto possível, com as cortinas fechadas e as persianas abaixadas o dia todo até o pôr do sol chegar, vagaroso como um voluntário cansado de tanto trabalhar.

Avistei o vulto de Robert se afastando e respirei aliviada, seguindo atrás dele em direção à rua principal. Apressei o passo para mantê-lo à vista, mas, ao passar em frente à biblioteca, entrei correndo e larguei os livros em cima do balcão, virando-me para sair de novo.

– Nenhum livro novo hoje, Isabelle?

– Não. Volto mais tarde. Ou amanhã. Desculpe, Srta. Pearce, tenho de ir. – Eu temia que, até voltar para a rua, já tivesse perdido o rastro de Robert, mas não havia como carregar sete livros pesados para cima e para baixo naquele calor.

Srta. Pearce torceu o nariz e bufou: – Há sempre uma primeira vez para tudo.

– Sim, senhora – respondi, batendo a porta atrás de mim e imaginando-a com um dedo contra os lábios comprimidos em desaprovação ao barulho, embora eu já tivesse partido e fosse tarde demais para ouvir seu aviso.

Olhei na direção em que vira Robert na última vez. Havia apenas alguns homens fumando nas portas de seus estabelecimentos. Apressei o passo, quase correndo. Por fim, diminuí a velocidade. Eu o tinha perdido.

Mas então ele surgiu de dentro da loja de ferragens. Colocou um pequeno saco de papel no bolso depois de passar a frente da loja e continuou em direção ao limite da cidade. Voltei a segui-lo, mantendo uns vinte metros de distância, embora precisasse dar três passos para cada dois dele.

Seu destino não me importava. Só o que eu sabia com certeza era que queria falar com ele de novo, ser reembalada por sua voz suave, me divertir com seu humor irônico

Fora isso, eu não tinha qualquer plano.

Robert cruzou o limite da cidade, eu seguindo atrás furtivamente como uma imitação barata de detetive particular. Depois de pouco menos de um quilômetro, ele entrou em uma rua de terra batida que levava até um prédio velho. As letras esmaecidas em uma placa caiada o identificavam como sendo a Igreja Batista Monte Sião. Abaixo do nome, a placa dizia: TODOS SÃO BEM-VINDOS.

As cores do entardecer

Mas eu me detive, escondida atrás de uma enorme castanheira amarela, observando enquanto Robert subia os degraus de madeira envergados e entrava na igreja.

Encostei a testa contra o casco nodoso da árvore. Colhi um fruto verde de um galho baixo e rolei-o, flexível e verde e improvável de se abrir no meio do verão, entre as palmas das mãos. Fiquei curiosa, querendo saber o que Robert estava fazendo em uma igreja solitária no meio de uma tarde abrasadora de julho. Mas, apesar da promessa na placa, eu sabia que seguir Robert dentro da igreja seria uma invasão flagrante de privacidade. Dei um passo para trás e joguei a castanha contra o tronco, o arrojo que sentira antes agora está perdido, e comecei a voltar para a rua. Então ouvi um rangido e olhei para trás por cima do ombro. Robert havia saído por uma porta lateral, carregando de maneira desengonçada ferramentas de madeira e metal. Ele estava de costas para mim; com certeza não havia me visto e rumava para a parte de trás da igreja. Recuperei toda a coragem que acreditava ter perdido e segui atrás dele. Nos fundos do velho edifício de madeira havia uma pérgola antiga, sua estrutura original escondida pelos ramos embaraçados e lenhosos de trepadeiras que haviam crescido demais. Robert abaixou a cabeça e passou por baixo deles para entrar na pérgola. Após alguns instantes, ouvi o som de cliques e estalos e vi os ramos tremerem.

Respirei fundo e andei os últimos metros até a pérgola, abaixando a cabeça no mesmo lugar em que ele entrou. Ele levou um susto ao me ver, os braços levantados no processo de podar um galho grosso que havia conseguido penetrar pelo telhado e crescido tanto que chegava a raspar o chão de barro.

– Meu Deus, Miss... Isabelle! – Ele deixou cair o alicate de poda no chão, levou a mão ao peito e deu um passo para trás. – Você quase me mata do coração. Achei que estava vendo um fantasma.

Cobri a boca, tentando não rir da expressão de choque no rosto de Robert. – Desculpe. Eu devia ter... feito barulho?

– Ou algo assim. – Limpou o suor da testa e esticou a mão para pegar um pote de água em cima do púlpito rústico de madeira. Um pote igual aos que sua mãe usava para as conservas que fazia para nós em casa. Ele inclinou a cabeça e olhou para mim. – Você me seguiu desde a cidade? Ora essa, por que ainda pergunto? Claro que seguiu. De que outro jeito ia acabar aqui no meio do nada tentando me matar antes da minha hora?

Levantei a mão. – Culpada da acusação.

– E por quê? O que estava pensando? Ah, sim, agora me lembro. Você não pensa muito à frente, não é Isabelle? – Era a primeira vez que ele conseguia dizer sem hesitação meu nome sem o infernal "Miss" na frente, mas não me senti lisonjeada.

– Culpada da segunda acusação também. – Sentei-me em um dos bancos de madeira da pérgola.

– Cuidado com as farpas.

Enfiei minha saia por baixo das pernas. – Não tenho medo de farpas. E eu o segui porque queria conversar com você. Gosto de conversar com você. Gosto de vê-lo fazendo coisas.

Robert balançou a cabeça e tomou outro gole de água. Depois apanhou o alicate de poda e voltou a trabalhar no galho. – Não sei o que você quer comigo. Seus pais iam ficar histéricos se soubessem que me seguiu até aqui. Bem, sua mãe ficaria. Seu pai, ele ficaria preocupado, imaginando o que você estava pensando ao falar com um rapaz de cor, mesmo esse rapaz de cor sendo eu. Não é a coisa mais inteligente.

– Papai fala com você o tempo todo. Por que não eu? – Havia anos que não estudávamos juntos. Mamãe havia dado um fim àquelas sessões muito antes de Robert entrar no ensino médio. Mas eu ainda via papai e Robert juntos com frequência. Quando trabalhavam juntos, papai fazia perguntas para se certificar de que Robert sabia toda a matemática e ciência de que precisava para escolher biologia como matéria principal na faculdade. Enquanto pintavam os frisos da casa, ou faziam um caminho até o gazebo do jardim de trás, ou escavavam pedras de calcário para construir um muro de arrimo no declive íngreme que descia da varanda da frente, papai educava Robert. Tinha esperanças de que ele seguiria seus passos. O norte do Kentucky precisava de médicos negros.

Os poucos que existiam, mais o número reduzido de médicos brancos que consentiam em atender gente de cor, nunca eram suficientes.

Robert inclinou de novo a cabeça para me observar como se eu fosse burra demais para existir. – Você sabe que isso é diferente.

– Estou falando sério. Por que não podemos conversar? Ser amigos?

– Você sabe por quê. Não se faça de boba comigo.

– Estou cansada das pessoas dizendo o que posso ou não fazer, Robert. – Exalei com força e apoiei o queixo na mão, desenhando círculos no chão de terra com a ponta do sapato. Então arranquei o sapato do pé e o atirei contra os ramos sobre mim. O impacto fez cair uma chuva de matéria orgânica em minha cabeça, o que não teria sido um problema se não caíssem também algumas criaturas vivas. Quando uma aranha caiu no meu colo, eu gritei e pulei do banco. Espanei freneticamente a saia e recuei.

Robert jogou a cabeça para trás e soltou uma gargalhada. Ondas profundas de humor jorraram de dentro dele. Eu não o via ser tão expressivo havia anos. Era como se, na minha cidade e na minha propriedade, Cora, Robert e Nell filtrassem suas emoções em uma peneira fina. Se eu não estivesse tão assustada com a aranha, teria me maravilhado apenas com a risada de Robert. Mas, naquela situação, apenas estreitei meus olhos para ele enquanto batia os pés e sacudia a blusa, ainda preocupada se a aranha continuava em alguma dobra.

– Nossa, você a pegou, Isabelle. Aquela aranha correu mais rápido que as próprias pernas. Ah, foi muito engraçado – ele disse, o riso ainda enrugando o canto dos olhos. Ele se debruçou sobre os joelhos até os risos pararem, então apanhou o sapato onde havia caído. Trouxe para mim e me entregou. Eu o peguei, e nossos dedos se roçaram, bem pouco, mas o bastante para fazer um arrepio correr pelo meu braço até a nuca.

Ele sentiu também. Sei que sentiu. Deixou a mão cair e parou, congelado. Eu já ouvira as outras garotas falando sobre meninos de quem gostavam, o que elas haviam sentido quando pela primeira vez tiveram certeza de que o menino gostava delas também, mas nunca havia experimentado a sensação eu mesma. Agora? Eu sabia o que sabia.

Aquilo fluiu entre nós, mesmo não podendo ser declarado em voz alta. Não era mais algo unilateral, não era mais apenas uma fantasia, por mais traiçoeira, em minha mente.

Rompi o silêncio constrangedor. – Aqui vai uma pergunta: o que *você* está fazendo aqui? – Indiquei a pérgola e as ferramentas. – Bem, na verdade, por que está fazendo isso?

– Esta é a minha igreja. E este é o meu trabalho da igreja.

– Seu trabalho da igreja? Quantos empregos você tem?

– Bem, não é um trabalho pago. Cada membro faz a sua parte. Está chegando a época da ressurreição, e o meu trabalho é podar a pérgola e deixar ela bonita e não tão cheia de coisas *vivas* antes de os encontros começarem. – Ele sorriu e eu senti minhas bochechas enrubescerem com a lembrança de minha histeria.

– Todo mundo trabalha? – perguntei. Na minha igreja, cada um prestava serviços em dias úteis programados, é claro, e as mulheres e as meninas cozinhavam e serviam e depois arrumavam tudo nos jantares ou eventos especiais. Mas, no resto do tempo, o lugar parecia cuidar de si mesmo – com a ajuda do velho Sr. Miller. O Sr. Miller dormia num catre em uma alcova no porão. Ele limpava e cuidava da manutenção da igreja em troca de cama e comida. As mulheres da congregação se revezavam levando suas refeições. Faziam mais comida quando cozinhavam para suas famílias, ou, como em nosso caso, mandavam as empregadas prepararem algo simples para entregar. A cada duas semanas, Cora mandava Nell ou Robert levar uma marmita com sanduíches e frutas para o jantar do Sr. Miller, junto com leite fresco e café. Ele existira desde que eu era capaz de me lembrar, embora eu tivesse ouvido rumores sobre uma esposa e uma família e um emprego remunerado perdido nos primeiros anos da Depressão. Ele era retraído, e nós, crianças, o evitávamos, com medo de sua expressão severa. Porém, quanto mais eu crescia, mais me perguntava se não era tristeza em vez de maldade que moldava seu rosto. Afinal, nunca o vira zangado de verdade, nem mesmo quando bufava e ralhava com os meninos por deixarem marcas de graxa no chão recém-encerado, correndo e escorregando nele em seus sapatos dominicais.

— A partir do momento em que são capazes de andar – disse Robert –, mesmo as crianças menores têm tarefas. Arrumar os hinários ou os lápis, arrancar ervas daninhas, o que quer que as mães e o Irmão James decidam entre si. Eu venho preparando a pérgola para reuniões desde que tinha 13 anos. – Indicou os galhos acima de sua cabeça, ao mesmo tempo puxando um botão da camisa, o rosto exibindo um orgulho desajeitado.

— Pois é uma pérgola muito bonita, se posso dizer. – Andei pelas beiradas, apreciando seu trabalho. – Mas acho que você esqueceu um pedaço. Aqui.

Robert revirou os olhos e voltou ao trabalho. – Ah, estou vendo então que você agora é especialista em cuidar de pérgolas.

— Sou especialista em muitas coisas, mas nada domino. – Suspirei. Era verdade. Sim, eu era inteligente, uma boa aluna, mas não tinha nenhum talento especial, nenhuma paixão ardente para oferecer a minha mãe como opção ao plano dela. Invejava meus colegas de turma que já aprendiam algum ofício e os poucos que iriam para a faculdade atrás de carreiras com que sonhavam havia anos. Meninos, na maioria, mas também algumas meninas com mães mais modernas do que a minha. E, embora eu quisesse ter uma família algum dia e ousasse sonhar com romance e um verdadeiro amor, temia que isso não me bastaria. Desejava algo mais, mas não fazia ideia do que esse algo mais seria.

— Por que o suspiro?

— Tenho inveja de você. De sua oportunidade de ir para a faculdade e *ser* alguma coisa.

Seu olhar se dividia entre espanto e divertimento. – Você? Com inveja de mim? Ora, você não ia querer ser eu. – Ele balançou a cabeça, discordando. Apanhou um ancinho e começou a juntar os galhos cortados no chão da pérgola, levando-os para um lado. – Pode acreditar no que estou dizendo. Você não faz ideia.

Senti meu rosto enrubescer ao ponderar essa verdade. Não havia como imaginar como era ser um menino, muito menos um negro – um cidadão de segunda classe em todos os sentidos, ou assim minha criação me ensinou, embora eu questionasse isso cada vez mais. – Bem, não, talvez não. Mas eu queria a chance de fazer algo importante. Algo de fato importante.

Robert riu. Segui-o enquanto varria as podas até uma concavidade no chão nos fundos do terreno. Ele tirou um fósforo do pacote que trouxera da loja de ferragens, acendeu e jogou na pilha de mato. Em pouco tempo as folhas e galhos começaram a esfumar ao sol da tarde. – Você vai fazer alguma coisa importante – ele disse. – É teimosa demais para não fazer. Talvez não o que você sonha, talvez não importante do jeito que pensa, mas vai fazer assim mesmo.

– Viu? Você não ri de mim quando digo as coisas. Quer dizer, você ri, sim, e está encrencado por isso. Mas você me leva a sério assim mesmo. Isso *nunca* acontece.

Ele pareceu retrair-se, embora não mudasse de posição, as mãos apoiadas nos quadris, observando o fogo e a mim. – E se eu não a levasse a sério, Isabelle? Isso me é permitido? Não levá-la a sério?

Meu coração pareceu se encolher no peito como um balão murcho. É claro que ele não iria discordar de mim ou rir dos meus sonhos. Dadas nossas posições relativas, isso não seria aceitável. No entanto, eu queria que fosse honesto comigo mais do que tudo. E ele parecia ser franco, não importando o que alegasse. – Você decide – respondi, minha voz mal sussurrando. – Não me cabe dizê-lo.

Minhas palavras cruzaram uma linha invisível, uma linha que podia mudar as coisas entre nós, que estabelecia confiança.

8
Dorrie, Dias Atuais

CHEGAMOS A MEMPHIS ANTES DO QUE ESPERÁVAMOS naquela noite, tendo feito um bom tempo apesar de nossas paradas. Ainda assim, fiquei surpresa quando Miss Isabelle pediu para passar por todos os pontos turísticos antes de irmos para o hotel, só para vê-los. A casa do Elvis era menor do que eu imaginava – levando em consideração toda a atenção que chamava. Suas músicas não faziam meu estilo, mas algumas delas mexiam até comigo. (Vertical sete, sete letras: "Não afetada por alegria, tristeza, prazer ou dor." *Estoica*. Essa sou eu.)

Gostaria de dar uma escapada mais tarde para ir a uma das casas de blues que vimos na Rua Beale. Volta e meia eu escutava o som que meus filhos ouviam. O veredito? Eu gostava do ritmo, mas as letras, na maior parte das vezes, ofendiam minha sensibilidade delicada. Já o blues, isso sim, tem verdadeira força. Mas eu não achava que seria correto deixar Miss Isabelle sozinha, e a imagem de nós duas juntas em um lugar daqueles era de me fazer rir. De qualquer jeito, a gente precisava dormir.

Eu ajudei Miss Isabelle a montar um computador e uma conexão de internet quando comecei a cuidar de seus cabelos em sua casa, e ela tinha mais do que dominado a coisa. Suas habilidades on-line logo me deixaram na poeira. Ela tinha pesquisado e planejado toda a nossa viagem na internet. Ofereci-me para procurar lugares para ficar, mas ela já tinha cuidado dos mínimos detalhes, reservando nossos hotéis e tudo mais.

Miss Isabelle esperou no carro na entrada de nosso primeiro hotel. Dei o nome da reserva e o cartão de crédito de Miss Isabelle para o sujeito no balcão. Ele olhou e me pediu identificação. Entreguei a de Miss Isabelle. Ele olhou a identidade e olhou para mim espantado. Como se achasse que eu estivesse querendo me *passar* por ela ou algo assim. E vou contar uma coisa: não tinha como eu querer fazer isso. Minha cor é bem evidente para qualquer um ver.

Ele apontou para a fotografia. – Esta não é você.

– Sério? – Balancei a cabeça e ri, mas não muito alto. Esse pessoal do turno da noite nos hotéis se ofende com facilidade quando questionam sua autoridade mesquinha. Querem se sentir importantes. – Por favor, olhe para a sua esquerda – eu pedi. – Aquela é a Sra. Isabelle Thomas. – Indiquei Miss Isabelle sentada no carro logo na entrada. Acenei para ela, ela acenou de volta e fez um gesto como quem pergunta "O que está havendo?".

– Aí tem o cartão de crédito e a identidade dela – continuei. – Ela fez a reserva.

– Bem, senhora, não posso aceitar a identidade por terceiros. Quem fez a reserva é que deve apresentá-la pessoalmente.

– Você está brincando, não é? – perguntei. – Ela está sentada bem ali. Dá para ver que é a mesma pessoa dessa foto.

– Estou seguindo a política da empresa, e a senhora precisa se acalmar. Terei que chamar a segurança se continuar a discutir comigo.

Me acalmar? Sério? Ele disse mesmo isso? Chamar a segurança? Por dizer a verdade? Que droga! Eu *estava* calma até aquele momento, só comentando e meio que brincando. Mas, depois do que ele disse, eu sabia que a única maneira de aquilo não acabar com minhas mãos em volta de seu pescoço e eu sendo algemada e levada para a delegacia seria chamar Miss Isabelle até o balcão.

Dei um longo suspiro e peguei a identidade e o cartão de crédito do balcão antes de voltar para o carro. Eu é que não ia deixar lá para ele sair de perto e alguém poder roubá-los. Não dava para confiar naquele idiota nem sozinho.

Miss Isabelle abaixou o vidro quando me viu chegando. Tenho certeza de que devia estar saindo fumaça de meus ouvidos como uma panela de pressão a todo vapor. – O que houve, Dorrie?

– O *Senhor* Gerente Noturno não está seguro de que a senhora é a pessoa na identidade. Ele gostaria de vê-la em pessoa. O *Senhor* Gerente Noturno deve estar achando que eu a sequestrei, considerando que não parecemos ser parentes – rosnei. Eu rosnei de verdade. – O que quer que eu diga, não me mande me acalmar.

– Você me parece bem calma, Dorrie. Quer dizer, no geral. E o *Senhor* Gerente Noturno vai desejar ter tratado com você, pois não vai gostar nem um pouco de tratar comigo. Não mesmo.

Abri a porta e Miss Isabelle se desdobrou para sair do banco de passageiro. A cada vez que saía do carro, parecia que suas juntas estavam mais rígidas e lhe causando mais dificuldade. Viajar de carro devia ser um massacre para seu esqueleto e seus músculos depois de quase noventa anos de uso.

Mas, no final das contas, ela conseguiu ficar de pé e ereta – esticando todos os seus cento e cinquenta e oito centímetros de altura. Aquela mulher era pequena, mas, quando eu a olhava de certo jeito, imaginava um chapéu e luvas, como se fosse a Rainha Elizabeth prestes a entrar lá e passar uma descompostura naquele moleque.

– Rapazinho, está havendo algum problema com meu cartão de crédito? – perguntou ela, e o gerente noturno corou e coçou o pomo de adão com suas unhas sujas.

– Ah, não, senhora. Nenhum problema. Como eu estava explicando para sua... sua amiga aqui, não podemos aceitar cartões e identidades a não ser do titular.

– Bem, aqui estou, três metros mais perto de você, e estou certa de que pode ver que sou a mesma pessoa da fotografia. Portanto, faça sua mágica e seja breve. – Ela se virou para uma poltrona de couro a alguns metros do balcão. – Pode me trazer o formulário para assinar.

– Ah, sim, senhora. Farei isso. Lamento por...

– Agora, preste atenção. Amanhã de manhã, esperamos que o bufê do café da manhã de cortesia esteja quente e o café seja recém-coado e forte. Nada de sobras de hoje ou alimentos murchos que ficaram na bandeja por duas horas. Desceremos às oito em ponto. Ou talvez às oito e quinze. Queremos que traga toalhas e travesseiros extras para nosso quarto nos próximos dez minutos e nos ajude com nossa bagagem. Alguma pergunta?

Ele tentou passar os dedos pelos cabelos, mas ficaram presos no que era sem dúvida gel demais. Àquela altura, eu já quase sentia pena do garoto.

Na verdade, não. Mas eu ri por dentro da expressão no rosto dele. Devia ser apenas um estudante que trabalhava à noite para pagar a faculdade que cursava de dia. Duvido que seu salário fosse bom o bastante para que ele nos desse tratamento cinco estrelas. Mas foi ele quem pediu isso com sua afetação. Aposto que, da próxima vez que uma cliente fosse ficar no carro e desse permissão para a amiga usar seu cartão, seguindo ou não a política da empresa, ele não pediria a ninguém para se acalmar.

No elevador, a caminho de nosso quarto – o *Senhor* Gerente Noturno levando nossa bagagem no elevador seguinte –, Miss Isabelle disse:
– Espero que não se importe de compartilhar o quarto comigo.

Até aquele momento, eu ainda não tinha pensado nisso. E qual seria o sentido de Miss Isabelle pagar por quartos separados se um quarto com duas boas camas serviriam?

Fiquei pensando em como ela se sentiria de fato. Eu não sabia se ela já havia passado uma noite com alguém como eu – alguém de outra etnia. Imaginei quantas pessoas em geral já haviam passado a noite ao lado de alguém de outra etnia.

– Bem, por mim, tudo bem, Miss Isabelle. Claro que tudo bem. E a senhora?

Ela olhou para os números dos andares. Fazer contato visual com alguém no elevador é perigoso para a saúde. – Será bom ter alguém comigo, Dorrie. Às vezes sinto falta de uma companhia em casa. Chega a ser terrivelmente solitário e silencioso. – Ela mudou o olhar para as portas ao se abrirem em nosso andar. – Mas Deus me ajude se você roncar.

As cores do entardecer

Dei uma fungada. O senso de humor de Miss Isabelle era tão agudo quanto uma agulha novinha saída da embalagem. Eu só podia torcer para ser tão afiada quanto ela quando chegasse a nove décadas de experiência. – Eu, roncar? Estou mais preocupada é com a senhora.

– Ora, você não precisa se preocupar comigo roncando. Ficar revirando na cama pode ser, embora nem isso seja tão fácil hoje em dia. Já não durmo tanto. Estou mais para sonecas ao longo da noite. E do dia também.

Eu ouvira gente falando que isso acontece quando a pessoa envelhece. Tentei imaginar o que Miss Isabelle pensava entre uma soneca e outra. Quando eu ficava acordada à noite, incapaz de dormir, minha mente na maioria das vezes se enchia de preocupações com meus filhos: eles se metendo em encrenca – de algum tempo para cá, a situação incerta de Stevie... Imaginava se podia confiar que Teague, semana após semana, ano após ano, continuaria sendo o que parecia ser agora.

O *Senhor* Gerente Noturno colocou nossas bolsas nos locais apropriados no quarto e eu fiquei olhando se ele ainda esperaria por uma gorjeta. Miss Isabelle agradeceu-lhe com mais um de seus olhares de cima a baixo, estilo Rainha Elizabeth – embora ele fosse uns trinta centímetros mais alto do que ela –, e torceu o nariz como se o quarto não cheirasse bem. Concluí que ele não costumava receber muitas gorjetas, pois não pareceu nada surpreso.

Ainda era cedo. Tínhamos parado para comer nas cercanias de Memphis e nossos estômagos ainda não haviam assentado. Esperei Miss Isabelle levar a camisola e o roupão para o banheiro para se preparar para dormir. Depois que ela se sentou em uma poltrona com uma de suas revistas de palavras cruzadas e o controle remoto da televisão em mãos, eu disse: – Vou dar um pulo lá fora para fazer algumas ligações, Miss Isabelle. Precisa de mais alguma coisa agora?

– Oh, não, querida. Vou ficar bem. Você não precisa ficar de babá. Vá fazer o que precisa fazer. E, Dorrie? – Ela fez uma pausa e eu pude ver a exaustão em seu rosto, rugas novas que não me lembrava de ter visto da última vez que fizera seu cabelo. – Obrigada. Eu não poderia estar fazendo isso se não fosse por você. Você é... Você deve ser uma boa filha. – A voz dela tremeu na última palavra, e meu coração se encheu de afeto e simpatia. Algo me dizia que, o que quer que estivesse à espera dela, de nós duas, ao final dessa viagem, ia ser mais difícil do que eu havia imaginado até ali. Fiquei feliz por ela não estar sozinha, mesmo significando que eu teria de contemplar meus problemas de longe. Começava a entender que eu era uma parte essencial dessa história para Miss Isabelle, mesmo sem saber ainda por quê.

Remexi minha bolsa, procurando meus cigarros e o isqueiro, e os coloquei no bolso quando tive certeza de que Miss Isabelle não estava vendo. Não fumava desde aquela manhã, antes de chegar à casa dela. Não estava tão ansiosa quanto esperava. Vinha tentando parar pela trigésima vez e tinha diminuído para cerca de três cigarros na maioria dos dias. Nossa conversa no carro tinha distraído minha vontade, e eu não quis chamar a atenção para esse mau hábito nas paradas para comer ou nos refrescarmos. Eu tinha dito a mim mesma que conseguiria ficar sem o cigarro da hora do almoço por um dia, e pelo visto minha personalidade turrona resolvera me obedecer. Segurei meu celular bem à vista para Miss Isabelle pensar que era o que eu buscava na bolsa.

– Eu sei que você fuma, Dorrie – ela disse, sentadinha em sua poltrona.

Flagrada!

– Não precisa esconder de mim. Sinto o cheiro em seus dedos quando faz meus cabelos. Não se preocupe, não é desagradável. Faz com que eu me lembre dos velhos tempos. Todo mundo fumava em qualquer lugar.

– Estou tentando parar – respondi, abrindo a porta. Era minha resposta automática para qualquer um que mencionasse meus cigarros, sempre. O vício me envergonhava. Era algo que eu tinha jurado que jamais faria naqueles anos todos em que convivi com minha mãe e seus namorados. Era raro ver um deles sem um cigarro pendurado nas mãos como um dedo a mais. Minha mãe agora dependia em parte dos cilindros de oxigênio que a Medicaid[10] entregava uma ou duas vezes por mês, mas continuava fumando como se o oxigênio fosse um luxo e não uma necessidade.

---

10. Medicaid – Programa de assistência médica do governo americano para a população carente (N.T.)

As cores do entardecer

Eu me sujeitava a um autoflagelo mental toda vez que acendia um cigarro, mas nunca conseguia parar de vez. Começara no colégio, um ou dois por dia, escondida no beco atrás da sala de educação vocacional com as outras alunas de cosmetologia. Não devíamos fumar, mas as instrutoras faziam vista grossa. Elas eram profissionais na carreira e sabiam que faria parte de nossas vidas de futuras esteticistas. Fumar era um mal da profissão, mas elas rezavam para que nossa vontade de experimentar ficasse só nos cigarros e não progredisse para coisas piores. Com demasiada frequência, cabeleireiras novas se voltavam para os clubes de *striptease*, desesperadas para complementar a renda miserável de início de carreira com o chamado dinheiro fácil. Daí era só um passo entre tirar a roupa e fazer um programa por dinheiro e, no final, consumir drogas pesadas para esquecer – cocaína, heroína e crack. Muitas de minhas antigas colegas de turma eram viciadas agora, mal sobrevivendo entre uma pedra e outra nas áreas mais degradadas de minha cidade natal.

Eu fui uma das sortudas. Era apenas uma fumante e ainda tinha minha profissão.

Ainda que Miss Isabelle não tenha dito uma palavra negativa, meu cigarro de repente me pareceu um desperdício de dinheiro e de energia. Era difícil acreditar que Miss Isabelle – de tão macia e sedosa que era sua pele e tão saudáveis seus cabelos para sua idade – tivesse uma vez sequer levado um desses canudos letais à boca, como descrevera ter feito naquele clube noturno.

Agora eu me perguntava se Teague também sabia que eu fumava. Eu ainda não o tinha deixado chegar perto demais, mas assistimos a alguns filmes juntos. Algumas vezes ele havia segurado minha mão. A sua mão era morna e esguia, como o resto de seu corpo, e tinha um toque suave. Quando nos despedíamos, será que ele levava a palma ao nariz, sentindo o meu cheiro como eu sentia o dele? Nesse caso, meu pecado mortal podia não ser tão secreto assim. Eu segurava o cigarro sempre longe do corpo e fumava ao ar livre, deixando a fumaça soprar para longe de mim, sem perceber que permanecia nas palmas e nos dedos como odor de loção nas mãos de outras pessoas. Tinha de ser

Miss Isabelle a primeira a comentar sobre isso em todos os meus anos como cabeleireira.

Prometi a mim mesma que ia parar de vez antes que Teague tivesse qualquer razão para descobrir – se nossa relação durasse tanto. Agora eu estava decidida. Mas não era só por causa de Teague. Não queria nunca que meus filhos me vissem lutando para respirar como minha mãe. Se eu não parasse agora, como teria moral para dizer que era burrice até mesmo pensar em experimentar? Não que eu tivesse razões para pensar que meu menino "oh tão inocente" nunca tivesse fumado um cigarro. Eu tinha certeza de que seus problemas agora eram muito mais sérios do que fumar escondido de mim.

Levei o maço quase vazio até o nariz e respirei fundo o aroma doce e pungente do tabaco. Contei até cinco, então o joguei na lata de lixo ao lado do elevador. Quase joguei o isqueiro também, mas então me convenci de que um isqueiro pode ser útil em todo tipo de emergência. Poderia ser útil em particular para acender os cigarros dos dois maços que eu ainda carregava no fundo de minha mala. Mas eu não ia pensar neles – não se pudesse evitar.

Eu não conseguia imaginar jogar fora dois pacotes inteiros. Gastei dinheiro neles, e eu era casada com meu dinheiro. E era provável que com meu vício também. Jogar fora o maço atual era uma coisa. Ficar em abstinência total era outra. Eu ainda tinha mais de mil e seiscentos quilômetros para dirigir nos dias seguintes. Eu não era maluca.

9
Isabelle, 1939

MAMÃE COMEÇOU A ME PRESSIONAR para interagir com os meninos na igreja. Por que agora, eu me perguntei, quando no passado ela se contentava em me mandar para os eventos sociais da escola dominical ou em me ver sentada em uma fileira com as outras meninas na igreja? Os meninos se sentavam na fileira de trás, seus cabelos engomados e os sapatos engraxados, como se isso fosse impedi-los de espetar as pontas dos lápis em nossas nucas para ver se rompíamos o silêncio durante o sermão moroso do Reverendo Creech. Agora, quando mamãe se demorava após o culto, fingindo conversar com as outras mulheres, minha nuca se arrepiava. Eu a apanhava me observando, atenta para ver se eu favorecia com minhas atenções algum menino em especial. Quando comentei com um garoto da minha série que tínhamos um livro para ler antes do reinício das aulas, ela planou sobre nós como um urubu e o convidou para tomar sorvete caseiro em nossa casa no fim da tarde. Depois perturbou papai, insistindo que preparasse a sorveteira e escamasse gelo enquanto ela fazia uma rara incursão em nossa cozinha para bater creme, açúcar, ovos e baunilha.

O menino apareceu cedo. Papai girava a manivela da sorveteira, sorrindo, enquanto eu tentava entreter Gerald, que corava do pescoço até a raiz de seus cabelos engomados de Brylcream a cada vez que eu olhava para ele.

Meus irmãos gargalhavam do outro lado do pátio, onde se reclinavam em espreguiçadeiras. Um jogou o baralho em cima do outro ao perder um jogo. Eu teria de reordenar as cartas de novo, pelo visto.

– Ei, Gerald – disse Patrick –, melhor tratar a pequena Belle direitinho, garoto. Vamos ficar de olho em você. Nada de molecagem, entendeu? A gente vai atrás de você... – Papai parou de girar a manivela da sorveteira. Meus dois irmãos redobraram as gargalhadas e papai voltou a girar a manivela.

O rosto de Gerald ficou ainda mais vermelho. Envergonhada com o comportamento de meus irmãos, improvisei uma tentativa de resgate desastrada. – Gerald – eu disse –, o que acha das turbulências na Europa? – Eu havia passado a tarde lendo o jornal de domingo, tentando entender os eventos do outro lado do oceano.

Ele não tinha opinião sobre o assunto, mas minha pergunta o desbloqueou. Passou a discorrer por mais de dez minutos – sem olhar nos meus olhos uma só vez – sobre o recém-inaugurado Hall da Fama, em Nova York, que ele esperava visitar antes do fim do verão. Papai piscou para mim e eu afundei na cadeira de jardim. A dúvida era se Gerald morreria antes de parar para tomar fôlego ou se eu morreria de tédio primeiro. A única coisa que me salvou foi compará-lo em minha mente a Robert, que, embora apenas um ano mais velho, era muito mais adulto do que Gerald e com certeza se comportava mais como tal.

Mamãe surgiu de dentro da casa e Gerald transferiu suas atenções para ela. Desviou com destreza suas tentativas de reconduzir a conversa para mim, elogiando sua receita de sorvete, alegando que era o melhor que já havia provado, quando todos sabíamos que ela havia usado os mesmos ingredientes básicos que todo mundo usa. Até que ele resolveu partir, com a manga manchada de sorvete no local onde ele havia limpado a boca.

– Mamãe – implorei –, nunca mais o convide para nossa casa, qualquer que seja a razão! Isso foi doloroso.

Ela suspirou. – Acho que não foi mesmo um encontro muito bem-sucedido.

As cores do entardecer

Encontro? Rosnei. – Isso *não* foi um encontro. Eu mesma arranjo os meus encontros, muito obrigada.

Ela sorriu e deu um tapinha no meu ombro. – Mamãe sabe o que faz, querida. – Papai apenas balançou a cabeça quando nossos olhos se encontraram. Desvencilhei-me da mão dela e fugi para dentro de casa, onde poderia fingir ler um livro e continuar, sem interrupções, com minha vida interior.

Eu deixava os livros na biblioteca – às vezes lidos apenas pela metade agora – toda tarde de quarta-feira, então voltava a tempo de pegar mais antes de a Srta. Pearce fechar. Minha nova rotina deixava a bibliotecária perplexa. Eu sempre passava horas com os cotovelos em cima das mesas antigas e desconfortáveis, sentada em cima de uma das pernas nas cadeiras de espaldar reto, impaciente demais para esperar até escolher novos livros para levar para casa e mergulhando logo na leitura. Os livros tinham sido meu consolo, meu círculo mais íntimo de amizades.

Contei à Srta. Pearce que agora tinha incumbências semanais e que estava quente demais para carregar os livros comigo. Não expliquei que eu tinha um novo amigo que não se escondia nas prateleiras da biblioteca. Que na verdade não poderia nem entrar no prédio.

Tenho certeza de que não era coincidência que Robert aparecia toda quarta-feira na Igreja Batista Monte Sião à mesma hora, mais ou menos, supostamente para podar os galhos embaraçados da pérgola em preparação para a ressurreição da igreja em agosto. Havia se tornado um esforço artístico.

De acordo com nosso entendimento tácito, chegávamos os dois prontos para reatar a conversa do ponto deixado na semana anterior. Robert estudava os ramos, procurando membros extraviados ou juntando galhos cortados em pilhas para queimar. Eu o seguia ou me sentava em um banco, observando-o enquanto conversávamos. Um dia, ofereci minha ajuda. Acho que ele confiou que eu guardaria segredo sobre nossos encontros – ou teria dispensado minha oferta com um sorriso. Passei a segui-lo com um ancinho ou uma vassoura, poupando-o da etapa de juntar os detritos. Minha mãe sempre torcera o nariz para esforços físicos, embora eu suspeitasse que se tratava mais de letargia do que de refinamento. Achei o esforço estimulante, embora nada extenuante. A companhia sem dúvida ajudou.

Sob a pérgola, descobri que papai pagava um extra a Cora para que ela pudesse manter Robert na escola quando tantos de seus colegas paravam de estudar para ajudar a sustentar suas famílias. Imaginei o que minha mãe pensava disso. Se é que ela sabia. Eu suspeitava que não. Eu podia ter sentido inveja, mas a humildade de Robert diante da generosidade de meu pai tornava a inveja impossível. E a generosidade de meu pai não se tratava só de apaziguar algum impulso culpado em ajudar os menos afortunados. Ele havia percebido algo de especial em Robert muito antes de mim. Quanto mais tempo eu passava com Robert, mais sua inteligência me assombrava. Eu nunca havia encontrado um menino, na igreja ou na escola, que tivesse lido sobre tantos assuntos quanto eu ou que ousasse falar de eventos atuais. Aliás, eu nunca havia encontrado um menino que tivesse interesse em falar comigo, como demonstrado por Gerald havia pouco tempo.

E, agora, Robert se permitiu fazer o que eu havia lhe pedido em nossa primeira conversa sob a pérgola. Ele confiou em mim.

Quando lhe fiz a mesma pergunta que fizera ao Gerald, ele tinha opiniões. Ambos vínhamos nos sentando junto aos rádios em nossas respectivas casas havia semanas, escutando sobre as tensões crescentes – novas alianças entre Inglaterra e Rússia, um acordo quebrado entre os Estados Unidos e o Japão, notícias de atrocidades acontecendo com judeus na Alemanha e além.

– A guerra é inútil – afirmei. – Os homens estão simplesmente procurando uma válvula de escape para sua tendência natural à barbárie! Temos que ficar longe dessa bagunça.

Robert balançou a cabeça em negativa. – Isa – ele disse. Ele vinha usando essa abreviação do meu nome havia semanas. Eu nunca tivera um apelido, exceto por aqueles que meus irmãos me davam. Adorava como o "Isa" rolava de sua língua, terminando em uma sílaba suave e madura em vez do infantil "-belle," que me fazia sentir uma princesa

As cores do entardecer

mantida prisioneira das convenções. – A América ainda vai se arrepender de ter enfiado a cabeça na areia por tanto tempo. Grave minhas palavras.

A ideia da guerra me assustava. Quem iria lutar seriam meus contemporâneos, não importava o quanto me frustrassem. Ainda assim, tentei ver pelo seu ponto de vista. – Você iria para a guerra? Se pudesse lutar?

– Se acreditasse que era por uma boa causa? Em um piscar de olhos – respondeu, e eu lutei contra o impulso de bater nele. Não acreditava que ele pudesse ir ao encontro de sua provável morte com tanta facilidade. Claro, eu não precisava me preocupar muito. Os negros não eram autorizados a ir a combate, como se fossem incapazes de tomar as mesmas decisões que os soldados brancos tomavam para matar ou deixar viver.

Guiei a conversa para um tópico menos desconfortável, mas logo ele abordou outro assunto contencioso. Eu estava adorando ter alguém além de meu pai com quem discutir, que conversava comigo como se o que eu dissesse era válido mesmo quando discordávamos.

Afinal, a pérgola ficou pronta. Eu queria poder assistir aos cultos de ressurreição, mesmo que apenas para compartilhar com Robert seu senso de realização quando a congregação se reunisse sob o abrigo minuciosamente aparado de nosso trabalho. Eu havia criado um sentimento de propriedade após semanas de trabalho, embora minha participação, é claro, tenha sido pequena. Um dia, depois de limpar uma última seção, paramos para descansar.

– Por que você confia em mim? – perguntei.

Robert tirou um lenço desbotado do bolso da calça e o passou pela testa brilhante de suor. – Eu confio em quem confia em mim – respondeu.

Eu fora até a pérgola semana após semana, passara várias horas sozinha com ele, um rapaz negro quase um ano mais velho do que eu e muito mais forte. Só podia imaginar o horror que minha mãe ou suas amigas e os meus sentiriam se nos descobrissem. Havia uma desconfiança prevalecente em relação aos homens negros, em especial homens negros jovens – até aqueles que permitíamos entrar em Shalerville para cuidar de tarefas de rotina ou carregar peso para nós. Durante o dia, eles eram tratados como mais fracos, inferiores a nós, mas, quando o sol se punha, eles eram banidos. Depois de escurecer, a simples visão de um jovem negro andando próximo demais dos limites da cidade provocava um arrepio coletivo de espinhas e era o suficiente para uma turma de cidadãos vigilantes correr com ele longe o bastante para não ser considerado uma ameaça.

Quando eu pensava nisso, não conseguia identificar qual seria a ameaça. Sabia que em toda população havia os bons e os maus, mas eu era tão culpada quanto qualquer outro, rotulando grupos inteiros sob uma designação. Agora eu me perguntava como um jovem negro, cruzando a curta distância da cidade no escuro da noite, poderia representar um perigo maior do que um dos nossos. E, agora que confiava em Robert e o considerava um amigo, eu me perguntei como essa ideia tinha se originado. Supunha que fora uma conspiração proposital para manter os negros no lugar deles depois de lhes concederem a liberdade, embora muito contrariados, e assim impedi-los de disputar os empregos e os espaços que os brancos ocupavam.

Entendi de repente e com clareza: era um medo equivocado.

Perguntei a Robert sobre as placas de aviso nas entradas da cidade, se ele sabia há quanto tempo estavam lá. Ele foi ainda mais reticente do que meu pai, dando de ombros quando perguntei se tinha ouvido alguma história de sua mãe ou alguém. Eu suspeitava de que soubesse mais do que eu, mas não queria falar.

Fiz uma última pergunta. – Você queria que eu fosse diferente?

– O que você quer dizer? – perguntou Robert, em um tom cauteloso que por semanas eu não ouvira.

Meu rosto pegou fogo, embora eu estivesse pensando *nisso* por semanas. – Você queria que eu fosse mais – eu hesitei – como você?

– Depende.

– Do quê?

– Você já quis que eu fosse mais como você? – Ele inclinou a cabeça, esperando.

As cores do entardecer

Com minha pergunta virada do avesso, primeiro suspirei, depois encolhi os ombros. Por fim, levantei-me do banco e andei de um lado para o outro. A resposta me escapava. Era uma pergunta enganosa, cheia de armadilhas. Se Robert fosse um jovem branco privilegiado, o que eu veria nele? Ainda seria Robert? Ou... Eu queria ficar com ele, cultivar nosso relacionamento, só por ele ser diferente?

– Não importa – eu disse, mas Robert segurou meu braço quando passei para pegar a vassoura que pusera de lado quando paramos para descansar, embora não houvesse o que varrer. Já tínhamos varrido todas as pontas que ele cortara aquele dia. Ele ia queimar depois. Apesar do calor agonizante de fim de julho, tremi com a sensação de seus dedos, calejados e inesperadamente frescos, pressionando minha pele.

– A única razão que eu teria para querer que você fosse diferente, *Miss* Isabelle – disse ele, enfatizando de propósito a palavra que nunca mais tinha usado quando estávamos a sós, nem mesmo sem querer –, seria para a gente poder fazer isto em público, na frente de todo mundo, sem preocupação com quem pudesse nos ver. Fora isso, acho você perfeita. Cada pequeno detalhe seu. – Ele soltou meu braço, empurrando-o de leve para a vassoura, mas, quando a segurei, eu mal conseguia ficar de pé, com meu coração bombeando como um pássaro silvestre capturado e trancado em uma gaiola pequena demais para abrir suas asas.

– Agora é sua vez de responder a minha pergunta. – Robert recostou-se, o queixo apontado para mim, atrevido, mas com os olhos sérios.

– Eu... Eu acho você perfeito também, Robert, mas eu queria tanto...

– Você queria o quê?

Mergulhei de cabeça, sem pensar. – Queria que mamãe convidasse *você* para nossa casa e não os garotos que ela chama, tentando me oferecer em casamento quando nem saí da escola ainda. Na verdade, eu queria que tivéssemos ido à mesma escola. Queria que frequentássemos a mesma igreja. Queria que você tivesse me acompanhado da biblioteca até em casa depois de estudarmos pelos mesmos livros. Ou bebido refrigerante junto comigo no mercado. Queria... – Joguei as mãos para cima. – Queria tudo isso e – fechei os olhos – muito, muito mais. – Sem olhar para trás, peguei minha bolsa de livros e o papel-manteiga amarrotado no qual havia embrulhado uma fatia de torta que dividira com ele, uma torta que a mãe dele havia assado, e saí apressadamente rua abaixo, acelerando até chegar correndo à estrada. Fiz o caminho de volta para casa o mais rápido que pude, sem olhar para trás para ver se Robert estava me seguindo.

Subi de tropel os degraus da frente de casa, então me detive. Não só porque minha bolsa de livros estava vazia, denunciando minha omissão, como porque minha mãe, imóvel no balanço do alpendre, as mãos dobradas no colo, me observava. – Mandei Nell trazer você para casa – disse. – Ela voltou sozinha. Disse que Hattie Pearce a vira por um instante esta tarde, bem mais cedo. Que, na verdade, ela esperava que você apareceria depois que terminasse suas incumbências. Como faz toda semana.

A porta de tela revelou Nell espiando pela fresta, os olhos assustados e cheios de remorso. Eu não a culpava por contar a verdade para minha mãe – supondo que ela fosse querer me dar cobertura. Já não tinha certeza. Mas ambas sabíamos que, se mamãe a pegasse mentindo – e sem dúvida pegaria –, o resultado seria desastroso.

– Isabelle? Onde você tem passado suas tardes de quarta-feira?

Busquei uma desculpa, uma mentira plausível que dissipasse sua raiva. Uma mentira da Nell só teria piorado as coisas.

A verdade, vinda de mim, era algo impossível.

10
Dorrie, Dias Atuais

AS CRIANÇAS ESTAVAM BEM. PELO MENOS Bebe estava bem. O que quer dizer que estava se comportando como a criança doce de sempre, banho tomado, pronta para ir para a cama e lendo um de seus livros favoritos pela milionésima vez antes de dormir, apesar de outra de minhas clientes antigas levar uma nova pilha de livros toda vez que ia me ver. Ela sabia o quanto Bebe gostava de ler.

Bebe passou o telefone para o irmão. – Como vão as coisas, Stevie Wonder? – perguntei. Isso em geral provocava pelo menos uma fungada do meu menino.

– Tudo bem.

Agora, todo mundo sabe que, quando seu filho diz isso e fica em silêncio depois, nove em dez vezes quer dizer que está tudo menos bem. Senão ele estaria correndo para se livrar logo do telefone e voltar ao que quer que estivesse fazendo antes ou falando no meu ouvido sobre o carro modificado que tinha visto na rua, igual ao que queria, com um sinal de venda e um preço de apenas quatro algarismos, bem, pouco menos de cinco, mas um bom negócio, mãe, e que, depois de comprar esse carro, ou qualquer carro, ele e seus amigos poderiam partir em uma viagem de seis semanas para comemorar a formatura e que só ia custar uns mil dólares cada um, pelos seus cálculos.

Ou seja, *meus* mil dólares, se eu lesse nas entrelinhas.

Mas não. Ele disse "Tudo bem".

Não que me surpreendesse.

Tentei tirar alguma coisa dele. Perguntei de Bailey, como ela estava e por que andava tão tristonha, mas tudo o que ele disse foi: – Ela também está bem, mãe. Que saco, como você é enxerida. – A parte do "Que saco" doeu, mas lambi a ferida e deixei passar.

Esperei mais alguns minutos antes de ligar para Teague. Não queria interromper sua rotina noturna com as crianças. Sim, as crianças dele, as três adoráveis crianças *pequenas*. Esse era outro porém – e uma grande parte de meu receio. Meus filhos estavam quase criados, Stevie Júnior prestes a se formar (talvez) e Bebe indo tão bem quanto se podia esperar de qualquer aluna do ensino fundamental. A ideia de acompanhar mais três do ensino básico até a adolescência me deixava um pouco apertada em volta dos pulmões.

E Teague não ficava com as crianças apenas em fins de semana alternados. Sua ex-esposa simplesmente as deixou para trás, sem aviso. Resultou que ela não estava pronta para o casamento e filhos, no fim das contas. Ela reviu suas prioridades. No primeiro, terceiro e quinto fins de semana de cada mês, ela e as crianças brincavam de casinha. Pelo resto do tempo, Teague era papai *e* mamãe.

No início, imaginei que ele pudesse estar procurando alguém para assumir as funções da mulher que tinha partido. Mas eu estava aos poucos começando a acreditar. Ele contratava uma babá toda vez que saíamos, pagava o valor de mercado – e quase engasguei quando soube qual era o valor de mercado. Ia para o trabalho todos os dias. Alimentava as crianças com *nuggets* de frango e Tater Tots,[11] como todas as mães separadas. Ia a jogos de futebol e recitais de dança, sem falar de ensaios. Havia negociado um acordo com sua empresa que o mantinha na região na maior parte do tempo, com todas as suas contas ali mesmo na área metropolitana. Nas raras ocasiões em que viajava, tomava

---

11. Tater Tots – Marca de batatas fritas congeladas (N.T.).

As cores do entardecer

todas as medidas para o cuidado das crianças – não com a ex-esposa, na maioria das vezes.

Respirei fundo e digitei o número, rezando, depois de minha pequena divergência com Stevie Júnior, por uma conversa mais leve e doce em vez de cheia de fel e rancor. E, oh, Meu Deus...

Os filhos de Teague já estavam dormindo e eu ouvi jazz tocando ao fundo. Imaginei-o, descalço e sem camisa, esticado no sofá de couro, equilibrando uma taça de vinho no abdômen tanquinho. Eu tomaria um gole, então passaria os dedos longos pelos cabelos muito bem cortados até a nuca. Seu barbeiro era *bom*, se assim posso dizer.

Ah, a sua voz! Um bálsamo para minha alma cansada de estrada. A partir do seu *alô*, me senti flutuando além das ondas, em um mar morno e salgado, mal precisando me sustentar, embalada pelo balanço suave. Mais ou menos como no Golfo do México, na praia de Panama City, na Flórida. A única praia a que eu já tinha ido.

Quando nossas crianças eram pequenas, se eu ligasse para Steve quando ele estivesse cuidando delas, isto é o que eu ia ouvir: Stevie Júnior e Bebe brigando, comerciais de cerveja a todo o volume na TV entre as faltas e gols, e Steve gemendo e reclamando, querendo saber quando eu voltaria para casa, porque as crianças o estavam deixando louco. Eu teria desligado o mais rápido que pudesse.

Mas um homem que mantinha os filhos sob controle, felizes e na cama a uma hora decente? Misericórdia! Dá para ser mais sexy do que *isso*?

Tentei me lembrar de que não havia como ele ser perfeito. Que seus filhos às vezes faziam birra e às vezes se comportavam mal e que ele também tinha seus dias ruins. Mas não foi fácil. Perguntei a mim mesma pelo menos dez vezes em uma única conversa íntima por que um cara como Teague se interessaria por mim.

A resposta óbvia era: ele era bom demais para ser verdade.

Ele perguntou educadamente como fora a viagem até então, que distância tínhamos andado, se tinha havido algum problema com o carro, a estrada ou as paradas no caminho. Contei a história do *Senhor* Gerente Noturno – bem mais engraçada agora – e sobre a pequena obsessão da Miss Isabelle por palavras cruzadas. Mas estávamos rindo sobre quanta besteira uma mulher de oitenta e nove anos do tamanho de um chihuahua conseguia consumir quando meu estômago deu um nó, meu cabelo se arrepiou e meu riso se interrompeu.

– Dorrie? ... Alô?

– Sim, estou aqui. – Tentei disfarçar o pânico em minha voz. Não funcionou.

– O que houve?

Respirei fundo e apertei os braços sobre minhas entranhas contorcidas, ponderando sobre a sensatez dessa confissão. Então mergulhei com tudo, sem nem me preocupar em tentar manter a voz firme. – Ai, Teague, acabo de me lembrar de que não depositei o dinheiro do caixa de sábado. Isso não é bom. Não é nada bom. – Na mesma hora, me arrependi e quis voltar atrás. Isso não era algo que ele precisasse saber.

Ou era?

– Essa não – ele disse. – Você vai ter problemas com o banco se não depositar nos próximos dias?

– Não, não. Não agendei nenhum pagamento, então está tudo bem com isso. Não vai ter ninguém me fazendo cobrança, mas, puxa, cara, sou uma burra! Deixei o envelope no salão.

– Está trancado em algum lugar? Alguém saberia que está lá ou seria fácil achar?

– O dinheiro está trancado, mas você sabe que o salão não fica em um bairro muito tranquilo. Se alguém perceber que está fechado há alguns dias, podem resolver entrar lá. Não seria a primeira vez, mas não costumo deixar dinheiro no salão. Que droga. Se acharem o dinheiro, eu *vou* ter problemas na semana que vem.

Suspirei, irritada, ainda mais furiosa comigo mesma – e envergonhada – do que queria admitir. Esquecera o dinheiro no sábado e tive sorte. Depois, no meio dos preparativos para a viagem com Miss Isabelle, esquecera de novo na segunda-feira, quando passei no salão fechado para refazer minha agenda. Tinha feito alguns cortes e pinturas naquele sábado, além de atender alguns clientes não programados, e recebi al-

As cores do entardecer

gumas centenas de dólares em dinheiro. Nada exorbitante, claro, mas o bastante para pagar minhas contas de luz e água, e eu contava com isso. Garotos já tinham vandalizado o salão antes, mas não faziam nada além de bagunçar as coisas procurando dinheiro. Ladrões profissionais sabem o quanto podem ganhar roubando um salão de uma cadeira só: não dá retorno, não vale o risco.

– Posso ajudar? Quer dizer, eu poderia... – A voz de Teague se apagou e eu podia quase senti-lo querendo fazer alguma coisa, mas receoso de sua oferta ser mal interpretada.

Minha resposta me surpreendeu. – Escute... Como está o seu dia amanhã de manhã?

– Depois de deixar as crianças na escola? Não tenho nenhum compromisso e posso chegar ao escritório na hora em que quiser. Fico no fim do corredor, lembra? Ninguém vai sentir minha falta se eu me atrasar um pouco.

Ele trabalhava em casa como representante de vendas para uma empresa farmacêutica. Fazia o próprio horário na maioria dos dias. Mais uma coisa que tínhamos em comum.

– Bem, você pode fazer isso por mim? Deixei a chave do salão com a minha mãe. Ela está ficando lá em casa, mas, para ser sincera, confio mais em você do que na minha mãe. – Ri de nervoso, imaginando o que ele ia pensar disso. Quem não confia na própria mãe?

Ele seguiu em frente sem demonstrar nada. Expliquei como encontrar a chave para o arquivo no qual guardava o dinheiro. Disse que avisaria mamãe de que ele passaria lá de manhã. Cruzei os dedos, segurei o fôlego e pedi a Deus para não estar fazendo uma besteira ainda maior.

– Eu cuido disso, Dorrie. Vai ficar tudo bem. Se o seu senhorio me parar, se achar que eu sou um bandido, pedirei que ligue para você e confirme que estou na lista de convidados. – Ele pensa em *tudo*. – Posso até depositar o dinheiro se você quiser. Acho que o banco aceita o depósito sem o número da conta se eu der o seu nome e endereço e explicar a situação. – Ele estava sendo cuidadoso, lendo minha mente, tentando me ajudar a entender que ele não iria me dar um golpe.

111

Depois de desligarmos, fiquei parada, olhando pelas janelas do saguão do hotel, pensando em como isso era importante para mim. Observei um casal de jovens simpáticos se registrando, a moça esperando ao lado do elevador com as bagagens enquanto o rapaz pagava. Os dois pareciam tão felizes por estarem ali. Deviam ser recém-casados, ou quase. Havia quanto tempo eu não confiava tanto assim em um homem? Havia quanto tempo eu simplesmente não confiava em um homem?

De volta ao quarto, Miss Isabelle tinha caído no sono, sentada na poltrona, enquanto eu dava meus telefonemas. Quando abri a porta, ela levou um susto. Seus óculos de leitura caíram da ponta do nariz para o chão ao lado da cama. Quando corri para apanhá-los, vi sua bolsa escondida sob o lado dela da cama. Sério? Eu não teria nem pensado no assunto, só que, ao me debruçar, percebi pelo canto do olho que ela ficou meio corada.

– Sempre fico com medo – ela disse, apressada. – Eu pensei, e se alguém entrar durante a noite e pegar minha bolsa, o que vamos fazer?

– Tem certeza disso, Miss Isabelle? Quer dizer, você está confiando sua vida a mim, mais ou menos, deixando que eu dirija seu carro e durma no seu quarto e tudo mais. Mas, tudo bem, sinto mesmo inveja dessa bolsa enorme que você carrega por aí. Posso bem escondê-la em minha mala e levar para casa comigo.

Dei uma piscada e lhe entreguei os óculos. Eu sabia que ela não estava preocupada comigo. Mas, ainda assim, fiquei triste por ela sentir a necessidade de se explicar, por temer ser mal compreendida. Éramos íntimas, com certeza, e estávamos ficando cada vez mais íntimas a cada minuto dessa viagem. Mas, na realidade, essa pequena divisão existiria para sempre entre nós, pelo simples fato de sermos diferentes.

Fomos condicionadas assim.

11
Isabelle, 1939

SE MINHA MÃE JÁ ERA SUPERPROTETORA antes de descobrir que eu não estava passando as tardes de quarta-feira na biblioteca, agora ela investigava cada movimento meu. No dia em que me confrontou no alpendre, eu resmunguei algo sobre passear sem permissão pelo rio às quartas-feiras, porque sabia que ela não ia deixar, e perder a hora. Minhas roupas desgrenhadas e meu rosto, corado e suado depois que corri para casa, davam credibilidade à história. Ela não me interrogou, mas, suspeitando ou não da real natureza de minhas atividades, era óbvio que acreditava que a reputação de sua filha estava em jogo.

Nos dias seguintes, passei a rondar os cantos quando Nell e Cora estavam trabalhando juntas pelos cômodos da casa, esticando os ouvidos para captar qualquer menção a Robert. Não tivera sinal dele desde minha confissão, e meu orgulho se encolhia mais cada vez que me lembrava de como havia metido os pés pelas mãos, causando aparente embaraço a nós dois. Mesmo que cada palavra do que eu tinha dito fosse verdade.

Ouvi trechos de conversas animadas sobre um vizinho que havia enfim conseguido um emprego, fofocas sussurradas sobre uma prima que havia chutado o marido bêbado para fora de casa pela última vez, sussurros ainda mais baixos sobre uma menina infeliz que havia ficado grávida, envergonhando a família da pior maneira. Mas nem uma palavra sobre Robert. Era como se tivessem combinado não mencionar seu nome em minha casa. Eu sabia que ele não teria contado a elas sobre nossas tardes na pérgola ou os sentimentos que eu havia confessado. Parecia mais que alguma intuição havia permeado a consciência delas, motivando-as a traçar uma linha de defesa invisível entre nós dois.

Fiz algumas tentativas de reconquistar a confiança da Nell quando nos cruzávamos. Esperava que ela revelasse alguma notícia de Robert, mas também sentia muita saudade dela.

Mas ela me manteve a distância, respondendo às minhas perguntas com o mínimo de palavras possível, mantendo os olhos nivelados logo abaixo dos meus – alto o bastante para não parecer desrespeito, baixo o suficiente para que eu soubesse que ainda estava em descrédito.

Então, um dia, eu estava encolhida em um canto da cadeira de balanço do alpendre, fingindo ler. Na verdade, estava só me lamentando e sonhando acordada com Robert. A porta de tela se abriu e Nell surgiu com esfregão e balde em punho. Achei que tivesse me visto, mas não tomou conhecimento de mim. Isso não era nenhuma novidade por esses dias. Voltei-me para as páginas do livro, meus olhos se cruzando de leve e as letras borrando com a preguiça de minha atenção errante. O perfume pesado de madressilva subia dos canteiros em torno do alpendre. Inalei o aroma e expeli a frustração que a situação havia criado em meu peito, desejando um diálogo que fosse proveitoso.

Nell mergulhou o esfregão no balde, torceu e passou, para a frente e para trás, para a frente e para trás, em um movimento suave no chão cinza-escuro do alpendre. Começou a entoar uma melodia ao ritmo de seu balanço, rompendo então em uma cantoria.

Estava de costas para mim. Ouvi embevecida. Quando crianças, cantávamos rimas infantis, mas eu nunca havia percebido como sua voz era linda. Quando estendia os tons mais baixos, meu coração se contraía, e, quando alcançava as notas mais altas, meu coração alçava voo também. Ela era maravilhosa. Quando parou, deixei meu livro de lado e pulei da cadeira, aplaudindo.

As cores do entardecer

Nell enrijeceu-se como se tivesse levado um tiro no meio das costas. Ela deu um rodopio e seus olhos encontraram os meus pela primeira vez em semanas. Exibiam tanto humor quanto irritação. – Cruzes, Miss Isabelle, assim você me faz perder o almoço de susto. Há quanto tempo está me vendo fazer papel de boba? – Essa era a Nell que me fazia tanta falta. A Nell que não tinha medo de dizer o que pensava e de dar suas opiniões na maior parte do tempo, até eu estragar tudo desprezando-a como se fosse um vestido velho que não me servia mais.

– Oh, Nell, não fazia ideia de que você cantava tão bem. Que música é essa?

Ela baixou os olhos de novo enquanto eu tecia elogios. – É só uma canção que estou ensaiando para nossos cultos de ressurreição. Uma música nova de Thomas Dorsey.

– Já ouvi falar em Tommy Dorsey. Foi ele quem compôs essa música?

– Não, não o sujeito da orquestra de metais. O Sr. Dorsey compõe música gospel. Eu e meu pastor, nós adoramos tudo o que ele faz. – Ela deu uma olhada rápida para cima para ver minha reação.

– É linda. E você vai cantar sozinha? Oh, isso é maravilhoso, Nell. Queria poder estar lá para vê-la cantando. – Minha voz foi sumindo com o absurdo da ideia. Suspirei.

Nell enfiou o esfregão de volta no balde.

Um fiapo de ideia surgiu em minha mente. Falei em uma voz controlada, como se minha pergunta fosse apenas por educação. – Quando vai ser isso? A ressurreição. Vai ser logo?

– Toda a semana que vem. Vamos fazer um almoço ao ar livre, depois começa o culto até o pôr do sol todas as noites. Começa no domingo. Eu vou cantar a chamada ao altar no final. – Ela não conseguia disfarçar o orgulho, e um sorriso transformou seu rosto como o sol tocando a água.

– Oh, Cora deve estar tão orgulhosa, Nell. Toda a sua família deve estar explodindo de felicidade em ouvi-la.

Com minha referência oblíqua a Robert, o sorriso de Nell se apagou do rosto. Primeiro, abandonou seus olhos, depois os lábios se curvaram para baixo. – Não deixo subir à cabeça, Miss Isabelle. É para a glória do Senhor. – Virou-se, dando de ombros, e voltou a esfregar o chão do alpendre em silêncio. Por fim, peguei minhas coisas e entrei em casa, sua frieza renovada é insuportável mesmo sob o calor abrasador da tarde.

Mas minha ideia não me deixava em paz.

Era tarde de domingo e eu fui acometida por uma repentina dor de cabeça. Tão forte que decidi me deitar no quarto. Lá fiquei enquanto o resto da família jogava baralho e bebia limonada à sombra no pátio dos fundos.

Mamãe veio me ver quando o sol afinal começou a baixar. Ele brilhava pela janela do meu quarto, flutuando sobre o horizonte como um melão gigante. – Está se sentindo melhor? – perguntou minha mãe. Seu tom estava mais para zelo do que para desconfiança, quase como se se sentisse consciente de que sua vigilância constante nos últimos tempos fosse a causa de minha dor de cabeça. Por um instante, eu é que me senti culpada. – Posso lhe trazer alguma coisa antes de dormir, querida?

Eu já tinha uma bacia de água fresca para molhar o pano na minha testa e meu pai havia me dado aspirina – o que não afetou em nada meu mal fingido.

– Estou melhor, mãe. – Suspirei e mudei o pano de posição. Já havia observado as dores de cabeça dela o bastante para saber o que dizer. – Só o que preciso é ficar no escuro, sossegada, dormir. Tenho certeza de que vou estar bem de manhã. Não se preocupe comigo.

– Está bem, querida. Vou lhe deixar em paz. – Ela me beijou e saiu, mas parou à porta e olhou para mim em silêncio. Por um instante livre de sua perpétua expressão de melindre, seu rosto revelou uma sugestão do que podia ter sido. Seu olhar desarmado me fez querer chamá-la de volta e fingir que precisava dela, sim. Mas deixei minhas pálpebras se fecharem e logo ela foi embora.

Os sons abafados de minha família se recolhendo, cada um ao seu quarto, enfim deram lugar ao silêncio. Deslizei da cama e afofei as cobertas e os travesseiros para parecer que estava deitada de lado e escondida sob o lençol. Rezei para minha mãe não passar da porta se viesse me ver de novo.

As cores do entardecer

Tirei a camisola e vesti a calça antiga do meu irmão, que já não lhe cabia havia anos. Enfiei a fralda da camisa xadrez, que achei que passaria por uma camisa masculina – pelo menos a distância –, na cintura, apertando bem a calça com um cinto. Meus sapatos oxford escolares eram femininos, sem dúvida, mas a calça os cobria quase até os dedos. Para terminar, enrolei meu cabelo no coque mais apertado que podia e o enfiei sob o surrado boné de pesca do meu irmão. Em seguida, me examinei no espelho. Qualquer um que chegasse perto o bastante veria logo que eu não era um menino, mas eu não pretendia chegar tão perto de ninguém. Já suando no ambiente abafado e estagnado do meu quarto, não entendi como os homens conseguiam vestir calças todos os dias no verão como se as estações não mudassem.

Enrolei as pernas da calça e coloquei meu roupão por cima de tudo. Carregando meus sapatos e o boné, andei nas pontas dos pés até minha porta. Sabia exatamente onde e como segurá-la – pelos anos de experiência e por ter praticado aquela tarde enquanto minha família estava no jardim –, aplicando pressão nos pontos certos para impedir que rangesse. Abri-a o suficiente apenas para me esgueirar para fora. Conseguiria sair de casa pela forma convencional se fizesse silêncio, mas quando voltasse escalaria a treliça do lado da casa e entraria pela janela do meu quarto. Quase nunca trancávamos as portas, mas vai saber quem poderia estar andando pela casa mais tarde, indo ao banheiro do corredor ou bebendo uma água fresca na cozinha? Meus irmãos talvez saíssem. Como adivinhar a que horas voltariam?

Consegui descer as escadas sem nenhum rangido me denunciar. A porta de trás se fechou sem fazer ruído, nem mesmo o barulho da madeira arrastando contra o batente que vivia empenado. Pulei as escadas e desci correndo até a calçada. Parei apenas para enfiar o roupão debaixo de um arbusto. Lembrei-me da última vez que escapuli. Só que dessa vez, assim esperava, corria ao encontro de Robert e não fugindo dele.

Perto da rua principal, diminuí o passo, desenrolei a calça e coloquei os sapatos. No centro, encostei-me às paredes dos prédios, indo da sombra de uma entrada escura à outra. As ruas estavam vazias, exceto por algumas rodas de rapazes jogando conversa fora e fumando. Meninos mais novos, mãos enfiadas nos bolsos, rodeavam alguns grupos, sonhando ser convidados a entrar no círculo. Eu acelerava o passo ao passar perto deles, enfiando o queixo no peito e baixando o boné para o caso de alguém me reconhecer. No limite da cidade, dei um tapa naquela placa horrível e um grito de comemoração. Parecia que me vestir como um menino havia me dado permissão para agir como tal. Nunca me ocorreu ficar nervosa ou ter receio do que poderia estar escondido às margens escuras da estrada. Os vaga-lumes piscavam, sempre à minha frente, como se indicassem o caminho – mas meus pés saberiam que direção tomar mesmo no breu da noite.

A voz do pastor e as respostas rítmicas, quase cantadas, de sua congregação alcançaram meus ouvidos muito antes de eu chegar ao meu destino. Diminuí o passo ao ouvir aquele coro tão diferente, já não tão certa de minhas intenções agora. Eu não poderia simplesmente entrar sob a pérgola e fazer parte da congregação, apesar do que dizia a placa da igreja. Causaria uma comoção uma menina branca magrela vestida na calça do irmão.

Então dei a volta pela lateral da igreja, tomando cuidado para ficar nas sombras. Examinei a pequena aglomeração de gente sob a pérgola, procurando alguma silhueta conhecida. Via apenas as costas da maior parte da congregação. Estavam quase todos, sentados ou de pé, virados para o pastor, exceto aqueles sentados nas poucas fileiras atrás dele. Espiei o perfil de Nell no palanque do coro. Como os demais, ela olhava para o pastor e acompanhava seu sermão com meneios de cabeça, améns, aleluias e frases mais compridas que eu não conseguia distinguir de onde eu estava. O pastor era mais novo do que eu esperava, só alguns anos mais velho do que Nell, e eu entendi seu encanto por ele. Não só dizia verdades evidentes como era um homem bonito também.

Meus olhos se adaptaram à escuridão e eu me recostei contra a parede da igreja, suas ripas de madeira castigadas pelo tempo. Só então reparei, com um susto, que havia uma jovem sentada em um toco de árvore a menos de três metros de distância. Ela segurava um embrulho perto do peito, e em uma pausa rara no murmurinho que vinha da pérgola ouvi o som inconfundível de um bebê terminando de mamar

As cores do entardecer

no seio da mãe e depois pequenos suspiros quando ela o colocou sobre o ombro para arrotar. Entendi no mesmo instante que havia interrompido um momento privado, mas também vi o brilho dos olhos dela, arregalados e olhando para mim. Um jovem homem branco escondido nas sombras de uma igreja de negros era algo não só inusitado como ameaçador também.

Engoli em seco uma, duas vezes. Como poderia acalmá-la sem revelar meu esconderijo para os outros? – Não... Não se preocupe – sussurrei, gaguejando as poucas palavras que me vinham.

Ela apertou o bebê nos braços e seus olhos se arregalaram ainda mais, se é que podiam. Encolheu-se toda quando dei um passo à frente. – Não machuque meu bebê. Por favor, só não machuque meu bebê.

Seu pavor de que eu pudesse fazer algo inimaginável ao bebê destravou minha língua e eu me apressei em tranquilizá-la. – Não vou machucar seu bebê. Não vou machucar ninguém. Estou aqui para o culto, como você. – Tirei o boné e fechei a distância entre nós, inclinando-me para olhar o bebê. A moça se apressou em cobrir o seio. Algumas das jovens mães de minha cidade amamentavam os filhos, mas sempre em reclusão, sem alardear o fato, como se fosse um segredo sombrio a ser escondido. Eu esperava um dia ser mãe também e poder alimentar meu bebê daquela forma, mas a visão de um seio exposto ainda assim me deixava acanhada. Eu nunca vira nem mesmo os seios de minha mãe.

– É um lindo bebê – disse, procurando aliviar a tensão dela e meu constrangimento.

– Ora, você é uma menina – a moça falou, estalando a língua agora que podia me ver e ouvir. – Ela é uma menina também. Minha menininha. – Ela levantou o bebê, olhando para o rosto pequenino e sorrindo. A criança já estava adormecida sob a sombra serena, e a mãe limpou uma gota de leite do canto de sua boca. No entanto, apesar de seu orgulho descontraído, eu sabia que a mulher ainda estava perplexa. Eu sabia qual seria a pergunta a seguir antes de ela falar. – O que está fazendo aqui? Você disse que veio para o culto, mas... – Ela balançou a cabeça da um lado para o outro.

– Bem... – Fiz uma pausa, ganhando tempo para inventar uma razão melhor do que as que eu havia imaginado até então. Decidi por duas verdades. – A placa lá no portão diz: "Todos São Bem-Vindos".

Ela ergueu as sobrancelhas, mas deu de ombros. – Acho que isso não tem como discutir. Só que nunca foi colocado à prova, que eu saiba. E aí está você, escondida nas sombras.

– Bem, sim. Mas – respirei fundo e fui em frente – aquela moça na frente, no coro? Aquela à esquerda, de vestido rosa. – Esperei ela confirmar que a via.

– Nell Prewitt?

– Sim. Nell. Ela trabalha para minha família. Ela me disse que ia cantar esta noite e eu queria ouvi-la. Ela cantou lá em casa um dia e, ah, foi como um anjo no meu alpendre. Eu queria ouvi-la cantar na igreja, onde acho que seria ainda mais celestial.

A moça ponderou sobre minha resposta e meneou a cabeça, concordando. Seus ombros relaxaram. Minha explicação parecia ter um excesso de detalhes incontestáveis para ser mentira. Mas eu não contei a terceira razão: que esperava ainda conseguir ver Robert e, se não fosse pedir demais, falar com ele. Sentia tanto sua falta.

– Bem, você chegou em boa hora. Não vai demorar muito. O pastor está quase terminando.

– Você conhece Cora, a mãe da Nell? E o irmão dela?

– Claro que sim. Todos os Prewitts vêm a esta igreja desde que me lembro. Somos todos criados aqui. Batizados, casados e enterrados. A família deles, a minha e muitas outras.

– Você os viu hoje? Cora? – hesitei. – Robert?

Ela apontou. – Cora está ali na fileira da frente, ela e seu marido, Albert, pai de Robert e Nell. Devem ter chegado uma hora mais cedo para conseguir os melhores lugares e poder ouvir a filha deles cantando feito um anjo. – Ela sorriu ao repetir meu elogio a Nell. – Robert, eu não sei. Ou está sentado com os outros meninos lá atrás, como sempre fazendo gracinhas e sendo inconvenientes, ou talvez tenha ido fazer alguma tarefa para o pastor. Ele é um bom rapaz. Eles são bem

As cores do entardecer

próximos e logo serão cunhados, se não me engano. Irmão James e Nell vêm se olhando mais do que o estritamente necessário nos últimos tempos.

Meus poderes de observação não estavam enganados. Sorri, pensando em Nell. Ela adorava sua igreja, e eu não podia imaginar uma vida melhor para ela do que ser a esposa do pastor em vez de ser para sempre uma empregada doméstica como sua mãe. Pelo visto, ambas vínhamos escondendo coisas uma da outra, embora a culpa fosse minha.

– Minha menina já está satisfeita. Hora de voltar para minha família. Devo dizer à Cora ou à Nell que você está escondida aqui?

– Oh, não! – Dei um passo para trás e meu coração martelou dentro do peito. – Cora ficaria preocupada se soubesse. Talvez se sentisse obrigada a contar à minha mãe ou ao meu pai amanhã, aí eu estaria mais encrencada do que você poderia imaginar. – Sacudi a cabeça com vigor, imaginando se me descobrissem. Quase me arrependi de ter mentido para ela sobre por que estava ali. Mas tinha certeza de que a jovem mãe não iria me entregar.

– Está bem, não se preocupe. Mas você vai voltar sozinha para casa? Onde você mora?

– Shalerville.

Agora foi a vez de ela recuar em espanto. – É uma boa distância para andar sozinha no escuro. Mas o que se há de fazer? – Não era uma pergunta. Ambas sabíamos o que ela queria dizer. Imaginei qual seria sua reação se soubesse que Robert havia atravessado a cidade comigo no escuro uma vez.

– Tem uma coisa que você pode fazer – eu disse. – Se vir o Robert, pode dizer que estou aqui? Vou esperar ali no canto, perto da igreja. Depois do culto, talvez ele e Nell possam me acompanhar parte do caminho. Mas deixe que ele conte para a Nell. Não vá deixá-la preocupada dizendo que me viu.

Ela olhou para mim, me estudando. Abraçou o bebê contra o peito de novo e se levantou do toco. Eu podia ver as engrenagens rodando em seu cérebro enquanto considerava meu pedido, mas por fim ela concordou. – Você se cuide, mocinha. Vou dizer ao Robert que está aqui. Aproveite a canção da Nell.

– Obrigada – respondi à mãe, que se afastava. – Sua menina é linda.

A expressão preocupada em seu rosto sumiu e ela sorriu de volta.

Aproximou-se da pérgola, diminuindo o passo para examinar os jovens agrupados nos fundos. Sussurrou algo para um adolescente sentado. Ele apontou para um lado e então eu vi Robert encostado em uma das colunas de madeira da pérgola. Estava do lado de fora, não embaixo de seu abrigo. Tinha as mãos enfiadas nos bolsos e dava a impressão de estar ouvindo o pastor, exceto pelo fato de seu rosto exibir uma expressão longínqua. Estaria pensando em mim? No tempo que passamos juntos sob a pérgola? Sacudi a cabeça. Ele tinha coisa melhor para fazer do que ficar pensando em mim, mesmo que eu estivesse mais amarrada a ele do que queria admitir.

A mulher aproximou-se dele e tocou em seu ombro. Ele fez um movimento como se fosse espanar um besouro quando viu que era ela. Ela sussurrou, apontou para a igreja e para o canto onde prometi que esperaria. A expressão dele mudou de distante para precavido. A jovem mãe apertou seu braço, então deu a volta na pérgola até o outro lado, onde passou por um homem para sentar-se ao lado de uma criança pequena que a cobriu de beijos como se tivesse se ausentado havia dias. Talvez ela não concordasse, mas era a segunda pessoa que eu poderia ter comparado a um anjo naquela noite.

Rezei para que Robert a visse como portadora de boas notícias. O mais provável, porém, é que estivesse fervendo de raiva com minha ousadia cada vez maior. Ele cruzou os braços e se encostou contra a coluna de madeira, como se quisesse se moldar a ela e ser absorvido até desaparecer. Eu quase saí correndo. Mesmo com toda a escuridão da noite à minha frente, sua expressão me fez perceber o quanto eu devia parecer ridícula, uma menina boba e irresponsável, indo até lá escondida, colocando não só eu mesma em perigo como ele também, mais uma vez. Mas me encolhi nas sombras e recuei até o canto da igreja. Se fosse embora, ele se sentiria obrigado a procurar por mim na estrada escura até Shalerville. Encostei a testa contra a madeira áspera da parede da igreja e esperei.

Por fim, com as mãos ainda enfiadas nos bolsos, Robert perambulou até os fundos da pérgola e atravessou o terreno na diagonal. Afastando-se de mim. Minha respiração parou. Ele simplesmente me deixaria ali, esquivando-se de minha insensatez? Ou teria entendido errado as instruções da jovem mãe?

Espremi-me contra a parede da igreja e suspirei fundo. Se o pastor tivesse feito uma pausa ou pedido uma oração em silêncio naquele momento, todos teriam me ouvido.

Então escutei um sussurro aflito. – Isabelle!

Virei-me, assustada, quase perdendo o equilíbrio no processo. Robert fez um gesto de silêncio com uma das mãos e me segurou com a outra. Depois deu um passo para trás e me observou por uns bons cinco segundos antes de balançar a cabeça em desaprovação. – Você é maluca, menina.

Segurei as mãos atrás das costas e forcei um sorriso, esperando cativá-lo, ou pelo menos desarmá-lo. – Você tem razão, eu sou maluca. Mas você está sempre me provocando a fazer essas tolices. Eu devo estar ficando louca.

– Bem, se está aqui para ouvir a Nell, como a moça falou, é melhor fazermos silêncio. Lá vai ela. – Eu me virei e, como ele disse, lá estava Nell, de pé na frente de todos, alguns passos apenas do pastor. Ele havia se aproximado de sua congregação e estava fazendo o chamado ao altar com os braços abertos. Acenou para Nell com a cabeça e ela abriu a boca. Então as notas e palavras que ela havia cantado em meu alpendre na semana anterior flutuaram no ar, tão puras e doces que pareciam pairar à nossa volta, mesmo ali, tão distante de onde ela cantava.

Ela não olhava para o Irmão James e ele não olhava para ela, mas uma conexão quase palpável fluía entre os dois enquanto convidavam os membros da congregação a responder ao chamado.

Era evidente que os dois tinham nascido para fazer aquele trabalho. Juntos.

Meu coração se apertou. Senti um nó na garganta. Lágrimas brotaram em meus olhos. Algum dia eu teria uma parceria assim com um homem que eu amasse? Até então, o interesse que minha mãe havia tentado estimular em mim pelos rapazes locais não havia dado em nada. Só havia um rapaz com quem eu conseguia imaginar compartilhar minha vida e viver meus sonhos, e a ideia era absurda.

No entanto, lá estava eu.

Meus ombros tremeram, meu suspiro agora interrompido por lágrimas.

– Eles são muito bons juntos, Nell e James – sussurrou Robert.

Concordei, inclinando a cabeça, incapaz de falar. Nell começou um novo verso e várias pessoas formaram uma fila diante do Irmão James. Falaram e rezaram com ele um de cada vez, alguns chorando às claras. Outros se ajoelharam onde estavam, as cabeças abaixadas sobre os bancos rústicos, fazendo seus pedidos silenciosos diretamente a Deus, sem um intercessor humano. Era lindo e mais inspirador do que qualquer coisa que eu já tinha visto em minha igreja, onde cantávamos sempre os mesmos hinos e nosso pastor, que estava lá havia mais tempo do que eu tinha de vida, proferia sempre as mesmas mensagens sobre fogo e enxofre um domingo após o outro. Era tão monótono que ninguém tremia de medo a não ser quando o Reverendo Creech chamava sua atenção em público por dormir durante o sermão.

Quando o último da fila rezou com o Irmão James e ninguém mais se levantou, Nell passou a solfejar baixinho o refrão da música e o coro se juntou a ela em um embalo acalentador. James levantou as mãos para o alto de novo, chamando mais uma vez a congregação, e, quando ninguém mais respondeu, voltou a abaixá-las atrás das costas. Ofereceu, então, uma prece para finalizar o culto.

Após sua bênção, o coro voltou a cantar para a saída dos membros, dessa vez uma canção mais ritmada e rápida. Alguns cantavam e batiam palmas, outros recolhiam crianças sonolentas ou se abraçavam. Eu nunca vira um grupo tão feliz. O estado de suas roupas, puídas e antiquadas em muitos casos, revelava que lutavam contra a pobreza, mal se sustentando mesmo que o país estivesse enfim emergindo de tempos terríveis. E mesmo assim pareciam gratos.

– Então, Miss Isabelle.

As cores do entardecer

A voz de Robert me despertou. Ele parecia achar graça, apesar de sua irritação, e eu entendi que revertera ao "Miss" só para me perturbar. Por um momento, eu havia esquecido que ele estava atrás de mim. Ele inclinou a cabeça e olhou para mim de um jeito curioso. Tentei falar, minha voz naquele momento embargada depois de assistir a sua família e amigos no culto. No fim, eu disse: – Sei que me acha uma boba por vir aqui. Isabelle e mais uma de suas ideias perigosas – comecei, dando um suspiro. – Mas isso foi a coisa mais bonita que já vi. Eu de fato invejo você às vezes, Robert, mesmo que não acredite. Sua família, sua igreja e todas as pessoas que o cercam me deixam tão admirada. A moça que falou com você, depois de entender que eu não era um rapaz branco querendo causar problemas, foi tão graciosa. Igual ao que diz a placa no portão da frente. Eu nem sabia o que estava procurando, mas agora sei. É isto. – Abri os braços, indicando as últimas pessoas sob a pérgola e mais. Minha voz tremeu e eu quase chorei. – Se pelo menos eu pudesse tê-lo.

Robert entrelaçou os dedos e repousou o queixo sobre eles sem jeito, como se incerto sobre o que fazer com as mãos. – Tome cuidado, Isabelle. Pode acabar me fazendo sentir algo que não devia, ou querer fazer algo que não devia. – Ele deu um passo curto para trás.

– O quê, Robert? O que você sente? Eu *não* estava errada naquele dia na pérgola? Não sou só eu? Mostre-me.

A congregação atrás da igreja havia se dissipado com rapidez em razão da hora avançada. O único movimento visível era o dos lampiões pendurados perto da pérgola, agitados por uma leve brisa. A corrente de ar levantou arrepios em minha nuca, onde meus cabelos, livres do boné de meu irmão, colavam em minha pele úmida de suor.

– Você sabe que não posso – ele disse. – Sabe que seria errado, que causaria todo tipo de problema.

Ele tinha razão. Eu sabia que tinha razão. Então por que seu protesto não esfriou meus ânimos? Por que eu não conseguia fugir dessa loucura e pedir a ele que me conduzisse até os limites de Shalerville, de uma vez por todas, de volta a meu lugar? Mesmo que não me parecesse mais meu lar.

— Robert — eu disse, balançando um pouco a cabeça e olhando para cima, mais ousada do que nunca, em seus olhos. De repente ele estava ali. Eliminou a distância entre nós, passou as mãos em torno de minha cintura e me puxou para si. Então levantou uma das mãos e encostou minha cabeça em seu ombro, como fizera durante a tempestade. Fiquei ali, quase sem respirar, escutando o *tum-tum, tum-tum* de seu coração batendo no meu ouvido. Senti-me segura, protegida em seu abraço, e não queria estar em nenhum outro lugar nunca mais. Não queria me mover.

Então ele levantou meu queixo com um dedo e encontrou meus olhos com os seus, fazendo uma pergunta que nunca me havia feito, tudo com simples gestos.

Inclinei a cabeça, ainda em sua mão, para trás, e me levantei na ponta dos pés. Sim.

Ele apertou a boca contra a minha. Gentil e faminto ao mesmo tempo, encostou seus lábios macios e mornos contra os meus. Tremi quando sua língua se intrometeu entre eles gentilmente, explorando as bordas de seu interior. Então recuou outra vez, depositando beijos quase imperceptíveis em minhas sobrancelhas, em meu rosto, ao longo de meu maxilar e até debaixo de meu queixo, onde nunca imaginei que os nervos poderiam ser tão sensíveis a ponto de detectar um toque mais leve que o de uma folha de grama.

Não consegui conter um riso. Ele parou. Segurou-me à distância dos braços esticados e observou meu rosto. Perguntei-me se parecia diferente agora.

— Onde aprendeu a fazer isso? — perguntei. Falava sério. Não conseguia imaginá-lo lendo as histórias apimentadas das revistas que minhas colegas escondiam de suas mães. Talvez tivesse visto em filmes, em uma história de amor em algum cinema em Cincy, onde negros eram permitidos no balcão.

Ele inclinou a cabeça. — Talvez seja natural. Ou talvez eu não possa revelar minhas fontes. — Senti um espasmo de alguma coisa. Seria ciúme? Ciúme de outras garotas que ele pudesse ter beijado dessa maneira antes? Mas que direito eu tinha de pensar que seria a primeira? A única?

As cores do entardecer

Que direito tinha eu de qualquer jeito?

Ele deve ter percebido minha dúvida repentina, pois deslizou os dedos pelos meus braços até os cotovelos, empurrando-me de leve para trás, e colocou as mãos sobre os quadris. – Você até que fica bem como menino, Isa, mas acho que é hora de voltar para casa.

Andamos em silêncio um tempo. Eu esquecera minhas preocupações de novo e estava tão enlevada pela euforia da noite que nem percebi quando seus passos começaram a se arrastar. Sua expressão foi se tornando mais séria e ansiosa à medida que nos aproximávamos da placa na entrada de Shalerville. – Isabelle? – disse, afinal, e eu senti a apreensão apertando meu estômago.

– Não diga. Não – murmurei, segurando sua mão sem me importar se estávamos apenas a alguns metros de um lugar que se opunha à sua existência, exceto pelos serviços que ele podia prestar à luz do dia.

Mas ele disse: – Isso não pode acontecer. Isso não aconteceu.

– Eu não me importo com eles, você sabe. – Apontei com o queixo na direção da cidade, então olhei diretamente em seus olhos. – Não me importo com o que ninguém pensa. Tudo o que eu disse é verdade. Cada palavra.

– Isabelle, o que aconteceu hoje nunca poderá passar disso, de uma lembrança boa. Para nós dois. Você sabe. Se alguém souber que a beijei, sabe o que vão fazer comigo? O que sua mãe vai fazer com você? É impossível.

– Mas... – Respirei fundo. – Robert Prewitt, eu acho... Eu acho que talvez ame você. – Meu coração disparou, meu rosto pegou fogo e meus dedos, entrelaçados aos dele, tremeram.

– Você só... Você é apenas uma menina, Isa. Uma criança. Não sabe o que está dizendo.

Sua reprovação me abalou, mas eu estava convencida de que era sua maneira de negar o que eu acreditava que ele sentia também. Ele tinha razão; eu era apenas uma menina que nem completara dezessete anos ainda, mas não podia negar os sentimentos que enfim admitia, sentimentos que só se intensificaram a cada vez que nos encontramos.

Em meu jardim. No riacho. Cada semana sob a pérgola. Naquela noite. Mais do que nunca, naquela noite.

– Mas eu sei o que estou dizendo. Eu sei, Robert. Você é capaz de dizer que não sente o mesmo? Eu preciso perguntar. Sei que está com medo. Eu teria medo também. Eu *estou* com medo. – Ele tentou se virar, olhar para outro lado, mas soltei minha mão da sua e virei seu rosto para o meu. – Você me ama também?

Ele deu de ombros. – E se eu dissesse que sim? E se eu dissesse, sim, eu... Eu acho que talvez ame você. O que isso adiantaria para nós?

Não havia como, então não respondi à sua pergunta. Só o que queria, mais do que nunca, era saber que meus sentimentos não eram infundados. Sua resposta, tão cheia de rodeios, foi o bastante para eu entender que ele também sentia o mesmo.

12
Dorrie, Dias Atuais

A NOITE TODA EU ME REMEXI NA CAMA. Primeiro, preocupada com meu dinheiro. Depois, preocupada se podia confiar em Teague com meu dinheiro. E, por fim, preocupada com qualquer outra coisa que me desse na cabeça. Pela manhã, estava tão exausta quanto se tivesse passado a noite cuidando de um bebê que não parava de chorar. E isso era algo que eu não queria ter de fazer tão cedo, então me preocupei também com meu filho e com a possibilidade de sua namorada estar grávida.

Torci para que minha inquietação não tivesse mantido Miss Isabelle acordada, ainda mais depois que ela me disse que já não era de dormir bem. Que dupla formaríamos na estrada, tentando ficar acordadas.

Mas ela me surpreendeu de novo. Lépida e pronta para pegar o elevador até o bufê do café da manhã de cortesia que ela acreditava ter pagado de qualquer forma no preço do quarto. Ela sempre gostou de fazer valer cada centavo de seu dinheiro. Quando eu fazia seus cabelos, ela sempre chamava a atenção para qualquer ponto que eu deixasse passar, o que não era comum, é bom dizer.

– Levante-se e sorria, Dorrie Mae. O sol já nasceu.

Gemi ao ouvir sua voz: – Maldita seja, Susan Willis. – Cobri os olhos com um travesseiro quando Miss Isabelle abriu as cortinas, pois o sol havia nascido, como era de esperar, e estava brilhando pela janela direto na minha cara. Com relutância, tirei o travesseiro do rosto, levantei o tronco e deslizei as pernas pelo lado da cama, pondo os pés no chão. Enfiei o rosto nas mãos, tentando comandar o resto do meu corpo a acordar. Não deu muito certo.

– Ouvi você se mexendo a noite toda. Lamento termos de acordar tão cedo, mas precisamos pegar logo a estrada ou vamos nos atrasar.
– Sempre imaginei que ela fosse mesmo uma dessas pessoas que acordam bem dispostas de manhã. Agora não tinha mais dúvidas. Mas eu também sabia que ela estava preparada e que esta não era uma viagem de férias.

– Sem problemas, Miss Isabelle. Só estou checando se ainda estou viva. Vou ficar bem assim que tomar uma intravenosa de cafeína. – Levantei-me à força da cama e me vesti rapidamente. Tinha tomado uma ducha antes de dormir, e, como não havia muito que pudesse fazer com meus cabelos na estrada, ajeitei-os como pude e prometi a mim mesma que faria melhor quando chegássemos ao nosso destino.

Como eu sou cabeleireira, muitas vezes as pessoas se surpreendem com meu penteado simples. Logo cedo, descobri que não gosto de dedicar muito tempo ao meu cabelo. Mantenho-o aparado, curto e natural, às vezes com um tonalizante castanho-avermelhado bem escuro. Na minha humilde opinião, tenho uma cabeça bem formada e meu estilo sempre me trouxe elogios, mesmo a maior parte vinda de gente branca. Mamãe sempre reclama que isso é um desperdício. Acha que eu devia promover meus serviços com penteados mais elaborados. Eu discordo. Minhas clientes sempre vieram a mim por uma razão: ir embora se sentindo lindas e renovadas. Elas não dão a mínima para meu penteado contanto que seja limpo e discreto. (Horizontal dezessete, oito letras: "inconspícuo, comedido." *Discreto*. Palavra bonita, fina.) Eu sou o meio para elas irem do zero a lindas em sessenta minutos ou menos. No decorrer das coisas, se nos tornamos algo mais do que simples conhecidas, então aleluia e vamos em frente, porque aí meu penteado é a última coisa em que vão pensar. Eu contava com isso em relação a minha amiga Miss Isabelle ao dar uma última apalpada nos cabelos.

No restaurante do hotel, nos sentamos diante de pratos de ovos mexidos e torradas quentes, cereal com leite gelado e café morno. Miss Isabelle torceu o nariz para os brioches de canela, dizendo que não deviam valer a gordura que usaram na receita. Não espanta que ela se mantivesse em tão boa forma. Eu já vira fotos de Miss Isabelle em várias idades diferentes, e ela parecia ter acabado de fazer seis meses de dieta da Jenny Craig em todas elas, a cintura fina envolta em cintos em estilos que eu não via desde antes de Stevie Júnior nascer. Ou nunca. Suspirei e desisti dos brioches também, pensando que não faria mal seguir seu exemplo. Mas eu podia sentir o aroma deles, e era uma tortura não colocar um na boca. Ou um cigarro.

– Como você reconhece um homem bom quando o vê? – perguntei. Um bocado repentina, eu sei, mas eu precisava saber e não tinha dormido o bastante para ir cercando o assunto.

– Um bom homem – ela disse, levando à boca uma garfada de ovos mexidos. Vi logo que não receberia uma resposta rápida.

– É que eu sei encontrar os que não prestam sem problemas – acrescentei. – Na verdade, nem preciso procurar: assim que sai um, outro vem correndo. Sou um ímã de fracassados.

– Um bom homem – repetiu Miss Isabelle. – Para início de conversa, ele a trata bem. Mas isso é tão importante quanto saber como ele trata os outros.

– Tipo, como assim? Os filhos? A mãe?

– Claro. E tem mais. Quando ele leva você ao cinema, ele agradece ao pessoal da bilheteria? Quando estão no carro dele, ele dirige como se fosse dono da rua? Mesmo após duas semanas, ele ainda respeita o próximo, não importando qual seja a posição da pessoa em relação a ele? Em outras palavras, ele ainda dá gorjetas ao garçom?

– Essa é boa, Miss Isabelle. Essa é boa mesmo. – Ela tinha razão. Eu nunca tinha pensado nisso antes, mas quase todos os homens com quem já tinha saído me tratavam como uma rainha nas primeiras vezes em que saíamos, mas reclamavam com os garçons que a comida estava fria ou insossa mesmo quando estava boa, ou cortavam motoristas que vinham da direita para entrar na estrada, mesmo quando não tínhamos pressa alguma para chegar. E no fim? Acabavam me tratando da mesma forma.

– Eu conheci alguns homens bons em minha vida. Eles existem. – Os olhos dela ficaram desfocados e distantes, como se estivesse perdida em lembranças, e seus lábios formaram um pequeno sorriso particular. Queria poder entrar na sua memória com ela. Queria poder ver o que ainda era capaz de instigar pensamentos felizes nela após tantos anos. – Meu marido foi um bom homem. Mas não foi o único – disse. Então, de repente voltou ao presente. – Você acha que encontrou um bom homem, Dorrie?

– Eu não sei. Gostaria de acreditar que esse homem com quem saí algumas vezes, o Teague, é um cara legal, mas não confio mais em mim mesma. Quase prefiro o mal que já conheço, os caras que sei que vão dizer o que eu quero ouvir e depois vão partir meu coração mais uma vez. Mas este? Miss Isabelle, você conhece o ditado: "Se parece bom demais para ser verdade..."

– "É porque é mesmo." – ela completou por mim. – Mas talvez nem sempre seja assim.

Contei a ela sobre ter pedido a Teague que fosse até o salão por mim. Disse que queria tanto acreditar que ele era confiável e que faria o que prometeu, nem mais, nem menos. Falei que o meu histórico de homens confiáveis era o pior possível.

– Desde quando o conhece?

– Estamos nos vendo há algum tempo, mas...

– Qual foi a última vez que pediu a alguém um favor tão grande? – perguntou. – A qualquer homem?

Tomei um gole de café e fiz um inventário dos meus relacionamentos passados. – Faz um tempo. – Balancei a cabeça. – Está bem, faz muito, muito tempo.

– Você é mais esperta do que pensa. Acredite em si mesma.

– Talvez. Mas que droga, *maldição*... Se ele me decepcionar, não quero mais saber de homens. Acabou. Quem precisa deles?

Ela suspirou e deu de ombros, o olhar desfocado, longe. Terminamos de comer em silêncio.

As cores do entardecer

Eu tinha acabado de encher o tanque e voltado a me sentar ao volante em um posto de gasolina perto do hotel em Memphis quando meu celular tocou. Miss Isabelle esperou pacientemente enquanto eu pegava o telefone na bolsa.

– Oi, Teague, como estão as coisas?

– Oi.

Dava para sentir pela sua voz, pelo cuidado ao me cumprimentar, pelo que ele não disse e pelo silêncio longo e pesado do outro lado da linha. – Pode me dizer.

– Estou no salão.

– E?

– Sem dúvida alguém entrou aqui depois que você saiu. Lamento, Dorrie. Queria ter uma notícia melhor.

Fechei os olhos e exalei pelo nariz. – O dinheiro?

– Sumiu.

Bati com a palma da mão no volante de Miss Isabelle e ela deu um pulo. – Desculpe – murmurei, cobrindo o fone com a mão.

– Tudo bem, querida – ela sussurrou, gesticulando para eu continuar a conversa.

– O que mais?

– Bem, arrombaram a fechadura para entrar. O gabinete de arquivos foi arrombado também. Abriram com um pé de cabra ou algo assim. Derrubaram algumas coisas. É isso.

Era mais do que suficiente. Eu nunca trancava o arquivo de noite. Era o mesmo que anunciar onde estava o dinheiro. Xinguei a mim mesma por não instalar um sistema de alarme. Todo mês eu jurava que ia fazê-lo. Até pagar as contas. Então eu resolvia esperar mais um mês. As portas da antiga galeria eram fáceis demais de arrombar. Nunca fizera muita diferença, embora eu tivesse gastado um dinheiro trocando fechaduras nas outras vezes. No somatório final, custava menos trocar as fechaduras do que instalar e manter um sistema de alarme. Mas eu nunca tinha esquecido dinheiro antes. Agora era diferente.

– Ainda está aí?

– Sim – respondi, suspirando. – Escuta, seria pedir demais que fizesse um boletim de ocorrência?

– É claro que não. Também vou passar na Home Depot[12] e arranjar algo para bloquear a porta até você voltar. Tudo bem?

– Ai, Teague. – Balancei a cabeça. – Você é um anjo. Lamento envolver você nisso.

– Não se desculpe. Não é problema algum. Além disso, acredito que você faria o mesmo por mim se a situação fosse comigo.

Fiquei pensando. Com sinceridade, era provável que eu saísse correndo mais rápido do que uma bala. Eu já tivera muitos homens dependentes na vida. Por outro lado, nenhum deles fora o Teague. Ele me encantava. Não era só gentil. Seu interesse era autêntico e engajado.

No entanto, assim que desliguei, comecei a duvidar. Miss Isabelle me observava. Devia estar vendo meu nervosismo subindo e descendo pelos músculos da barriga, de mãos para o ar e gritando "Sai correndo! Sai correndo! Sai correndo!", dizendo que Teague poderia ter causado ele mesmo o estrago, embolsado o dinheiro e mentido pelo telefone. Entrei na interestadual e olhei para a superfície lisa da estrada que saía de Memphis.

– Lamento, Dorrie. Sinto-me responsável. Se eu não pedisse que você me acompanhasse nesta viagem, isso não teria acontecido. Com isso e sua preocupação com Stevie Júnior, sinto que deveríamos voltar para casa. No mínimo, eu gostaria de reembolsá-la pelo dinheiro que perdeu. – Encolhi os ombros. Queria gritar e fazer um escândalo por causa do dinheiro. Pior ainda, eu sabia que talvez precisasse engolir meu orgulho e aceitar a oferta de reembolso dela. Como um empréstimo, claro. Mas voltar para casa não mudaria nada agora.

Ela ficou em silêncio por um tempo. Cerca de quinze quilômetros depois, pegou a revista de palavras cruzadas e abriu em uma página nova. Olhou as dicas e preencheu algumas respostas. Minha mão apertava o braço do banco e ela deu um tapinha em suas costas. – Tente não se preocupar, Dorrie. Com o dinheiro ou com o homem. Tenho a

---

12. Home Depot – Grande rede varejista de materiais de construção (N.T.).

sensação de que vai dar tudo certo. Agora, me ajude. A primeira é a horizontal dois, coisa *rara*, e tem seis letras...

Continuei ouvindo, desatenta, enquanto procurava outra resposta na minha cabeça.

13
Isabelle, 1939

DUAS SEMANAS.

Duas semanas desde a última vez que o vira. Duas semanas desde que ele me beijara. Duas semanas desde que dissera a ele que o amava.

Comecei a achar que ele tomara minha confissão pela imaginação descontrolada e ridícula de uma menininha em idade escolar. Ele não ia me dar trela. Se pudesse, não voltaria a pôr os pés em minha casa e evitaria qualquer possibilidade de nossos caminhos se cruzarem.

Mas então, um dia, ele apareceu para ajudar meu pai a consertar o muro de arrimo. A areia colocada em volta das pedras de calcário estava se erodindo e meu pai temia perder todo o trabalho duro do verão anterior. As pedras iriam se soltar e todo o jardim da frente começaria a ceder até que fosse tudo embora, deixando nossa casa balançando em cima de um barranco.

Na segunda-feira, a loja de materiais de construção entregou três sacos de cimento ao pé da escada da frente. No fim da tarde, Robert encontrou-se lá com meu pai. Ele foi instruído a misturar o concreto. Observei de uma janela do andar de cima, escondida atrás das cortinas de renda. O sol estava baixo no céu quando Robert apertou a mão de papai e desceu a rua, distanciando-se de mim mais uma vez.

Na manhã seguinte, ele voltou antes de eu acordar para misturar o concreto no carrinho de mão e depois enfiá-lo com cuidado nas frestas entre as pedras, limpando a superfície com um pano úmido para que a textura permanecesse visível da rua. Meu pai, ocupado com seus pacientes, deixou a tarefa nas mãos hábeis de Robert.

Minha tensão aumentou à medida que eu esperava uma oportunidade de falar com ele, uma desculpa válida. Depois de minha mãe se retirar para sua soneca após o almoço, corri para a cozinha. Cora estava descascando ovos cozidos que iria rechear para o jantar. Nell estava ocupada em alguma outra parte da casa, talvez até ausente. Eu não a vira ou ouvira havia algumas horas.

– Está horrível de novo lá fora – eu disse, sentando-me em uma cadeira em frente a Cora.

– Deus do céu, está sim, Miss Isabelle. Este verão está de matar. Tenho pena do meu filho lá fora neste calor escaldante, mas ele vai sobreviver. Vocês, jovens, aguentam melhor o calor do que nós, velhos.

Fazia muito, muito tempo que ela não falava de Robert em minha presença. – Temos limonada, Cora? Eu bem que gostaria de um copo geladinho.

– Temos, sim. Só um instante que eu já pego para você.

– Deixe comigo. – Fui até o armário e peguei dois copos. Cora levantou as sobrancelhas quando os viu, mas não disse nada. Lasquei alguns pedaços de gelo da pedra e enchi os dois copos, despejando, em seguida, a limonada feita com limões frescos recém-espremidos. – Obrigada, Cora. Vou levar um copo para o Robert também. Ele deve estar com sede neste calor.

– Oh, não, Miss Isabelle. – Ela terminou de descascar o último ovo e logo esfregou as mãos no avental após lavá-las na pia. – Não precisa. Eu levo. E você não pode usar esse copo para...

– Pode deixar – disse. Meu olhar não lhe deu chance de argumentar, embora eu detestasse usar a hierarquia para conseguir o que queria. No corredor, estremeci ao ouvir o longo suspiro emanando da cozinha atrás de mim. Usei o braço e o quadril para abrir a porta de tela e deixei meu copo em cima de uma das pedras lisas ladeando os degraus do alpendre. Isso daria a impressão de que eu não tinha outra intenção senão a de entregar a Robert sua limonada. Desci até a rua com seu copo.

Ele piscou os olhos ao me ver e enfiou a espátula de pedreiro na massa dentro do carrinho de mão. Havia terminado de misturar uma nova carga de cimento. Ficou em silêncio e eu me senti subitamente tímida.

Por fim, ofereci-lhe o copo de limonada. Seus olhos ficaram confusos, olhando do copo para suas mãos e de volta. Como Cora começara a dizer, sem pensar eu havia pegado um de nossos copos mais finos. É óbvio que ele não queria sujá-lo com a massa úmida em suas mãos. Mas eu tinha um lenço no bolso e usei-o para proteger o copo.

– Como que essa coisa fina vai ajudar? Só vai sujar também.

– É um lenço velho. – Ou talvez fosse um de meus lenços mais novos, cortado e bordado por mim em um acesso de tédio naquele mesmo mês, e talvez lavado, passado e engomado pela mãe ou irmã dele havia um ou dois dias.

Ele olhou em volta, em dúvida, mas eu estendi o copo em sua direção e ele o pegou. Sob o sol ofuscante, o contraste das costas de sua mão contra o pano branco era fascinante. Fiz sombra com a mão para proteger meus olhos.

Ele bebeu a limonada e devolveu o copo antes mesmo que eu pudesse me encostar nas pedras que ainda não havia cimentado. Mas eu me encostei assim mesmo. Ele se virou para o carrinho de mão e puxou a espátula de dentro da massa que começava a assentar. – Preciso agir rápido. Isto seca em um instante.

– Não me deixe interromper seu trabalho. Finja que nem estou aqui. – Era uma ordem, não uma gentileza. Ele virou o pescoço e olhou para as janelas da frente da casa, mas a mãe dele era a única que sabia que eu estava ali. Ela não conseguiria me ver mesmo que estivesse olhando. E a rua fazia uma pequena curva antes de minha casa e da trilha estreita que partia dela. Nem mesmo nossos vizinhos mais enxeridos poderiam me ver encostada contra a parede. A trilha cruzava um terreno úmido demais para se construir e terminava no riacho onde Robert me ensinara a catar vairões e onde a tempestade fatídica nos pegou.

– Então, o que tem feito nas últimas semanas, Robert? Desde a última vez que o vi?

Ele enfiava a massa entre as pedras com movimentos ritmados, alisando a superfície e limpando com o pano. – Nada de mais.

– Senti sua falta – eu disse, deixando de lado a cerimônia. A qualquer instante alguém poderia nos interromper, procurando por mim, perguntando-se por que o gelo estava derretendo em minha limonada no degrau do alpendre enquanto eu andava por aí.

A mão dele, segurando o cabo da espátula, hesitou diante de uma pedra com marcas de fósseis na superfície. – Você não pode. É uma má ideia. Já disse. Aquela noite, você sabe que foi um erro.

– Não me diga o que eu sinto. Senti sua falta, sim, terrivelmente, nos últimos quinze dias. Eu contei. Achei que ia definhar até virar pó antes que o visse de novo.

Ele se virou para mim e eu detectei um brilho divertido com meu drama em seus olhos, mas, ao ver meu rosto sério, seu humor logo se dissipou. – Está bem – disse. – Eu admito que também senti sua falta. Eu ouço você. Entendo você. Mas, Isa, eu já perguntei antes: o que podemos fazer? Nada. Você sabe. Eu sei. Somos como esse cimento. Tem que ter a mistura certa para usar no lugar certo. Eu e você damos uma mistura errada no lugar errado. Este aqui – ele fez um gesto largo, indicando mais do que a rua em frente a minha casa, sua mão abrangendo a cidade inteira, talvez o mundo inteiro – é o lugar errado. É ilegal, ponto. Seria loucura até pensar nisso.

– É tarde demais. Já pensamos. É uma coisa boa, Robert. Você sabe que é.

– Você pode achar que estou sendo grosseiro se quiser, mas, Isabelle, você tem que me deixar em paz. – Ele tinha voltado ao trabalho, mas parou de novo nesse momento e me olhou direto nos olhos. – Você quer que eu morra?

Estremeci. Ele falava a verdade.

Sua rejeição já havia me deixado em carne viva, me dilacerado, mesmo sendo uma rejeição ao que poderia ter sido e não ao que sentíamos. A verdade fulminou meu coração.

Meus olhos se encheram de lágrimas e ele se virou rapidamente, mas não sem antes eu sentir de um golpe toda a força de sua emoção e reação a minha tristeza. Peguei o copo vazio, mas meu lenço escorregou e caiu no chão quando me virei. Ao parar para pegar meu copo no degrau, vi-o se debruçando para apanhar o lenço delicado e estendê-lo para mim. Fiz que não e ele baixou a mão, depois levantou o lenço de novo e enfiou no bolso da camisa, em cima do coração.

Entrando em casa, quase atropelei Nell, que estava parada ao lado da porta com uma expressão atônita no rosto. Eu sabia que havia testemunhado o que dava para ela ver dali. A última parte, a mais importante. Ela baixou a cabeça à minha passagem. Derrubei os copos sobre o balcão da cozinha, sem me preocupar em esvaziar o meu ou limpar a superfície da limonada que transbordou dele. Cora não estava mais lá. Passei correndo por Nell de novo e subi as escadas até meu quarto, onde me joguei na cama e enfiei o rosto no travesseiro. Qualquer um no corredor poderia ter ouvido meus gritos ressentidos.

Eu havia ansiado por rever Robert, por poder trazer o assunto à luz do dia. Sabia que havia uma chance maior de ele me rechaçar do que de acolher nossa relação proibida. Mas a realidade doía mais do que eu havia imaginado.

Eu me permitira sonhar com encontros escondidos de nossas famílias, se era isso o que fosse preciso, arranjando tempo sempre que pudéssemos. Não havia pensado além do fim inevitável, pois acabaríamos tendo de parar.

Robert tinha razão. O casamento entre negros e brancos não era só um tabu, era proibido. Que bem faria o nosso amor se a consagração aos olhos de Deus e da lei era proibida?

Mas, em meu egoísmo, fiquei devastada ao saber que Robert não estava disposto a aproveitar o que pudesse ter comigo. Fiquei furiosa, não so com ele, mas comigo mesma, por permitir que meu coração sonhasse. Estava constrangida e envergonhada.

Durante dias, eu só descia para comer quando minha mãe ou meu pai insistia, ou para ir à igreja aos domingos.

Minha mãe ficou aflita, temendo que sua tendência a dores de cabeça fosse hereditária. Meu pai parecia resignado, embora decepcionado, pois eu sempre tivera um espírito aventureiro, nada igual à linda flor com quem se casara, apenas para descobrir que ela murchava todas as tardes.

Papai insistiu que eu o acompanhasse em um atendimento domiciliar que exigia uma viagem de carro para fora da cidade, como já fazia com frequência no passado. Até então, na maioria das vezes, eu passeava pela propriedade de seus pacientes, animada com a chance de explorar lugares novos, ou ficava lendo no carro com a capota aberta sob a sombra das árvores. Se houvesse crianças, eu brincava com elas, os pais gratos pela distração enquanto papai fazia seus exames ou tratamentos. As crianças adoravam ter companhia em suas vidas isoladas. Em algumas ocasiões, papai até me deixava assistir quando fazia algum procedimento menor, permitindo que lhe passasse os instrumentos, contanto que lavasse bem as mãos antes e que o paciente não se opusesse. Papai me chamava carinhosamente de "enfermeira" quando saíamos juntos, dizendo que preferia sempre a minha assistência.

Mas dessa vez eu me recusei a sair do carro, mesmo com o estofado queimando minhas pernas e braços. Virei o rosto quando ele me perguntou qual era o problema, temendo que pudesse de alguma forma perceber algo além da dor física em meus olhos, que descobrisse meu segredo.

Eu ansiava por compartilhar meu segredo com ele. Meu silêncio violava nossa conexão, que ele não tinha com meus irmãos. Estes passavam os dias e noites farreando, gastando seu dinheiro e se metendo em encrencas. Eu sabia, mesmo que nunca tivesse falado às claras – ao contrário, sempre me estimulando de modo sutil –, que ele sonhava com algo maior para mim, sua filha estudiosa, curiosa. Se não outra coisa, acho que ele acreditava que eu pelo menos daria uma excelente esposa para um médico. Seria mais apropriada como esposa de um médico de

As cores do entardecer

interior do que a própria esposa tinha se revelado. Se soubesse sobre Robert e eu, ele ficaria surpreso com o quanto estaria certo em suas suposições, não fosse nossa relação impossível.

Mas percebi então que ele nunca havia enfrentado minha mãe quando se tratava de coisas importantes. Mesmo que pudesse compreender as emoções que me laceravam como serralha contra a pele, eu duvidava que ele fosse me oferecer mais do que um ombro para chorar. E eu havia esgotado as lágrimas.

O vento quente queimava meu rosto a caminho de casa. Mantive os olhos na paisagem borrada ao lado da estrada. Senti o olhar de papai sobre mim sempre que o desviava da estrada e me ocorreu desejar, pela primeira vez na vida, que ele fosse diferente. Imaginei que talvez minha mãe também pudesse ter desejado que ele fosse mais forte. Talvez fosse isso o que ela sempre quis.

Os dias aborrecidos seguiram um ao outro. O calor ainda ardia como cinzas fumegantes, embora o cheiro acre de fim de verão agora permeasse o ar. Uma batida tímida à porta me despertou de um sono agitado. Eu havia adormecido lendo *Pequenas Mulheres*. Minhas histórias favoritas me distraíam por um tempo de minha autopiedade. Por mais tímida que fosse a batida, pulei da cama, deixando meu livro cair no chão.

Ela espiou pela beirada da porta. – Miss Isabelle? Posso entrar?

Nell! Acenei para que entrasse e me recostei de volta na cama. – Nossa, acho que meu coração parou – eu disse. Ele já estava partido, mas como ela iria saber?

– Desculpe, Miss Isabelle, não queria assustá-la. – Ela apanhou meu livro do chão, o dedo marcando a página onde tinha aterrissado com as folhas viradas para baixo. Peguei, fechei e coloquei de volta na prateleira acima de minha cama.

Ela não carregava nada. Nenhuma roupa lavada para guardar, nenhum material de limpeza. Ficou de pé à minha frente, passando a ponta do avental entre os dedos.

– O que foi, Nell? Precisa de alguma coisa?

– Sim, senhora – ela respondeu. Mas continuou calada, sem se explicar.

– Ora, Nell, tenha piedade, não precisa me chamar de "senhora". Fico triste por sermos tão crescidas agora e você achar que deve me tratar como se eu fosse minha mãe. Fique certa de que eu *não* sou minha mãe – disse, estremecendo.

– Eu sei, Miss Isabelle. Mas mamãe diz que devo tratá-la com o mesmo respeito agora que é uma moça.

– Besteira. Você me respeita e eu respeito você. Agora, diga o que veio fazer aqui. Mal posso aguentar.

– Bem, sabe aquele dia? Aquele em que você falou com Robert quando ele estava consertando o muro?

Fiz que sim e esperei que ela continuasse.

– Desde então, meu irmão tem andado triste pela casa. Que nem você aqui. Tem alguma coisa errada com vocês dois. Estou tão preocupada.

Pesei suas palavras. Depois de todos os anos em que crescemos juntas, eu sabia que podia confiar nela para qualquer coisa, mas, quando pensei em lhe contar, a situação toda me pareceu tão sem esperanças. Mexi distraidamente no lápis em minha mesinha de cabeceira.

Nell cutucou minha cama com o joelho. – Então, tem alguma coisa que eu deva saber sobre Robert? Qualquer coisa que o ajude a não ficar tão triste? Tão para baixo?

– Ah, Nell, não vou envolvê-la. Não posso.

Ela se empertigou, o rosto severo. – Estou *pedindo* que me envolva. Não suporto ver os dois desse jeito.

Ela ficou quieta enquanto eu pensava. Finalmente, fui até a porta e verifiquei se estava bem fechada. Falei em tom baixo, vigiando cada sílaba de minha confissão. Fiquei surpresa por não sentir qualquer constrangimento ao falar de minha afeição cada vez maior por Robert, mesmo ele sendo irmão dela. Não contei todos os detalhes, mas senti que Nell compreendia a dimensão de meus sentimentos. E o tempo todo ela foi estoica. Era óbvio que nada daquilo a surpreendia.

Terminei. Ela balançou a cabeça. – Era o que eu temia. Perguntei ao Robert o que estava havendo, por que andava tão triste, e ele me ignorou. Mas eu sei como um rapaz age quando está apaixonado. – Sua voz tremeu e o brilho em suas bochechas aumentou.

As cores do entardecer

— Eu também sei, Nell. Eu vi naquela noite na pérgola. É óbvio que você e o Irmão James se amam e ele é um bom homem. Fico feliz por você. É só que... É uma pena que as coisas não sejam tão simples para Robert e eu. – Puxei uma mecha de cabelo e enrolei em um dedo. Eu devia estar ficando careca por causa desse hábito que tinha por tanto tempo, mas que só aperfeiçoara nos últimos dias.

— Isso não é inteligente – disse Nell. Eu concordei com pesar, apertando ainda mais a mecha de cabelo.

— Mas eu vou pensar nisso enquanto trabalho hoje, Miss Isabelle. – Levantei a cabeça de repente. – Minhas duas pessoas favoritas neste mundo, as duas tão abatidas. Isso me deixa triste também. – Ela se aproximou da cama e tocou meu ombro. Quando meninas, havíamos nos dado as mãos, dançando e brincando juntas no jardim, ou sentadas tão juntinhas que nossas testas se tocavam quando sussurrávamos segredos. Porém, em anos mais recentes, havíamos passado a observar as convenções de nossas mães e eu tomava cuidado para não fazer nada que levasse minha mãe a me repreender, ou pior, a repreender Nell. Desde a noite em que a tinha ofendido, não havíamos mais nos tocado exceto sem querer.

Senti um nó na garganta com seus dedos apertando meu ombro. A pressão deles doía, e eu me dei conta do quanto eu havia emagrecido. Já magra demais para início de conversa, é provável que estivesse cortejando o perigo me recusando a comer mais do que o mínimo nos últimos tempos. Estremeci ao imaginar o que Robert pensaria de mim se me visse agora, quase um fantasma. Mas, naquele momento, eu estava mais consciente de meu remorso pela ruptura entre mim e sua irmã. Senti-me grata. Nell havia voltado para mim.

14

Dorrie, Dias Atuais

FIZEMOS UM BOM TEMPO SAINDO DE MEMPHIS e eu dirigi três horas antes de pararmos para esticar as pernas. Não estávamos prontas para almoçar – ainda digeríamos nosso café da manhã de cortesia –, mas Miss Isabelle pediu que eu parasse em Nashville. Estacionamos no espaço para visitantes de uma faculdade da qual eu nunca tinha ouvido falar.

Olhei para o celular, ansiosa para ver se Teague tinha ligado. *Droga!* Perdi quatro chamadas e uma enxurrada de mensagens de texto. Mas não de Teague. Meu coração disparou quando vi o nome de Stevie Júnior em todas elas. Se ele estava me ligando, não podia ser coisa boa. Mas as mensagens eram ambíguas. "Me liga" ou "Mãe, liga assim que possível" várias vezes. Meus dedos tremeram apertando o botão para retornar a chamada. Seria minha mãe? Um infarto ou uma queda enquanto eu estava na estrada? Ou, Deus me livre, tinha acontecido alguma coisa com Bebe? Minha doce menininha era tão inocente. Se alguém fizesse alguma coisa com ela, juro por Deus!

Não era nada disso. Mas valia todo o meu pânico.

– O que foi, Stevie? Mamãe está bem? A Bebe?

– Elas estão bem, mãe. Mas é melhor se preparar. Tenho duas coisas para contar e nenhuma das duas vai deixar você muito contente comigo.

Na verdade, acho que tenho sorte de você não estar aqui. Tenho certeza de que ia me matar.

Fazia semanas que eu não ouvia Stevie Júnior fazer um discurso tão longo. Vinha sendo uma luta arrancar dele mais do que um ou outro *o quê* ou *sim* quando pedia que fizesse algo, ou, Deus me livre, perguntasse sobre sua vida. Isso não era bom sinal.

– Está bem. Então, manda ver.

Ouvi a respiração pesada do outro lado da linha. – Mãe, hã, você não está sentada, por acaso, está?

Não estava. Estava andando de um lado para o outro perto do marco histórico que Miss Isabelle examinava em frente à faculdade. Suspeitava que eu estivesse a ponto de me tornar um marco histórico. – Não, não tem onde sentar. Vamos logo, Stevie. Fala.

– Tenho que falar isso na ordem certa, mãe. A primeira parte antes, para a segunda parte fazer sentido. Não que vá fazer sentido de qualquer jeito ou que você vá ficar menos zangada.

Estava cansando minha paciência. – Stevie, de-sem-bu-cha. Agora!

– Mãe, é a Bailey, ela está...

– Grávida?

Silêncio absoluto do outro lado da linha por uns bons trinta segundos. Era minha resposta.

– Você sabia? – ele perguntou, afinal, um tom de espanto na voz. E de alívio.

– Você acha eu que passei os últimos trinta e poucos anos da minha vida tapando os olhos e os ouvidos com as mãos, filho? Acha que não aprendi nada sobre meninos e meninas e como eles se metem em encrenca e como agem quando acontece? Droga, Stevie, eu estava só esperando a notícia. Mas preferia que tivesse me contado antes, na privacidade da nossa casa. Não quando estou na estrada, tentando ajudar uma amiga em um momento difícil. Puxa vida, Stevie, estamos indo para um *funeral*!

– Mãe, eu sinto muito.

– Sim. – Ai! Eu não estava chocada ou surpresa, mas não estava mentindo tampouco. Estava decepcionada com meu menino. Fiz de tudo para lhe dar o que precisava para se sair melhor do que eu na vida, para garantir que saberia cuidar de si e das garotas com quem saía. Mas cada geração de adolescentes, ao que parece, é tão burra quanto a anterior.

Assim mesmo.

– Ai, Stevie, eu também sinto muito. Sei que foi um acidente. Eu amo você e nós vamos resolver tudo. – Pronto. Disse as palavras certas de apoio e encorajamento, a coisa certa a fazer, mesmo que quisesse entrar pelo telefone e estrangular meu filho.

– Bem, é aí que entra a outra parte. Nós, hã, Bailey e eu decidimos que ela é nova demais para ter um bebê. É a hora errada para nós dois. Ela, *nós* marcamos uma consulta. Para fazer, você sabe, um aborto.

Meu coração gelou. Com certeza, eu parei dura. Ouvi o som das folhas sendo arrastadas pelo vento em torno de mim. Como é que é? Um aborto? De jeito nenhum! E *hora errada*? Pode apostar que sim, era a hora errada. Pena não terem pensado nisso na hora em que deviam.

– Sei o que está pensando, mãe.

– Sim.

– Mas Bailey já decidiu. Ela não consegue se imaginar grávida ou tendo um bebê com a faculdade começando ano que vem e tudo. Além disso, os pais dela iam enlouquecer completamente. É bem provável que a expulsassem de casa se soubessem.

– Os pais dela não sabem?

– Não. Você é a terceira pessoa a saber, contando comigo e com a Bailey. Bem, talvez ela tenha contado para Gaby, sua melhor amiga. Não sei ao certo.

Uma menina chamada Gaby mantendo um segredo? Eu teria rido se não precisasse chorar. – Ai, querido. Temos que pensar nisso. Não dá para esperar até eu voltar? Estarei em casa em alguns dias. Nós três podemos nos sentar e conversar. Sabe como me sinto a respeito disso.

– Mãe, as pessoas fazem isso o tempo todo.

– Eu não ligo para o que os outros fazem. Isso é problema deles. Ligo para o que nós fazemos. A *nossa* família. Eu penso em *você*, Stevie.

Escutei sua respiração e sabia que ele estava pensando no que eu acabara de dizer e que sempre tinha dito. Que eu tinha considerado fazer o mesmo por talvez uns dez segundos. Que eu era grata por tê-lo. Que não imaginava minha vida sem ele.

Mas eu também sabia, e isso era difícil de aceitar, que dessa vez não era minha a decisão. – Não estou dizendo que tem que fazer o que eu quero, mas acho que devemos conversar. Mais alguns dias não vão fazer diferença.

– A consulta é amanhã.

Meu coração afundou até a região do umbigo. De repente me senti impotente, como se orbitasse o planeta em gravidade zero, mal me segurando, vendo tudo do meu lado do globo saindo de controle.

– Então, mãe? Aqui vai a segunda parte.

– A segunda parte? Essa não foi a segunda parte? Stevie...

– Não. Tem mais. É que a consulta custa cerca de trezentos dólares. Nós não tínhamos nenhum dinheiro. Você sabe que eu não tinha.

Senti um arrepio gelado de premonição subindo pelas minhas costas e beliscando minha nuca. Aí, sim, achei um lugar para me sentar. Na verdade, um banco de concreto em que tropecei. Desabei nele sem me importar que estivesse coberto de excremento de passarinhos. Pelo menos estavam secos.

– Ah, você não fez isso. Ah, não!

– Mas ainda nem contei.

– Ai, Stevie, por favor, diga que não fez isso. – O silêncio cresceu entre nós. Eu sabia, e ele sabia que eu sabia, mesmo que não estivesse pronto para admiti-lo.

O dinheiro do salão. Ai, Deus. Foi ele quem arrombou o salão para pegá-lo. Meu filho, que até um ano antes nunca fora capaz de me olhar nos olhos e contar uma mentira. Aquele em quem todos os professores confiavam que faria a coisa certa mesmo quando não estivessem olhando.

Uma gravidez não planejada? Acontece com qualquer um. Quem sou eu para falar?

Mas roubo? Deus tenha piedade!

Por fim, ele voltou a falar em uma voz rouca e eu sabia o quanto estava lhe custando contar a verdade. Mas dessa vez não facilitei as coisas.

― Eu estava em casa quando Teague apareceu para pegar a chave hoje de manhã, mãe. Vovó entregou para ele e eu fiquei ali, vendo tudo e com vontade de vomitar. Eu achava que você ia voltar para casa e ia ver que alguém tinha arrombado o salão e que mandaria consertar a porta como sempre fez. Mas eu não estava pensando direito, não é? Achei que você não teria deixado dinheiro ― a voz dele quase sumiu ― e até torcia para não ter nenhum. Aí eu poderia dizer à Bailey que não demos sorte. Teríamos que pensar em outra coisa. Mas lá estava. Trezentos dólares, mãe. Eu não sabia mais o que fazer.

Então a culpa agora era minha. Mas aí a voz de Stevie Júnior engasgou e meu filho rompeu em um choro que eu não ouvia por anos, desde que ele entendeu que o pai dele tinha ido embora de vez e que não ia voltar se arrastando para casa mais uma vez pedindo que eu o aceitasse de volta. ― Eu estou tão arrependido, mãe. Sou tão burro. Eu me odeio. Eu não sabia o que fazer. ― Ele continuou chorando alguns minutos enquanto eu o deixava sofrer um pouco. Enquanto *eu* sofria.

Qualquer um que acha que um garoto de dezessete anos tem maturidade para saber sempre a diferença entre uma escolha certa e uma decisão burra nunca foi mãe de um adolescente de dezessete anos. Mas lembrar disso não ajudava. E eu me culpava também. Por que, meu Deus, por que fui deixar o dinheiro? Bati com o punho fechado no concreto áspero do banco, a dor do impacto mal abrandando o latejar em minha cabeça.

Então dei um pulo. *Porcaria!* Enquanto eu estava ali desperdiçando tempo, Teague devia estar com a polícia no meu salão, mostrando a bagunça que eu presumira ter sido causada por algum delinquente juvenil desconhecido.

Bom Deus, eu estava mandando meu filho para a forca. Mesmo o menor problema com a justiça poderia significar uma longa e dura viagem para um jovem negro, sendo ou não o primeiro delito, e eu tinha de protegê-lo de uma condenação. Nós resolveríamos isso por nossa conta.

Mas eu não ia deixar barato. Estava furiosa. O que eu tinha para falar, falei rápido. Mandei Stevie pegar o dinheiro e guardar em algum lugar seguro. Disse que, se Bailey quisesse discutir sobre isso, que falasse comigo. Então cortei a conversa. Precisava desocupar o telefone para mandar Teague segurar os cães.

15
Isabelle, 1939

NAQUELA MESMA TARDE, Nell sugeriu levar um bilhete meu para o Robert. A voz dela tremeu quando falou, mas ela me silenciou quando tentei discutir.

Passei todo o início da noite compondo a carta em minha cabeça e a manhã seguinte colocando-a no papel. O que eu poderia dizer que fizesse diferença? Ele havia pedido para me afastar e eu obedecera, até sua irmã romper nosso acordo silencioso e miserável. Resolvi culpar Nell, citando seu pesar por nosso abatimento, mas então decidi que isso seria covardia. Rasguei a carta e comecei de novo. E de novo. Cada vez que lia o que havia escrito, rasgava tudo em pedaços.

Consegui, enfim, elaborar uma epístola onde esperava ter atingido o equilíbrio entre chorosa e corajosa. Digo epístola porque sua extensão era provavelmente exagerada. Mas eu a examinara de todos os ângulos e não conseguira achar nada que suportasse deixar de fora.

Nell e eu tínhamos combinado usar senhas. Quando estava pronta para que pegasse a carta comigo, encontrei-a no corredor. Minha mãe estava olhando, sem fazer ideia do que meu dedo na ponta do queixo queria dizer, como se estivesse pensando em alguma coisa que precisava fazer. Nell respondeu puxando a orelha, como se estivesse se coçando. Voltei para o quarto para um "descanso" e ela veio pegar o envelope selado.

– Oh, Nell, você não sabe o que isso significa para mim. Só espero que Robert não fique zangado. Ele me mandou deixá-lo em paz.

– Isso foi ideia minha – ela retorquiu. – Não ligo se ele ficar zangado comigo. Direi que ameacei pedir demissão se você não escrevesse. – Ela me encarou. Não iria desistir. – Além disso, é só uma carta.

Podia ser apenas uma carta, mas ambas sabíamos que era muito mais importante do que isso. Sua atitude decidida me libertava ao mesmo tempo que me atava.

Esperei ver Nell puxar a orelha de novo, indicando que trouxera uma resposta de Robert. Dia após dia, afundei mais na tristeza ao vê-la balançar a cabeça passando por mim. Com o tempo, seu rosto passou a demonstrar remorso, como se desejasse não ter sugerido o bilhete. Eu não podia culpá-la. Valera a pena a tentativa, mas o silêncio de Robert doía.

Então, numa manhã cedinho, enquanto eu me forçava a tomar o café por insistência de meu pai, Nell entrou na sala de jantar.

– Mais leite, por favor, Nell – disse minha mãe, absorta na coluna social, a única coisa que lia no jornal diário. Meu pai lia as notícias sobre a economia nacional, a única coisa boa em meio a rumores de guerra. O resto do mundo ruía em caos após o colapso do Tratado de Versalhes e a agressividade cada vez maior do chanceler alemão. Eu costumava fazer as palavras cruzadas até papai me passar o primeiro caderno, então ele terminava as palavras cruzadas enquanto eu lia as notícias.

Nell voltou com a jarra de leite e se demorou, mexendo na cesta de pães. – Obrigada – disse minha mãe, com a voz impaciente chamando minha atenção. Os olhos da Nell cruzaram com os meus e ela puxou a orelha. Achei que ia atravessar o teto. Cocei o queixo e terminei meu café.

– Dão licença? – perguntei.

Meu pai olhou meu prato, vazio exceto por migalhas. – É assim que eu gosto, minha flor. Está se alimentando melhor. Pode ir.

As cores do entardecer

– Obrigada, papai. – Contei silenciosamente em minha mente e acompanhei o ritmo com meus passos, forçando-me a andar ereta e de maneira graciosa, como fazia quando equilibrava um livro na cabeça nas aulas de etiqueta que fizera aos treze anos. Mas, depois que as portas vaivém fecharam atrás de mim, atravessei a cozinha correndo, olhando para Nell e indicando que aguardaria no jardim de trás.

Enquanto esperava que ela terminasse as tarefas do café da manhã, perambulei pelo nosso antigo local de brincar entre a cozinha e o varal, onde Cora e um velho carvalho centenário vigiavam nossas brincadeiras enquanto ela trabalhava. Levantei-me na ponta dos pés ao ver Nell e mantive minhas mãos na cintura para não perder o controle sobre elas.

Nell retirou uma folha de papel dobrada do bolso do vestido, bem escondida debaixo do avental. Só uma folha, logo vi, e meu rosto ardeu quando pensei na pilha de folhas que eu havia mandado. Mas meninos são diferentes. Tanto quando escrevem como quando falam. Eles resumem seus pensamentos em parágrafos sucintos, evitando os excessos emotivos das meninas.

– Espero ter feito a coisa certa, Miss Isabelle – anunciou Nell, colocando a carta de Robert em minha mão. – Não sei o que ele diz aí.

– Mas ele pareceu feliz quando falou com você? E quando mandou a resposta?

Ela encolheu o nariz e pareceu refletir. – Não sei dizer. Ele está mais animado, mas a faculdade está para começar, então não dá para saber. Sei que está contente com isso.

Eu apreciava sua honestidade, embora preferisse que demonstrasse mais segurança quanto à felicidade de Robert em ouvir notícias minhas. Ele me dissera para manter distância e eu não imaginava que houvesse mudado de ideia só porque eu escrevi dizendo que ficaria feliz em saber sobre seus estudos de vez em quando, ou sobre quaisquer novas aventuras que o ocupassem na faculdade.

Mas minha intenção era esgotá-lo até que ele não suportasse mais ficar sem me ver tanto quanto eu não suportava mais ficar sem vê-lo.

Talvez fosse uma atitude desesperada e egoísta, mas eu *estava* me sentindo desesperada e egoísta.

A primeira carta de Robert atendeu meu pedido – uma resposta seca sobre suas atividades desde que terminara o serviço no muro de arrimo. Nada mais, nada menos. Para qualquer um, não havia o que reparar no que relatava, mesmo que vissem a carta por acaso. Ele nem mesmo a endereçou a mim. Nada de "Querida Isabelle" ou qualquer outra saudação. Ele colocou a data no canto superior e assinou simplesmente "Robert Prewitt". Seria fácil passar por apenas uma entrada de diário deixada em nossa casa por engano. Claro que, se fosse descoberta entre as páginas do que quer que eu estivesse lendo naquele momento, levantaria algumas sobrancelhas.

E assim continuou até o outono. Comecei meu último ano de escola e Robert foi para a faculdade de negros em Frankfort, distante uns oitenta quilômetros de nossa cidade. Ele voltava para casa na maioria dos fins de semana. Acostumei-me a receber suas cartas apenas aos domingos ou segundas-feiras – ou a cada duas semanas, quando ele ficava na faculdade estudando para provas ou preparando algum trabalho. Nossas cartas começaram a se sobrepor, o que causava alguma confusão quando as entregas se entrecruzavam.

Robert continuava neutro, mas, com o tempo, um novo tom começou a surgir, e a maneira como ele falava de suas aulas, dos colegas de turma e das coisas que estava aprendendo expressava não só os fatos como seus sentimentos a respeito deles. Até que um dia, andando de um lado para o outro no meu quarto, lendo suas últimas notícias, quase caí sentada no chão de tão surpresa que fiquei ao perceber que ele usara o pronome pessoal *você*. Se alguém visse essa carta, não pensaria se tratar da página de um diário. Para minha felicidade, ele cometera um deslize e me tratara como um ser humano. Apertei a carta contra o peito, minhas mãos segurando meus braços. Senti como se estivesse sendo abraçada.

Eu ousava agora colocar mais ainda de meus sentimentos nas cartas, mencionando o quanto sentia falta dele e como desejava que as coisas fossem diferentes. Passado um tempo, outra mudança ocorreu.

As cores do entardecer

Ele admitiu que também sentia minha falta, mais do que nunca, e que achava que sua cabeça ia explodir de tanto pensar em poder ficar comigo, em passear comigo abertamente, em andar de mãos dadas. Ao ler suas palavras, uma sensação acalorada subiu do meu estômago até o meu coração.

Depois disso, nos vimos algumas vezes. Nell me avisava quando Robert passava fins de semana prolongados em casa e nós nos encontrávamos na pérgola, embora fosse um local frio e com frequência úmido e lamacento por causa das chuvas – além da ameaça de neve à medida que o inverno se aproximava. Eu inventava uma tarde de estudos com alguma colega de escola após as aulas nas quintas-feiras em que Robert chegava, então saía correndo assim que a sineta de fim de aula tocava. Nossos encontros eram inocentes, costumávamos apenas nos fitar, sorrindo como dois bobos, tropeçando nas palavras na ansiedade de compartilhar tudo o que não ousávamos dizer nas cartas. Ao final de cada visita, trocávamos beijos castos, porém apaixonados – nada mais ousado do que nossos primeiros beijos após a ressurreição.

No entanto, claro, após cada visita e cada beijo, era mais difícil voltar à vida de sempre. Eu existia em dois planos, duas vidas separadas – uma sendo aquela em que sempre vivera, mas na qual agora me sentia uma estranha, zanzando em um torpor como se não coubesse mais nos espaços que uma vez ocupara sem problemas, mesmo que sempre tivesse me sentido meio deslocada. A outra parecia ser a vida real, e eu vivia em função dos momentos em que poderia me transferir para aquela realidade, lendo várias vezes as cartas de Robert ou passando com ele qualquer momento roubado que conseguisse.

Após uma visita já no final do outono, eu precisava de um fio de esperança de que aquilo não ia terminar.

– Eu rezo todas as noites para encontrarmos uma forma de ficarmos juntos – eu disse, aninhando-me contra seu peito em mais um último abraço depois daquele que já havíamos combinado que seria o último do dia. – Tem que ter algum jeito que não cause problemas para a sua família nem coloque ninguém em risco. Tem que ter. – Minha voz tremeu.

Mesmo me apertando em seus braços, ele fez troça, sem maldade, mas com uma resignação absoluta. Eu sabia no fundo do meu coração que era uma fantasia, mas sua zombaria me magoou mais do que eu podia suportar.

Levantei-me de um salto do banco, que ele cobrira com a jaqueta para a umidade não sujar meu vestido, e saí furiosa, primeiro andando em direção a minha casa, depois em outra direção que nunca tomara antes, por uma trilha através de um bosque fechado. Queria ficar sozinha, longe de tudo que fosse familiar. Mas Robert veio atrás de mim, enfiando desajeitadamente os braços na jaqueta úmida enquanto tentava me acompanhar.

Ele acabou me alcançando. Segurou meu braço por trás e me fez parar no meio da floresta. Com a jaqueta esvoaçando, ele me puxou para si e apertou meu rosto contra seu peito com tanta força que senti seu coração bater contra minha têmpora também pulsante. Respirei fundo até nossos ritmos quase entrarem em sincronia, ou pelo menos até não ficarem mais tão em oposição e o caos em minha cabeça se acalmar.

– Eu não sei como fazer isso, Isabelle. Não posso prometer nada além da próxima carta ou do próximo encontro. Você sabia, quando me enviou aquele primeiro bilhete mesmo depois que eu lhe disse para se afastar de mim, que tudo o que poderia lhe oferecer era o presente. O momento que nos é dado. Isso é tudo com o que sempre pudemos contar.

Sua maneira de falar ficava mais refinada a cada vez que eu o via. A faculdade estava lustrando-o, revelando uma joia brilhante. Eu não teria me importado se ele continuasse falando como sua mãe ou sua irmã, engolindo as consoantes e conjugando mal os verbos – aquele era o jovem por quem eu havia me apaixonado –, mas olhando para ele agora ficava espantada de alguém achar que lhe faltava alguma coisa. Ele era o par perfeito, exceto pela cor de sua pele, linda e preciosa como a safira negra do anel de casamento de minha mãe. A cor era a única coisa que nos mantinha separados. Tal injustiça me fazia querer gritar. Eu queria subir a montanha mais alta que encontrasse e gritar até o mundo enxergar seu erro. Mas eu cheguei a uma encruzilhada naquela tarde. Fiz uma promessa em meu coração e a declarei em voz alta. Era minha vez de mandá-lo embora.

— Estou farta disso, Robert. De ser tudo sorrateiro. De nos escondermos. Da maneira como meu coração se parte, aos poucos, quando penso que isso é tudo o que teremos. Já não me basta e eu não vou mais me encontrar com você. Não até acharmos uma maneira de ficarmos juntos.

Eu entendia agora o que não havia entendido antes das cartas, antes de me apaixonar ainda mais por ele. Nossa relação, do jeito que estava, com encontros escondidos para conversar e roubar alguns beijos, não teria como continuar por muito mais tempo sem nos levar à loucura.

Agora era Robert quem me via, incrédulo, virar-lhe as costas, dessa vez sem sequer um lenço para guardar junto do coração, segurando-se apenas a uma promessa fútil.

Eu não me arrependi de minha decisão. Ela só me deixou com mais raiva e mais determinada a formular um plano que nos permitisse ficar juntos. Pensei e repensei a questão durante semanas, imaginando até mesmo ideias tão ridículas quanto tingir minha pele com tinta permanente e assumir uma nova identidade. Risível? Sim, eu estava desesperada a esse ponto.

Um dia, no entanto, apareceu um orador visitante em nossa escola. As professoras estavam preocupadas com o fato de que faltava ambição aos rapazes de nossa comunidade e que eles seriam presa fácil para as gangues do crime organizado, que começavam a se infiltrar mesmo em nossa pacata cidadezinha, alastrando-se ladeira acima a partir de Newport como uma doença contagiosa. Eles conseguiam trabalho fácil cumprindo pequenas tarefas para os chefões – fazendo entregas ou trabalhando como manobristas no Beverly Hills Country Club logo na saída da estrada. Nosso diretor convidou profissionais de carreira para falar com nossa turma. Esperava-se que nós, meninas, ouvíssemos caladas ou estudássemos enquanto os convidados respondiam às perguntas dos meninos. Era um bom plano, em teoria, mas o advogado visitante de Cincy – algum tio ou primo da professora – deparou-se com uma muralha silenciosa quando chegou a hora de os rapazes fazerem perguntas sobre seu trabalho.

Levantei a mão, ignorando o olhar desaprovador da professora, até o homem olhar para mim. – Sim, minha jovem? Alguma pergunta sobre como encontrar e se casar com um de nossos jovens e brilhantes associados?

Ignorei as risadinhas de minhas amigas e o olhar severo da professora. – Sr. Bird? Sei que é preciso fazer faculdade, mas o que é preciso saber para se tornar advogado?

Ele pareceu surpreso com minha pergunta, que não era simples, e que vinha, ora vejam só, de uma garota. Por fim, ele recuperou a compostura.

– Bem, Srta. ...

– McAllister. Isabelle McAllister.

– Srta. McAllister, quando os rapazes aqui iniciarem um bom curso de direito, após terminarem seus bacharelados, eles vão ter de ler e estudar mais do que jamais imaginaram sentados aqui nesta sala de aula, tão mal-acostumados que estão.

Eu duvidava de que minha professora tivesse gostado muito desse comentário ou de sua tática de intimidação – o mais provável é que surtisse o efeito contrário ao que ela e suas colegas desejavam de motivar os meninos preguiçosos. Mas fiz outra pergunta antes que ela pudesse interromper. – Ler e estudar o quê, senhor?

– A lei – ele respondeu, simplesmente, em um tom reverberante como se falasse da *Bíblia*. Como se qualquer conclusão pudesse ser tirada de sua resposta curta.

– A lei? – repeti, esperando que dissesse mais.

– Você, criança, não faz ideia de quantos volumes existem nas bibliotecas das melhores faculdades de direito dos Estados Unidos. Relatores treinados fazem um registro meticuloso dos detalhes de cada caso: os fatos, as questões, os precedentes e as decisões.

– E, para saber o que é a lei, é preciso estudar cada um desses livros?

Eu não tinha certeza de ter entendido. Mas, a essa altura, tinha despertado a curiosidade do advogado visitante. Acho que nunca uma garota havia feito tais perguntas a ele, que agora parecia determinado a me fornecer uma resposta satisfatória. – Começamos com a Constituição dos Estados Unidos. Ela tem jurisdição sobre todos os estados americanos e suas cidades. Mas o que não é definido pela Constituição é definido pelos estados e municipalidades individuais. Você pode ir a qualquer repartição governamental local e pedir uma cópia de suas leis. Talvez até encontre a lei constitucional e a local na biblioteca pública, se ela for bastante grande. Mas, minha querida, o segredo está na interpretação da lei. Isso é o que os advogados e juízes fazem. Nós aprendemos as leis, então procuramos aplicá-las da forma mais justa. Nesse processo, novas leis são criadas.

Ele não fazia ideia de que, por mais curiosa que estivesse, eu já havia me desligado dele antes de chegar ao final da resposta. Só precisava de uma resposta simples a uma pergunta simples: se e onde eu e Robert podíamos nos casar legalmente. Sua longa explicação continha o único detalhe que eu esperava saber. Aprendemos sobre a Constituição na escola e ela não dizia nada sobre casamento.

Antes daquele dia, suponho que eu sabia em um nível intelectual que cada estado estabelecia as próprias regras sobre muitas coisas. Mas nunca tinha me ocorrido que, mesmo o casamento entre brancos e negros sendo ilegal no Kentucky, poderia não sê-lo em outros lugares.

Minha professora olhou para mim enquanto eu recolhia meus livros ao final da aula, mas apenas balançou a cabeça e continuou apagando a lousa.

Ainda na mesma semana, forjei um bilhete para a escola dizendo que faltaria às aulas no dia seguinte para acompanhar minha mãe em um assunto de família fora da cidade. A secretária mal olhou para o bilhete antes de encaminhá-lo para minha professora.

Na manhã seguinte, saí como sempre a caminho da escola, mas, ao chegar ao centro, virei em outra direção e subi em um bonde que faria conexão com outro bonde que me levaria até Cincinnati, onde eu faria uma visita à repartição que emitia as licenças de casamento. Eu tinha uma pergunta.

16
Dorrie, Dias Atuais

FIQUEI ENVERGONHADA DEMAIS para ligar para Teague. Mandei uma mensagem de texto, cruzando os dedos para ele confirmar logo o recebimento. Se não confirmasse, eu não teria escolha a não ser falar com ele.

"Teague, grande mal-entendido. Por favor, diga à polícia que não importa. Não quero registrar queixa."

A mensagem parecia um telegrama à moda antiga. Eu não tinha energia ou tempo para mais do que isso.

Ele tentou me ligar de volta na mesma hora, mas ignorei a voz aveludada de Marvin Gaye. Não ia conseguir encarar Teague, mesmo pelo telefone. Eu sabia que, depois de explicar o que tinha acontecido, ele ia sair correndo o mais rápido que suas pernas compridas sem fim lhe permitissem. Oferecer ajuda por causa de algo ruim que um estranho me fez era uma coisa; envolvê-lo em meus problemas com a nova carreira criminosa de um filho era outra bem diferente.

Logo as mensagens de texto começaram a chegar.

"Hã... Tudo bem?"

Depois: "Dorrie, o que houve? Fiz o que pediu, mas não entendo."

"Ainda quer que eu conserte a porta, certo?"

"Dorrie, me liga. Por favor? Estou preocupado com você."

"Dorrie?"

Elas se acumularam uma após a outra. Miss Isabelle tirou alguns lenços de papel da bolsa e cobriu o banco para se sentar a meu lado. A expressão em seu rosto deixava claro que tinha ouvido o suficiente para entender o que acontecera e que eu não precisava explicar a não ser que quisesse e estivesse pronta para falar.

Sentei ali e chorei. Limpei as lágrimas que rolavam pelo meu rosto, sem saber se sentia mais raiva de meu filho pelo que tinha feito ou por me fazer chorar pela primeira vez em Deus sabe quanto tempo. O único sinal de reconhecimento que Miss Isabelle deu a minhas lágrimas foi me passar, sem proferir uma palavra, mais um lenço de papel, que desencavou de sua bolsa sem fundo quando eu não consegui mais conter com as mãos a torrente de água salgada e o nariz escorrendo. Ela entendia.

No final, ela se levantou. Com seus passinhos miúdos, saiu andando pela calçada. Dei um suspiro e me levantei para segui-la, concluindo que seria melhor parar de pensar em mim mesma por um minuto. Tínhamos parado ali por uma razão, então voltei minha atenção para ela. Andamos mais ou menos meio quarteirão.

Alcancei o marco ao mesmo tempo que ela. Eu andava mais rápido mesmo sem tentar, mas fiquei para trás enquanto ela lia a inscrição. Então ambas nos aproximamos mais. Uma grande placa de pedra assinalava a entrada de um dos prédios do campus. A placa estava gravada com o desenho de um soldado ajoelhado, apoiando a cabeça de um companheiro caído e segurando um estetoscópio contra seu peito. Embaixo da gravura havia cerca de cinquenta nomes entalhados na superfície da pedra e o título *Turma de Guerra de 1946 da Faculdade Murray de Medicina*. Miss Isabelle correu o dedo pela lista até parar em um nome e sorriu para mim, lágrimas brilhando em seus olhos.

Robert S. Prewitt.

Olhei para ela e para o nome e de volta para ela. Inclinei a cabeça e fiz uma pergunta com meus olhos, então sussurrei: – Oh, Miss Isabelle, é ele? O seu Robert?

As cores do entardecer

Ela se empertigou. – Estudar medicina na Murray era seu maior sonho. Quaisquer que tenham sido os problemas pelos quais Robert e Miss Isabelle passaram juntos – e eu ainda não sabia a história toda –, ele conseguira realizar seu sonho no final das contas.

De volta ao carro, nos acomodamos em meio aos copos descartáveis, revistas de palavras cruzadas e demais detritos (horizontal vinte e sete) de viagem. Virei a chave na ignição, embora estivesse quase esgotada demais para dar a ré e sair da vaga de visitantes. Miss Isabelle percebeu meu esforço. – Oh, Dorrie. Isso é demais. Você precisa voltar para casa. – Ela esperou minha resposta. – Estou falando sério. Vamos dar meia-volta agora.

Abençoada Miss Isabelle. Aqui estávamos a caminho de um funeral e ela estava disposta a deixar tudo de lado para que eu pudesse cuidar do caos que me aguardava em casa. E eu sabia que seria bom senso aceitar sua oferta. As coisas em casa estavam se desmantelando com minha ausência enquanto eu saía em uma viagem misteriosa, indo ao funeral de uma pessoa que não conheci – alguém cuja identidade ainda não estava clara, embora eu tivesse minhas suspeitas.

– Miss Isabelle... Esse funeral... É muito importante para a senhora, não é? É alguém especial?

Ela não respondeu logo, como se estivesse pensando em minha pergunta. – É importante, é claro. Mas, Dorrie, nada... *nada*... é mais importante do que a responsabilidade de uma mãe. Estou lhe dizendo, se precisarmos...

– Não – eu disse, interrompendo-a. Sua afirmação tornara as coisas mais claras para mim. – É melhor que eu esteja longe de casa agora. *Isso* é o melhor para Stevie Júnior. Meu filho tem razão. Se eu o visse agora, com certeza faria coisas, *diria* coisas, das quais depois iria me arrepender. Teague disse à polícia que não precisavam investigar o arrombamento. Arrombamento... – Dei uma risada amargurada. Ainda é considerado arrombamento quando é o próprio filho que rouba? Eu achava que devia ter uma classificação mais séria para esse tipo de crime. E estava claro que Bailey ia fazer o que queria de qualquer jeito.

Mas com *meu* dinheiro, não. – Vamos, Miss Isabelle. Eu cuido do Stevie Júnior quando voltar para casa.

Acabei não respondendo à mensagem de Teague sobre consertar a porta, mas, por conhecê-lo, eu sabia que cuidaria dela de qualquer forma. Esperava poder contar com Stevie Júnior para passar no salão e dar uma olhada nas coisas depois que falasse com ele de novo. Era o mínimo que ele podia fazer para começar a compensar pelo que era oficialmente a pior escolha de sua vida até aquele momento.

17
Isabelle, 1939

SALTEI DO BONDE PISANDO EM NUVENS, tão leve que sentia que podia correr para sempre sem nunca esgotar a energia que pulsava em minhas veias, meus músculos, meus ossos, da cabeça às pontas dos pés e de volta. As folhas estavam caindo das árvores e eu arrastava meus pés nelas enquanto corria, seu odor pungente me deliciando, suas cores variadas me parecendo mais translúcidas, brilhantes e esperançosas do que jamais havia percebido, mesmo que estivessem se preparando para voltar à terra.

Robert e eu podíamos ficar juntos. Para sempre. Era mais simples do que eu havia imaginado. Era atravessar um rio. Um rio largo, mas com muitas pontes.

Ohio não tinha qualquer estatuto contra casamentos inter-raciais. Lá, brancos e negros podiam, por lei, se casar desde 1887. Na verdade, fora ilegal apenas por alguns anos no início da guerra civil. A lei contra casamentos inter-raciais do Kentucky, no entanto, existira desde a constituição do estado. Quem imaginaria que uma distância de menos de dois quilômetros atravessando um rio faria tanta diferença? Eu estava ao mesmo tempo surpresa e encantada.

Estava presumindo que Robert iria querer se casar comigo. Eu tinha apenas dezessete anos, tendo comemorado meu aniversário naquele outono, e ele tinha dezoito. Mas não era incomum pessoas jovens se casarem. Pessoas da nossa idade eram consideradas adultas para todos os propósitos. Várias amigas minhas haviam deixado a escola cedo e já estavam casadas havia um ou dois anos. E mais do que algumas das meninas que conhecíamos – em particular aquelas em circunstâncias menos favorecidas – já tinham uma ou duas crianças agarradas às barras de suas saias.

Eu nunca planejara ser uma noiva criança. Meus planos originais, por mais incertos que fossem, colocavam o casamento mais à frente em meu futuro, algum tempo depois de fazer algo importante em minha vida.

Mas eu compreendia isto: quando você se apaixona, toda a razão sai voando pela nova janela aberta em seu cérebro.

Eu estava confiante de que conseguiria convencer Robert do sentido daquilo.

Afinal, se fôssemos legalmente casados, quem poderia nos separar? Talvez não tivéssemos tanto tempo para namorar quanto desejaríamos, para conhecer bem as qualidades um do outro – e os defeitos – antes de dar o passo final. Eu não iria conhecer Robert tão bem quanto poderia se as circunstâncias tivessem sido diferentes e nos fosse permitido tal privilégio.

Mas de uma coisa eu sabia: eu o amava e não podia imaginar que qualquer coisa ou pessoa pudesse mudar isso. Queria passar o resto de minha vida com Robert. Se isso significava me casar logo em vez de galgar aos poucos a felicidade conjugal, era o que eu faria.

Eu rezava para que ele quisesse o mesmo.

Saboreei meu segredo, sem máculas, o máximo que pude antes de levar a caneta ao papel para escrever minha primeira carta em quase um mês para Robert. Esperei o jantar e quase engasguei com o creme de ervilhas quando meu pai me perguntou como tinha ido minha pesquisa naquela tarde. Em minha euforia, havia esquecido minha desculpa para chegar tarde: ficar na escola para encontrar fontes para um trabalho de fim de período. Por um momento, temi ter sido descoberta – talvez tivesse sido vista em Ohio por algum colega de papai enquanto estudava as letras miúdas das instruções para pedir uma licença de casamento. Não tendo encontrado nelas nada que pudesse significar um beco sem saída, ainda perguntara à moça do atendimento para ter certeza. Sua expressão fora indecifrável, mas seu silêncio, eloquente. Por fim, ela respondera: – Bem, não acho que tenha alguma lei contra, não – disse, dando uma fungada. – Não que eu saiba.

– Então, se essas duas pessoas que eu descrevi quisessem preencher os formulários para uma licença de casamento, isso seria permitido aqui? – Ela levantou os ombros e voltou ao trabalho, como se não ousasse admiti-lo em voz alta. Torci para encontrar outra atendente quando voltasse com Robert, embora fosse possível que outra pessoa ficasse horrorizada em vez de apenas constrangida. Talvez até recusasse o pedido por outras razões.

– Meus estudos estão indo muito bem, papai – respondi, depois de recuperar o controle sobre o infeliz encontro de oxigênio e ervilhas em meu esôfago.

Quando a conversa miúda do dia chegou ao fim, pedi licença. Em meu quarto, sentei encostada contra a parede ao lado de minha cama, roendo a ponta da caneta enquanto refletia sobre como informar Robert sobre nosso casamento iminente.

"Meu amor", comecei. Não. Era exagerado demais, apesar de meu coração transbordante.

Decidi por uma abordagem direta. "Querido Robert." Qualquer outra coisa iria me retratar como uma criança imatura e com a cabeça nas nuvens, em vez de uma mulher crescida com os pés no chão e absolutamente séria.

Ao meu sinal, na manhã seguinte, Nell deteve-se no ato de polir o cabideiro de chapéus no vestíbulo. Ela puxou a orelha, mas com uma expressão curiosa. Eu toquei no queixo de novo para ter certeza de que tinha entendido. Com certeza ela havia reparado que semanas haviam se passado sem a troca de cartas, mas não fizera perguntas. Mais tarde, em meu quarto, ela me cumprimentou com uma expressão resguardada no rosto. Perguntei-me se Robert teria lhe contado sobre meu ultimato no bosque.

– Você precisa tomar um cuidado especial com esta carta, Nell – sussurrei. – Ninguém além do Robert pode vê-la. Se a virem, haverá problemas. – Eu detestava deixá-la ainda mais preocupada, mas minha carta tinha de ir direto de minhas mãos para as dele, sendo as dela as únicas outras a tocá-la.

Ela suspirou e a colocou no bolso. – Você me assusta com essa conversa. Sinto que comecei algo que não devia. Só queria que vocês dois...

Interrompi-a. – Isto significa muito para mim e para o Robert. – Eu falar em nome do Robert deve ter parecido estranho para Nell. Era ela quem havia crescido com ele, tão próximos na idade que costumavam ser tomados por gêmeos. Alisei o avental dela, que escondia a carta em seu bolso, mas também fiquei entristecida ao perceber o véu da desconfiança voltando a escurecer seu rosto.

– Melhor voltar ao trabalho – ela disse, virando as costas para mim.

"Isa, você perdeu o juízo?", ele escreveu de volta.

"Sim, perdi o juízo de tanto amá-lo", respondi.

"Não tem como dar certo. Você é jovem demais. Você tem coisas demais a perder", ele replicou.

Amassei o papel em uma bola e joguei no canto. Peguei de volta e alisei a folha, relendo sua ponderação. Então peguei uma nova folha de papel.

"Não pense em mim. Não há nada para mim aqui. É você quem vai ter que adiar seus estudos. É atrás de você que eles vão. Você tem razão, é inútil. Esqueça minha divagação insana."

Ele não a esqueceu. Ao contrário, enviou uma lista detalhada com todos os argumentos concebíveis para provar que o plano não funcionaria. Sua análise apenas me revelando que não era uma causa perdida.

"Eu sei de tudo isso. Será que na verdade você não quer ficar comigo? Sou eu a razão?", escrevi.

Eu sabia que estava sendo manipuladora e me arrependi assim que despachei Nell com o bilhete. Enviei outro no dia seguinte. "Desculpe. Errei em dizer aquilo. Por favor, me perdoe por duvidar de você."

As cores do entardecer

Um fim de semana se passou sem qualquer notícia e eu me resignei. Enfim, eu havia mostrado exatamente o quanto era egoísta. Mas então, uma semana depois, veio a resposta de Robert.

"Não consigo imaginar nada que eu queira mais do que unir minha vida à sua, embora a ideia me deixe apavorado. Mas o casamento não resolverá a maioria dos problemas que enfrentaríamos como um casal. Nem mesmo em Cincinnati. Só porque as leis de lá são diferentes não quer dizer que as pessoas sejam. E não será só a mim que irão julgar."

"Não sou boba", escrevi de volta, "mesmo que esteja sempre agindo como tal".

Mas eu escolhi, como uma boba, sonhar apenas com o chapéu e o vestido que usaria no dia em que nos casássemos e com cenas de felicidade doméstica. Escolhi não pensar nas coisas que pessoas rancorosas poderiam fazer a um casal como nós. Não me permiti imaginar nossa vida sem o apoio de minha família, ainda mais sem o apoio de meu pai.

Robert não se precipitou.

"Isa, você precisa ter paciência enquanto investigo, por minha conta e para minha paz de espírito, o processo de casamento em Cincinnati. Eu teria de encontrar um emprego, um lugar para morarmos. Leva tempo. Já sinto sua falta mais do que consigo suportar", escreveu.

Embora eu também sentisse desesperadamente sua falta, a escola me distraía. Se ele concordasse, eu poderia não completar meu último ano; onde quer que Robert e eu fôssemos morar, eu poderia me matricular e terminar os estudos mesmo que atrasada.

Durante os dias restantes do outono, esperei uma confirmação. Em vez disso, as cartas de Robert tratavam apenas de seus estudos – lembretes não declarados e não intencionais de que o casamento iria interromper sua educação tão almejada, pois sem dúvida meu pai cortaria sua ajuda financeira. Sem ela, Robert teria poucas esperanças de conseguir pagar a faculdade, sem falar que estaria ocupado nos sustentando. Mas eu acreditava que, como eu, se fosse para ele voltar a estudar, acharíamos um meio.

Afinal, o dia chegou. No feriado de Natal, Robert escreveu que havia encontrado emprego nas docas do lado de Cincy do rio. O salário não era grande coisa, mas o suficiente para pagar uma pensão. Ele esperava que eu não me sentisse constrangida de morar em um bairro da Zona Oeste onde a maioria era negra – com algumas pessoas com cara de oriental ou cherokee aqui e ali. Ele não tivera escolha; mulheres que aceitavam pensionistas em outras partes da cidade haviam fechado as portas para ele quando perguntou sobre vagas para ele e sua esposa.

Sua esposa. A frase me deixava apavorada e hipnotizada ao mesmo tempo.

"Isa... Casa comigo?", ele escreveu.

"Sim, sim, sim! Eu caso com você, Robert."

Selei a carta e a apertei contra o peito antes de enviá-la por intermédio de Nell.

Robert achava que precisaríamos de uma aliada em nossos planos. Nell olhava para mim com ainda mais desconfiança, passando as cartas – com maior frequência agora que Robert estava em casa – sem olhar para mim ou proferir qualquer comentário. A distância entre nós voltara a crescer até que eu não aguentei mais.

Puxei-a para meu quarto quando ela passava um dia pelo corredor.

– Nell, por favor, não fique triste. É isso o que queremos, seu irmão e eu. Imagine se você e James não pudessem se encontrar em lugares públicos.

Seus ombros caíram tanto que parecia que iam desabar sobre suas costelas. Sentei-a a meu lado em minha cama. Havia anos que não nos sentávamos juntas no mesmo nível daquele jeito, mas eu temia que ela pudesse cair dura se eu não a apoiasse. – Oh, querida – ela disse –, estou com tanto medo pelo Robert. E por você também. Estou toda embrulhada aqui dentro. – Ela apontou para o próprio estômago e fez uma cara como se suas entranhas estivessem literalmente retorcidas. Eu entendi, embora a dose de felicidade misturada ao meu tumulto interior o tornasse mais fácil de suportar. – Tem gente muito má por aí. Vão tornar as coisas feias e perigosas para vocês dois. Só porque dizem que é legal em Ohio não quer dizer que seja seguro. – Ela secou as lágrimas com a ponta do avental e desviou o olhar de mim como se sentisse vergonha.

As cores do entardecer

Eu queria tranquilizá-la de que ficaríamos bem, que, uma vez que tivéssemos nossa licença e um pastor a assinasse, seríamos como qualquer outro casal que ela conhecia. Mas eu sabia que seria uma mentira. Em vez disso, apelei em outro nível. – Nell, você é como uma irmã para mim. Mal posso esperar até que seja minha irmã de verdade. Quando eu e Robert nos casarmos, você vai ser. – Seus olhos se arregalaram, um lampejo de prazer iluminando suas íris, mesmo que negasse que nosso plano pudesse dar certo ou, se conseguíssemos nos casar, que as pessoas veriam as coisas à minha maneira. – E nós vamos cuidar de você e de sua mãe. Eu prometo. Não importa o que minha mãe fizer, nós cuidaremos de vocês. – Nosso casamento com toda a certeza significaria a demissão de Cora e Nell e elas não conseguiriam sobreviver só com o que Albert ganhava. Robert e eu havíamos concordado que ele trabalharia em dois empregos para compensar o que elas iam perder. Eu também iria trabalhar. A mãe dele acabaria encontrando outro emprego, e, para Robert, isso até poderia inspirar o Irmão James a pedir logo a mão de Nell, o que parecia estar para acontecer a qualquer momento de todo jeito. Havíamos nos preparado para qualquer contingência imaginável.

Seus ombros se endireitaram ao mínimo. – É mais com mamãe que eu me preocupo. James e eu vamos ficar bem.

Assenti com a cabeça. – Vou precisar de algumas coisas já que estou para me casar – eu disse. – Você vai me ajudar?

Isso era pedir mais do que eu podia. Não era só pedir ajuda. Era pedir seu empenho pessoal em algo que provocaria uma cisão entre nossas famílias – ao mesmo tempo que as unia em um elo tão frágil. Nell segurou minha mão e a apertou.

18
Dorrie, Dias Atuais

OUVIR SOBRE MISS ISABELLE tão nova e certa das coisas distraiu minha cabeça de meus problemas. Era algo pelo qual eu podia torcer para dar certo, apesar de sentir que a história não terminaria bem. Lá estava ela, com a mesma idade de Stevie Júnior, e ela e Robert tentavam pensar em uma maneira de tornar o mundo um lugar melhor, enquanto meu Stevie só pensava em maneiras de arruinar a própria vida o mais rápido possível. Suponho que na época todos pensassem que Miss Isabelle e Robert estavam tentando acabar com suas vidas também. Senti-me grata pelos tempos terem mudado. Mais ou menos.

Quando saímos de Nashville, rumando afinal para o norte em vez de para o leste, pensei em minha infância naquela cidadezinha do leste do Texas. As escolas tinham sido integradas no último instante possível e todos sabiam que a escola primária tinha sido a antiga escola secundária negra, fechada e reformada apenas alguns anos antes de eu nascer. Ainda havia uma linha divisória clara na cidade, com ou sem placas de aviso. Todos sabiam onde moravam os negros e onde moravam os brancos, e, embora uma ou outra casa infringisse os limites aqui e ali, ninguém realmente cruzava a linha.

Certo verão, levei as crianças para uma visita antes de minha mãe se mudar para mais perto de nós. Estávamos brincando no parque um dia. Uma linda menininha branca fez amizade com Stevie Júnior no parquinho infantil e o convidou para a aula da Escola Bíblica de Férias da grande igreja batista na manhã seguinte. Meu queixo caiu quando a mãe dela disse que sim, que ela era a professora da turma da idade deles e que ficaria feliz em apanhar Stevie Júnior e levá-lo como seu convidado. Bebe ainda usava fraldas e era pequena demais para ir. Na manhã seguinte, Liz tocou a buzina na frente da casa de minha mãe. Eu coloquei Stevie no carro dela e eles foram para a igreja. Stevie se divertiu à beça. Chegou em casa todo melado de doces e manchado de tinta e purpurina, exausto. Tirou uma longa soneca aquela tarde, coisa que não acontecia havia anos. Voltamos ao parque depois e a pequena Ashley e sua mãe estavam lá de novo. Só que, dessa vez, Liz exibia uma expressão contrariada.

– Odeio esta cidade – disse ela. – Desde que meu marido arranjou esse emprego e nos mudamos para cá, venho sentindo essa tensão no ar, mas nada que eu conseguisse identificar até hoje.

Senti mais pena de Liz do que de mim mesma. Eu sabia o que ia dizer. Tinha crescido ali. Sabia que aquilo era bom demais para ser verdade.
– Alguém lhe disse que Stevie Júnior não seria bem-vindo na EBF amanhã?

O queixo dela caiu, mas voltou ao normal quando ela bateu os dentes de raiva. O pastor tinha falado que recebera uma ligação anônima ameaçando fazerem algo horrível se permitissem a presença de crianças negras na EBF de novo. Só que não foram tão gentis com as palavras. O pastor disse que se sentia mal, mas que tinha as mãos atadas. – Jesus Cristo, isto é ridículo! – disse Liz. – Não consigo acreditar. O que é isso? A Idade das Trevas? Faz-me desejar ter alugado e não comprado uma casa. Mal posso esperar para sair desta cidade.

– Bem, Stevie se divertiu muito hoje. Agradeço por tê-lo convidado. Lamento que não vá poder ir o resto da semana, mas não se sinta mal com isso.

– Oh, Dorrie, eu não ligo para o que dizem. Quero levar Stevie de qualquer jeito.

As cores do entardecer

— Não — respondi. — Vai lhe causar problemas demais no futuro. Você vai ficar com a reputação de ser "aquela mulher". E, acredite, você não quer ser "aquela mulher" nesta cidade.

Quando dei por mim, ela estava fungando e seus olhos se encheram de lágrimas. Entendi que estava se esforçando ao máximo para fazer a coisa certa, mas que compreendia que eu também tinha razão.

— Está tudo bem — eu disse. — Sério. Não é nada que eu não tenha visto por aqui antes ou que não vá acontecer de novo. Agradeço a tentativa.

Ela jogou as mãos para cima em sinal de frustração.

Mais tarde, quando contei a Stevie que ele não poderia ir à EBF no dia seguinte, ele chorou, depois me perturbou tanto que acabei desistindo e parei de inventar desculpas. Calculei que, se aos quase sete anos ele já tinha idade para sofrer tal perseguição, então já tinha idade suficiente para saber a verdade sobre ela.

— Filho, algumas pessoas ainda acham que pessoas negras não são tão boas quanto as brancas. Elas dizem e fazem coisas más que tornam nossa convivência difícil.

— Mas a Senhorita Liz disse na aula que Jesus ama *todas* as criancinhas do mundo. Nós cantamos uma canção sobre isso. Negras e vermelhas e amarelas e brancas... — Ele cantou todas as cores diferentes em qualquer ordem, e eu sorri apesar do aperto no coração, lembrando-me de que eu costumava cantar a mesma canção quando era criança. Não fosse mais politicamente correto chamar as pessoas de vermelhas ou amarelas, ou até mesmo negras em algumas ocasiões, mas calculei que Liz a tirou do baú e deu uma espanada por causa da visita de Stevie. Com certeza não devia fazer parte do novo currículo.

— Você tem razão, querido, ele ama, sim. Mas algumas pessoas ignorantes não acreditam nisso. A Senhorita Liz acredita e ela sente muito por você não poder voltar amanhã. Mas ela ainda quer que você e Ashley brinquem juntos no parque.

Mesmo hoje, na gigantesca área metropolitana do Texas onde Miss Isabelle e eu moramos, ainda existe racismo. Uma jovem branca que alugou um posto de trabalho no meu salão uns tempos tinha uma filha que era birracial. Mais de uma vez sua filhinha chegou chorando em casa por não se encaixar nem entre as crianças brancas nem entre as negras. Certa vez ela foi convidada para um evento pós-aula, mas, quando a outra mãe passou para pegar as crianças, deu uma desculpa qualquer sobre ter uma emergência e não poder levar a menina para casa com ela. A secretária da escola ligou para que Angie fosse apanhá-la na administração, pois a mulher a tinha *largado* lá, simples assim.

Minha mãe implicava comigo por aceitar clientes brancos. Ela não conseguia entender por que mais da metade da minha clientela era branca. Expliquei que eu aprendera a trabalhar com todos os tipos de cabelos na escola e, com o tempo, descobri que era *boa* com cabelos de brancos. Eu é que não ia recusar um cliente por causa da cor de sua pele. Sempre trabalhei em salões com a maioria de clientes brancos. Quando abri meu negócio, a maior parte de meus clientes me seguiu.

Pior ainda, enquanto seguíamos viagem, eu pensando em minhas coisas e Miss Isabelle resolvendo suas palavras cruzadas de novo, o preconceito bateu bem em minha cara.

A única vez em que estive na casa de Teague, vira fotos de suas filhas por todo lado. Tinha uma foto antiga delas com Teague e sua ex antes de se separarem. Ela era branca. As crianças eram douradas. É a única descrição possível. Era como se a pele e os cabelos delas brilhassem naquela foto, e suas menininhas tinham os olhos da cor de um oceano de águas mornas.

Por mais moderna que eu alegasse ser, com minha clientela branca e o fato de não estar enlouquecida com a namorada do meu filho – pelo menos, não por ela ser branca –, a qual poderia vir a ser a mãe do meu neto metade branco, não sabia até que ponto conseguiria ser uma mãe para crianças cuja mãe biológica era branca – se a coisa chegasse a esse ponto. Mais: imaginei o que ela pensaria. Sim, ela é quem tinha ido embora e deixado Teague cuidando das crianças a maior parte do tempo, mas como reagiria se uma mulher negra – uma mulher *muito* negra – assumisse o papel de mãe em suas vidas?

O problema de Stevie era mais uma desculpa para me render a esses medos agora. Continuei ignorando as mensagens de Teague. Quando ele ligou de novo e vi seu número, silenciei o celular e o virei de tela para baixo no console.

19
Isabelle, 1940

EM UM SÁBADO FRIO DE FINAL DE JANEIRO, o sol mal aparecendo entre as nuvens do meio-dia, saí de casa carregando minha bolsa de livros, dizendo que ia estudar na biblioteca. Mamãe estava menos vigilante nos últimos meses, ocupada demais com os feriados para perceber minhas idas e vindas. A biblioteca voltara a ser o meu reino sempre que queria. Peguei a pequena mala que havia escondido debaixo da cerca viva aquela manhã, antes de todos acordarem, e coloquei a bolsa de livros em seu lugar. Pedi desculpas silenciosas à Srta. Pearce; até que fossem descobertos ali, já deveriam estar mofados.

Nell havia lavado e passado meus vestidos bons, assim como outras coisas de que eu precisaria. Eu dobrara meu melhor vestido em torno de um chapéu combinando e guardara na mala já abarrotada, embora temesse que o chapéu fosse ficar irremediavelmente amassado. Esperava ter tempo para me trocar em um banheiro público. O mais provável é que fosse me virar com a roupa que estava usando – um vestido bonito o bastante – quando eu e Robert fizéssemos nossos votos. Mamãe desconfiaria na mesma hora se me visse saindo para a biblioteca com meu vestido de feriado.

Na segunda-feira anterior, Robert e eu havíamos nos encontrado no fórum de Hamilton County, onde convencemos a atendente – apesar de seu receio óbvio – a nos conceder uma licença de casamento. Robert e eu colocamos ambos nossas idades como dezoito anos, embora eu mal tivesse feito dezessete. Enquanto ela examinava os formulários que havíamos preenchido, rezei para não me pedir para provar minha idade. Ambos alegamos sermos moradores de Hamilton County. Robert deu o endereço da empresa onde arranjara emprego como de sua residência e eu coloquei o da pensão onde pretendíamos morar. Não era a mesma funcionária com quem eu havia falado antes, e ela parecia mais preocupada do que horrorizada. Olhou para nós com curiosidade e, acho, com um toque de simpatia. Creio que ela tenha percebido logo nossas informações mentirosas, mas emitiu o documento assim mesmo. Contamos tantas mentiras naquele dia que eu me senti mal ao voltar para casa. No sábado, aquelas mentiras pareciam pequenas comparadas à farsa que encenei para sair de Shalerville e seguir para Cincy.

Depois de pegar um bonde até Newport e outro atravessando a ponte até o centro, encontrei Robert na entrada de uma igreja. Um colega de trabalho havia dito a ele que seu pastor realizava casamentos de última hora, mas não houvera oportunidade para falar com o homem de antemão. Seguramos o fôlego quando Robert bateu à porta lateral, perto do escritório do pastor. Tinham dito que ele costumava trabalhar aos sábados, preparando o sermão do dia seguinte – ou talvez para suplementar seu magro soldo de pastor com as taxas cobradas de jovens casais que apareciam sem aviso.

O homem atendeu à segunda batida, mais forte, de Robert. Espiou pela porta semiaberta, olhando para além de Robert e de mim. Eu sabia que procurava uma terceira pessoa, alguém mais além de um rapaz negro acompanhando uma jovem branca.

Não vendo mais ninguém, ele vociferou: – O que é? O que querem?

– Lamento incomodar, Reverendo. Disseram-nos que o senhor realiza casamentos. Teria um momento?

O homem arregalou os olhos, primeiro para Robert, depois para mim. Seu olhar me perfurando, indagando se eu estava ali de livre e espontânea vontade. Assenti com a cabeça e ele se virou para Robert.
– Quem lhe disse isso? Só atendo com hora marcada. Não que fosse atender vocês de qualquer forma.

Robert engoliu em seco e continuou. – Trabalho nas docas. Um homem me disse.

– Bem, ele disse errado. Nunca casei uma branca com um negro e nunca vou casar.

Ele começou a fechar a porta, mas Robert enfiou a mão na fresta, forçando o homem a escolher entre esmagar seus dedos e abrir a porta de novo. Graças a Deus ele escolheu a segunda opção.

– Senhor, desculpe incomodá-lo, mas poderia me dizer onde podemos nos casar, então? – Fiquei admirada com a temeridade de Robert.

– Por que não tentou com a sua gente primeiro? – O homem revirou os olhos, escarnecendo. Seu tom não deixava dúvidas sobre o que pensava de nossa relação, como se fôssemos de alguma forma pervertidos. Senti minhas faces queimando quando ele me dirigiu um olhar pleno de asco. Então pareceu reconsiderar. Não gostei muito da mudança. – A Saint Paul, quem sabe.

– Saint Paul, senhor?

– Igreja Metodista Episcopal Africana é como a sua gente chama. Agora, vão embora. Não tenho tempo para gente como vocês. – Ele cuspiu no chão e bateu a porta. Por sorte, Robert havia retirado a mão a tempo.

Voltamos desanimados até o ponto do bonde. A St. Paul era bem capaz de ficar na Zona Oeste, calculou Robert. Perto da pensão onde íamos morar. Pedimos orientações a um jornaleiro de cor sobre como encontrá-la. As ruas estavam cheias, mesmo para um fim de tarde de sábado, e Robert manteve-se um passo atrás de mim, como se fosse um acompanhante de última instância e não meu futuro marido. Eu sabia que ele não queria atrair atenção, mas esperava que um dia pudéssemos andar lado a lado à vontade e não só quando estivéssemos embrenhados na floresta.

Em uma rua margeada pelas casas sombrias que dominavam a paisagem daquela região – construções severas de dois andares com alpendres estreitos, revestidas de mantas asfálticas imitando tijolos ou ripas desbotadas de madeira –, a St. Paul se erguia no meio do quarteirão, uma linda estrutura italiana de tijolos vermelhos emoldurados por pedras brancas. Olhei para cima, feliz em me casar em um lugar tão bonito – se é que o conselho do pastor rancoroso era bom mesmo. A outra igreja, sem graça, cor de lama, havia se misturado à paisagem desolada de janeiro.

Algumas crianças negras jogavam cinco-marias ou brincavam de bola na calçada em frente à igreja. Elas olharam para nós enquanto estudávamos o prédio, sem saber por onde entrar. Uma menina pequena enfiou o polegar na boca e se escondeu atrás de outra, mais velha, e ficou espiando de lado, seu olho esquerdo ainda me observando.

– Olá, jovem cavalheiro – Robert cumprimentou o menino mais alto do grupo, que baixou a cabeça e olhou para a ponta dos pés. – Pode me dizer onde encontramos o reverendo? Ele fica na igreja nas tardes de sábado?

O menino olhou para a menina mais velha. Ela colheu as pedrinhas de seu jogo, colocou no bolso e deu um passo à frente, a menorzinha ainda agarrada a sua saia. – Não sei se vai estar na igreja hoje, mas ele mora logo ali. – Ela apontou para uma casa estreita, construída com os mesmos tijolos vermelhos da igreja e tão perto dela que quase compartilhavam uma parede.

– Obrigado, mocinha – disse Robert, fazendo uma mesura, o que levou a menina a sorrir com timidez. Ele fez um gesto para que eu tomasse a frente até a porta da casa simples.

– O que querem com ele? – perguntou outro menino menos tímido do que o primeiro. – Vão se casar?

A menina mais velha cobriu sua boca e balançou a cabeça, furiosamente. – Shhh. Claro que não vão se casar. Não está vendo? É uma moça branca que está com ele. – Ela falou em voz baixa, mas eu ouvi. Meu estômago revirou, mas eu sorri assim mesmo.

– Eu já vi moças brancas aqui antes se casando com negros. E o contrário também. – O menino sussurrou tão alto que qualquer um no quarteirão teria escutado. A menina pegou a mão dele e da menininha e saiu puxando os dois, mas eu pude vê-la olhando para mim com um pedido de desculpas no rosto. Acenei com os dedos, mas ela virou o rosto e continuou puxando seu grupo até uma casa no final da rua. O garoto mais velho perambulou atrás deles, jogando uma bola de beisebol para o alto enquanto andava.

Robert tocou a aldrava da porta. Logo uma mulher atendeu. Alisou o vestido ao nos ver. Era óbvio que esperava crianças; seu olhar, começando em nossas cinturas, elevou-se até nossos rostos. Ela deu um passo atrás. – Oh! Desculpem-me, achei que fossem os pequenos de novo. Sempre batem à minha porta, o sábado inteiro, perguntando se podem ajudar com alguma coisa na igreja, mas querem mesmo é ver se eu preparei alguma guloseima para eles. – Ela deu um sorriso luminoso, embora seus olhos me fitassem mais de uma vez, me analisando, como percebi. Mas era a primeira pessoa adulta que eu via naquela tarde que não ficava horrorizada conosco. Gostei dela de imediato.

– O que posso fazer por vocês? – perguntou.

– O reverendo está? – Robert tirou o boné e o torceu entre as mãos, como se mencionar o homem que poderia nos casar o deixasse nervoso.

– Está sim. Posso saber quem deseja? E talvez a razão da visita?

– Oh, claro, senhora. Nós – ele me indicou com seu boné. – Nós queríamos vê-lo para falar sobre um casamento.

– Entendo – disse ela. – Achei que fosse isso mesmo. Vamos entrando, querida. – Ela me fez passar para dentro do pequeno vestíbulo, então acenou para Robert me seguir. – Vou chamar meu marido.

Respirei aliviada, espiando pela porta uma pequena sala, nada refinada, mas que deve ter sido adornada com os melhores móveis da casa.

A mulher retornou. – Ele virá em um instante. Querem se sentar? Preciso dar uma olhada na cozinha, se me derem licença. – Ela nos conduziu para a sala e nós nos sentamos, acanhados, na ponta de um canapé forrado em angorá verde-escuro, tomando o cuidado de deixar um bom espaço entre nós.

Ousamos olhar um para o outro – a primeira vez que realmente nos olhávamos naquela tarde, me parecia. Robert franziu a testa e se inclinou para mim. – Você está bem? Tem certeza disso? – perguntou.

— Nunca tive tanta certeza – respondi, embora por dentro nunca tenha me sentido tão nervosa e apavorada. Por mais ansiosa que estivesse para me tornar esposa de Robert, por mais desesperada que estivesse para ficar com o jovem bonito e gentil que eu amava mais a cada dia, a realidade estava entrando em foco. Por todo lado que andamos, se não sofríamos abuso verbal direto, éramos objeto de olhares e comentários curiosos, até mesmo das crianças. As crianças foram o ponto de virada em minhas ilusões de que tudo ficaria bem.

— E você? – perguntei. – Vai querer seguir em frente se eles... – Não terminei. Um homem alto, cuja barriga era testemunha da alegação de sua mulher de que as crianças batiam à sua porta em busca de guloseimas, entrou na sala. Robert e eu nos levantamos ambos com um pulo.

— Boa tarde, senhora. Senhor. – Ele apertou a mão de Robert. – Reverendo Jasper Day.

— Sou Robert Prewitt. Esta é a Senhorita Isabelle McAllister.

— É um prazer, Senhora. – Ele fez uma pequena mesura em minha direção, mas não tentou apertar minha mão. Fez um gesto para que voltássemos a nos sentar, então puxou uma cadeira para mais perto de nós. – Então, Sarah disse que vieram aqui para se casar, correto?

— Sim, senhor – respondeu Robert. Reverendo Day olhou para mim e eu assenti. Ainda não dissera uma palavra.

— Bem, vocês vieram ao lugar certo. Suponho que ouviram dizer que já uni alguns casais como vocês. – A maneira de ele dizer "casais como vocês" nada tinha a ver com a do outro pastor. Não era um insulto, era mais porque ele não sabia outra maneira de dizê-lo sem ser direto. – Mas primeiro quero que compreendam uma coisa: eu vou casá-los se for o que querem de verdade, mas antes vou tentar convencê-los a desistir. – Ele sorriu, mas parecia um sorriso muito distante da felicidade que devia acompanhar um dia de casamento.

Alerta.

Meu coração não sabia se devia descer até o estômago ou subir até a garganta.

As cores do entardecer

Ele nos orientou com todos os argumentos que Robert já havia usado antes comigo, embora os exemplos que deu do que poderia acontecer fossem ainda mais assustadores do que nós já havíamos imaginado. Ele descreveu como seríamos tratados toda vez que saíssemos em público como um casal – e às vezes até na privacidade de nossa casa, por pessoas que achávamos serem nossas amigas, de cor ou brancas. Ele falou que um rapaz negro havia sido linchado pouco tempo atrás pela família de uma moça branca por tentar se casar com ela. A moça havia sido expulsa de casa, deixada na rua para se tornar o que toda mulher que ninguém queria se tornava. Estremeci e Robert segurou minha mão, seu rosto exibindo um tom cinza incomum enquanto o pastor descrevia a sina do rapaz.

Afinal, falei: – Minha família não vai gostar. Vão ficar chocados e decepcionados, claro. Terão raiva, com certeza. Mas não acredito que fariam isso com Robert. Eles amam Robert. A mãe dele praticamente me criou, e sua irmã é como uma irmã para mim.

O Reverendo Day meneou a cabeça, mas explicou que mesmo aqueles que se diziam "uma família" sempre recuavam atrás das linhas inimigas quando alguém violava os costumes familiares. – Lamento, Senhorita McAllister. Não me dá prazer amedrontá-la, mas tenho de contar a verdade. Não acho que esteja fazendo algo errado casando-se com o Senhor Prewitt, mas eu estaria em falta com vocês se não lhes avisasse sobre o que vão ter de enfrentar.

Ele examinou nossa licença de casamento, perguntou se tivéramos problemas no fórum – seu semblante deixando claro que achava uma sorte termos chegado até sua igreja sem maiores aborrecimentos além do que o outro pastor nos causara. Pareceu surpreso – e desconfiado – ao saber que fora ele quem nos indicara sua igreja.

Ele nos deixou a sós para tomarmos nossa decisão final. Repeti minha pergunta a Robert. – Você ainda quer fazer isto? – Sua opinião era mais importante do que a minha. Afinal, ele sofreria mais nas mãos daqueles que condenariam nossas ações e nossa união.

Robert andou até a janela, olhando para a rua. As crianças haviam voltado. Para além dele, através dos vidros da janela, vi as crianças quicando uma bola de uma para a outra, cantando uma canção que não podia ouvir. De vez em quando, uma delas olhava para a casa, esticando o pescoço como se pudesse ver através das paredes.

Juntei-me a Robert perto da janela e olhei para a menininha que havia se escondido atrás da menina mais velha antes. A pele dela era como a de Sarah Day – marrom pálido –, e seus olhos brilhavam com uma luz interna. Se Robert e eu tivéssemos filhos, talvez ficassem amigos desse anjinho. Talvez ela tivesse um pai ou avô que se parecesse mais comigo. Eu suspeitava de que tais coisas acontecessem, mesmo que as pessoas não falassem a respeito ou aprovassem.

A beleza daquele rostinho me convenceu. Eu queria estar com Robert. Queria ter filhos com ele. Estava preparada para enfrentar as consequências.

Mas eu estava apavorada por ele. Não podia lhe pedir que tomasse tal decisão.

– Robert, você não pode – eu disse, virando-o para mim. – Nunca poderei me perdoar se o que aconteceu com aquele rapaz acontecesse com você. Eu morreria também. Isto é um erro.

Robert focou o olhar no canto da sala, onde havia uma estante de formato diferente, construída para se encaixar no ângulo de esquina. Havia fotografias na estante – o jovem pastor e a esposa em suas roupas de casamento, outras pessoas que presumi serem pais, irmãos e parentes deles. Robert aproximou-se da estante, a atenção voltada para a fotografia de uma reunião familiar – uma fotografia esmaecida de uma geração anterior – em que uma mulher branca solitária aparecia entre as demais segurando um bebê no colo. Ele me chamou e apontou. Os olhos dela eram cheios de alegria e pesar ao mesmo tempo. – É por isso que ele casa gente como a gente.

– Pode ser, Robert, mas isso não muda as coisas.

– Talvez a gente não possa mudar o mundo, Isabelle. Mas tampouco podemos mudar o que sentimos um pelo outro. Pelo menos, eu não. – Ele me olhou nos olhos. – Você consegue?

As cores do entardecer

Eu sabia que nunca, jamais poderia mentir para ele, não importava o que acontecesse. Balancei a cabeça. – Você sabe que eu amo você, Robert. Com todo o meu coração, toda a minha alma e toda a minha força.

Foi como se fizéssemos nossos votos naquele momento. Consagramos nosso casamento ali, embora o Reverendo Day retornasse em seguida para saber nossa decisão. Sua doce esposa sabia do que eu precisava também. Perguntou se eu queria me preparar para meu casamento. Ela me levou para um quarto pequeno no andar de cima, onde tirei o vestido da mala, alisei os cabelos e coloquei o chapéu. Olhei para meu reflexo no espelho da penteadeira, sabendo que da próxima vez que olhasse para mim mesma não veria mais uma menina. Veria uma mulher casada.

– É uma pena não poder tirar uma fotografia do dia do seu casamento – Sarah Day sussurrou ao me conduzir de volta à sala, onde Robert esperava junto com o marido dela. Ela deu um tapinha em meu braço. – Mas você vai guardar uma imagem em sua memória. Isso basta.

– Mas espere – ela disse, e correu para alguma outra parte da casa, voltando logo em seguida com um objeto muito pequeno que entregou para o marido. Ela sussurrou algo enquanto ele o guardava no bolso. Durante a cerimônia, quando o reverendo perguntou se tínhamos um anel para usar como símbolo de nosso amor, Robert balançou a cabeça e seu queixo caiu um pouco. Mas eu não me importei. Ele trabalhara duro para conseguir pagar o primeiro mês de aluguel de nosso aposento, as taxas para a licença de casamento e a cerimônia. Não sobrara nada.

– Não importa – eu disse.

Mas então o Reverendo Day enfiou a mão no bolso e retirou um pequeno dedal de prata gravado com um desenho delicado de flores entrelaçadas. Três palavras o circundavam.

Fé. Esperança. Amor.

Era lindo, polido até brilhar, embora a superfície mostrasse sinais de uso – parte do relevo no topo havia se desgastado toda. Imaginei que fosse uma relíquia de família; havia sido guardado com grande carinho, sem dúvida. – Não podemos aceitar – protestei.

Sarah ignorou minha objeção. Não vou aceitar de volta. É algo tão pequeno.

O Reverendo Day pegou minha mão e virou-a para cima, então colocou a mão de Robert embaixo da minha e depositou o dedal delicadamente em minha palma. Ele disse: – O que quer que aconteça, para onde quer que essa vida que escolheram os conduza, os três permanecerão juntos.

Ele apertou nossos dedos em torno do dedal e deu um passo para trás. Estávamos casados.

20
Dorrie, Dias Atuais

A HISTÓRIA DO CASAMENTO SIMPLES de Miss Isabelle arrepiou meu coração. Atravessando o sul do Kentucky, lembrei-me de que fiquei em pé diante do velho Irmão Willis, minha mãe e alguns amigos, e jurei amar Steve em um dia abafado quase duas décadas atrás, minha barriga já começando a aparecer – Stevie Júnior compareceu ao casamento também, embora ainda fosse demorar alguns meses para eu ver seu rosto. Eu amava Steve, mas já me preocupava com sua capacidade de cuidar da família. Ele passava mais tempo com os amigos do que comigo. Conseguiu sumir durante horas na noite de nosso casamento, voltando tão bêbado que o empurrei quando tentou me beijar. Eu já estava grávida, então que diferença fazia?

Mas o casamento de Miss Isabelle, simples como foi, jovens e sozinhos que estavam os dois, sem família ou amigos senão o bondoso Reverendo Day e sua esposa, Sarah, me pareceu tão verdadeiro. Eles se casaram por todas as razões certas – apesar do que todo mundo pensava.

Eu via mulheres em meu salão que haviam se casado por todo tipo de motivo – e muitas descobriram seu erro quando a tinta de suas licenças ainda nem havia secado. Elas me contavam coisas que não contavam a mais ninguém. Algumas das histórias sobre os maridos e as coisas que às vezes faziam eram de arrepiar.

Com frequência, eu era a primeira a perceber hematomas escondidos debaixo de franjas escovadas para a frente de propósito, ou cicatrizes onde os cabelos haviam sido arrancados pelas raízes. O serviço de licenciamento do estado me enviava cartas explicando que eu poderia ser a primeira linha de defesa – eu podia indicar as clientes às agências que ajudavam vítimas de violência doméstica. Diziam que era minha responsabilidade. Então eu mantinha panfletos na sala de espera ou na minha mesa, onde as clientes podiam pegar ao acaso e colocar na bolsa. Os panfletos dobrados em três quase não eram retirados do salão, mas os de cima eram bastante manuseados e talvez – eu torcia – suas informações fossem guardadas na memória por quem precisava. Eu agradecia aos céus que Steve nunca fora violento comigo ou com as crianças, embora não prestasse para nada como marido ou pai.

Violência doméstica não era a única coisa de que eu tomava conhecimento. Na verdade, ser cabeleireira era como ser uma terapeuta sem diploma.

Eu reconhecia a tristeza nos olhos de uma mulher quando ela entrava no salão na esperança de que um penteado ou uma cor nova para seus cabelos pudesse atrair de volta o marido errante. Eu nunca dizia que aquilo não ia dar certo. Ficava calada quando as mulheres fantasiavam que trariam o homem de volta se perdessem um pouco de peso, ou botassem silicone nos seios, ou fizessem uma lipoaspiração ou qualquer outro conserto que de fato não tinha o menor peso na capacidade de um homem ser fiel. Elas acreditavam que era culpa delas que seus homens não conseguiam manter os compromissos assumido. Eu mesma acreditei nisso até ficar esperta. A única coisa que mantém um homem fiel é o próprio homem.

Na maior parte do tempo eu ouvia. Vez por outra, no entanto, uma cliente me pedia uma opinião ou conselho. Então eu era direta e franca. Ficava feliz por ver a mesma mulher, uma ou duas visitas depois, brilhando e segura de si após tomar uma decisão correta que a enchia de confiança e propósito – fosse endurecendo o jogo com seu companheiro, fosse começando uma vida nova em que teria a chance de encontrar um amor verdadeiro.

As cores do entardecer

Mas as clientes que me partiam o coração eram as que me contavam em sussurros quase inaudíveis que tinham encontrado nódulos nos seios. Às vezes era eu quem precisava dizer que tinha percebido uma mancha escura em seu couro cabeludo ou uma verruga estranha na nuca ou no ombro. Às vezes eu era a única pessoa que via essas partes da pele delas regularmente. E, às vezes, eu era a única a saber sobre consultas secretas para fazer mamografias ou biópsias. Elas tinham medo de contar aos próprios filhos e maridos. Contar era como transformar a possibilidade em realidade. Eu era o cantinho seguro delas.

Nós comemorávamos ou chorávamos juntas quando elas voltavam com os resultados, bons ou maus. Eu ajudava com novos penteados quando os cabelos começavam a cair aos tufos. Mais de uma vez raspei uma cabeça inteira até deixá-la lisinha quando uma mulher decidiu assumir sua nova identidade em vez de vê-la emergir com a queda de cada fio, cada mecha.

Lá estava eu, uma terapeuta sem diploma, uma verdadeira assistente social, ajudando a fazer diagnósticos, mas não conseguia impedir minha família de se destruir, nem conseguia encontrar forças para confiar em outro homem.

Por fim consegui admitir: eu estava apavorada.

Isabelle, com dezessete anos de idade apenas, tinha sido tão corajosa, determinada a seguir seu coração e passar o resto da vida com um homem que, eu tinha certeza, era um homem de verdade – um homem que iria amá-la e que cuidaria dela e dos filhos o melhor que pudesse, não importando o que a vida lhes trouxesse. Como é que aquela menina – aquela *criança*, na verdade – tinha conseguido?

Eu queria escutar com muita atenção agora, para descobrir como ela tinha lidado com a confusão em que tinha se metido com aquele casamento. Queria encontrar uma maneira graciosa de lidar com o desastre de Stevie Júnior. Queria ver se tinha algum jeito de resgatar minha vida amorosa que eu estava conseguindo detonar ao longo do caminho.

Se alguém saberia me dizer como fazê-lo, havia uma grande probabilidade de que fosse Miss Isabelle. E, se ela conseguiu, talvez eu também conseguisse.

21
Isabelle, 1940

SARAH DAY NOS SERVIU O FARTO JANTAR de porco assado com batatas que havia preparado. – Vocês merecem uma comemoração. A maioria das pessoas vem com amigos e parentes. Talvez façam uma festa depois em outro lugar, mas hoje são só vocês dois. Nós vamos comemorar com vocês!

Fiquei grata. Seu convite nos permitia um tempo entre a cerimônia da assinatura de nosso certificado de casamento e o momento em que Robert e eu ficaríamos a sós. De repente, fiquei envergonhada. Tinha escassa ideia do que esperar quando chegássemos à pensão. Algumas conversas sussurradas entre as meninas era todo o preparo que eu tinha para minha noite de núpcias.

Terminamos nossa refeição, mas o Reverendo Day não queria ouvir falar em nos deixar sozinhos. Em nossa primeira saída como um casal, ele insistiu que fôssemos acompanhados por outra mulher. Com a chegada da noite, o bairro onde Robert havia alugado nossas acomodações ficaria mais movimentado, com negros e brancos visitando locais não tão respeitáveis na vizinhança. Ele e Sarah nos acompanhariam até nossa nova residência.

Robert e eu protestamos juntos, mas o Reverendo Day insistiu. – Gostamos de dar um passeio vespertino, não é, Sarah?

O sorriso da Sarah denunciou seu nervosismo, mas ela não discordou. Sua expressão revelava a verdade: seus passeios vespertinos não costumavam ir até nosso novo bairro. Assim mesmo, ela disse: – Só por esta noite, gostaríamos de ter certeza de que chegaram bem ao seu destino.

Eles vestiram seus casacos e nós pegamos os nossos, assim como nossa bagagem. Ao deixarmos a casa aquecida e aconchegante deles, Sarah sugeriu andarmos à frente de nossos maridos. *Marido*. A palavra me pegou de surpresa. Era a primeira vez que alguém a usava em referência a mim. Eu havia sonhado com isso, mas dito em voz alta parecia estranho.

Quando afinal chegamos à pensão, estávamos cansados, embora o percurso tivesse sido tranquilo, à parte alguns olhares curiosos de pessoas que passamos. Fiquei com pena dos Day por terem de andar toda a distância de volta para casa.

Por impulso, abracei Sarah, embora a conhecesse havia menos de doze horas. Ela me apertou e sussurrou: – Se precisar de alguma coisa, qualquer coisa, sabe onde me encontrar. Vocês têm uma estrada dura pela frente, mas eu vou rezar por vocês todos os dias, entendeu?

Robert esperou com o Reverendo Day ao pé das escadas que levavam a nossa nova casa. Ele apertou a mão do pastor, então se debruçou para apanhar nossas malas.

Uma mulher negra abriu a porta. Olhou com surpresa para mim, mas nos conduziu a um quarto limpo no andar de cima. Um leve odor de comida deixada tempo demais cozinhando em cima do fogão permeava a casa.

– Nada de fogo ou velas, mesmo quando a luz cai, o que acontece com maior frequência do que imaginam. Isto aqui é madeira velha e não posso deixar que ninguém incendeie a casa toda. Lavo roupas às quartas-feiras, mas vai custar mais. Não cozinho aos domingos, então amanhã estão por conta própria e é tarde demais para o resto da semana também, pois já fiz as compras. Lembrem-se de desligar a chapa elétrica quando terminarem de usar. Esqueci alguma coisa? Ela esperou cerca de meio se-

As cores do entardecer

gundo, então saiu apressadamente e desceu as escadas. Parecia que nossa senhoria era uma mulher sem rodeios (por mim, tudo bem), mas era também um pouco dura. Eu já estava sentindo falta de Nell e Cora. Mas Nell e Cora eram minha família agora, de verdade. Ansiava por vê-las logo e torcia para que não ficassem furiosas demais com Robert ou comigo.

Meu novo marido indicou gavetas vazias e um armário no qual eu poderia guardar meus pertences, que agora pareciam ainda mais escassos. Levei apenas um minuto para pendurar meus vestidos e colocar o resto de minhas roupas na cômoda rangente com cheiro de naftalina. Deixei a gaveta aberta uma fresta, na esperança de que o cheiro fosse se dissipar e minhas roupas não ficassem tão impregnadas até de manhã. Não queria reclamar ou fazer Robert pensar que não havia encontrado um bom lugar para nós.

Ele observou, sentado em uma cadeira em frente a uma despensa embutida minúscula, enquanto eu explorava. Em um pequeno baú de madeira, encontrei uma chapa elétrica individual, uma panela esmaltada e utensílios básicos. O baú continha ainda pratos rasos, pratos fundos, xícaras e pires da mesma louça lascada, dois de cada, além de talheres. Eu sabia antes mesmo de olhar o quarto que não teria o luxo de uma geladeira. Teríamos de consumir laticínios ou outros itens perecíveis quase que de imediato. Minha família fora uma das primeiras em Shalerville a comprar um refrigerador. Eu tinha ficado mal-acostumada.

Mas eu daria conta.

Eu aprendera habilidades domésticas básicas vendo Cora e Nell trabalhar pela casa. As coisas que aprendera com minha mãe, por outro lado – bordado, costura, arranjos florais –, seriam inúteis ali.

– Vai servir? – perguntou Robert, interrompendo minha inspeção do espaço compacto. Eram só alguns passos da cama até a área de comer, e uma poltrona ocupava todo o canto restante, embora não parecesse nada confortável.

– É a nossa casa. Eu adorei. – Tentei tranquilizá-lo com um sorriso nervoso.

Robert pigarreou. – O, hã, banheiro fica ao final do corredor. Nós dividimos com dois outros inquilinos. – Ele abriu as mãos em um gesto de pedido de desculpas, mas eu teria ficado surpresa se fosse diferente. Na casa de minha família, um banheiro era compartilhado por todos os quartos do andar de cima. Não era tão ruim. Tínhamos sorte de não ficar do lado de fora.

– Mas é claro – eu disse. – O que acha que eu esperava? Uma suíte no Palace? – Eu nem mesmo conhecia ninguém que já tivesse se hospedado no hotel fino do centro.

Robert me puxou e me sentou a seu lado na cama. – Essa é minha garota – disse. – Agora.

A voz dele sumiu e se tornou óbvio que a peça de mobília em que estávamos sentados fora o que causara seu acanhamento repentino. Eu esperei. Se eu não sabia como deixá-lo à vontade, a ele também faltavam as palavras.

– Isa, você sabe que eu a amo.

Baixei a cabeça, os olhos arregalados e os músculos de minhas bochechas e queixo frios e endurecidos como se por falta de uso, embora soubesse que era apenas medo do desconhecido que os imobilizava. Mas nunca o amara tanto quanto naquele momento. Ele passou a mão na colcha, alisando uma ruga invisível. – Foi um longo dia para nós dois. Você deve estar exausta. Podemos ir aos poucos nessa parte. Se quiser.

Entendi sua preocupação e agradeci sua paciência. Ele era mais cavalheiro do que qualquer homem que eu já havia conhecido antes – embora eu ainda acreditasse que meu pai fosse um cavalheiro também e que provaria isso ao saber de minha fuga. Respondi a Robert com um beijo nos lábios, longo e demorado e – esperava – eliminando qualquer dúvida de que eu estava preparada para participar plenamente de todos os aspectos de nosso casamento.

De preferência, quanto antes melhor.

Levei um pequeno embrulho com roupa de dormir, escovas de dente e de cabelos e uma toalha áspera encontrada na gaveta até o banheiro ao final do corredor, onde me preparei para a cama e para Robert. Quando voltei, ele estava esperando no quarto escurecido. Ele havia desligado a luz do teto, mas deixara o abajur da mesa de cabeceira ligado.

Lamentei não ter um négligé decente para vestir em minha noite de núpcias, mas Nell havia lavado e passado minha melhor camisola de verão, de algodão, costurada em pregas e com laços que mal cobriam meus ombros. Ela a enxaguara em água de rosas e eu me sentia a noiva mais perfeita, considerando as circunstâncias. O que ela teria pensado enquanto preparava a camisola para mim? Seu rosto teria se ruborizado quando ela pensou em seu propósito – ainda mais considerando que era para a noiva de seu irmão? Apertei mais meu velho roupão. Ele havia tomado mais espaço na valise do que eu queria sacrificar, mas agora estava feliz por tê-lo trazido. Fazia frio em nosso quarto e era bem-vindo o agasalho extra que ele proporcionava.

Robert havia puxado a colcha para baixo e eu entrei debaixo dos lençóis, ainda envolta no roupão, mas envergonhada demais para tirá-lo. Robert foi ao banheiro. Quando voltou, tirou a calça e a camisa e entrou debaixo dos lençóis a meu lado, vestindo apenas seu short branco e uma camiseta. Ele cheirava a sabonete e água.

Permanecemos deitados juntos sob a luz fraca e eu me perguntei se Robert seria tão pouco conhecedor das artes do amor quanto eu. Imaginava que em algum momento ele tivera ocasião para adquirir mais experiência no assunto, mas algo me dizia que ele não a aproveitara. Ele sempre fora impelido pelo sonho de fazer faculdade e estudar medicina. Talvez estivesse sempre ocupado demais para tirar proveito de tais oportunidades. Tentei imaginá-lo com o tipo de garota que lhe daria esse tipo de atenção. Da forma que ele havia defendido minha honra naquele beco escuro em Newport, achava que ele preferia a companhia de garotas mais como eu – mesmo tendo uma cor de pele diferente.

– Robert – eu disse enfim, quase sussurrando. – Você já... Você alguma vez... – Não consegui terminar a frase.

– Não. – Sua resposta simples ao mesmo tempo me reconfortou e aterrorizou. Eu estava quase torcendo para que um de nós tivesse uma ideia melhor de como proceder. Mas também dei um suspiro de alívio por não ter de pensar nele com mais ninguém antes de mim.

— Mas eu, hã... Eu conversei com algumas pessoas — ele disse. — Bem, não com garotas. Falei com alguns de meus amigos mais próximos. Acho que entendi os aspectos mecânicos da coisa.

Sua descrição me fez rir, e isso serviu para nos relaxar.

De repente, Robert levantou-se e ficou de joelhos ao lado da cama. Seus braços compridos ainda me alcançavam, e ele passou as mãos com delicadeza sob meu corpo e me puxou para o centro do colchão. Ele ficou parado por um segundo, acariciando meus cabelos e ombros por cima do roupão. Esgueirou um dedo sob o tecido puído e tocou na pele do meu ombro onde o laço de fita mal o cobria. Estremeci.

Levantou a cabeça e me olhou nos olhos. — Tenho uma promessa a fazer, Isabelle Mc... Prewitt!

Sorri diante da correção. Esperei continuar.

— Amo você mais do que tudo, mais do que qualquer pessoa em qualquer lugar. Nunca sonhei que poderia amar uma garota tanto quanto amo você. Acho que começou aquela noite em Newport, quando andamos juntos e você não teve vergonha de mim, quando você quis que eu andasse ao seu lado, não atrás. Nunca tinha visto uma garota branca agir daquele jeito. — Foi a vez de ele dar uma pequena risada.

Vergonha dele? Eu tinha ficado tão aliviada com sua presença, nem imaginava sentir vergonha. Quase o interrompi, mas me contive para que continuasse.

— Acredite ou não, sou grato por cada maluquice que você aprontou, mesmo tendo havido momentos em que eu quis estrangular você. Agora, eu quero que tenha orgulho de mim. Quero fazê-la feliz e quero cuidar bem de você. Quero protegê-la e zelar por sua segurança. Não quero magoá-la. Nem agora, nem esta noite. Nem nunca.

Como eu poderia merecer este homem? Minha respiração parou e eu tentei segurar as lágrimas que ameaçavam rolar pelo meu rosto durante aquele discurso. Não queria que pensasse que eu estava com medo ou, pior, que eu lamentava a escolha que fizera. Contudo, uma única lágrima escorreu preguiçosamente pela minha face até Robert limpá-la com um dedo.

As cores do entardecer

Puxei seu rosto para perto do meu, obrigando-o a voltar para a cama. Seu peso contra minhas costelas e quadril me lembrou do dedal que vinha carregando a noite inteira, primeiro no bolso do vestido, depois na costura do roupão. Peguei-o e o dei para Robert. Ele o colocou em cima da mesinha de cabeceira, onde brilhou sob a luz fraca do abajur, refletindo uma gama de matizes em sua superfície.

Ele desligou a lâmpada e esticou o braço por cima de mim para abrir a cortina da janela. Meus olhos se ajustaram à luz da lua e nela eu pude discernir o contraste entre nossas mãos dadas. As diferentes graduações de tonalidade de nossas peles, os marrons, rosas e tons de creme se tornaram quase invisíveis – era tudo preto ou branco, quase sem graduação entre um e outro. Da maneira exata como o mundo nos veria. Mas eu me deliciei com nossas diferenças, apesar do ligeiro arrepio de nervosismo que senti quando Robert começou a fazer amor comigo.

Suspirei fundo ao sentir sua pele roçando contra a minha, macia e sedosa, os pelos finos de suas pernas afagando as minhas pernas lisas, expostas quando ele desamarrou a faixa do meu roupão, abrindo-o gentilmente.

Fiquei maravilhada com o número de terminações nervosas que se arrepiaram quando ele passou os dedos e palmas das mãos bem de leve sobre cada centímetro de minha pele, desnudada depois de ele tirar meu roupão com carinho, soltando meus braços, e puxar minha camisola pela minha cabeça com todo o cuidado.

Gemidos tímidos de prazer, de dor e outra vez de prazer escaparam de minha garganta quando ele entrou no local secreto do meu corpo, usando o instrumento que eu mal ousara imaginar mesmo na privacidade escura do meu quarto, criando um elo eterno entre nós.

Não havia mais qualquer dúvida. Eu era dele. E ele era meu.

22

Dorrie, Dias Atuais

– AH, MISS ISABELLE, ISSO É TÃO ROMÂNTICO. – Senti um nó na garganta, dirigindo naquela estrada no sul do Kentucky. A doce história de sua noite de núpcias me fez lamentar muitas de minhas decisões de adolescente. Os tempos tinham mudado, disso eu tinha certeza, mas talvez aquela gente toda tivesse razão com aquela conversa sobre abstinência. Afinal, era preciso ensinar as crianças a se proteger.

Era tarde demais para mim e, claro, para Stevie Júnior. Ele tinha passado dos limites tantas vezes nos últimos dias – na maioria delas muito pior do que sexo antes do casamento, a meu ver.

Eu ainda não me decidira sobre como iria contar a Teague que Stevie era quem tinha me roubado. Não conseguia acreditar que ele ainda não tinha desistido de mim, embora suas mensagens estivessem chegando com menor frequência agora. Cedo ou tarde ele ia parar de me procurar – estava contando com isso –, mas eu tinha de admitir que uma pequena parte de mim torcia para que ele insistisse até eu decidir o que fazer.

– Sim, sou feliz porque tivemos nossa noite romântica. – A voz da Miss Isabelle interrompeu meus pensamentos. Olhei para ela e seus olhos pareceram se apagar em um instante, o azul-prateado ficando mais cinza. – Sem dúvida, ela mudou minha vida e a dele.

O que aconteceu depois? E suas famílias? Aposto que sua mãe teve um ataque.

— É, pode-se dizer que sim. — Miss Isabelle aproximou a revista dos óculos de leitura. Pareceu absorta em uma fileira em que ainda faltavam algumas letras, como se procurasse combinar as letras com a dica para encontrar a resposta certa. Então suspirou e olhou pela janela. Passado um tempo, estiquei o braço e aumentei um pouco o volume do rádio, sugerindo que eu não precisava ouvir o resto da história se ela não quisesse contá-la. Estava preocupada com ela. Estávamos a caminho de um funeral, o que já devia ser uma ocasião triste e dolorosa, e aqui estava ela, abrindo sua alma, contando uma história que eu suspeitava nunca ter compartilhado por completo com alguém antes. Sentia-me honrada com sua confiança. Mas tinha medo de que fizesse mal a ela.

Era evidente que as coisas haviam mudado drasticamente em algum ponto para Miss Isabelle e Robert. Todos os rostos nas fotografias em suas mesas e paredes eram brancos – seu marido, seu filho, membros da família. Não havia uma foto sequer de alguma pessoa negra. Algo ruim tinha acontecido. Surpreendia-me que Miss Isabelle fosse tão generosa e tivesse uma atitude tão positiva assim mesmo. Se eu perdesse minha alma gêmea – não tinha dúvidas de que Robert e Miss Isabelle eram almas gêmeas e que haviam se perdido um do outro –, não sei se conseguiria seguir em frente como ela. Estava louca para saber o que aconteceu entre aquela noite e o dia em que ela conheceu e se casou com o único marido que eu conhecia.

Mas, pelo bem de Miss Isabelle, eu podia ser paciente. Se nunca soubesse, bem, eu conseguiria sobreviver.

Depois de um tempo, perguntei se ela estava pronta para parar e almoçar, mas ela queria continuar. Estudou o mapa e determinou que daria para chegar a Elizabethtown. Parecia que todas as cidades do Kentucky tinham nome de gente. Pelos cálculos dela, depois teríamos cerca de cento e sessenta quilômetros de estrada, mais ou menos uma hora e meia, e poderíamos lanchar em Cincinnati antes de dormir. Eu não me importava. Meu apetite tinha sumido com tanta preocupação com

Stevie Júnior. No que me dizia respeito, quanto antes chegássemos a Cincinnati, mais rápido poderia avaliar a situação e decidir o que fazer.

Observei a paisagem, ouvindo a música de fundo no rádio. Para minha surpresa, Arkansas, Tennessee e Kentucky se pareciam muito com o leste do Texas. Eu nunca tinha viajado de carro para tão longe de casa e esperava que as coisas fossem diferentes por alguma razão. Havia muitas árvores, claro, mas elas tinham começado a partir do limite oeste de minha cidade natal. Não sei bem o que mais eu esperava. Vai ver achava que a famosa grama azul do Kentucky seria azul mesmo. Miss Isabelle tinha explicado que ela só parece azul se você deixa crescer mais do que meio metro – como se alguém fosse fazer isso. O relevo ondulava com suavidade a leste e oeste da interestadual, mas eu esperava algo mais exótico. Mais antigo, talvez. Mais antiquado. Alguma coisa mais. Espiei uma cerca daquelas feitas de dormentes e resisti à tentação atípica de parar o carro para tirar algumas fotos. Tive de sorrir. Nunca fui de tirar fotos de nada, ainda menos de paisagens. Eu nem mesmo tinha uma câmera.

– Parte do que vem a seguir é baseada em rumores – disse Miss Isabelle sem mais nem menos, interrompendo minhas ruminações sobre a cor da grama e fotografias.

– Rumores? – Fingi olhar para a revista em seu colo. – É uma das palavras que estava procurando?

– Não. Rumores. O que você ouve dizer por outras pessoas. O que ouvi da Sarah Day e outros, no fim das contas.

Sarah Day? Uma sensação premonitória começando em meu estômago subiu rasgando até meu coração. Tinha torcido por pelo menos um pouco de "felizes para sempre" para Miss Isabelle e Robert depois da linda noite de núpcias deles, por mais impossível que parecesse. Mas tive a sensação de que o que acabou acontecendo de verdade faria meus problemas com Stevie Júnior e Teague parecerem coisa de criança.

Apertei as mãos no volante.

23
Isabelle, 1940

COMO NÃO VOLTEI PARA CASA NA NOITE em que me casei, papai quis chamar a polícia na mesma hora. Mamãe suspeitou da verdade.

Cora e Nell haviam chegado cedo no domingo para preparar o jantar. Minha mãe encurralou Nell na sala de jantar enquanto preparava a mesa. Ela a interrogou várias vezes, mas Nell fingiu não saber.

Mamãe vasculhou meu quarto. Nell assistiu, apavorada que minha mãe pudesse descobrir qualquer coisa que a incriminasse também. Escapuliu e foi contar a Cora o que tínhamos feito. Cora a conduziu de volta ao andar de cima, onde ela gaguejou sua confissão. Eu havia deixado um bilhete na escrivaninha de meu pai em seu escritório e Robert deixara outro com Nell para os pais dele. Não dissemos onde íamos morar, só que havíamos encontrado alguém em Cincinnati que nos casaria e que por fim entraríamos em contato. Nell entregou o bilhete para mamãe – bilhete este que dizia o nome da igreja onde planejávamos nos casar. Ele queria que Cora soubesse que íamos nos casar diante de Deus e não só aos olhos da lei.

Mamãe despachou meu pai e meus irmãos de imediato e, é claro, o primeiro pastor, hostil, os enviou direto para a St. Paul.

O Reverendo Day havia acabado de terminar o culto de domingo. Estava sossegado, jantando com a esposa, quando eles chegaram. Sarah correu para a cozinha para arrumar a bagunça deixada pelo preparo da refeição, deixando que o marido abrisse a porta. Membros da congregação costumavam aparecer sem aviso nas tardes de domingo, levando sobremesas ou problemas que não podiam esperar até a segunda-feira. Ela correu para lavar as panelas e passar um pano no balcão para receber as visitas, mas parou ao ouvir o som de vozes iradas no vestíbulo.

Um de meus irmãos exigiu saber se o Reverendo Day havia ou não me casado com Robert no sábado. O Reverendo tentou se esquivar de suas perguntas, mas as vozes ficaram mais altas e furiosas.

Sarah espiou por uma fresta da porta da cozinha e viu meus irmãos cercando o marido dela, os punhos levantados em seu rosto, ameaçando machucá-lo se não contasse a verdade.

Meu pai tentou intervir. – Rapazes, não é assim que se faz. Reverendo, você está vendo que estamos muito perturbados com o sumiço de minha filha. Ela só tem dezessete anos e não tinha permissão para se casar. Nós só queremos encontrá-la e esclarecer essa questão. Queremos levá-la para casa.

– Pai, nós cuidamos disso. Sabemos como fazer esse crioulo falar. – Jack. Sei que era ele porque Sarah depois o descreveu para mim como sendo o mais baixo e atarracado. Ele ignorou meu pai e continuou a ameaçar o Reverendo Day. Fiquei aliviada de saber que meu pai havia pelo menos tentado apelar para a razão com o Reverendo em vez de partir para a intimidação. Mas cortou meu coração ele não ter sido firme com meus irmãos. Eu já devia saber que ele não iria enfrentá-los, nem mesmo ali, nem mesmo por mim. Quando criança, via-o balançar a cabeça e virar as costas quando encontrava os restos desmembrados de besouros que meus irmãos deixavam pelo caminho, ou as carcaças de coelhos filhotes que eles esfolavam e jogavam fora em qualquer parte. Eu chorava e implorava para ele punir meus irmãos, que os fizesse sofrer tanto quanto as criaturas indefesas que atormentavam, mas minha mãe simplesmente dizia: "Meninos são assim mesmo, John. Deixe-os brincar". Como sempre, ele acatava as ordens dela.

Do canto do olho, o Reverendo Day espiou Sarah, sua expressão frenética sinalizando que ela devia nos avisar, Robert e eu.

Ele os deteve o quanto pôde. Meus irmãos o maltrataram. Acertaram tapas em seu rosto e socos em seu estômago enquanto meu pai assistia,

As cores do entardecer

impotente, seus protestos ignorados. No entanto, quando ameaçaram machucar Sarah, o reverendo sucumbiu. Deu o endereço de nossa pensão e rezou para que Sarah chegasse a tempo.

Robert e eu havíamos passado uma manhã preguiçosa deitados na cama – ou aperfeiçoando o que havíamos descoberto que fazíamos tão bem juntos. Mas, no início da tarde, nossos estômagos roncaram. Robert relutou, mas vestiu a calça e uma camisa. Foi ao banheiro se refrescar e voltou para me dar um último beijo antes de sair. Eu continuava deitada, saboreando o sonho que parecia estar vivendo. – Não saia daí – ele disse. – Estarei de volta antes que consiga contar até sessenta e três e faremos um piquenique bem aqui em cima deste colchão. – Suspirei e sorri. Ele saiu, então abriu de novo a porta e me jogou um beijo. Por fim, ouvi seus passos descendo o corredor e as escadas e fiquei à deriva entre dormindo e acordada. Sabia que teria de me levantar logo para ajeitar os cabelos e escovar os dentes, mas estava lânguida demais para me mover e logo caí no sono.

Depois fiquei sabendo que Robert tivera dificuldade em achar uma loja aberta. Em nosso enlevo, havíamos nos esquecido de que era domingo. Ele lamentou ter recusado a oferta de Sarah Day de levar as sobras do jantar da noite anterior. Finalmente ele encontrou um café que servia almoço e gastou dinheiro demais em uma refeição cara. Não queria voltar de mãos vazias em nosso primeiro dia de casados.

Uma batida nervosa me despertou por completo. Eu sabia que não era Robert. Vesti meu roupão, amarrando-o sem jeito e indo até a porta.

– Quem é? – perguntei quase sussurrando.

– É Sarah Day. Depressa, abra a porta.

Senti meu estômago gelar ao ouvir sua voz. De cara pensei que alguma coisa havia acontecido a Robert. De alguma maneira, Sarah soubera e viera me avisar. Minha segunda suspeita – que minha família havia achado o Reverendo Day e o feito falar – era a correta, é claro.

Puxei Sarah para dentro do quarto. O avental sob seu casaco aumentou minha apreensão. Ela não havia parado para tirá-lo ao sair de casa – e eu sabia lá no fundo que Sarah Day nunca usaria um avental em público. Segurei seu braço. – O que foi? O Robert está bem? O que houve?

Oh, querida, você precisa agir rápido. Seus irmãos e seu pai estiveram em minha casa e devem estar vindo para cá agora. Eles sabem do casamento. Eu vim avisá-la. Tenho certeza de que vocês não têm muito tempo.

Ouvi suas palavras, mas com o choque e o medo simplesmente caí sentada na cama. – O que eu faço? Robert foi comprar algo para comer. O que posso fazer, Sarah? Não sei como agir.

– Robert não estar aqui é a melhor coisa, sem dúvida. Aqueles seus irmãos, não sei, não. Estavam zangados quando saí, ameaçando meu marido. Acho que talvez seja melhor eu esperar o Robert na rua e tirá-lo daqui. Eles podem machucá-lo feio, se não o levarem de vez. – Sei que ambas vimos a mesma imagem em nossas cabeças, do rapaz que o Reverendo havia descrito no dia anterior. – Seu pai, ele ficou parado ali. Não queria piorar as coisas, mas não acho que seja páreo para aqueles dois.

Ela tinha razão. A insistência de minha mãe na clemência estragara os dois, deixara-os confiantes demais. Eu sabia que não tinham medo de enfrentar ou machucar qualquer um que tentasse impedi-los – nem mesmo o próprio pai.

– Tem razão. Por favor, vá, Sarah. Espere pelo Robert. Diga para não voltar até... eu não sei quando. Eu cuido dos meus irmãos.

Ela hesitou junto à porta. – Querida, seu pai disse que você tem só dezessete anos. É verdade?

Fiz que sim, envergonhada de minha mentira.

Ela balançou a cabeça em desaprovação. – Ah, querida, isso não foi a coisa mais inteligente a fazer. Vocês mentiram, não só para seus pais, mas para a gente também. Vai ser difícil este casamento resistir a isso, mais ainda a tudo o que vão ter de enfrentar.

Eu me dobrei em um soluço de choro e ela saiu. Eu mentira diante de Deus também. Todos os meus planos eram inúteis agora. O que eu tinha feito até então era tudo o que eu podia fazer. Rezei para que Robert estivesse tão longe que não encontrasse meus irmãos e que Sarah o visse antes e o avisasse a tempo. Robert sabia que meus irmãos não iriam me machucar, mesmo estando furiosos. Eu tinha quase certeza de que ele faria a coisa certa e manteria distância o tempo que fosse necessário.

As cores do entardecer

Afinal, coloquei o vestido que usara antes do casamento e arrumei o quarto para que não parecesse que tinha passado metade do dia na cama com um homem. Mesmo que tivesse. Mesmo ele sendo meu marido e tendo todo o direito de fazê-lo.

Eu podia ter ido embora. Depois de arrumar o quarto, meu coração poderia ter me dito que era a coisa óbvia a fazer. Juntar o que pudesse, encontrar Robert e fugir para um lugar onde poderíamos recomeçar, onde poderíamos viver em paz como marido e mulher.

Existiria um lugar assim?

Lá no fundo, eu sabia que fugir não daria certo. Sabia que, se meus irmãos não me encontrassem ali, em alguma hora encontrariam a nós dois e seria ainda pior. Sabia que, se não nos encontrassem, eles machucariam o Reverendo Day, ou, Deus proíba, Sarah, como haviam ameaçado, e eu não podia ser responsável por causar dor a pessoas tão gentis e generosas quanto os Day. À luz do dia, eu via com clareza. Não éramos só nós dois. Era Cora. Era Nell. Era todo um círculo de pessoas que respeitávamos e amávamos.

Sentei-me na poltrona e esperei a segunda batida na porta – dessa vez, não seria uma batida tímida.

A batida foi um estrondo. Meus irmãos arrombaram a porta a pontapés, desesperados, suponho, para salvar a irmã das garras do monstro que acreditavam ser Robert. Por que mais um negro pensaria que podia se casar com uma moça branca?

Continuei sentada na cadeira, assustada, mas decidida. Grata ao ver os três – e apenas os três. Meus irmãos ocuparam todo o vão da porta. Meu pai estava atrás deles, nada pesaroso. Admito que ele tinha o direito de estar zangado comigo por sair de casa sem permissão, por fazer uma escolha que alteraria de modo irrevogável tudo o que ele trabalhara tão duro para criar.

Se todos os três estavam ali, então Robert estava a salvo, tendo sido desviado a caminho de nosso quarto. Eu torcia para que Sarah tivesse o bom senso de não contar a ele tudo de uma vez, fingindo que o encontrara por acaso e o mantivesse ocupado conversando um tempo antes de falar a verdade. Uma parte de mim ainda temia que ele resolvesse entrar na casa e subir a nosso quarto para tentar me proteger, quando era ele quem estava em perigo.

— Você enlouqueceu, garota? — gritou meu irmão mais velho. — Onde está aquele moleque? Onde está aquele negrinho? Quando eu colocar os olhos nele, vou apertar sua garganta até ele não sentir mais nada!

Meu pai enfim deu um passo à frente. – Jack, isso não vai ser necessário. Encontramos a Isabelle. Podemos levá-la para casa. – Colocou a mão sobre o braço de Jack, mas ele o empurrou.

– Aquele moleque desgraçou nossa irmã, pai. Sua menininha foi desonrada por um negro. Não vamos deixar que ele se safe dessa, vamos, Pat? – Jack olhou para meu outro irmão. Patrick balançou a cabeça em negativa e me dirigiu um olhar de desprezo. – Se ele reagir, tenho algo aqui melhor do que as mãos.

Exclamei ao ver Jack tirar uma arma de dentro do bolso do casaco. Eles queriam sangue. Eu podia quase sentir o cheiro. Mas agora eu queria desesperadamente saber se minha mãe havia enviado os dois com sua bênção sabendo o que Jack levava no bolso.

– Lembrem-se de que estão em Cincinnati, meninos – disse meu pai. – As coisas aqui são diferentes. Podem não se safar com tanta facilidade quanto se estivessem em casa. Querem acabar na prisão por causa disso? Vocês dois, vamos logo pegar Isabelle e voltar para casa. Vamos, Isabelle. – Os olhos de papai imploravam que eu fizesse o que me pedia.

– Não vou voltar, papai. Eu o amo.

Jack e Patrick se aproximaram de mim. Seus olhares diziam que me achavam um animal por dizer tal coisa, mas os animais eram eles.

– Isabelle, querida, você não tem escolha. Você é menor de idade. Seu casamento não é válido. E você vai voltar para casa conosco. – Ele me enfrentou. Depois de se recusar a enfrentar todo mundo. E eu era a pessoa que ele mais amava. Como podia ser?

Então, que escolha eu tinha? Meus irmãos dispostos a derramar sangue, talvez até ansiando por isso, e meu pai não querendo intervir? Naquele momento, achei que a melhor coisa que poderia fazer por Robert era partir com eles sem drama. Nós encontraríamos outra maneira de ficar juntos. Estávamos casados agora, pelo menos aos olhos de Deus. Tínhamos o direito.

Mas eu estava errada. Eu devia ter me recusado a ir. Devia ter fugido o mais rápido que pudesse daqueles que sempre disseram me amar.

24
Dorrie, Dias Atuais

EU NÃO PODIA IMAGINAR COMO MISS ISABELLE deve ter se sentido ao deixar o lugar que ela e Robert pensavam que seria sua casa. Robert deve ter enlouquecido de preocupação ao voltar para o quarto vazio depois, imaginando o que aguardava Isabelle em casa. Mas, se ele não tivesse saído para comprar comida, quem sabe o que poderia ter acontecido quando aqueles dois brutos apareceram com seus punhos e uma arma? (*Brutos*, vertical sessenta e quatro. A definição bem poderia ter sido "Jack e Patrick McAllister.") E eu queria tanto ter gostado do pai dela. Ele parecia um homem justo – um homem que amava a filha acima de tudo. Suponho que não havia muito o que pudesse fazer, em consequência da época em que viviam, e se tentasse ajudar os dois estaria em grande desvantagem. Mas senti ódio dele também, por deixar os dois irmãos grosseiros fazerem o que fizeram.

Acabamos passando direto por Elizabethtown enquanto Miss Isabelle falava. Não tive coragem de interrompê-la. Mais adiante, uma placa indicava uma saída para outra cidadezinha – com nome de gente, é claro. – Está pronta para comer? – perguntei, embora o momento pudesse não parecer sensato.

Miss Isabelle deu um pequeno suspiro, como se relembrar aquele dia a tivesse exaurido. Pensei de novo se não seria um erro deixá-la compartilhar sua história comigo. Mas o que eu podia fazer? Ela não era uma criança e eu não podia impedi-la se era o que queria.

– Eu *estou* com fome. – Ela fez uma cara de surpresa.

Diante dos três ou quatro restaurantes típicos de cidade pequena logo na saída da interestadual, decidimos por uma rede conhecida de refeições matinais, mesmo já tendo tomado um bom café da manhã mais cedo. A recepcionista logo nos conduziu a uma mesa.

Mesmo mais de setenta anos depois do casamento de Miss Isabelle, ainda havia gente despreparada para nós – e algumas dessas pessoas iriam surpreender você. Um velhote e sua esposa estavam sentados à mesa ao nosso lado. Antes mesmo de nos sentarmos, ele arregalou os olhos para nós, cutucando a esposa com o pé quando achou que eu não estava vendo e acenando com a cabeça em nossa direção, tentando chamar sua atenção. Ela olhou, estalou a língua, balançou a cabeça em desaprovação e voltou a passar manteiga em sua panqueca. Mas o tonto do marido dela continuou olhando para nós como se tivéssemos narinas extras ou algo assim.

Talvez a melhor reação fosse apenas ignorá-lo e pedir nossa comida. Miss Isabelle e eu estávamos ambas um pouco tensas depois de ela me contar a parte sobre seus irmãos a forçarem a deixar Robert. Talvez o que aconteceu a seguir naquele restaurante não tivesse acontecido se não fosse nosso estado emocional.

Talvez Miss Isabelle tenha projetado um pouco as coisas.

E o que eu poderia fazer para impedir uma senhora de noventa anos de expressar sua opinião absolutamente válida?

– Meu jovem – ela disse, e eu quase caí na gargalhada. O sujeito devia ter pelo menos uns sessenta anos, mas era um bebê diante de Miss Isabelle. – Você não tem nada melhor para fazer do que ficar encarando as pessoas?

Ele teve um sobressalto e olhou para a esposa, que sem dúvida fazia o possível para ignorar a situação. Ela enfiou outro pedaço de panqueca na boca, lambendo o xarope de bordo dos lábios. O Sr. Olhudo contemplou o próprio prato enquanto o garçom nos servia água gelada e nos entregava os cardápios. Mas não demorou e lá estava ele de novo nos

As cores do entardecer

espiando, mudando de posição para tentar escutar nossa conversa – pouca, já que estávamos as duas cansadas.

Até o garçom voltar para anotar nossos pedidos e levá-los para a cozinha, o sujeito já tinha voltado a nos encarar. Miss Isabelle poderia tê-lo ignorado se ele não tivesse naquele momento se recostado no assento de couro sintético, um palito de dentes enfiado no canto da boca, as pernas tão abertas que daria para ver o relevo de suas partes íntimas se eu quisesse – e eu não quis, pode acreditar –, e dito à esposa em um falso sussurro:
– Nunca vi uma mulher negra e uma branca idosa juntas em um restaurante por aqui. Você acha que é a empregada dela? – ironizou. – Será que é aniversário dela ou algo assim? Do contrário, não imagino por que...

Miss Isabelle levantou-se e ficou de pé no espaço estreito entre nossas mesas. Isso levou algum tempo, é claro. Tempo o bastante para eu pensar: *Ah, não, não acredito. Estúpido! Ele não devia ter dito isso. Ei, o que você vai fazer?* Esperei o tiroteio.

– Não, ela não é minha empregada. Ela é minha neta. – Tenho certeza de que meu queixo caiu tanto quanto o do homem com isso. – Além disso, tenho quase cem anos de idade e não acredito que ainda deixam idiotas como você andar por aí. Caso não tenha percebido, agora é mais do que aceitável que brancos e negros se relacionem, sejam amigos ou parentes. Ou amantes.

Nosso garçom estava próximo e Miss Isabelle o chamou. – Moço, queremos a comida para viagem. Não consigo ficar nem mais um instante neste lugar.

Nosso garçom continuou ali, as mãos abanando, sem saber como lidar com aquela situação obviamente constrangedora. Miss Isabelle sacou o cartão de crédito da carteira e acenou para que eu a seguisse. Sentamos na área de espera até o garçom nos trazer as quentinhas e copos de bebidas com tampas.

– Sinto muito, senhora. Não sei se entendi bem o que aconteceu, mas lamento muito. Tem certeza de que não quer sentar em outra mesa para comer?

– Ora, querido, não foi culpa sua – disse Miss Isabelle, olhando para a gerente, que estava atrás dele. Tenho certeza de que ela estava imaginando seu superior corporativo responsável por relações inter-raciais interrogando-a sobre o que ocorrera. – Mas posso sugerir que coloquem uma placa na porta dizendo "Não servimos racistas. De qualquer cor".

O garçom colocou nossas quentinhas em uma sacola e devolveu o cartão de Miss Isabelle. – É por conta da casa. Lamentamos muito.

– Ora, não me importo de pagar pela comida – ela disse, mas ele não permitiu.

Achamos um espaço para piqueniques na praça da cidade. Monumentos e marcos pontilhavam o local. O cenário, margeado por prédios antigos, era pitoresco (horizontal onze) e, para falar a verdade, bem diferente do que qualquer coisa com que eu estava acostumada em casa. Comer nas caixas de isopor frágil era difícil e bagunçado. Miss Isabelle remoeu-se algum tempo, mas afinal deu um suspiro e relaxou os ombros.

– Sinto muito, Dorrie. Não devia ter feito uma cena no restaurante, mas, você sabe, não há desculpa para esse tipo de...

– Ora, deixe disso. A partir de hoje, você é oficialmente minha heroína. – Era verdade. Eu não poderia ter feito melhor. – Às vezes não dá para acreditar que as pessoas são, mesmo negras. Muitos acham que ter amigos brancos é um ato de deslealdade. Se você não tivesse falado, eu teria. – Isso mesmo. Aqueles dois se pareciam muito comigo. Se olhasse direito, dava para eu ser filha deles. O que me fez lembrar...

– Miss Isabelle, *sua neta?* – Eu sabia que ela só estava provocando o sujeito, mas eu tinha de perguntar. Havia alguma razão maior para ela ter me convidado para essa viagem? Uma razão em que eu ainda não havia pensado?

– Não havia melhor maneira de apagar aquele olhar de julgamento da cara daquele ignorante, Deus me perdoe. E daí se eu quiser chamar você de minha neta? Você é a coisa mais próxima de uma família que eu tenho hoje em dia.

Seu elogio me sensibilizou, mas também me entristeceu. Bebi o último gole de refrigerante diet, esperando passar a emoção.

– Ora, pare de me olhar desse jeito, Dorrie. Sei o que está pensando e isso tudo ficou no passado. Você tem mais com que se preocupar do que uma velhota cheia de histórias antigas. Só quero saber o que você vai fazer a respeito do Stevie Júnior. Já decidiu? E o seu namorado? Vai deixá-lo esperando até que ele desista? Isso é inteligente?

Suspirei e juntei meus cacos. – Ainda estou pensando. Estou tentando ser ponderada com isso, em vez de dar a louca e tentar consertar as coisas com a primeira ideia que me vier à cabeça. A não ser, Deus proíba, que Stevie tenha decidido ir em frente, usar o dinheiro e piorar as coisas ainda mais. Ele pode sentar e pensar por mais algumas horas sobre toda a mer... Toda a *encrenca* em que se meteu. O Teague, bem, a esta altura, já deve ter desistido.

– Não sei, não – disse Miss Isabelle. – Às vezes os bons surpreendem. Às vezes eles insistem mais do que se espera, depois que já deviam ter desistido.

Tínhamos terminado de comer, embora Miss Isabelle só tivesse consumido metade de seu *club sandwich* duplo e bolotas de melão fresco. Enfiei as sobras e embalagens de volta no saco e depositei na lata de lixo ao lado da mesa. Andamos de volta até o carro, cada uma ruminando os próprios pensamentos.

25
Isabelle, 1940

SE MINHA CASA JÁ PARECIA UMA PRISÃO antes, agora era de segurança máxima. Na verdade, era um confinamento solitário. Quando meus irmãos me entregaram a mamãe como se fossem caçadores de recompensas, ela pegou minha mala e me conduziu escada acima. Indicou a porta do banheiro, esperou que eu me aliviasse, então me seguiu até meu quarto, onde deixou cair a mala ao pé da cama e saiu sem dizer uma palavra. A porta tinha fechadura para os dois lados. Ouvi o barulho da chave virando e passos descendo resolutamente as escadas.

Patrick já estava ocupado do lado de fora, arrancando as treliças da lateral da casa, cortando os ramos frágeis do cedro ao lado da minha janela. Tentar descer por aqueles galhos tão finos seria loucura. Talvez achassem que esse era o caso. Àquela altura, podiam não estar tão errados. Logo, não fiquei surpresa ao ouvir o barulho da ponta da escada raspando no batente da minha janela. Olhei para fora. Meu irmão estava martelando pregos longos e grossos na moldura para me impedir de abri-la.

Escutei o som distante de mamãe e papai discutindo, a voz dela firme e ríspida, a dele apagada e apelativa. Sempre pensei que meu pai controlasse as coisas com discrição, que ele havia *escolhido* deixar minha mãe administrar o lar. Agora eu sabia a verdade.

De início, mamãe trazia refeições três vezes ao dia e esperava à porta do banheiro enquanto eu tomava banho ou me aliviava. Aprendi a não beber água ou chá demais de uma vez, já que só podia cuidar de minhas necessidades mais básicas e privadas de acordo com seu cronograma. Bebia pequenos goles até pouco antes da hora em que eu sabia que ela viria para outra refeição e minha ida ao banheiro, pois me recusava a chamá-la.

Depois de um tempo, ela me permitiu descer para algumas refeições, mas apenas quando meus irmãos estavam presentes, com certeza instruídos por ela a me deterem se eu tentasse fugir. Não que precisassem ser lembrados. Quando olhava para mim, mamãe continuava com o rosto inexpressivo. Todos me olhavam – quando notavam minha presença – com desprezo. Eu preferia fazer as refeições no quarto.

Eu ainda não tinha feito qualquer plano. Quando mamãe resolveu falar comigo, foi para avisar que, se eu tivesse qualquer intenção de tentar entrar em contato com Robert, ela faria com que ele e sua família fossem punidos com tanto rigor que eu jamais poderia imaginar. Nell estava ausente, como era de notar, e eu só via Cora por alguns segundos de cada vez quando entrava e saía apressadamente da sala de jantar para servir comida ou café. Ela nunca olhava para mim, e eu mal fazia contato ocular, de tão envergonhada que estava por todos os problemas que havia causado a sua família.

A única coisa que me mantinha dentro dos limites da sanidade durante aquelas semanas era escrever uma carta após a outra para Robert, mesmo sem saber se algum dia ele as leria. Percebi que, na pressa de juntar minhas coisas na pensão, havia deixado o dedal na mesa de cabeceira. Ao me lembrar dele, sentei no chão do meu quarto e chorei durante horas. Não conseguia identificar um único objeto físico que me lembrasse de Robert. Havia perdido tudo. Rezei para que Robert tivesse encontrado e guardado o dedal. E me preocupei também. Talvez meu esquecimento tivesse telegrafado uma mensagem equivocada – uma mensagem de rejeição. Lamentava, agora, não ter tido a presença de espírito de lhe deixar um bilhete. Não sabia se Cora havia lhe contado que eu estava sendo mantida prisioneira.

Eu consegui falar com meu pai quando mamãe foi até a cozinha um dia, e Patrick e Jack foram fumar na varanda da frente depois da refeição. Desde minha captura, ela não reclamava mais de eles fumarem nem os mandava para o jardim de trás. Acho que agora os considerava homens feitos em razão de seu ato de heroísmo.

Implorei a meu pai que explicasse por que havia deixado irem atrás de mim, por que não nos deixou em paz quando descobriu que eu amava Robert. – Não é justo. É *tão* injusto. Achei que você quisesse algo mais para mim, papai. Você queria que eu fosse feliz. E queria mais para o Robert também. Nós nos amamos. Ele ainda pode se tornar um médico. Eu poderia ajudá-lo. Você sempre disse que eu daria uma boa enfermeira. Como pôde deixá-la fazer isso? – Eu balbuciava as palavras em meu desespero, despejando de uma vez tudo que vinha querendo falar assim que tivesse um momento a sós com ele.

– Isabelle, minha filha... – ele disse com um suspiro, levantando os ombros como se eu devesse entender. Entendi, com clareza, que ele havia deixado os outros decidirem o fim de meu casamento, não importando o quanto ele respeitava Robert, não importando que confiara nele durante anos, encorajando-o e financiando seus estudos.

– Não sou mais sua filhinha, pai – respondi e olhei para o outro lado. Ficamos sem nos falar um longo tempo depois disso. Nunca mais o chamei de "papai".

Em outro dia, consegui conversar com Cora. Meu pai havia saído às pressas depois de ela aparecer na sala de jantar e avisar que alguém tinha uma emergência. Eu não sabia onde minha mãe estava. Ela havia reclamado de uma dor de cabeça, então presumi que tivesse ido se deitar. Ela nunca teria me deixado sozinha. Meus irmãos não estavam. Peguei alguns pratos e levei até a cozinha sob o pretexto de ajudar a limpar a mesa – algo que fazia com frequência antes.

Entrei pelas portas vaivém, surpreendendo Cora, que levantou o olhar da água ensaboada da pia e me viu com a pilha de pratos sujos. Desviou outra vez o olhar e não deu sinal de conhecimento exceto por apontar com o queixo onde eu deveria pôr os pratos, mas eu continuei com a louça nas mãos. Se alguém entrasse na cozinha, ia parecer que acabara de entrar naquele momento.

– Robert está bem? – perguntei em voz baixa, apressadamente. Mas não dei a Cora a chance de responder, ganhando velocidade à medida que me desculpava em uma torrente de palavras, temendo ser minha única chance. – Me desculpe por tudo, por todos os problemas que causei a você e sua família. Mas eu amo o Robert, você sabe. Foi a única razão. Eu o amo, Cora.

Ela secou a mão no avental e a levantou para esfregar o que poderia ter sido uma coceira no olho, ou uma lágrima. – Não posso falar sobre isso, querida. Agora vá, cuide-se e não se preocupe mais com a gente.

– Mas o Robert...

Cora virou o rosto. – Estamos todos bem agora, mas, se seus irmãos souberem que está tentando falar comigo, vão cumprir as ameaças que fizeram. No dia seguinte que trouxeram você de volta, eles apareceram lá em casa procurando o Robert. E eles não estavam para brincadeira. Ele não vai sobreviver ao que farão se tocar em você de novo ou se qualquer um de nós tentar falar com você. Não só o Robert. Eles falaram de nossa casa, da igreja, de acidentes acontecendo, incêndios. Miss Isabelle, você tem que nos deixar em paz.

Ela me deu as costas. Não pude ver seu rosto, mas sua respiração estava ofegante, como se tentasse controlar as emoções. Minhas mãos tremeram. Coloquei os pratos no balcão, as sobras de molho de carne já coagulando, o cheiro revirando meu estômago enquanto as palavras de Cora apertavam meu coração até a garganta.

Mamãe perguntou se eu precisava de suprimentos sanitários para meu período. Seu interesse me surpreendeu. Então o ruído sutil da cesta de lixo de metal se arrastando no ladrilho do banheiro me fez entender. Ela esperava um sinal – um sinal de que meu corpo não havia sido alterado a ponto de envergonhar visivelmente a família.

Um dia, eu disse a ela que precisava de toalhas higiênicas e ela exalou alto, o claro alívio relaxando-a da cabeça aos pés. Em poucos minutos ela abriu a porta e me passou uma caixa. Senti meu rosto enrubescer. Nunca havíamos conversado mais do que o necessário sobre o uso delas. Tenho certeza de que ela pensou que eu estava envergonhada.

Mas não era a vergonha que me deixara vermelha. Era a fúria.

26
Dorrie, Dias Atuais

IRONIA ERA A RESPOSTA DA VERTICAL quarenta e dois e eu me dei conta dela quando iniciamos a última etapa para Cincinnati. Meu Stevie Júnior em pânico e fazendo coisas erradas porque sua namorada estava grávida. A mãe de Miss Isabelle em pânico temendo que ela estivesse grávida e fazendo coisas erradas.

A mera lembrança de Stevie parece ter conjurado uma chamada dele. Eu não estava pronta para falar ainda, mas não há melhor hora do que o presente. Estávamos em um trecho reto da estrada, então peguei o celular e aceitei a chamada. Ele já estava falando antes mesmo de nos conectarmos.

– Então, mãe, o lance é o seguinte: Bailey está surtando. Ela disse que é melhor arrumar o dinheiro até amanhã de manhã ou ela vai contar para a mãe dela, aí a mãe dela vai contar para o pai dela, aí o pai dela vai vir aqui quebrar a minha cara. Ou pior...

– Espera aí! Espera só um segundo. – Tive de me lembrar de como respirar (inspirar, exalar, inspirar), tentando manter os olhos na estrada e as mãos no volante, quando o que eu queria de verdade era pegar dois pescoços adolescentes e esganá-los. Estava se tornando um desejo recorrente e nada saudável.

– Esperar, mãe? Você *não* faz ideia do que eu estou enfrentando aqui.

É mesmo? Você acha? Sua mãe não faz ideia do que é uma gravidez adolescente? É, tem razão.

Seu silêncio momentâneo deixou claro que ele entendeu minha referência sutil às circunstâncias de seu nascimento, mas ele continuou. – Está bem, mãe, mas você tem que me dar o dinheiro. O pai dela é capaz de me matar. Eu pago você, prometo. Eu pego o primeiro emprego que aparecer. Mãe, *por favor*!

"Tem que?" Furiosa é pouco para descrever como eu estava àquela altura. Pensei em parar no acostamento antes que causasse um acidente, mas eu queria chegar logo em Cincinnati para podermos nos instalar no hotel e descansar. Estávamos cansadas da estrada e eu não tinha como saber o que ainda teríamos de enfrentar antes do funeral no dia seguinte. Então continuei dirigindo, mal percebendo a agulha do velocímetro subindo. – Filho, esse dinheiro é meu e eu o ganhei. Você o roubou de mim. Acha mesmo que vou lhe dar um tapinha nas costas e deixar que fique com ele?

Ele explodiu comigo, gritando que eu era uma mãe horrível por colocar sua vida em risco e como, para começo de conversa, era minha culpa ele estar encrencado, porque eu só fazia trabalhar, trabalhar, trabalhar e mimar a Bebe e que ele só queria encontrar alguém que o amasse e...

Um carro de polícia surgiu na estrada logo atrás de mim. As luzes dele servindo apenas para tingir ainda mais de vermelho minha visão.

Estiquei a mão para Miss Isabelle, meu celular na palma. Ela o pegou e examinou, franzindo a testa com os sons raivosos que emitia. Eu devia ter desligado antes de entregá-lo a ela – já a tinha visto em ação naquele dia –, mas era tarde demais.

– Rapazinho? – ela disse. Os gritos pararam de repente. Eu diminuí a velocidade e fui para o acostamento, fazendo um esforço enorme para não romper eu mesma em uma enxurrada de palavrões.

– Sua mãe é um anjo – ela continuou. – Um anjo de *misericórdia*. Toda a sua gritaria e teimosia não levam a nada. Agora, sua mãe já lhe fez um grande favor não deixando a polícia levar você preso por pegar o dinheiro dela. Você pense nisso e fale com ela depois que tiver esfriado a cabeça. Ela tem outra coisa para cuidar agora.

As cores do entardecer

Eu já tinha parado o carro a essa altura. Mantive um olho no policial se aproximando da minha janela e o outro em Miss Isabelle procurando como encerrar a chamada. – O vermelho – disse, então baixei meu vidro e encostei a cabeça para trás no apoio do banco.

– Está com pressa, senhora? – perguntou o policial.

– Ai, o senhor não faz ideia – respondi, balançando a cabeça. Um modelo de docilidade.

– Posso ver sua habilitação e comprovante de seguro?

Peguei minha habilitação na carteira enquanto Miss Isabelle procurava o cartão do seguro. Esperamos em silêncio enquanto ele retornava ao carro dele para verificar meus antecedentes. Por fim, reapareceu à minha janela.

– Uma multa por excesso de velocidade. Você estava a quase *cento e cinquenta* por hora em um trecho de cento e dez. – Ele arregalou os olhos como se excesso de velocidade fosse algo incomum. – Além disso, estou lhe fazendo uma advertência, pois sua habilitação expirou há duas semanas. Você precisa cuidar disso o quanto antes. No Texas talvez você tenha um prazo de tolerância, mas aqui no Kentucky eu poderia detê-la – ele disse, olhando de mim para Miss Isabelle como se ela fosse o único motivo de ele decidir não fazê-lo.

Meu rosto ficou vermelho e as costas de minhas mãos formigaram como se tivessem levado palmadas. Olhei para o cartãozinho de plástico que eu usava mais para rir da fotografia. Meu aniversário tinha passado sem alarde e, graças aos cartões de débito, eu não conseguia me lembrar da última vez que alguém pedira para ver minha identidade. O estado do Texas enviava avisos para tudo – por que não para habilitações a vencer? O Agente Policial Chocado e Estarrecido me passou a prancheta eletrônica para que eu reconhecesse minha estupidez exponencial. (Dá para adivinhar onde eu achei a palavra *exponencial*, embora não lembre se era vertical ou horizontal.) Ele nos desejou uma boa noite – argh! – e eu soltei um gemido quando ele se afastou.

– Sinto muito, Miss Isabelle. Não acredito que estava dirigindo com a habilitação vencida. E dane-se Stevie Júnior. Ele vai ter que pagar essa multa também, assim que conseguir o emprego que talvez nem vá procurar. – Olhei para ela. – O que fazemos agora? Você vai dirigir?

Miss Isabelle suspirou. – Ai, minha querida, minha habilitação expirou há três anos, então acho que será melhor você continuar ao volante. Vá devagar e ficaremos bem. – Ela passou a mão sobre a minha. – Por falar nisso, caso tenha se perguntado, não me arrependo do que disse ao Stevie Júnior.

Balancei a cabeça e praticamente rosnei. – Alguém tinha que dizer.

Sinalizei que ia voltar à estrada, sentindo a paranoia apertando meu peito como sempre acontecia depois de ser parada pela polícia, como se tivesse uma câmera escondida filmando o carro, vigiando cada movimento seu para ver se está fazendo a coisa certa, pior ainda se não se encaixa na imagem de cidadão ideal do sistema. E por que fui abrir a boca naquele momento? Vai saber. – A única razão de aquele policial não ter me detido foi porque tinha uma mulher branca sentada ao meu lado, Miss Isabelle. Posso garantir.

Miss Isabelle olhou para mim. Ela só fez olhar para mim. Mas seu olhar expressava as palavras ditas tantas vezes antes, por gente demais, em lugares demais. *Vocês também sempre acham que estamos querendo prejudicá-los.*

Achei que ia perder a cabeça de novo. Sabia que, se não saísse do carro, poderia fazer algo de que me arrependesse depois. Parei de novo e deixei Miss Isabelle de queixo caído ao pegar minha bolsa e descer, batendo a porta pesada o mais forte que podia. Andei pelo acostamento, tirando da bolsa o maço de cigarros e o isqueiro. Tinha pressa de acender o cigarro e dei uma tragada profunda assim que consegui. Passei a alça da bolsa no ombro e continuei andando até a placa do Buick parecer apenas um pontinho a distância. Continuei andando ainda mais, repetindo as palavras silenciosas em minha cabeça.

Quando eu era criança, tinha um vigilante que trabalhava no conjunto habitacional público onde eu e minha mãe morávamos – um policial de Texarkana fazendo um bico. Crescera na minha cidadezinha e ainda morava lá. Ele fez amizade com as crianças do complexo – aquelas que ainda não tinham aprendido a não confiar em policiais, que ainda não tinham arrumado problemas com a lei por causa de coisas idiotas como pichações em latas de lixo ou arranhar carros. Ou coisa pior. Eu gostava dele.

As cores do entardecer

Confiava nele. Ele falava comigo quando eu voltava da escola carregando a mochila pesada no ombro, sempre imaginando em que estado minha mãe estaria quando eu chegasse em casa. Feliz e apaixonada? Deprimida e dormindo? Ou preparando o jantar pela primeira vez em uma semana?

– Como foi a escola, mocinha? – ele perguntava. – Tem muita coisa para estudar hoje? Seus professores estão lhe dando bastante trabalho? – Ele fazia perguntas que um pai faria, perguntas que na maioria das vezes seriam as últimas que minha mãe pensaria em fazer. Ela em geral só queria saber se eu tinha combinado de fazer o dever de casa com alguma amiga, não para saber se eu tinha *mesmo* algum dever de casa, mas se eu estaria ocupada para que ela pudesse sair, e torcia para que a mãe da amiga me oferecesse o jantar.

– Sempre tenho dever de casa – eu respondia.

Ele assentia. – Qual é sua matéria favorita? Eu detestava ciências, mas era gênio em matemática.

Eu gemia. Matemática nunca foi meu forte. – Você é maluco. Acho que gosto mais de estudos sociais. Gosto de aprender sobre como as pessoas vivem em outros lugares? – Falei em tom de pergunta e esperei para ver sua reação. A maioria dos homens que conhecia, exceto os poucos que tinha na escola, quase todos professores de educação física ou administradores, eram os namorados da minha mãe ou os outros malandros que cercavam as mulheres solteiras do conjunto habitacional. Estes não se interessavam muito por mim até o ano em que de repente me brotaram seios e curvas arredondadas como os da minha mãe. Aí passei a arranjar qualquer desculpa para me esquivar deles o mais rápido que podia.

Mas o Guarda Kevin não era assim. Ele parecia interessado de verdade no que eu pensava. E nunca o peguei me olhando de cima a baixo, avaliando meu corpo como se eu fosse uma fruta no ponto. – Estudos sociais era legal. Agora, quando você for para o ensino médio e começar a estudar história para valer, fica mais complicado. Vai ter que estudar bastante então. Você pretende estudar muito quando chegar lá, Srta. Dorrie?

– Sim, senhor – eu respondia. Não do mesmo jeito que dizia "Sim, senhor" para me livrar dos gerentes desconfiados da loja de um dólá, aqueles que me seguiam pela loja perguntando se estava tudo bem, olhando para mim como se tivesse escondido alguma mercadoria na calça. Eu falava para o Guarda Kevin com respeito sincero. Sim, senhor, eu pretendia estudar muito. Sim, senhor, eu pretendia dar o fora da minha cidade natal o mais rápido possível. E sim, senhor, se estudar muito era o que me tiraria de lá, era o que faria. Assim como todas as outras meninas do conjunto que tinham 10, 11, 12 anos. Até os meninos começarem a brincar com nossos corações. Eu ainda estava conseguindo resistir mais do que a maioria até então.

Uma vez, Kevin me disse que estava guardando o dinheiro extra para dar uma entrada em uma casa melhor para a esposa e os filhos. Eu gostava de pensar nisso. Eles moravam na parte branca da cidade, é claro, mas a casa deles era uma dessas residências pequenas para casais novos. Ele tinha quatro filhos e eu imaginava que eles deviam estar saindo pelas janelas com todos os seus brinquedos e tanta atividade. Ele queria construir uma casa confortável no campo – onde teriam espaço para brincar, talvez até uma piscina de verdade em vez dessas de plástico moldado ou de inflar que compravam todo verão no Wal-Mart. Eu meio que desejava ter uma dessas, mas não queria dizer. Kevin era gentil e eu gostava de como ele conversava comigo – como uma pessoa de verdade, não uma futura delinquente. Eu suspeitava de que ele não gostava de gente reclamona.

Mas então, um dia, cheguei em casa da escola e ele estava de pé ao lado de um carro patrulha local. Minha mãe estava sentada no banco de trás. Corri até o carro, deixando minha mochila cair na calçada.

– Viu o que o seu amigo fez? – gritou minha mãe pela janela do carro quando me aproximei. – Viu o que acontece quando você confia nos brancos?

Kevin estava encostado na viatura enquanto um policial local tomava seu depoimento. Ficou de costas para mim com as mãos enfiadas nos bolsos, como se sentisse vergonha por mim. E talvez por si mesmo também.

Mamãe continuava a esbravejar e eu procurei acalmá-la. – Mamãe, por favor, não grite. – Todos os vizinhos olhavam de suas janelas. Esse tipo de coisa não era novidade no conjunto, mas ela nunca tinha sido a atração principal antes. Ela costumava se manter longe de problemas quando se tratava de polícia, apesar de não ser a melhor das mães. – O que aconteceu? – perguntei.

– O Guarda Kevin aqui – ela disse, acenando para o homem que aquele tempo todo eu pensava ser meu amigo e que agora fingia nem me conhecer –, ele chamou a polícia. Disse que eu estava de posse de uma substância ilegal. Eu disse que não era minha. Não era minha, Dorrie. Eu juro.

– Se fumaça de maconha sai de sua janela, dá no mesmo, senhora – disse o policial local. Minha mãe bufou pelo nariz.

– Era do meu namorado. O que eu podia fazer? Não posso controlar o que ele faz.

– Ai, mamãe, eu disse para você não deixar ele fazer isso na nossa casa. – Eu não sabia de quem sentia mais raiva naquele momento: da minha mãe, por deixar mais um idiota entrar na nossa casa e fazer uma burrice, ou do Guarda Kevin. Certo, era o trabalho dele, mas o que eu ia fazer se levassem minha mãe para a prisão? Como eu ia estudar direito se não sabia o que ia acontecer em seguida? Tive uma visão de lares adotivos. Acredito que minha mãe estivesse dizendo a verdade: a maconha devia mesmo pertencer ao seu namorado. Ela não teria como pagar. Mas eu não ficaria surpresa se ela tivesse dado uma tragada também.

E onde estava o namorado agora? – Onde está Tyrone?

– Saiu cinco minutos antes de o Guarda Belo aqui chamar a polícia e eles me prenderem. Não me surpreenderia se o seu Guarda Kevin tiver feito isso de propósito. Ele vem buscando um jeito de criar encrenca para o meu lado e me expulsar daqui há tempos. E vem usando você para me vigiar. Pode apostar.

Eu não podia acreditar. Por que o Guarda Kevin tinha delatado logo minha mãe, de todas as pessoas, sem lhe dar sequer a chance de se explicar? Tinha drogas ilegais no nosso conjunto todos os dias, e não era como se minha mãe estivesse zanzando por aí em um transe de heroína. Então talvez ela tenha dado um tapa num baseado. Regras são regras, eu sei, mas por que minha mãe e não um dos verdadeiros marginais? Talvez ele precisasse marcar pontos aquele dia e ela fosse um alvo fácil.

Minha mãe confessou um delito menor e passou três noites na cadeia porque não podia pagar a fiança. Mas também fomos expulsas do conjunto habitacional por um ano. Não se pode morar à custa do governo quando se tem ficha por uso de drogas. Mamãe teve de frequentar um programa supervisionado de reabilitação e nós fomos morar com o pai alcoólatra dela – meu avô, embora eu nunca pensasse nele dessa forma, pois não havia qualquer afeto entre nós – em um casebre caindo aos pedaços na periferia da cidade até conseguirmos nossa elegibilidade de volta.

No dia em que deixou a cadeia, mamãe me disse que o Guarda Kevin tinha esperado Tyrone sair, então bateu à porta e disse que não ia entregá-la se lhe desse algo em troca. Ela se recusou e ele chamou a polícia.

Meu rosto ardia como brasas. O meu Guarda Kevin? O mesmo em quem confiei? O mesmo que sempre me respeitou enquanto outros homens tarados me cobiçavam? O mesmo que eu imaginava em sua casa com a esposa e quatro filhos lindos?

Eu não sabia se devia acreditar nela. Mas ela era minha mãe. Tinha de haver pelo menos uma ponta de verdade no que estava dizendo. Eu aprendi o seguinte: nunca confiar em alguém só porque me trata bem. É provável que ele estivesse esperando como uma cobra na grama o momento de me derrubar. Aquele foi o ano em que comecei a estudar o suficiente apenas para passar de ano.

Tudo bem, eu posso ter mentido quando disse que nunca julguei alguém com base na cor de sua pele. Eu tentava não julgar – a maior parte do tempo. Eu me convenci de que não podia julgar toda uma gente pelas ações de uma pessoa. Mas, às vezes, algo disparava aquela velha lembrança. Ela vinha borbulhando à tona e, de repente, só o que eu via era o rosto do Guarda Kevin quando olhava para qualquer rosto branco. Meu coração dizia para tomar cuidado. Meu coração dizia que aquele rosto branco só iria até certo ponto por mim. Meu coração dizia que eu não podia confiar em pessoas com rostos brancos.

E agora eu estava despejando todas as dores que tinha acumulado dentro de mim e escondido no fundo do coração em um milhão de cacos em cima de Miss Isabelle.

Quando meu cigarro queimou até o filtro, eu voltei. Por mais raiva que estivesse sentindo, também me senti cruel quando cheguei ao carro.

Lá estava Miss Isabelle, o rosto pálido, o coração batendo tão forte que levantava a blusa como um passarinho escondido sob o tecido.

– Desculpe – eu disse, saindo do acostamento. – Eu não ia deixar a senhora sozinha aqui. Só precisava sair para não fazer nenhuma besteira. Para não *dizer* nenhuma besteira.

– Eu não achei que fosse me abandonar. Entendi que precisava de um momento sozinha. Mas por que ficou com tanta raiva de mim?

– A senhora pensou que eu estivesse falando da boca para fora, Miss Isabelle, sobre ser culpada só por existir, por ser negra. A senhora não faz ideia de como é, às vezes, viver sempre sob essa nuvem de suspeita, alguém sempre pronto para linchar você pela menor ofensa, como se provasse para eles o que sempre pensaram desde o início.

– Eu não pensei isso, Dorrie. Mas você tem razão, eu não sei como é. E me deixa triste saber que ainda fazemos isso uns com os outros neste mundo.

Meu rosto ardeu de novo. Voltei à memória e visualizei sua expressão. Eu tinha me precipitado. Presumira as coisas. Devia ter razão quanto ao policial, mas talvez tivesse julgado mal Miss Isabelle. Talvez tivesse mesmo errado.

Meus ombros enfim começaram a relaxar. Estávamos a cinquenta quilômetros da cidade onde havíamos parado para comer. Tínhamos passado Louisville e uma placa dizendo que faltavam cento e sessenta quilômetros até Cincinnati. Em pouco mais de uma hora estaríamos lá.

Exceto que...

Um estrondo e um ruído estridente partiram da frente do carro, seguidos do som de algo batendo, e a coluna de direção começou a tremer como um terremoto em minhas mãos.

– Deus do céu, que barulho é esse? É melhor parar – disse Miss Isabelle.

Ignorei a vontade de mandar um sarcástico "É mesmo?" para ela. Manobrei o carro com cuidado para o acostamento, desliguei o motor e cheirei, escutei e esperei para ver se saía fumaça ou chamas de debaixo do capô.

Nada. Pelo menos não corríamos perigo de explodir.

Virei-me para ela. – E agora?

27
Isabelle, 1940

EU ESTAVA FURIOSA COM MINHA MÃE – pelas razões óbvias, é claro, e ainda mais por me vigiar tão de perto para ver se eu menstruava. Eu mentira sobre precisar das toalhas higiênicas. Eu contava os dias de modo a pedir as toalhas nos intervalos corretos. Cada vez que ia ao banheiro, segurava o fôlego – certa de que veria o que não queria ver –, depois soltava, ao mesmo tempo feliz e apavorada. Eu enrolava as toalhas em papel higiênico como se de fato estivessem sujas com o sangue que minha mãe acreditava que iria salvá-la.

O caminho depois seria perigoso quando ela descobrisse a verdade. Mas eu estava radiante por ter uma lembrança do meu tempo com Robert. Um pequeno pedaço dele que eu pudesse ninar em minha alma e, quando chegasse o momento, em minhas mãos. Uma lembrança viva de que uma vez eu havia sentido a liberdade de amar o homem que levaria para sempre no coração, mesmo que nunca mais nos víssemos.

Mamãe me disse que o casamento havia sido anulado. Foi fácil provar que eu era menor de idade, não tivera permissão para me casar e que era de um lugar que não reconheceria meu casamento de qualquer jeito.

No início, eu me senti morta por dentro com a notícia. Mas ela não podia roubar meu casamento, mesmo que a documentação tivesse sido destruída. Nós fizemos nossos votos. Era o bastante.

E agora eu tinha outra coisa que ela não podia desfazer. Quando o bebê viesse, ela me mandaria embora. Ela não ia querer me manter em sua casa e ter de ver todos os dias a prova de seu fracasso. Ela iria me expulsar. Então eu encontraria Robert e nós começaríamos de novo. Dessa vez com o fruto precioso de nossa união para nos manter juntos.

Chegou o dia, é óbvio, em que ela me confrontou. Dessa vez a náusea que senti foi menos pela gravidez do que pelo fato de ela examinar o conteúdo do cesto de lixo do banheiro. Fiquei calada, esperando impassível a sua ira.

Em vez disso, ela saiu.

Mais tarde eles discutiram no corredor, as vozes abafadas, mas fluindo sob minha porta como óleo e água; a da minha mãe elevando-se, a do meu pai, baixa.

— Você conhece gente que pode nos ajudar, John. Gente que sabe manter silêncio.

— Eu não vou fazer isso, Marg. Não adianta me atazanar.

— O que vamos fazer então? E quando chegar a hora de ela dar à luz? Isso não pode continuar.

Meu pai parou à porta do banheiro e pediu silêncio. A porta rangeu no mesmo ponto de sempre e eu o imaginei encostado nela, esperando minha mãe sair para poder seguir com seu ritual noturno. Ela suspirou e eu ouvi seus sapatos arrastando-se no chão em direção ao quarto como se não tivesse força de vontade para levantar os pés.

O que ela queria que meu pai fizesse? Quem seriam as pessoas de quem falou que ajudariam e manteriam silêncio? Um frio na espinha arrepiou minha nuca.

Isto eu sabia: mesmo que meu pai não a ajudasse, mamãe estava decidida que eu não teria o bebê de Robert.

Eu sabia pouco sobre a criação da minha mãe – só mesmo que ela havia sido muito, muito pobre, crescendo em uma pequena cidade do Kentucky, filha do bêbado da cidade. Ele havia engravidado minha avó, em seguida se isentando da responsabilidade paterna ao cair da ponte em um sono etílico. Em documentos que eu havia descoberto, minha

As cores do entardecer

avó era descrita como lavadeira, mas a recusa de minha mãe em falar sobre isso e, mais especificamente, sua ordem de nascimento – a mais velha de quatro – sugeriam que lavar roupa não era a única atividade comercial de sua mãe.

Mamãe obteve seu certificado de educação básica, então se mudou para Louisville, onde se reinventou. Trabalhou em uma chapelaria até conhecer meu pai e se casar com ele. Ele havia acabado de concluir a faculdade de medicina e pretendia assumir o consultório do médico que estava se aposentando em Shalerville. Imaginei minha mãe se reinventando de novo, dessa vez como esposa de um médico. Ela havia percorrido uma longa distância; é provável que meu pai acreditasse tê-la arrebatado.

Eu entendia agora como sua meia-irmã – minha querida Tia Bertie – havia quase arruinado o esforço cuidadoso de mamãe para inserir nossa família na sociedade de Shalerville. Tia Bertie também havia conseguido escapar daquela vida esquálida, vindo morar conosco depois de terminar a escola. Ela trabalhava duro, mas era um espírito livre e sujeita às tentações terrenas. Quando mamãe não conseguiu mais esconder as impropriedades da Tia Bertie, pediu que deixasse nossa casa. Seu fim, despencando de uma ribanceira no carro de um motorista displicente, me parecia um castigo maior do que merecia.

Mamãe parecia ter se equilibrado sempre no precário limite da respeitabilidade, mas, se achava que seria a rebeldia de Tia Bertie o que iria desestabilizar a balança, estava errada.

Era eu quem poderia trazer abaixo todo o castelo de cartas. A imagem que ela havia cultivado e projetado tantos anos estava em perigo. Depois de ouvir a conversa dela com meu pai, eu não podia imaginar até que ponto mamãe iria para manter os McAllister no pedestal de Shalerville.

Certa tarde perto do fim da primavera, mamãe me observou apanhando um livro que deixei cair no chão. O tecido de meu vestido esticou-se contra minha cintura e ficou claro que logo nosso pequeno segredo ficaria impossível de esconder. Meu pai sempre dissera que eu parecia um passarinho. Não demorou muito para meu abdômen começar a sobressair no espaço estreito entre meus quadris. Na manhã seguinte, uma mulher branca e magra, de expressão séria, serviu o café da manhã no lugar de Cora. Vestia um avental xadrez sobre o vestido puído em vez de um dos uniformes limpos que minha mãe fornecera para Cora e Nell. A mulher não podia ser mais o oposto delas.

– Onde está Cora? – perguntei. Ela fungou e continuou servindo o café e revolvendo os ovos mexidos para fazer a fumaça subir e eles parecerem recém-saídos da frigideira.

– Onde está Cora? – perguntei a minha mãe, que entrara na sala atrás de mim. Meu pai entrou por último, de calça escura e arrastando os chinelos. Ele costumava sair cedo para as poucas visitas que fazia aos sábados. Pelo visto, não precisaram dele naquela manhã, ou mamãe o queria ali para passar a impressão de uma frente unida.

– Esta é a Sra. Gray. Ela é quem cuida da nossa casa agora – disse minha mãe.

Sra. Gray? O nome bem lhe cabia. Mas eu estava menos preocupada com sua presença do que com a ausência de Cora. – Mas... O que aconteceu com a Cora? – perguntei, olhando de minha mãe para de meu pai. Ele se sentou em sua cadeira de sempre e apanhou o jornal matinal, óculos de leitura apoiados na ponta do nariz, logo interessado na coluna da bolsa de valores. Indiferença afetada.

– Cora arranjou outro emprego. – Minha mãe olhou de meu pai para mim. Eu tinha certeza de que estava mentindo. A ausência de Cora era mais um dano resultante de minhas ações. Ela foi mandada embora assim que minha mãe encontrou uma substituta. Duvidei de que houvesse conseguido mesmo encontrar outro emprego a tempo, se é que tivera qualquer aviso prévio.

Então vi os olhos de mamãe fitando de relance minha cintura e compreendi a verdade. A partida de Cora havia coincidido com a mudança em minha silhueta. Ela não veria minha gravidez desabrochando. Será que ela fazia ideia de que Robert seria pai? Mal nos vimos desde nossa última conversa, quando, em respeito a seu pedido, eu a deixara em paz.

Mamãe pretendia esconder minha condição.

As cores do entardecer

Eu havia ansiado desesperadamente por alguma maneira de contatar Robert ou Nell para saber como estavam. Robert ainda trabalhava nas docas, repondo a renda que ele e Nell – e agora Cora – haviam perdido? Ele saíra de nosso quarto alugado, deixando para trás a lembrança agridoce daquela noite e do dia seguinte? Ou teria ficado, escolhendo viver como adulto em vez de retornar para a casa de sua infância? E que fim teria levado o pequeno dedal tão precioso que eu havia esquecido? O aviso de Cora, no entanto, havia falado mais alto do que meu desejo de saber.

Percebi, então, que minha mãe não ia me expulsar de casa como eu tinha pensado quando escondi o início da gravidez. Com quatro meses adiantados, ela já o teria feito. Eu ainda temia que arranjasse um jeito de se livrar do bebê, mas, a cada dia que passava, ficava mais confiante de que ela me permitiria dar à luz.

Minha intenção original – de fugir assim que surgisse uma oportunidade – transformou-se em instinto materno. Enquanto eu ficasse em casa, meu bebê ainda por nascer receberia o alimento e abrigo de que precisava mesmo naquela situação fria e inflexível. E meu pai era garantia de atenção médica. Se eu partisse sem um plano viável e não pudesse ficar com Robert, meu bebê não teria nada disso.

Por ora, ficar onde estava parecia a única solução. Mamãe intuiu minha submissão e baixou a guarda, permitindo que eu andasse à vontade pela casa. Eu não tinha qualquer desejo de sair. Meus irmãos me cercavam, dirigindo olhares malévolos em direção a minha barriga. Aquela gravidez era uma perversão na mente deles.

A princípio eu contava os dias e semanas, depois os meses que se arrastavam enquanto meu corpo se transformava e meu centro de equilíbrio se deslocava.

A Sra. Gray quase não falava – apenas quando recebia ordens para isso. Com frequência eu cruzava com ela espanando os mesmos objetos várias vezes. Sem dúvida, minha mãe a contratara mais pela discrição do que pelas qualidades de arrumadeira.

Mesmo o tempo parecendo ter parado, o verão chegou, trazendo o clima intenso e imprevisível. Em um momento era tão quente e úmido que eu me movia de maneira pesada e apática, como em um sonho. No seguinte, o estrondo e os lampejos de trovões e relâmpagos me abalavam e me deixavam em estado de alerta excessivo.

Uma tarde, o calor irrompeu em uma tempestade, como se, sem explicação, o céu estivesse tendo um repentino ataque de fúria. Eu rondava de um lado para o outro, começando em meu quarto. Já tinha lido e relido todos os livros que possuía, além de mais alguns que minha mãe havia trazido da biblioteca, e estava enlouquecendo tanto de tédio quanto do crescente desconforto provocado pelo bebê apertando meus pulmões, costelas e quadris. Andei para cima e para baixo pelo corredor, parando apenas para observar a tempestade através da janela e pensar se ela iria embora tão rápido quanto chegou ou se continuaria chovendo a noite inteira em ondas irregulares.

Na sala da frente, no andar de baixo, minha mãe respondia à correspondência do comitê beneficente da igreja. Nas reuniões semanais, as mulheres escreviam mensagens de ânimo para inválidos – viúvas frágeis e doentes terminais. Mamãe trazia as mensagens para casa para endereçá-las e postá-las. Eu me divertia imaginando como seu comitê iria reagir se eu inserisse uma mensagem extra na cesta para a próxima reunião delas, uma que expressasse solidariedade com nossa família por minha condição desafortunada. Tinha certeza de que ela havia arranjado alguma desculpa para minha ausência – era o que acontecia quando moças novas partiam no primor da saúde e voltavam com os rostos pálidos e olhos tristes. Dizia-se que estavam em visitas estendidas a parentes distantes que necessitavam de ajuda – um idoso, por exemplo. Indagava-me se alguém teria questionado minha mãe, surpresa por eu ter sido enviada para ajudar em meu último ano de escola. Supus que ela houvesse inventado todo tipo de pretextos.

Quantas meninas tinham, como eu, sido mantidas prisioneiras nas próprias casas? Quantas haviam sido enviadas a lugares onde seus bebês eram tirados delas e entregues a novas famílias como se fossem ovos ou leite?

As cores do entardecer

Eu duvidava de que muitas delas compartilhassem nosso dilema, em que a identidade racial do pai do bebê ficaria evidente assim que eu desse à luz. Talvez esses lugares estipulassem regras quando as meninas chegavam – que a criança deveria satisfazer qualquer casal jovem que quisesse adotar um recém-nascido. O que faziam com bebês com características inesperadas? Quiçá um defeito físico, como um lábio leporino? Ou olhos estreitos que indicassem a necessidade de supervisão por toda a vida? Ou um bebê de pele escura nascido de uma menina branca? O que acontecia com esses bebês?

Fiquei aliviada, até certo ponto, por não ter sido expulsa de casa ou mandada embora. Não ainda.

Após cerca de uma dúzia de minhas voltas intermináveis, mamãe subiu as escadas, seus passos tão pesados e arrastados quanto os meus ao se aproximar do topo.

– Por favor, pare de andar assim – ela pediu quando retornei de mais uma pausa à janela para olhar a rua e o bosque do outro lado. A água empoçava na rua, a superfície coberta de brita não dando conta da chuva torrencial que o céu despejava, e eu me perguntei se o muro que Robert havia reforçado no verão anterior iria aguentar.

– Estou inquieta, mãe. Não consigo evitar.

– Devia ter pensado nisso antes de... – Ela se deteve abruptamente.

– Antes do quê, mãe? Antes de me apaixonar? Antes de me casar com ele e ficar nesta condição? Antes de destruir seus planos tão cuidadosos?

Ela balançou a cabeça. Minha insolência assustou até a mim mesma, em especial por saber que não faria a menor diferença. Parecia impossível provocar qualquer empatia nela, fazê-la se importar com algo mais do que apenas sua reputação.

Meu discurso me desgastava, e me faltava energia nos últimos tempos. Ainda assim, continuei. – Já terminou suas mensagens? – perguntei. – Todas aquelas senhoras idosas e pessoas inválidas acreditam que você é uma cidadã-modelo. Seu interesse pelos que sofrem é espantoso. E se soubessem que você me mantém presa aqui, escondida como se fosse uma leprosa?

Ela nem parou para pensar. – Você sabe o que pensariam. Você sabe onde vivemos e como as pessoas reagiriam se soubessem a verdade. Como pode ignorar que isso tudo é por você?

– Se não fosse sua interferência, eu estaria com Robert. Não íamos nos importar com o que as pessoas pensam.

– Oh, Isabelle, você ia virar carniça. A esta altura já a teriam mastigado em pedacinhos e cuspido naquele rio imundo. Seus irmãos não teriam permitido. É bem capaz que Robert já estivesse morto.

– Só porque você permitiu que esta cidade fizesse uma lavagem cerebral neles. E você deixou seu medo fazer o mesmo com você.

Ela havia se dirigido para seu quarto com suas últimas palavras, mas isso a fez parar e voltar. Eu me apoiei no corrimão da escada, onde ele se curvava no topo, para recuperar o fôlego.

– Meu medo? – Ela chegou mais perto. Seu rosto revelando o que ela preferia negar, mesmo tentando se controlar, mas a verdade aparecia nas rugas da testa e nos cantos da boca.

– O que aconteceria se seu comitê beneficente soubesse da verdade? E se soubessem que sua filha se casou com um homem negro e vai ter um filho dele? Que outros segredos poderiam descobrir, mãe?

Ela chegou perto o bastante para eu sentir seu hálito azedo, arfante. – Chega. Você não faz ideia do que está dizendo, Isabelle. Você envergonhou esta família mais do que pode imaginar.

– Seu pai? Um bêbado que engravidou sua mãe e depois caiu de uma ponte? Uma mãe que fazia qualquer coisa para alimentar você e os que vieram depois de você, sem pais registrados nas suas certidões de nascimento? Você mantém todo mundo sob seus pés para impedir que saibam. Mas eu conheço *todos* os seus segredos, mãe. E você não tem ninguém a culpar por mim a não ser a si mesma

Ela soltou o fôlego, assustada. – Isabelle, pare! Por que está fazendo isso? Você não tem...

Ao confrontá-la abertamente, ela pareceu encolher diante de meus olhos. – É verdade, não é, mamãe? – Eu também me senti pequena, mirando em suas fraquezas, mas também sentindo um controle da situação que nunca tivera antes. – Você tem medo do que vai acontecer se descobrirem. Com você, não comigo.

Fui longe demais. Ela agarrou meu vestido – frouxo em torno das costelas, pois eu estava forçada a usar vestidos velhos dela que coubessem em meu corpo avolumado – e me sacudiu. Meu pé escorregou e perdeu tração. Meu corpo seguiu, lançando-se no vazio, em seguida batendo em cada degrau até eu colidir contra a parede no lance de virada quase ao final da escada.

Mais tarde, lembro-me com perfeita clareza de ter olhado para minha mãe, que ainda segurava nas mãos o pedaço de tecido estampado de flores azuis de seu vestido velho, o pedaço que rasgara com um som quase que de um grito humano quando caí. Procurei lembrar se ela havia tentado impedir minha queda ou não, deixando que os degraus da escada castigassem não só meu corpo, mas meu bebê ainda por nascer em nossa descida. O terror em seu rosto era por mim? Ou por si mesma pelo que tinha feito?

Ao sentir as dores em meu abdômen, ao sentir o líquido escorrendo entre minhas pernas, quente e torrencial como a chuva de verão que inundava a rua, ouvi um lamento. Vinha do fundo de meu peito e emergia de minha garganta como o choro agudo de uma criança.

28

Dorrie, Dias Atuais

A VOZ DE MISS ISABELLE tremeu e eu fiquei em silêncio, atordoada. Ela não chorou, mas sua dor preenchia o espaço entre nós.

Estávamos no acostamento, esperando o mecânico, havia quase uma hora, mas graças a Deus pelo Triple A[13]. Miss Isabelle remexera na bolsa até encontrar seu cartão e eu ligara para o número gratuito para pedir auxílio. Eles prometeram que iam enviar alguém para dar uma olhada. É provável que fôssemos rebocadas de volta para o subúrbio pelo qual tínhamos passado na periferia de Louisville. Sim, de volta. Iríamos na direção errada, mas pelo menos não ficaríamos sentadas naquela estrada, examinando nossas cutículas sem saber o que fazer. Às vezes, eu estava aprendendo, era uma bênção estar preparada. Eu sempre vivera por um fio. Era o jeito mais barato. A não ser quando surgia um problema – aí saía caro.

– Pode ligar de novo e perguntar se vão demorar? – pediu Miss Isabelle, sua voz mal-humorada, cansada e um pouco rabugenta a essa altura. (*Rabugenta*: "lamurienta ou queixosa no tom.") Não era seu estilo normal e me desviou o pensamento de sua mãe.

Comecei a apertar o botão de rediscagem, mas era o mesmo botão para responder a uma chamada. Foi só o tempo de reconhecer o início do Marvin Gaye e o nome. Teague. Justo agora?

---

13. Triple A – Seguro automotivo (N.T.).

Mas o que eu podia fazer? Desligar? Fechei os olhos, respirei fundo e disse alô.

— Dorrie! *Até que enfim*. Garota, passei o dia todo preocupado com você, achando que podia estar com problemas no carro, parada em algum lugar ou ferida ou sei lá o quê. Tem ideia do que me fez passar?

Nossos silêncios se mesclaram sem jeito.

— Desculpe — ele disse, enfim. — Passei dos limites agora. Estava preocupado porque, bem, eu me importo com você, Dorrie. — Ele suspirou. Eu me encolhi. Detestei tê-lo estressado só porque queria resgatar o orgulho próprio, com a desculpa de não querer envolvê-lo em meus problemas. E nunca ninguém tinha me pedido desculpas por passar dos limites comigo. Na verdade, eu nem sabia se tinha o direito de colocar limites até aquele exato momento quando alguém admitiu ter forçado a barra.

Forcei um sorriso, na esperança de que iria transparecer em minha voz. — Está tudo bem. Na verdade estamos paradas, sim, mas estamos esperando o mecânico chegar a qualquer momento. Deve ser uma correia, nada sério. Logo, logo vamos voltar para a estrada, tenho certeza.

— Dorrie?

Meu sorriso sumiu. Eu sabia o que estava por vir. Com ou sem limites, ele estava com aquele tom de voz. Ele ia perguntar sobre o arrombamento de novo.

— Por que não quis envolver a polícia nessa história da loja?

Eu ainda não tinha uma boa resposta. Se contasse a verdade, ele sairia de minha vida tão rápido quanto entrara. Isso poderia ser mais doloroso do que ignorá-lo, deixá-lo pensar o que quisesse de mim até deixar para lá e me esquecer. De qualquer forma, ele iria embora. Mantive o tom neutro. — Então você ligou de volta para eles? Pediu para esquecerem o assunto? Eles disseram que tudo bem?

— Sim, mas...

— E a porta?

— Está bloqueada e segura até você chegar e eu pretendo passar por lá todos os dias para checar, mas, Dorrie...

As cores do entardecer

– Eu agradeço, de verdade, e... Ah, estou vendo um reboque vindo e aposto que é o nosso. Preciso desligar. Falo com você... Mais tarde, está bem? Obrigada mais uma vez, Teague.

Desliguei e ousei olhar para Miss Isabelle. Ela balançou a cabeça apenas o suficiente para eu perceber. – O que foi? – perguntei, apontando para a estrada atrás de nós, onde um reboque se aproximava rapidamente. Ele passou pelo nosso carro e parou no acostamento.

– Nada, Dorrie – disse Miss Isabelle. – Nada.

Ela não precisava dizer nada.

Após alguns minutos examinando o motor, o mecânico decretou: – É, vou ter que rebocar. E já sei que não vou ter essa correia no estoque. Vou ter que procurar amanhã de manhã, mas vai ser um conserto rápido. Lamento, senhora. – Ele fechou o capô e limpou as mãos.

Deixou-nos em um hotel perto de sua oficina e prometeu nos ligar de manhã cedo. Miss Isabelle inquietou-se enquanto eu pagava pelos quartos – dessa vez sendo atendida pelo Sr. Gerente *Gente Boa* – e levava as malas corredor abaixo. Estava preocupada que chegaríamos tarde demais para o velório, no final da tarde seguinte. Mas eu garanti que, se o mecânico consertasse o carro tão rápido quanto prometera, chegaríamos com tempo de sobra. Era só um pulo atravessando um rio até Cincy uma vez que voltássemos para a estrada – até eu estava chamando a cidade de Cincy de tanto ouvir Miss Isabelle chamá-la assim.

Comprei nosso jantar em uma loja de conveniência rua abaixo. Após algumas horas de televisão, saí para fumar o cigarro que eu vinha dizendo para mim mesma que não ia fumar. Liguei para minha mãe e falei rapidinho com Bebe. Não me preocupei em perguntar por Stevie Júnior. Fomos dormir cedo. Não havia nada mais para fazer. Deitei a cabeça no tecido áspero do travesseiro e estava quase dormindo quando ouvi Miss Isabelle suspirando.

– Não se preocupe, nós vamos chegar a tempo – sussurrei.

– Eu sei, é só que... – Outro suspiro me deixou nervosa. Mesmo depois de o médico proibir Miss Isabelle de dirigir, ela sempre pareceu estar no controle das coisas. Ela tinha se adaptado. Mas agora sua incapacidade de lidar com a aflição me preocupava. Meu acesso de raiva mais cedo também não deve ter ajudado.

– Miss Isabelle, confia em mim?

– Eu confio. Estou cansada, é só. – Melhorou. Um minuto depois, ela até riu. – Imagina só seu Teague se ouvisse você falando de confiança. Olá, o roto falando do rasgado. E, só para que saiba, nenhuma de nós duas tem solução – ela disse, rindo da própria piada sem graça. Recuperação completa, ou talvez uma ligeira histeria.

Virei-me para o outro lado, colocando o travesseiro extra sobre os olhos para tapar a luz da rua que passava por uma fresta nas cortinas. Onde estão os grampos de cabelos quando a gente precisa deles?

A única pessoa em quem eu podia confiar era em mim mesma. O outro caminho era tortuoso demais e eu queria olhar direto para a frente.

29
Miss Isabelle, 1940

MAMÃE CHAMOU A SRA. GRAY. Juntas, elas conseguiram me levar até o quarto claustrofóbico atrás da cozinha onde Cora às vezes dormia quando ficava tarde demais para voltar para casa e meu pai não estava disponível para levá-la de carro – embora ninguém jamais o admitisse.

A Sra. Gray estendeu um lençol sobre o velho colchão grumoso e eu caí de lado, levantando os joelhos, gemendo com as dores, que vinham mais rápido agora. Ouvi mamãe discando o telefone na cozinha e falando. Pouco tempo depois, outra mulher entrou no quarto. Minha dor chegara a um pico. Se já não tivesse me tirado o fôlego, a visão do rosto dela o teria feito.

Uma negra.

Uma parteira, chamada para ajudar no nascimento do meu bebê. Aparentemente, uma pessoa de cor era aceitável agora que o bebê estava chegando. Eu poderia ter rido se não fosse a sensação de que minhas partes internas haviam virado lava e meu corpo era um vulcão que ia entrar em erupção.

Fechei os olhos, grata por ter alguém com alguma noção de como me ajudar. Mais tarde, lembrei-me de que não vira meu pai uma vez sequer o tempo todo em que fiquei confinada naquele quartinho minúsculo. Como médico, ele devia ter acompanhado o parto – ainda mais considerando o quanto o bebê estava adiantado. Talvez tivesse ficado na cozinha, orientando a parteira, constrangido demais para examinar a própria filha.

Ela me tocou, explicando cada passo de modo atencioso. Eu estava concentrada demais em minha dor para ficar envergonhada. Garantiu que o bebê sairia sem problemas – mesmo que eu sentisse como se fosse me partir em duas – e que não iria demorar.

Seus olhos preocupados, no entanto, revelavam que sua expectativa era baixa. Talvez achasse que, se manifestasse seu receio quanto à hora do parto, eu não me esforçaria para o bebê sair. Diante da situação, tentei seguir suas instruções, dividida entre a apreensão pelo meu bebê e a raiva de minha mãe, que ressurgia toda vez que ela entrava no quarto. Mamãe vinha, verificava minha condição com a parteira e saía de novo. Por fim, a parteira mandou que ficasse. Eu ia precisar empurrar logo, e seria mais eficaz se ela me apoiasse.

Minha mãe assumiu sua posição a meu lado, seu rosto um misto de raiva e preocupação. Desviei meu olhar, focando na parteira, que alternava instruções para empurrar, esperar ou empurrar de novo. Meu corpo parecia ter assumido vontade própria, desconectado de minha mente. Embora tentasse fazer o que ela mandava em certo ponto – esperar e juntar forças para a onda seguinte –, eu tive o impulso repentino e incontrolável de empurrar o bebê para fora.

O resto passou como um borrão, com a parteira dizendo que a cabeça havia saído, depois os ombros e o corpo. E essa série de eventos que eu não pude ver ou compreender direito resultou em um pequeno embrulho em uma toalha branca sendo levado às pressas do quarto. Tentei ouvir um choro, um gemido – algo que me dissesse que o bebê estava vivo. O silêncio predominou.

A parteira me deixou a sós com minha mãe e eu tremi, de repente fria, mesmo envolta pelo calor sufocante. Meu corpo era estranho a mim e outro. O choque me gelou.

– O bebê? – perguntei, e mamãe ficou em silêncio.

Perguntei várias vezes e ela virou as costas a cada vez até eu ficar frenética, implorando por uma simples resposta. Ela acabou olhando para mim com o que parecia ser uma mínima expressão de dó. – Foi tão prematuro – disse, encolhendo os ombros. – Foi melhor assim.

Outro espasmo contorceu meu abdômen. Dessa vez, parecia vir da dor de saber que meu bebê se fora, como se meu corpo chorasse sua perda antes mesmo de eu saber. Um grito brotou em meu peito e saiu por minha boca. Por mais que não quisesse que minha mãe testemunhasse minha angústia, não consegui contê-lo.

– Não! – gritei. E de novo. – Não! Eu quero o meu bebê. O meu bebê! – Virei meu rosto e enfiei no travesseiro, as lágrimas se misturando ao suor do parto Ela saiu do quarto.

A parteira retornou e se sentou de novo ao pé da cama. Apertou minha barriga como se quisesse expelir a tristeza de meu corpo. Com cada onda, meu choro diminuía, até se exaurir afinal. Ela explicou que a placenta havia saído e a levou embora. Quando voltou, agarrei seu braço e meus olhos fizeram a pergunta que minha voz não conseguia mais exprimir.

Ela mal balançou a cabeça em negativa, desviando o olhar. Meus olhos se inundaram outra vez. Dessa vez, chorei em silêncio.

– Era menino ou menina? – perguntei. Assisti à luta interna dela com minha pergunta. Ela olhou para a porta, mesmo estando fechada com firmeza.

– Era menina – disse em um sussurro.

– Eu quero vê-la. – Tentei me sentar, mas a mulher me fez deitar de novo, com gentileza, suas mãos e braços fortes e acostumados a cuidar de mães recentes. Mas, sem meu bebê, o que eu era?

– Querida, fique quietinha agora. Eu preciso fazer algumas coisas, limpar você. E... – Ela hesitou, olhou para a porta e balançou a cabeça mais uma vez. – Eu farei o que puder.

– Mãe! – eu gritei. A parteira levou um susto com a força e o volume de meu grito.

Mamãe abriu a porta o bastante apenas para se esgueirar para dentro.

– Quero ver o meu bebê – eu disse, a voz absolutamente calma agora.

– Não seria uma boa ideia, Isabelle.

– Talvez apenas por um instante, senhora? – sugeriu a parteira. – Só para se despedir? Às vezes isso ajuda.

– Só tornaria as coisas mais difíceis. E não é da sua conta. – Seu tom foi duro, seu rosto mais severo do que nunca. Era impossível acreditar que um dia eu fora o *seu* bebê.

Quando saiu do quarto de novo, eu segurei a parteira. – O que vão fazer com ela? Preciso saber onde vai ficar. – Eu sabia que minha mãe jamais me contaria. Alguém poderia me ver visitando seu túmulo e nosso segredo seria revelado.

– Ela vai para um lugar bom, não se preocupe. – Ela parou e escutou a chuva. – Um lugar seguro e seco... E nas mãos de Deus. Você a verá de novo um dia. Sei disso.

O chavão não ajudava. Gritei de novo, mais e mais, repetidas vezes, muito tempo depois de minha mãe sair do quarto, por todo o processo da parteira me lavando, me acalentando com roupas mornas como se eu fosse uma criança machucada, examinando e costurando o rasgo que levaria semanas para cicatrizar por completo, que pulsava o tempo todo como outro coração, lembrando-me do que eu havia perdido.

30
Dorrie, Dias Atuais

O MECÂNICO NOS BUSCOU NO HOTEL NA MANHÃ seguinte e nos pôs a caminho. Miss Isabelle não falou mais sobre o dia do parto, mas, uma vez de volta à estrada, na direção certa e a uma hora e meia de Cincinnati, perguntei com todo o cuidado o que aconteceu depois que ela caiu da escada.

Minhas perguntas pareciam cruéis, mas cada vez mais eu sentia que ela precisava me contar essa história para purgar-se um pouco de sua dor antes de chegarmos. (Vertical quarenta e cinco, seis letras: "expulsar ou eliminar". *Purgar*. Só pensar na palavra já era doloroso.) Como se, contando-a, pudesse, de alguma forma, encontrar uma espécie de cura.

Quando ela me contou que a mãe se recusou a deixá-la ver seu bebê, seu tom controlado expôs toda a sua dor. Dessa vez as lágrimas escorreram pelos cantos de meus olhos quando ela terminou. Pisquei o quanto pude, então esfreguei os olhos com um gesto casual, como se eles estivessem marejando por causa do sol da manhã entrando pelo para-brisa.

– O que a fez ser assim? – perguntei, um nó na garganta embargando minha voz. – Tenho tanto medo de decepcionar meus filhos, Miss Isabelle.

Pensei em Stevie Júnior, sozinho em casa com seus erros, diante de ultimatos dos dois lados, certos ou errados, mas críticos na mesma medida. Como é que o garoto ia lidar com isso?

Falei com ele rapidamente aquela manhã. Estava se sentindo diminuído e envergonhado pelo fato de Miss Isabelle ter ouvido seu destempero. Pediu desculpas por gritar comigo, o que me deixou esperançosa. Eu disse que sentia que devia estar com ele – que *queria* estar com ele agora que estávamos os dois um pouco mais calmos –, mas ele garantiu que estava tudo bem e prometeu esperar mais um ou dois dias. Bailey tinha concordado em esperar antes de contar aos pais e não fazer nada precipitado – pelo menos até eu voltar para casa, pois seriam só mais alguns dias. Ele dera o dinheiro para Bebe guardar, e, mesmo ela o perturbando para saber de onde viera, só o que ele disse foi que precisava que o guardasse em um lugar seguro e que não contasse para ele. Ri com isso. Minha mãe estava lá, mas Bebe, com apenas doze anos de idade, era em quem se podia confiar com o dinheiro. Todos sabíamos.

— Tudo o que você pode fazer é agir como quer que eles ajam – disse Miss Isabelle. – Eles vão ver você e depois vão tomar as próprias decisões. Você cruza os dedos sobre o coração e pede a Deus que sejam boas. Mas você não vai decepcioná-los, Dorrie. Não mais do que qualquer mãe imperfeita que ama os filhos mais do que ama a si mesma.

— Mas como ela cruzou essa linha? Por que sua mãe a decepcionou tanto?

— Era uma época diferente, Dorrie. E eu tinha cruzado uma linha imperdoável também... Para a época. É difícil de aceitar, mas qualquer outra mãe que conhecíamos poderia ter feito a mesma coisa. E você está ouvindo essa história pelos meus olhos, meus olhos de dezessete anos. É uma ironia que os jovens em geral só enxerguem as coisas pretas e brancas, Dorrie. É tudo ou nada. Às vezes, apesar do entusiasmo deles pela mudança, leva anos de experiência até que vejam realmente o todo. Ainda assim, creio que minha mãe nunca aprendeu a me amar direito. Suas necessidades básicas quase não eram atendidas quando criança, e tudo o que ela sabia fazer como adulta era se agarrar ao status que acreditava que iria salvá-la. Acho de verdade que tudo se resumia ao medo. Ela vivia tão preocupada com o que as pessoas iam pensar que acabou se esquecendo... de *mim*.

Senti por ela. Por mais que minha mãe jovem e ignorante demais tivesse errado – e me deixasse maluca com sua dependência atual –, eu nunca, jamais, questionei seu amor. Eu sempre soube que, mesmo de um jeito estranho, inconstante, impulsivo e ridículo, ela me amava. Eu via o orgulho em seus olhos quando me observava com meus filhos, ou quando eu fazia minha mágica nos cabelos de uma cliente – mesmo que não entendesse meus métodos ou não se identificasse com minha autodeterminação. Claro, mamãe tinha me decepcionado em muitas ocasiões, mas nunca da maneira como a mãe de Miss Isabelle falhou com ela.

Mais adiante, a leste, a uma distância visível agora, uma série de pontes se estendia sobre o rio Ohio e arranha-céus se elevavam na margem oposta, criando a ilusão de que estávamos prestes a atravessar para uma ilha – embora, tendo estudado o mapa pelo caminho, eu soubesse que não era o caso.

Os olhos de Miss Isabelle se encheram de algo que eu não conseguia identificar. Como uma bola de elásticos, todas as cores e texturas se misturando, as emoções em seus olhos se embaraçavam.

Enfim, lá estava: Cincinnati.

A Cidade das Sete Colinas. Miss Isabelle dissera que a chamavam assim. Tinha mais colinas do que isso, se alguém quisesse contá-las.

31
Isabelle, 1940

MINHA PELE ERA JOVEM E ELÁSTICA. Eu não ganhara muito peso durante a gravidez. Primeiro a depressão, depois a umidade e o calor haviam tirado meu apetite. Entre isso e o bebê vindo antes da hora, meu corpo quase não mudara e meus quadris mal se abriram. Despida e de perto, um olhar experiente poderia detectar as leves estrias em minha barriga, mas ninguém estava olhando. Meus seios estavam um pouco mais cheios, mas a parteira havia me instruído a envolvê-los em tiras apertadas quando meu leite começasse a sair, e, sem um bebê para mamar, não chegavam a chamar a atenção para minha maternidade. Meus vestidos antigos logo voltaram a caber em mim.

Quando saí do casulo de meu quarto, mamãe disse que eu podia ir aonde quisesse – com uma condição. Eu nunca poderia dizer que estava em Shalerville no período em que ela dissera que eu estivera fora. Depois disso, não demonstrou mais qualquer interesse em saber onde eu estaria ou o que estaria fazendo. Suponho que estivesse aliviada por não ter mais a tarefa desagradável de se livrar de meu bebê.

Fazer o que ela exigiu foi fácil. Eu não tinha o menor desejo de compartilhar com ninguém o que acontecera nos últimos sete ou oito meses. Tampouco desejava sair no início. Não é que estivesse contente de ficar em casa, lendo, dormindo ou – com maior frequência – olhando pelas janelas. Mais do que qualquer coisa, eu estava entorpecida, desmotivada, desalentada.

Destruída.

Contudo, depois de um mês ou mais sem fazer nada, e quando o calor passou, fiquei desassossegada.

Não sei o que provocou a reação. Simplesmente acordei para a vida de novo – mesmo tendo de sentir de maneira intensa a dor enquanto minha mente explorava ideias e planos. De repente, cada minuto naquela casa onde havia sido julgada, condenada e aprisionada pelo crime de seguir meu coração era demais. Depois de meu aniversário de dezoito anos no outono, haveria pouco que minha mãe pudesse fazer para me controlar, mesmo que quisesse fazê-lo.

Os Reds[14] estavam rumando para sua primeira Série Mundial[15] em vinte e um anos, e todo mundo estava obcecado por beisebol. Ninguém me deu atenção quando comecei a ir à cidade e passar o dia fora. Eu comprava um café ou chá para me sentar em uma cafeteria, onde vasculhava jornais de segunda mão, passando direto pelas páginas amassadas de esportes até as páginas ainda mais amassadas de classificados. Debates sobre detalhes da mais recente perda ou vitória eram o pano de fundo para minha busca por empregos disponíveis para uma jovem inteligente sem treinamento ou habilidades específicas – mas nada que me transformasse em uma daquelas mulheres novas-velhas que eu via escoando das fábricas ou usinas quando o apito do fim do dia tocava. Minha alma se sentia decrépita, mas eu precisaria de um corpo forte e saudável se quisesse me sustentar até o fim. Se não podia ficar com Robert, não queria nenhum outro homem e não ia mais depender de minha família. Eu cuidaria de mim mesma.

Mas eu mantinha um olho no jornal e o outro nas calçadas, rezando para um dia vê-lo.

Depois de um tempo, juntei coragem para passar pela pensão onde havíamos passado nossa noite de núpcias. Fiz isso várias vezes, em dias

---

14. Cincinnati Reds – Time de beisebol (N.T.).
15. Série Mundial (World Series) – Campeonato nacional de beisebol dos EUA (N.T.).

diferentes, desesperada para encontrá-lo subindo as escadas até a varanda ao fim de um dia de trabalho. Mas não o vi. Até que me atrevi a subir os degraus eu mesma. A senhoria ficou surpresa, talvez até assustada, ao me ver à sua porta mais uma vez. Ela olhou atrás de mim – creio que para ver se eu estava só ou se os homens raivosos que haviam invadido sua casa da última vez estavam comigo.

– O que você quer? – disse. Perguntei se Robert ainda morava lá. Ela balançou a cabeça, evitando meus olhos. – Ele nunca mais voltou depois daquele dia – respondeu. – Levou tudo e nunca mais voltou. Eu disse que não poderia reembolsar o aluguel que pagou adiantado, mas ele não se importou. – Ela inclinou a cabeça de lado. – Não veio por isso, veio? Não posso fazer nada se foi por isso.

Assegurei-lhe que não estava ali pelo dinheiro, mas perguntei do dedal. Ela negou tê-lo visto na mesa de cabeceira ou sob a cama quando fez a limpeza. Eu esperava que isso quisesse dizer que Robert o levara consigo quando partiu. A mulher fechou a porta em minha cara na primeira oportunidade.

Sarah Day me convidou a entrar em sua cozinha, estalou a língua e me abraçou forte. Não mencionei o bebê, mas algo me dizia que ela sabia, a maneira tão tenra como me soltou de seu abraço e examinou meus quadris e seios quando achou que eu não estava vendo. Mas sua história era a mesma. Nem ela nem o Reverendo Day haviam visto ou falado com Robert desde o dia depois de nosso casamento, quando ela o distraiu enquanto meu pai e meus irmãos me levavam para casa.

Tentei criar coragem para passar na casa da pequena comunidade onde Robert e Nell moravam com seus pais, coragem para passar pela igreja, pela pérgola na qual costumava encontrá-lo e onde trocamos nossos primeiros beijos, mas o medo me paralisou. Não sabia como Cora e Nell iriam reagir ao me ver. Tinha medo de não ser capaz de enfrentar a fúria delas por lhes custar seus empregos. Não sabia nem se Robert ia querer me ver. Tinha dúvidas se ele não estaria com raiva de mim por eu não tentar entrar em contato com ele. Ele saberia que minha mãe havia me mantido prisioneira? Não sabia se fazia ideia de que eu carregara sua filha... E que a perdera.

Embora contemplasse o melhor plano de ação, embora esperasse por um acaso do destino – coincidente ou celestial – que nos reunisse, resignei-me a criar uma vida sozinha. Já havia causado problemas demais.

Um dia, apareceu um anúncio para um trabalho. Não dava muitos detalhes além do fato de se tratar de uma empresa nova precisando de um funcionário confiável sem necessidade de experiência. Em toda parte, eu fora dispensada sumariamente assim que entrava pela porta para perguntar sobre uma vaga. Minha pequena estatura deve ter afugentado potenciais empregadores – sem falar de minha falta de experiência quando a taxa de desemprego ainda não havia se recuperado da Grande Depressão. Não havia como saber quanta gente competia por cada vaga. Achei que o proprietário da empresa iria reagir da mesma maneira.

Mas não dessa vez. Ele olhou para mim, pediu para ver minhas mãos, observou como eu segurava algumas ferramentas pequenas, então me disse do que se tratava seu pequeno empreendimento.

Uma empresa popular de câmeras havia introduzido um novo filme no mercado que produzia slides com cores lindas. O preço do filme incluía a revelação e a entrega dos slides já montados e prontos para serem projetados. As pessoas adoravam mostrar fotos das férias ou eventos de famílias, mas montar os próprios slides era muito aborrecido. Essa era a última novidade, proporcionando uma grande economia de tempo, embora fosse um luxo. E o preço refletia esse luxo. Esse empresário de Cincy viu sua chance. Ele aperfeiçoara seu sistema de montagem dos slides antigos de vidro. Produziu grandes quantidades de molduras de papelão prensado parecidas com a da outra companhia. As pessoas traziam seus slides de vidro e ele os montava a um preço justo. Se deixassem em um dia, ele garantia que poderiam pegar no dia seguinte, em vez de ter de esperar o correio como os usuários do outro filme faziam. Para sua total satisfação, o negócio foi um sucesso. Ele não estava conseguindo dar conta. Era aí que eu entrava.

O Sr. Bartel considerou meus dedos ágeis perfeitos para montar slides. Avisou-me de que teria de chegar na hora todos os dias, e que podia começar na segunda-feira, com sábados à tarde e domingos de folga.

As cores do entardecer

Era sexta-feira. Corri de volta ao café em que encontrara o anúncio, torcendo para o jornal ainda estar, por uma chance do acaso, no mesmo lugar em que o deixei. Se ia começar a trabalhar na segunda-feira em Cincy, precisaria de um lugar para morar e algum jeito de pagar o aluguel até receber meu primeiro pagamento.

O jornal estava espalhado em partes pelo café, mas eu achei a página com anúncios de pensões e procurei um que fosse mais promissor, oferecendo quartos para moças de qualidade. Se é que tal descrição ainda me coubesse, usada e ressequida que me sentia tão cedo depois do parto, desprovida de emoções depois de ver acabarem meus sonhos de amor e família, mas eu ainda conseguia passar uma imagem de saúde e integridade.

Passei direto pela primeira casa ao ver sua aparência insalubre – homens com aspecto ensebado, vestindo apenas camisetas, vadiando no alpendre, fumando, e uma moça só de camisola debruçada na janela, chamando outro homem. Qualidade?

A casa seguinte, no entanto, ficava em um bairro tranquilo. Parecia ter sido pintada há pouco tempo e a varanda estava limpa e varrida. A mulher que abriu a porta, simpática e razoavelmente jovem ainda, tinha duas crianças agarradas à barra de sua saia. Ela me olhou de cima a baixo, avaliando meus sapatos e roupas, parecendo chegar à conclusão de que eu era aceitável. Concordou em segurar o quarto até as três horas do dia seguinte. Se eu retornasse com duas semanas de aluguel, o quarto seria meu. O pequeno quarto no sótão era agradável, iluminado e limpo. Eu poderia comer com a família por uma taxa extra ou fazer minhas refeições fora; bastava avisar com um dia de antecedência.

Meu coração disparou quando fiz o cálculo – sete dólares por duas semanas, nove incluindo o jantar. Uma pequena fortuna. Percebi o quanto Robert teve de trabalhar para conseguir o aluguel de nosso quarto – só para perdê-lo quase que de imediato. Eu nunca economizara mais do que algumas moedas de cada vez dos envelopes que recebia nos aniversários e natais, e gastara o pouco que tinha em café, chá e passagens de bonde enquanto procurava emprego.

A única solução seria falar com meu pai. Sua inércia diante da determinação de minha mãe, sua incapacidade de dizer uma palavra contra ela, haviam me afastado dele, mas eu merecia pelo menos isso. Podia conseguir uns míseros dez dólares com ele.

Corri de volta para Shalerville para pegá-lo ainda em seu consultório. A não ser que fosse chamado para atender alguma emergência, ele costumava passar as tardes de sexta-feira cuidando de papelada e lendo revistas médicas. Pacientes com queixas menores eram orientados pela enfermeira a ligar de novo na segunda-feira.

Na pressa de descer do bonde, surpreendi-me com a recuperação de meu corpo. Poucas semanas antes, minhas entranhas teriam sentido o impacto dos pés na calçada.

Entrei sem dizer nada e passei direto pela enfermeira sem lhe dar chance de me deter, batendo com força na porta do consultório de meu pai antes de abri-la. Senti meu fôlego prender com seu escrutínio, emoções transparecendo em seus olhos em uma mistura esdrúxula – tristeza, receio.

– Isabelle?

É você mesma, seus olhos perguntavam, *ou um espectro de quem você era?* Eu mesma não sabia.

– Olá, pai. – O trato formal ardeu na garganta, raspando pela minha língua como uma lixa, como a acusação que era também. – Preciso de dez dólares. Por favor, não pergunte por quê.

Seu olhar permaneceu em meu rosto enquanto ele enfiava a mão no bolso para pegar a carteira. Tirou de dentro algumas notas, olhando para baixo apenas para identificar uma de cinco e cinco de um. Antes de dobrar as notas e deslizá-las na mesa, adicionou mais uma nota de cinco.

– Ah, Isabelle – disse, suspirando. – Não vou perguntar, mas ficar pensando. Acho que você tem direito a seus segredos agora.

O desânimo de sua expressão me amoleceu. Admiti ter conseguido emprego e um lugar para morar na cidade. Lembrei-lhe de que era adulta agora, com dezoito anos, e que esperava que dessa vez – ele sabendo para onde eu ia e que não estaria fazendo nada para ofender minha mãe, meus irmãos e seus estranhos valores morais – me deixassem em paz.

As cores do entardecer

— Direi à sua mãe o que você decidiu. Você irá em paz — ele disse. — E, querida... Eu sinto muito... Por tudo.

Ai, papai! Quase exclamei. Quase corri para abraçá-lo e chorar feito uma criança em seu ombro. Mas eu não era uma criança e não podia.

Dinheiro. Desculpas. Interferir com minha mãe — até que enfim. Até mesmo sei o asco que sentia de si mesmo.

Nunca seria o bastante. Andei em direção à porta.

— Isabelle?

Virei-me relutantemente.

— Lembra-se de ter me perguntado sobre as placas?

Fiz que sim, cautelosa. Ele parecia querer puxar essa conversa para conseguir um jeito de remediar a situação. Mais uma vez, era tarde demais. Mas eu esperei.

— Não somos a única cidade a tê-las, você sabe.

Eu sabia. Já as vira antes em outras cidades quando viajávamos — eram muito comuns tanto em Ohio quanto no Kentucky. O casamento inter-racial podia ser legal por lá, mas não queria dizer que não havia cidades como Shalerville.

Papai continuou: — Aqui, em Shalerville, foi considerada uma providência mais civilizada do que algumas outras que você poderá ouvir por aí. Muito antes de você nascer, os bons cidadãos de Shalerville expulsaram todos os negros da cidade. — Seus lábios se retorceram com a palavra *bons*.

Meu queixo caiu. Negros haviam morado em Shalerville? Eu pensava que sempre fora assim. Por que alguém ia querer expulsá-los?

— Era uma época de muito medo. Em muitos lugares, as pessoas não sabiam o que fazer com os escravos negros livres. Achavam que eles estavam invadindo terras, ameaçando seus empregos, então criavam todo tipo de desculpa para expulsá-los dos lugares... acusações falsas, castigando comunidades inteiras pelo crime de um só. Mas não em Shalerville. Aqui não era assim, diziam. Quando Shalerville se emancipou, os líderes comunitários acharam que a aparência de exclusivismo atrairia moradores de alto nível. Então deram aos negros uma semana para juntar suas coisas e partir. Não havia muitos, mas moravam aqui havia tanto tempo quanto qualquer família branca. – Ele balançou a cabeça, reprovando. Fora uma injustiça difícil de suportar, mas o olhar de meu pai me dizia que a história não acabava ali.

– Sabe, a família da Cora servia os médicos de Shalerville por gerações.

Lembrei-me de Cora falando sobre sua mãe ter trabalhado para a família que veio antes de nós, naquela mesma casa. Baixei a cabeça. De repente, senti-me enjoada.

– Há tanto tempo que eram propriedade do médico anterior ao da família que veio antes de nós. Os avós dela eram escravos, querida. Depois de libertados, escolheram ficar. Eles eram trabalhadores bons e leais e o doutor era um empregador justo, pagava salários decentes. Assim como os médicos que vieram depois. Cora e seus irmãos nasceram e cresceram em uma casinha que ficava no lote de trás, sua família recebera a escritura. E o Doutor Partin era uma pessoa melhor do que a maioria por aqui. Quando a família de Cora foi forçada a sair, ele pagou pela casa e os ajudou a arrumar uma nova em um lugar seguro. Ele discordava da política, em particular das placas, mas estava em minoria. Disseram que era para tornar a cidade um lugar melhor. Mas, na verdade, aquela gente estava se coçando por um motivo para machucar alguém, como todo mundo. Não tinha como saber o que teria acontecido com Cora e sua família se não tivessem feito o que eles queriam. E sabe, querida, as coisas não mudaram nem um pouco.

A história que meu pai me contou foi um aviso, sutil e claro ao mesmo tempo. Eu devia deixar de lado minhas ilusões. Nunca poderia ficar com Robert – não se era para ele e sua família permanecerem a salvo. E era mais do que um aviso. Uma família havia perdido sua casa por causa do preconceito cego e da ignorância. Para piorar ainda mais as coisas, uma tradição familiar de serviço e respeito mútuo, durante gerações, havia terminado com nossas ações – da minha mãe e minhas.

Sábado, fiz as malas, contando com muito mais espaço dessa vez do que da vez anterior em que saíra de casa. Usei a mesma maleta de antes,

As cores do entardecer

mas minha mãe cedeu umas bolsas de lona, que mandou a Sra. Gray me entregar em meu quarto. Eu tinha mais tempo e podia me demorar, mas estava menos propensa a ser sentimental. Levei comigo apenas algumas lembranças que não ocupavam espaço. Empacotei o resto em uma caixa velha sem identificar e escondi em um canto do sótão, presumindo que ficaria esquecida ali até eu decidir voltar para buscá-la.

Meu pai manteve a palavra e eu saí sem receios ou fanfarra. Meus irmãos estavam ausentes como sempre. Aceitei um rápido abraço de meu pai, tomando cuidado para olhar por cima do ombro dele e não nos olhos. O adeus de minha mãe foi apenas um aceno de cabeça. Ela voltou a seus afazeres antes mesmo de a porta de tela bater no salto de meus sapatos.

Na segunda e na terça-feira, a caminho da casa dos Clincke ao final do dia, eu tive de abrir caminho contra o fluxo de gente, enfrentando a multidão que se deslocava em uma massa sólida comemorativa para o campo de Crosley para os dois últimos jogos da Série Mundial. Era uma boa metáfora para o ano que se passara.

Mas logo a rotina de minha nova vida tornou-se reconfortante, se não exatamente consoladora. Trabalho e casa. Trabalho e casa. Meus senhorios eram simpáticos, porém não eram indiscretos. Eu correspondia ao desejo de Rosemary de ter uma pensionista respeitável, saindo cedo e chegando todos os dias antes de o sol pensar em se pôr naquele longo outono. Minha disposição em ajudar foi bem recebida. Eu vigiava as panelas no fogo ou colocava a mesa enquanto ela cuidava de uma ou outra tarefa relacionada com as crianças, que pareciam ter se multiplicado como coelhos um dia depois de eu me mudar para lá. Eu era grata por ela não ter um recém-nascido. Sabia que faria minha perda ainda mais difícil de suportar. Mas a protuberância em sua cintura, que pensei primeiro ser peso remanescente da última gravidez, começou a crescer, trazendo de volta a memória.

Ela parecia feliz com a família crescente e seu marido orgulhoso, chegando em casa do trabalho como superintendente de uma empresa de construção e elogiando as crianças mais velhas por fazerem o dever de casa, ou jogando as menores para o alto enquanto riam às gargalhadas. Mas uma tarde, ao observá-las, Rosemary disse: – Quando você encontrar alguém, espere um pouco antes de pensar em se casar e começar uma família. Vocês precisam de um tempo juntos antes de terem filhos. É meu único remorso, que Deus as abençoe. – Ela acenou de modo afetuoso para as crianças, mas o cansaço em seus olhos denunciava que às vezes era demais. Assenti e sorri, nunca sentindo uma ligação profunda o bastante para justificar contar meu segredo e não desejando sobrecarregá-la com ele.

O trabalho era fácil. O Sr. Bartel me mostrou o processo no primeiro dia, como encaixava com cuidado as molduras de papelão que havia confeccionado em torno das pequenas lâminas de duas camadas de vidro, colava-as, rotulava e colocava em pequenas caixas. Até a tarde seguinte eu já havia dominado a técnica. A loja era tranquila, o silêncio sendo interrompido só pelo sinete da porta quando um cliente entrava para deixar ou apanhar uma encomenda. Eu também cumpria algumas tarefas de limpeza e organização que o Sr. Bartel não tinha tempo para fazer ele mesmo. Com o tempo, passei a atender os clientes quando ele estava ocupado. Em geral, ficava empoleirada em um banco alto em frente a uma mesa vazia, exceto pelas ferramentas e materiais essenciais a minha rotina, me distraindo com a organização de lembranças alheias. O cheiro do papelão e da cola era estranhamente calmante.

Eu verificava com rapidez os slides montados para detectar qualquer defeito que precisasse ser corrigido pelo Sr. Bartel antes de colocá-los nas caixas, mas, se acontecesse de eu ficar muito à frente dele ou se eu tivesse uma pilha pequena de slides para montar e mais nada para fazer, então ia mais devagar. Às vezes, levantava um contra a luz para examinar melhor. Na maioria das vezes, eram paisagens ou pequenos grupos de pessoas, sentadas ou de pé, posando em comemoração a alguma ocasião. Eu analisava suas expressões, o nível de tensão em seus ombros, o espaço deixado de propósito entre suas respectivas costelas e quadris. Tentava discernir se estavam mesmo felizes, ou se também respiravam com calma, guardando segredos como o meu em seus corações, segredos abafados, espinhosos, entorpecidos e distantes, tudo na mesma inspiração e exalação de ar. Um vislumbre de algo íntimo demais me levava logo ao slide seguinte e eu enterrava minhas emoções na rotina.

Em uma manhã perto do final do outono, um slide em particular, cortado errado, recusava-se a encaixar na moldura como devia. Era preciso usar as luvas macias de algodão que o Sr. Bartel havia me dado para proteger tanto os slides quanto meus dedos, mas, quando ficava difícil, às vezes eu tirava uma ou ambas as luvas para ter mais controle. Naquela manhã eu tirei a luva direita. Na tentativa de alinhar o slide na moldura, separei as duas camadas de vidro e passei a unha pela superfície da emulsão.

Eu praguejei baixinho e olhei para trás para ver se o Sr. Bartel havia percebido meu deslize. Ele estava ocupado, então coloquei logo a luva e, em seguida, levantei o slide contra a luz para ver o estrago. Estremeci ao ver o longo risco em diagonal. Uma foto boa, agora arruinada. Examinei alguns dos slides que o precediam na sequência, assim como os que o seguiam. Como acontecia com frequência, o slide arranhado estava entre outras fotos quase idênticas. Os fotógrafos tendiam a tirar várias fotos de uma cena para pegar a melhor composição. Nessa foto informal de família, as mesmas figuras minúsculas apareciam em cada um dos cinco slides, mais ou menos nas mesmas poses. Antes de arranhá-lo, eu percebera que os rostos eram negros. Slides de gente de cor não eram comuns, mas também não eram inesperados.

Olhei de novo para o Sr. Bartel, então enfiei o slide estragado no bolso do vestido. Ele jamais saberia. Com certeza o cliente que pegasse os slides não iria perceber uma foto faltando entre outras tão parecidas, ou que faltava um slide na contagem final.

Eu podia ter admitido meu erro, mas ainda era nova no emprego. Tinha medo de que, se o Sr. Bartel soubesse que eu tinha tirado a luva e estragado um slide em perfeito estado, ele ficasse zangado, talvez até descontasse do meu salário. Na pior das hipóteses, poderia me despedir. Eu mal começara a respirar mais aliviada, sabendo que teria como pagar pelo quarto e pela alimentação na casa dos Clincke, sobrando um pouco para necessidades básicas e o ocasional entretenimento barato.

Senti-me estranhamente atraída por esse retrato de família. Era quase como se eu estivesse predestinada a arranhar aquele slide para ter de levá-lo para casa. Talvez quisesse estudá-lo melhor, imaginar que era minha família. Poderia ter sido.

Apressei-me em concluir aquele pedido antes dos outros, mal olhando os slides que emoldurava. Levantava-os contra a luz para uma checagem rápida de qualidade, então montava as bandejas, mantendo um olho no Sr. Bartel para ter certeza de que não estava esperando o fim do dia para me chamar a atenção. Suspirei aliviada quando saí ao final da tarde e ele fez seu meio aceno de sempre, murmurando que me veria na manhã seguinte.

Depois de me trocar para dormir naquela noite, tirei o slide danificado do bolso do vestido. Examinei o grupo sob a luz da escrivaninha, me perguntando o que me fizera guardar essa memória tangível, visual. Imaginei-me entre eles.

Por fim, guardei o pequeno quadrado de papelão e vidro em um lenço e o escondi no fundo da gaveta da minha penteadeira.

Na manhã seguinte, arrastei os pés a caminho do trabalho, preocupada que o Sr. Bartel tivesse descoberto de alguma maneira meu delito, mais provável de acontecer quando o cliente viesse buscar seus slides. Ao chegar, olhei a gaveta ao lado da caixa, meus olhos procurando o nome que eu me lembrava de constar na ordem.

O Sr. Bartel cuidava de suas atividades matinais atrás de mim. – Procurando alguma coisa em particular? – perguntou.

Olhei para trás para ver se ele estava me observando de perto. – Achei que tivesse me esquecido de colocar uma ordem de volta em uma bandeja ontem.

– Estavam todas certas quando eu olhei.

– Ah, que bom, então.

– Foram várias entregas esta manhã, antes mesmo de virar a placa de aberto na porta.

Meu coração ficou mais leve. O Sr. Bartel com frequência chegava mais cedo para adiantar o trabalho e atendia os primeiros clientes também. Eu perdera quem quer que tivesse apanhado os slides. Estava tudo bem.

Mas de noite, sozinha em meu quarto, eu costumava pegar o slide danificado na gaveta, dobrado com cuidado no lenço, e dormia com ele contra o peito.

Em meus dias de folga, eu explorava os bairros próximos de Cincy, passeando pelas feiras nas quais açougueiros e verdureiros anunciavam suas mercadorias e donas de casa cutucavam os produtos para verificar a qualidade antes de entregarem suas moedas – cada vez mais abundantes com a economia se recuperando e rumores de guerra na Europa.

Uma tarde, quando o frio do inverno começava a tomar conta da cidade, me vi atravessando a linha invisível que separava o território dos brancos e o dos negros – um mercado onde o limite não era tão bem definido como em outras partes. Eu não era a única branca no lugar, nem a moça que passou indiferentemente por mim era a única negra. Mas, quando nos esbarramos, desviando nossa atenção do que quer que estivéssemos olhando, ambas exclamamos.

Era Nell.

Sua expressão endureceu, mas, quando não desviei o olhar, quando a forcei a ver o desamparo e a esperança em meus olhos, os olhos dela amoleceram, brilhando nos cantos, expondo uma vulnerabilidade da qual era provável que se ressentisse, mas que não podia evitar. Sua voz se manteve fria e firme, no entanto, ao responder meu olá cauteloso. Ela acenou de leve com a cabeça. – Miss Isabelle.

– Ora, Nell, não precisa me chamar assim. Somos só você e eu agora. Sou uma trabalhadora, morando em um quarto alugado. Eu nunca liguei para aquela coisa toda mesmo.

– Está bem, então – ela disse. – Isabelle.

– Não a culpo se me odeia. Eu arruinei suas vidas, a sua e da a sua mãe. A do Robert. – Até dizer seu nome era doloroso. Sentia tanto sua falta. O fim de nossa história me deixara destroçada.

Seus olhos se fecharam. – Estamos bem, cuidando de nós mesmos. – Eu duvidava que diria mais alguma coisa e sabia que essa poderia ser minha única chance de saber o que havia acontecido com todos eles.

Insisti. Segurei sua mão esquerda e a examinei de perto, admirando o anel de prata em seu dedo anelar.

– Você se casou? – Ela assentiu com a cabeça.

– O Irmão James? – O mesmo gesto afirmativo.

– Oh, Nell, fico tão feliz por você. Era o seu sonho. Você deve estar tão feliz.

Ela puxou a mão de volta, mas uma pequena contração no canto da boca a traiu. Ela e James eram feitos um para o outro – mesmo que minhas ações tivessem precipitado seus planos

– Vão começar logo uma família?

Nell colocou a mão sobre o abdômen, logo abaixo das costelas. Sua barriga mal se projetava e ela ficou surpresa, como se eu tivesse adivinhado que estava grávida, embora fosse apenas uma pergunta fortuita de minha parte. Não perguntei detalhes. – Parabéns. Fico felicíssima por você, Nell. E... sua mãe? – Eu não me sentia mais no direito de pronunciar o primeiro nome de Cora casualmente.

– Mamãe está bem. Conseguiu emprego nos bairros novos subindo a colina aqui em Cincy. Eles a tratam bem, mas é uma longa viagem duas vezes por dia. – Embora a voz de Nell carregasse um tom de acusação, fiquei contente por saber que Cora não ficara impedida de trabalhar na única coisa que sabia fazer.

Eu sabia que Nell não mencionaria o último nome, o que ela sabia que era o mais difícil de eu falar – sobre o qual eu mais queria notícias, por maiores que fossem meu carinho e preocupação por sua família. Após um silêncio doloroso, minha consciência me impediu também de dizê-lo. Lembrei-me da conversa que tivera com sua mãe antes de minha barriga começar a aparecer. Lembrei-me do aviso silencioso de meu pai. Lembrei-me da dívida que tinha com a família de Nell.

– Bem – eu disse. – Foi ótimo ver você, Nell. Fico feliz que você e sua mãe estejam bem. E lamento. Por tudo. – Virei-me antes que visse as lágrimas que marejavam de meus olhos e ameaçavam me dominar.

Mas ela me surpreendeu. Segurou meu braço quando comecei a andar e eu me voltei devagar para encará-la. – Robert, ele vai se alistar no

As cores do entardecer

exército assim que terminar a faculdade em Frankfort. Talvez em um ano. Eles têm programas especiais que aceleram as coisas para os recrutas.

Cada músculo do meu corpo enrijeceu-se. Em minhas mãos, minha coluna, meu rosto. Estava extasiada com a notícia de ele ter voltado para a escola e estar terminando tão rápido. Mas a outra notícia? Era a última coisa que eu esperava. As notícias da guerra na Europa e os rumores de que logo entraríamos nela haviam levado a um esforço de recrutamento. Agora, jovens estavam se alistando em números inéditos, ficando de prontidão, esperando a hora de combater. Mas eu nunca havia imaginado uma carreira no exército para um jovem negro. Como seria? O que ele faria? Como seria tratado? Se houvesse mesmo uma guerra, ele sobreviveria?

– Ele espera servir como médico, mas vai aceitar o que lhe oferecerem. Não é permitido escolher.

As palavras saíram, afinal, tudo mentira. – Isto é... ótimo. Acho que ele vai ficar feliz se puder iniciar seu treinamento médico enquanto serve. – Nell inclinou a cabeça, revelando sua incerteza. – Suponho que as meninas vão formar fila para se despedir dele. Talvez tenha até uma em especial esperando por ele na volta. – Minhas palavras doeram na garganta. Eu não podia perguntar diretamente, mas precisava saber. Ele ainda pensava em mim?

– Acho que você tem razão – ela concordou, e tenho certeza de que percebeu minha tomada de fôlego, por mais que tentasse disfarçar. Ela abaixou os olhos e se virou para partir. O momento tornara-se constrangedor demais para ambas. Mas continuei olhando para ela enquanto se afastava. Parou em uma banca de verdureiro, fingindo, dava para ver, examinar um maço de brócolis antes de pagar por ele com uma moeda. Sua resposta evasiva e linguagem corporal foram bem claras. Robert havia seguido em frente. De diversas maneiras.

32
Dorrie, Dias Atuais

EU ME RECUSAVA A ACREDITAR QUE ROBERT a tivesse esquecido com tanta rapidez. Se tinha seguido em frente como se não se importasse, se tinha se envolvido com outra, seria apenas para aliviar a dor de perder Miss Isabelle.

Chegamos a Cincy antes da hora do almoço. Poderíamos ter dado entrada cedo no hotel; afinal, Miss Isabelle já tinha pagado pela noite anterior. Mas ela perguntou se eu gostaria que ela me mostrasse alguns dos lugares de que tinha falado durante a viagem. Hesitei, imaginando, mais uma vez, se isso a faria se sentir melhor ou pior. Mas ela disse que queria ver o quanto tinham mudado ao longo de todos esses anos desde que partira. Ela indicava o caminho sem hesitação. As ruas da velha Cincy eram estreitas e congestionadas, as casas altas, estreitas e apinhadas, muitas com apenas alguns centímetros entre si quando não eram geminadas.

Diminuímos o passo diante de uma delas. Miss Isabelle observou-a por algum tempo. Da última vez que a vira, disse, anos depois de ter morado nela com os Clincke, a tinta estava descascando das paredes e a varanda estava apoiada em blocos de cimento, os tijolos originais tendo se desintegrado por falta de manutenção. Havia muito tempo, quando o bairro começara a se transformar, Rosemary Clincke se mudara com a família para uma casa pequena no subúrbio. A casa nova parecia ter sido cortada em uma forma de biscoitos e assada, disse Miss Isabelle, com apenas a decoração superficial para diferenciá-la das casas vizinhas. Mas era segura e tinha um jardim para as crianças.

Muitas das casas do antigo bairro dos Clincke foram subdivididas em apartamentos ou pensões baratas, mas estavam aos poucos voltando para mãos cuidadosas, sendo restauradas como residências unifamiliares. Agora, a casa antiga estava pintada de nova, acabamentos em bom estado e cantoneiras com flores embaixo das janelas como quando Miss Isabelle tinha morado lá. Ela me mostrou uma janela no andar mais alto. Uma escada de emergência moderna descia dela. – Foi minha por quase um ano.

Subimos e descemos ladeiras até um bairro entre os subúrbios mais novos e as partes antigas de Cincy e paramos diante de uma casa de tijolos vermelhos com um telhado íngreme e uma varanda ocupando metade da frente. Na outra metade, toldos listrados parecendo cílios verdes e brancos sombreavam duas janelas. Uma entrada estreita de carros levava até a garagem de uma vaga nos fundos. As casas nessa rua, bem cuidadas ao longo dos anos, deviam se parecer bastante com sua versão de cinquenta anos antes – embora árvores enormes agora se erguessem em torno delas. Miss Isabelle disse que eram "Cape Cod".

– Eu achava que Cape Cod ficasse na Costa Leste – comentei, colocando o carro em ponto morto entre as placas de PROIBIDO ESTACIONAR ao longo da rua.

– É o *estilo* Cape Cod.

– E você morou nessa casa?

– Não estamos fazendo um tour arquitetônico.

Sua reação foi ambígua. Parecia emocionada e enternecida ao vê-la, mas um toque de frustração e amargura transparecia em seu rosto, provocando contrações em suas bochechas e lábios – e nos meus também. Eu vinha tendo essas vontades inesperadas de chorar nos últimos dias. Tossi. – Então esta foi... depois dos Clincke? Você morou aqui com outra família?

As cores do entardecer

– Sim. Outra família – ela respondeu. – Durante quatro ou cinco anos antes de nós nos mudarmos para o Texas.

– Nós?

Ela não quis entrar em detalhes. Pediu que eu seguisse dirigindo até acharmos um lugar para comer. Apontou para um pequeno restaurante – o Skyline Chili Parlor. Sentadas ao balcão, ela sugeriu que eu pedisse o *Cincinnati Four Way* – um prato grande de chili com espaguete, com cobertura de queijo cheddar e cebolas. Parece que o chili não era sucesso só no Texas. Era coisa de grego também. Esse chili era diferente – senti um leve gosto de canela... Ou chocolate. E a parte mais engraçada? Depois de eu pedir aquela monstruosidade, Miss Isabelle escolheu apenas um *Coney* – uma simples salsicha no pão, metade do tamanho de um cachorro-quente normal. Ela preferia o *Dixie Chili*, disse, mas só no lado de Kentucky do rio. Além disso, ela não conseguiria dormir aquela noite se comesse algo apimentado. Eu comi meu prato feito uma criança obediente, depois gemi sentada no carro enquanto ela indicava o caminho para nossa pousada.

Miss Isabelle estava murcha quando enfim chegamos ao bairro elegante e reservado em Cincy propriamente dita. O proprietário da pousada pediu desculpas por cobrar pela noite anterior, mas era a política da empresa. Miss Isabelle fez um gesto gracioso de pouco caso. (Teria sido tão elegante com o *Senhor* Gerente Noturno também, se ele tivesse demonstrado boas maneiras primeiro.) Ele ainda ofereceu uma noite de cortesia ao fim de nossa estada se não aparecesse nenhum hóspede, mas, é claro, não íamos precisar disso.

Enquanto eu levava as malas, insisti que Miss Isabelle descansasse em um cantinho confortável de nosso quarto com duas poltronas juntinhas.

O quarto tinha duas camas de casal cobertas com edredons brancos e travesseiros macios com estampas azuladas de mulheres à moda antiga em longos vestidos e carregando guarda-chuvas. Depois das camas de hotel genéricas em que tínhamos dormido, pareciam o paraíso. Eu mal podia esperar para afundar em uma delas, mas a hora de dormir estava longe. Tínhamos coisas a fazer, lugares a ir. Em primeiro lugar em minha lista, no entanto, estava convencer Miss Isabelle a descansar um pouco, mesmo que eu não pudesse. Ela estava mais tensa a cada hora desde que chegamos à cidade.

– Venha se sentar aqui. – Apontei para uma cadeira de espaldar baixo em frente a uma penteadeira antiga. – Faz quase uma semana que não toco em seus cabelos. Precisamos dar uma geral neles antes de sairmos em público.

Eu não tinha como lavar os cabelos de Miss Isabelle ali, mas podia pelo menos renovar suas mechas com meu ferro de enrolar e uma escova. Passar meus dedos em sua cabeça e massagear seu couro cabeludo, suas têmporas e sua nuca poderia relaxar músculos tão retesados que dava para vê-los.

Ela se moveu como em um transe, sem falar. Jogou-se na cadeira.
– Estou cansada, Dorrie.

– Eu sei – eu disse, desembaraçando com delicadeza os pequenos ninhos que conseguiram se formar em seus cabelos prateados apesar da antiquada fronha de seda que eu coloquei em seu travesseiro todas as noites na estrada. – O que você fez com aquele slide, Miss Isabelle? Você ficou com ele?

– Não sei por quê, mas fiquei. Guardei no meu velho lenço, sempre enfiado no fundo da gaveta da penteadeira, onde quer que morasse. Ele me consolava. Como se fosse um retrato que eu pudesse olhar quando sentisse falta do Robert e do bebê. – Ela fechou os olhos e se acomodou na cadeira estofada enquanto eu trabalhava. Caiu no sono e eu a observei pelo espelho. Suas pálpebras tremiam com os olhos se movendo sob elas. Eu não podia saber com *o que* ela estava sonhando, mas era fácil adivinhar que rostos estaria vendo.

33
Isabelle, 1940-1941

AS NOTÍCIAS QUE NELL ME DEU me deixaram ainda mais abatida, mas, pouco tempo depois de encontrá-la, uma moça que conheci em uma lanchonete me convidou para um baile público de fim de semana. Dançar não me interessava. Só o que importava para mim era chegar ao fim de cada dia, pagar meu aluguel e alimentação e contar os minutos até poder esquecer minha tristeza nas poucas horas em que dormia profundamente.

Minha nova amiga insistiu. – Pense em todos os rapazes bonitos que vão estar lá – disse Charlotte, sem saber que só me deixava mais desinteressada. Mas logo completou: – São na maioria soldados que estão indo para Fort Dix. – O primeiro recrutamento em tempos de paz da história dos Estados Unidos significava que os homens estavam partindo em hordas quase sem aviso prévio. – A intenção é levantar o moral deles antes de irem embora – explicou Charlotte –, ou talvez para que encontrem alguma garota para quem escrever. É só diversão. Não é para ficar apegada demais. – Ela havia percebido meu desinteresse em namorar, embora eu nunca tivesse mencionado meus motivos. Mas a parte sobre soldados chamou minha atenção. Eu sabia que nunca veria Robert em um desses bailes. Pelo que Nell me dissera, ele ainda estava a salvo, estudando em Frankfort, sem falar que era de cor e não o deixariam entrar. Mas eu estava aflita para saber algo, *qualquer coisa*, sobre como seria a vida no exército para um negro.

Seguindo o raciocínio ingênuo de que ir ao baile com Charlotte poderia ser o jeito de saber tais coisas, eu me lancei na parada frenética de jovens moças que se enfeitavam e desfilavam e tentavam atrair a atenção dos conscritos de rostos recém-escanhoados.

Eu sentia um estranho alívio quando escutava as bandas, quando dançava. Os homens não se importavam com quem eu era ou de onde vinha. Só queriam alguém para segurar nos braços e imaginar pensando neles se partissem além-mar. Alguns me davam pedaços de papel com seus nomes e endereços postais no exército. Eu prometia escrever – assim como as outras a quem pediam o mesmo.

Algumas moças românticas encontravam suas almas gêmeas – em apenas uma noite. Dispunham-se a subir ao altar com rapazes que só haviam visto limpos, bem vestidos e comportados como nunca. Eram umas tolas, eu pensava.

Vez por outra, aparecia algum atencioso demais, querendo dançar sempre, pedindo meu endereço ou uma foto, insinuando que gostaria de receber um pacote da CARE[16]– ou algo mais do que uma dança na mesma noite. Eu ria, prometia escrever, cruzando os dedos atrás das costas, e insistia que não estava interessada em um relacionamento de longa distância.

Uma noite, um sujeito magro, vestido em uma camisa de flanela, me convidou para dançar uma vez, duas, e de novo depois de ficar me observando enquanto eu dançava com outros homens.

Resolvi que era hora de dispensá-lo. Mas ele me surpreendeu. Admitiu que não era um soldado. Não havia passado no exame médico por causa de um sopro no coração. – Não conte a ninguém, mas eu não vou a lugar algum.

– Então o que faz aqui? – perguntei. – A maioria dos rapazes só quer conhecer o maior número de meninas possível antes de partir para Dix.

Ele encolheu os ombros. – Ora, você ficaria surpresa com quantos não são soldados. É um lugar tão bom quanto qualquer outro para

---

16. Pacote CARE – Cesta básica distribuída pela organização humanitária CARE.

As cores do entardecer

conhecer garotas. O recrutamento é para maiores de vinte e um anos. Acha que todos aqui têm essa idade?

Ele era uma farsa. Como eu. Respondi encolhendo os ombros também. Ele não estava obedecendo às regras ao pé da letra. Nem eu. – Tem razão. É um país livre. Quem vai dizer quem pode entrar ou não? Mas você me pegou de surpresa.

Max – esse era seu nome – me surpreendeu várias vezes nas duas semanas seguintes, aparecendo sempre, me convidando para um número decente, mas não abusivo, de voltas no salão. Passamos a nos sentir à vontade um com o outro. Eu ficava na expectativa de encontrá-lo, mas não uma expectativa nervosa, de comprimir o estômago, como quando queria encontrar Robert em tempos passados, e sim no sentido de reconhecer um amigo, alguém confiável. Alguém com quem conversar se Charlotte estivesse cercada de parceiros para dançar enquanto meu cartão permanecia vazio.

Ele pedia para me acompanhar até em casa todas as vezes, até que enfim concordei. Mas, no curto caminho até a casa da Sra. Clincke, senti-me traindo Robert – embora não tivesse encorajado nada além de amizade com Max. Ou assim dizia a mim mesma.

Ele pegou minha mão e eu olhei para nossos dedos entrelaçados. Isso havia passado do escopo de uma dispensa padronizada agora. Eu permitira que ele me cortejasse sem perceber porque gostava de nossa amizade sem compromisso. – Desculpe, Max, mas não estou em condições de ficar com ninguém agora. Você não ia me querer desse jeito, eu garanto. – Olhei para ele, impotente, esperando que meus olhos transmitissem meu verdadeiro remorso.

Ele soltou minha mão gentilmente e balançou a cabeça. – Tudo bem, não tenho pressa. Lembra? Não vou a lugar algum.

Então lá estava ele, um amigo me levando para casa, mas com algo novo implícito: ele era paciente e esperaria que eu estivesse pronta.

Ele começou a me convidar para matinês de cinema nos fins de semana; para passeios em que comíamos pastéis da Busken na esplanada do chafariz; para subir e descer o plano inclinado do Monte Adams no bondinho porque fazia frio demais para visitar o zoológico. Eu me sentia com sorte, mas a preocupação ainda espetava minha consciência quando eu o apanhava estudando meu perfil. Sabia que estava se apaixonando por mim. E eu estava vazia. As atenções de Max me preenchiam de uma forma pequena e temporária.

– Alguém deve ter machucado muito você – ele dizia quando voltávamos andando para casa nas noites cada vez mais frias. – Você vai manter esse seu coração fechado para sempre? – Ele perguntava com delicadeza, sem pressionar, e parecia não se importar de eu apenas encolher os ombros.

A data que deveria marcar meu primeiro aniversário de casamento passou em meio a uma nevasca violenta de janeiro, eu enrolada na cama para me manter quente – e em um local onde minha desolação não seria percebida. No dia seguinte, o Sr. Bartel e eu atravessamos montanhas de neve congelada nas ruas para abrir a loja, mas não apareceu um cliente sequer. Fui direto para a cama naquela noite. Disse à Sra. Clincke que não me sentia bem e chorei até dormir. Levantei-me na manhã seguinte para enfrentar o frio me sentindo anestesiada de novo.

Tarde de sábado e Max não queria me contar nosso destino antes da hora. A neve demoraria dias ainda para derreter, mas as pessoas começavam a sair de casa de novo. A vida precisava continuar.

O sol de janeiro, embora brilhante, não foi suficiente para nos aquecer quando nos apressamos para descer a rua depois de Max aparecer para me buscar. Subimos em um dos novos trólebus, que vinham aos poucos substituindo os antigos bondes puxados a cabo, e descemos no parque da cidade. Ele me mostrou uma colina apinhada de gente brincando com trenós, adultos e crianças, bochechas vermelhas, subindo a colina e deslizando ladeira abaixo.

Max envolveu minhas botas em trapos para manter meus pés aquecidos e secos, então me puxou para o alto do morro. Descemos em um trenó alugado. Devíamos parecer um casal apaixonado, como os outros jovens casais no parque. Quem naquela multidão diria que meu coração estava tão frio e inerte quanto a neve congelada sobre a qual deslizávamos?

As cores do entardecer

Eu estava apenas fisicamente presente, tentando combinar minhas expressões faciais com as de Max enquanto minha mente flutuava para outro dia de janeiro.

Max acabou me levando até um quiosque que um cidadão empreendedor havia montado e eu me sentei em um banco com uma caneca de chocolate quente entre as luvas.

Em silêncio, observamos as pessoas brincando. Crianças ainda começando a andar caíam na neve e se levantavam sem reclamar, arrancando sorrisos até de meus lábios frios. Max analisava meus sorrisos, como se aquilatando meu humor de acordo com o grau de seus arcos.

Por fim, ele segurou minhas mãos enluvadas entre as suas, esfregando-as de maneira vigorosa e ostensiva, para aquecê-las – um contato físico raro que ele pôde iniciar sem risco de uma reprimenda constrangida.

Ele se deteve, no entanto, suas mãos ainda envolvendo meus dedos. Eu comparei as duas juntas. As mãos de Robert cobriam as minhas por inteiro. Os dedos de Max, mesmo mais volumosos nas luvas masculinas, mal eram maiores do que os meus. As mãos de Robert me causavam admiração com sua força, me arrepiavam com seu toque. As de Max me inspiravam a sensação simples de igualdade, instigando em meu coração nada além de gratidão pela nossa amizade. Mas para Max, suspeitei, a hora havia chegado. A amizade já não bastava. Quando vi o quanto estava envolvido – em seus olhos, em seu sorriso, até mesmo na postura de seus ombros –, entendi que não era justo continuar lhe dando esperanças.

– Tenho sido paciente, Isabelle – ele começou. Baixei a cabeça, angustiada. – Sou um bom homem. Eu cuidaria bem de você.

Fiquei em silêncio. Sabia o que viria a seguir. Nossa quase corte já estava caducando no contexto de nossos tempos – alguns casais que conhecíamos haviam se casado da noite para o dia. A ameaça de guerra acelerava as coisas, até mesmo para os civis. Mas eu temia que os passos cautelosos que vinha dando para voltar à vida estivessem para ser revertidos e que eu afundaria de novo na desolação da qual conseguira me levantar pelo menos em parte. Inalei o ar frígido, sentindo o cheiro das lâminas sujas de lama dos trenós. O ar frio doeu no peito.

– Você é a mulher que eu estava esperando. Estou certo disso. Quero me casar com você.

Ele soltou uma de minhas mãos e levantou um dedo enluvado contra meus lábios antes que eu pudesse falar. – Hoje, não – ele disse. – Quando estiver pronta. Não sou tolo. Sei que você não se sente como eu. Mas você se importa comigo. Somos uma boa equipe. Eu ganho o bastante para comprar uma pequena casa para nós, talvez com um quarto extra para um dia começarmos uma família.

Ele não tinha como saber que aquela era a pior coisa que poderia dizer. Uma lágrima se formou no canto do meu olho. Congelou e ardeu em minha pele.

– Você pode pensar nisso? Por favor, Isabelle?

Eu queria explicar que casar seria apenas um erro. Mas ele tinha razão. Sua proposta tão delicada merecia minha justa consideração.

Voltamos para casa em silêncio, como se aquele pudesse ser nosso último passeio juntos.

Max era um homem equilibrado, confiável. Um bom homem. Bonito, mas sem chamar a atenção.

Eu sentia grande afeição por ele. Mas não o amava. Não importavam seus pontos positivos, eu não o amava.

Eu havia amado Robert com todo o meu ser e nosso casamento havia terminado.

Em última análise, entendi que meu coração estava fechado para o amor ou casamento porque eu vinha alimentando a esperança de que Robert voltaria para mim. De algum jeito, algum dia. O encontro com Nell deveria ter apagado essa esperança. Pensar que ele podia ter encontrado outra me arrasou. Como a casca de um ovo cozido batido contra o prato, meu coração estava rachado e quebradiço.

Saí do laboratório do Sr. Bartel um dia no início de fevereiro, com o vento estalando em torno de meus ouvidos desprotegidos. Eu havia me esquecido de colocar meu chapéu na bolsa aquela manhã. Depois de andar alguns quarteirões, entrei em um café. Sabia que nunca chegaria em casa sem tomar uma xícara de café bem quente. O ambiente em si já me aqueceu, me envolvendo logo ao abrir a porta pesada contra o vento.

Esperei ao balcão, observando as pessoas sentadas às pequenas mesas. Um casal compartilhava o jornal. O rapaz lia por cima do ombro da namorada. Vez por outra ela o empurrava, como se estivesse invadindo seu espaço. Bem-humorado, ele a empurrava de volta, mas recuava um pouco. No fim das contas, ele se sentou de frente para ela. Um anel brilhou no dedo dela, mas as chamas entre eles pareciam mais brasas mornas. Os dois pareciam satisfeitos e felizes por estarem embarcando em uma vida juntos. Pareciam bons amigos. Vi Max e eu neles.

Em outra mesa, havia uma moça de braços cruzados, os lábios petulantes prestes a proferir uma palavra incisiva. Seu acompanhante uniformizado se debruçava para falar com um homem à mesa ao lado. Ela estava enciumada. Não queria dividir o namorado com ninguém. Mas, quando ele se virou rapidamente e deslizou a mão em seu braço, ela relaxou, descansando as mãos entrelaçadas no colo. Agora ela o olhava com a admiração e o fogo de uma paixão óbvia. Vi Robert e eu neles.

Os dois casais não pareciam nem certos, nem errados. Apenas eram.

Fazia longos meses que eu perdera o que mais importava – primeiro Robert, depois nosso bebê. Deixara claro para Nell que agora eu era independente, capaz de tomar as próprias decisões. Se fosse para Robert me procurar, ele já o teria feito a essa altura.

A metáfora representada pelos casais no café parecia bem clara. Eu podia ficar congelada no tempo, lamentando minhas perdas para sempre, ou podia tentar seguir em frente também. A resposta parecia estar sendo ditada pelos sinais à minha volta.

34

Dorrie, Dias Atuais

MISS ISABELLE ACORDOU DE SUA SONECA em um estado pouco comum – *compenetrada*, dizia o livro de palavras cruzadas. Íamos a um funeral, então quem não ficaria compenetrado? Mas isso era algo mais. Eu queria deixar as coisas de lado um pouco, mas ela parecia compelida a terminar sua história, então terminei de retocar seu penteado enquanto ela falava.

Tentei imaginar Miss Isabelle desistindo de seu amor eterno. Não tinha outra maneira de encontrar Robert? Como podia ter desistido dele? Desistido *deles*? Teria sido Max a melhor resposta de fato?

Mas eu sabia o fim da história. Tinha visto as fotografias em sua casa. Era como um filme triste: você *sabia* o que ia acontecer, talvez até já tivesse visto umas cinco vezes – mas continuava torcendo para o fim ser diferente.

Terminei os cabelos de Miss Isabelle e troquei de roupa. Trouxera duas roupas boas – uma para o funeral e uma calça fina e uma blusa de seda que Miss Isabelle disse que serviriam para o velório. Vesti-me, então me exasperei com os nós que se formavam em meus cabelos. Estava na hora de eu mesma ir ao salão, mas sem dúvida não havia muito que eu pudesse fazer em Cincinnati.

– Dorrie? – Miss Isabelle chamou do outro lado do quarto. – Eu ainda não lhe falei sobre os detalhes deste funeral.

Não, não falou. Isso estava claro. Continuei o que estava fazendo, tentando fechar a presilha microscópica do meu colar. Nunca fui de usar joias, mas essa era uma ocasião especial – mesmo não sendo minha. Não queria que sua família ou seus amigos pensassem que eu era apenas uma acompanhante de classe baixa que ela tinha contratado para trazê-la de carro até o funeral.

– Estou nervosa. E não quero que pense mal de mim, mas tenho que dizer...

– O quê? A senhora, nervosa? De jeito nenhum, mocinha. – Sorri para ela, tentando introduzir um pouco de leveza na conversa. Ela estava me deixando nervosa também.

– Estou falando sério agora, Dorrie. Você vai me achar uma velha horrorosa.

– Eu nunca acharia você uma velha horrorosa – retruquei. – Se bem que teve aquela única vez, logo quando nos conhecemos. – Dei uma risadinha. – Mas logo esclarecemos tudo.

– Talvez eu seja a única mulher branca no funeral.

Pronto. Ela desembuchou, enfim. Não posso dizer que fiquei chocada. Já imaginava que todas aquelas lembranças tinham que ter alguma coisa a ver. Na verdade, já fazia ideia de quem era o funeral e entendia perfeitamente que ia ser difícil para todos – para mim também, agora que sabia sua história. Odiei o que a vida fez com ela e Robert.

Mas ficar nervosa por ser a única pessoa branca? Não consegui evitar. Dei uma bufada. E logo me arrependi quando seu rosto murchou como se eu o tivesse furado com uma agulha e deixado escapar todo o ar. Ela falava sério.

– Desculpe, eu não queria rir. – Corri até ela e me agachei ao lado da cadeira. Peguei sua mão e apertei. – Obrigada por ser honesta comigo, Miss Isabelle. Sempre gostei disso na senhora. Mas do que a senhora tem medo? Afinal, só vão pensar que foi gentil em vir.

– Eu sei, Dorrie. Mas eu tinha que dizê-lo. Não quero que ninguém pense que sou uma mulher branca metida chegando montada em seu cavalo branco. Sei que parece ridículo.

As cores do entardecer

— Mas a senhora foi convidada. Seus amigos sabem que virá, não sabem? — Isso me preocupou. Eu entendia sua preocupação. Se ela aparecesse nesse funeral sem avisar, algumas pessoas poderiam ficar curiosas sobre sua presença. Ela teria razão? Poderia alguém ficar ofendido?

— Sim — ela disse. Soltei o fôlego.

— Bem, está tudo certo, então. Não se preocupe. — Dei um tapinha na mão dela e me estiquei, gemendo quando os músculos de minhas costas deram um nó. Ficar de pé o dia inteiro não era dureza só em meus pés, acabava com minhas costas também. Uma massagem daquelas que o folheto da pousada mencionava era bem tentadora. Mas a quem eu estava querendo enganar? Massagens continuavam na minha lista de coisas a fazer quando ficasse rica e famosa. Ou talvez se me casasse de novo.

Teague. Eu não pensava nele havia uma hora pelo menos. Na verdade, pensei nele apenas em intervalos entre a preocupação com o comportamento de meu filho e a história triste de Miss Isabelle. Mas saber que ela tinha desistido de seu verdadeiro amor me fez entrar em ação. — Miss Isabelle, vai dar tudo certo. A senhora vai ver. Dá tempo de fazer uma ligação antes de sairmos?

Um lampejo de esperança transformou seu rosto. Talvez ela estivesse vendo alguma coisa em meu rosto que a deixasse otimista quanto à própria situação que parecia insolúvel. Quem sabe? Talvez tivesse uma razão para ter me contado sua história, além de explicar esse funeral.

Olhei para o lado de fora do nosso quarto. Uma porta levava a uma varanda comprida com muitas poltronas confortáveis. Senti-me estranha ao verificar se a porta estava trancada, como se estivesse na casa de alguém fazendo algo que não devia. Mas o dono da pousada tinha nos dito para ficarmos à vontade. Na varanda, andei de um lado para o outro antes de apertar o botão de chamada rápida que tinha programado para Teague semanas antes.

Correio de voz.

Isso era bom. Melhor do que bom, na verdade.

— Oi, Teague. Sou eu, Dorrie. — Hesitei, já me sentindo boba. — Eu só queria dizer que estou fazendo tudo errado. Não sei se podemos resolver isso, o que quer que isso seja, mas quero que saiba o quanto gosto de você. Achei que você ia pensar as piores coisas quando soubesse que meu filho fez uma besteira. Na verdade, talvez esteja fazendo isso agora, ligando os fatos. Sim, você chegou à conclusão correta. Mas eu não lhe dei nem uma chance. Lamento por isso, muito mesmo. Não tenho tempo para contar tudo agora. Estou meio que de joelhos agora, mesmo que esteja de pé na varanda de uma pousada, pedindo que tenha paciência. Os próximos dias serão em função de Miss Isabelle, de terminar esta viagem. Depois, quando eu chegar em casa, tenho que tratar da situação com meu filho, ver o que dá para resgatar de sua vida, arrumar a bagunça, seguir em frente. Mas tem outra coisa... Eu gosto de você de verdade. Gosto mesmo. Então, pode ter paciência comigo? Pode deixar as coisas rolarem por um tempo? Percebi tudo isso há apenas alguns minutos, mas acho que estava na minha cabeça o tempo todo. Teague, não quero perder você, seja o que for que nós...

A caixa de correio de Teague me interrompeu com um bipe e eu dei um tapa na grade da varanda. Tinha usado todo o meu tempo. E isso nunca acontece a não ser quando se tem algo importante a dizer.

Mas eu disse o que precisava dizer. Por enquanto. Ele ia entender e, com sorte... Bem, com sorte, ele me daria uma segunda chance.

Agradeci silenciosamente Miss Isabelle. Sua história não tinha como terminar do jeito que eu gostaria, mas pelo menos tinha me ensinado uma coisa importante.

Quando o cara certo aparecer, não estrague tudo.

35
Isabelle, 1941-1943

OFERECI A MAX UMA SAÍDA. Disse que ele não seria meu primeiro homem, que eu não era virgem. Ele não se incomodou. Disse que eu também não seria sua primeira e que era justo e razoável que a gente começasse do zero.

Ambos os meus casamentos foram cerimônias simples e sem alarde. No segundo, como no primeiro, só havia quatro pessoas presentes. Dessa vez eram eu, Max, o juiz de paz e minha amiga Charlotte, que assumia todo o crédito. Fora ela quem me convidara para os bailes em que nos encontramos. Nas fotografias, ela e Max pareciam radiantes, como se fossem eles o casal feliz, ao passo que meu rosto exibia apenas um sorriso forçado.

No segundo, como no primeiro, não avisei meus pais. Havia deixado claro que podia viver sem a aprovação deles. Os pais de Max moravam a centenas de quilômetros de distância. Ele mandou um telegrama dando a notícia e dizendo que entendia se não pudessem comparecer.

Vesti-me com simplicidade, de novo, mas o vestido bom que usei no primeiro casamento ficou no armário, acumulando a poeira de lembranças agridoces, pois nunca mais tive coragem de vesti-lo – ou de jogá-lo fora.

Um casamento acontecera em um mês gelado de janeiro. O outro foi em um fim de primavera ensolarado.

Naquele janeiro passado eu me sentira como na primavera, e naquela primavera eu me senti como no inverno de janeiro.

Max comprou um anel de ouro sem enfeites para mim – embora eu não pensasse em nada além do dedal simbólico que Sarah Day nos dera. Eu ainda me perguntava o que teria acontecido com ele. Robert o teria levado ou, em minha pressa de sair, ele teria caído debaixo da cama e rolado para algum buraco onde estaria até hoje? Ou talvez a senhoria o estivesse usando para costurar, sem saber de seu significado.

Nenhuma advertência foi feita antes de Max e eu pronunciarmos nossos votos. O juiz examinou nossos papéis e nos declarou casados. Ele já tinha casado inúmeros casais àquela altura que só haviam se conhecido algumas semanas antes ou mesmo alguns dias, mas foi uma das poucas pessoas que não perguntaram a Max por que ele não estava de partida e não parecia querer saber.

Ao sairmos da prefeitura, a multidão fluiu em torno de nós sem nos ver. Não havia nada que nos destacasse.

Max havia financiado uma pequena casa em uma parte mais nova de Cincy. Uma viagem bastara para transferir minhas poucas posses para lá antes de nossa noite de núpcias.

Quanto a isso, nossa noite de núpcias, ela foi bem diferente.

Quando entrei na casa, não senti nada que se assemelhasse ao medo que experimentara na noite em que Robert e eu subimos as escadas até nossa câmara nupcial. Não tive medo de que alguém pudesse nos perseguir ou considerar nossa união imprópria ou ilegal. Não tive medo quando Max fez amor comigo gentilmente na cama modesta que havia instalado em nossa minúscula suíte. Não vou dizer que fui a noiva mais entusiasmada. Estava resignada ao ato e, com o tempo, até passei a desfrutar de seu prazer inconsciente, sedativo.

Tomei precauções para não engravidar, e Max concordou em adiar o projeto de iniciar uma família. Com a incerteza da guerra e a economia apenas recém-recuperada, insisti que devíamos nos manter em nossos empregos estáveis e nem pensar nisso até estabelecermos nosso lar e fazer uma boa poupança.

As cores do entardecer

Teria sido justo dizer logo que eu não queria ter filhos, pronto. Eu não tinha lhe contado minha história, não dissera uma palavra sobre Robert. Esperava nunca ter de fazê-lo. Pensar em uma nova gravidez me deixava apavorada – mesmo sem o perigo de alguém arrancar o bebê de meus braços antes mesmo de eu poder dar um beijo de despedida em seus lábios pequeninos demais, silenciosos demais. Também temia que a queda tivesse causado danos permanentes em meu ventre. Talvez não conseguisse levar uma gravidez até o fim. Eu não queria saber. Não podia nem imaginar um bebê saindo de mim sem pensar no rosto de minha filha – um rosto que eu só conhecia em minha imaginação.

Os Estados Unidos entraram na guerra em dezembro. Mudou todo o mundo. O bombardeio de Pearl Harbor, embora tão longe, no Havaí, desafiou nossa crença de que nosso país era imbatível. A notícia me levou às lágrimas para a cama. Max pensou que eu chorava por causa da inevitabilidade da guerra; não tinha como saber que eu chorava por Robert. Eu me perguntava se Robert iria sobreviver agora que estávamos real e verdadeiramente em guerra, justo quando ele devia estar para embarcar se a informação de Nell estivesse correta. Max tentou me consolar quando veio se deitar, acariciando meu ombro, tentando me puxar para perto de si, mas eu me virei. Senti-me infiel como nunca a Robert.

Eu trabalhava menos horas a cada mês que se passava à medida que os negócios caíam como resultado do aperto inevitável da guerra. O trabalho de Max como contador em uma empresa de fornecimento industrial era preciso como um relógio. A guerra só serviu para aumentar a demanda pelos produtos de sua empresa. Eu preparava seu café todas as manhãs e sua marmita. Ele me dava um beijo na bochecha, como se já tivéssemos feito bodas de prata, e acenava para mim a caminho do ponto onde o trólebus o apanhava. Estávamos guardando dinheiro para um carro, mas, com o racionamento, não tínhamos pressa.

Nos fins de semana, ainda íamos ao cinema ou a concertos de orquestras cívicas locais, embora a música sofresse com tantos homens partindo para a guerra.

Eu podia ver o futuro distante. Mesmo depois da guerra, nossa vida continuaria do jeitinho exato que era, devagar e sempre, um ano depois do outro, uma década após a outra.

Max vicejava com a previsibilidade das coisas. Eu murchava por dentro. Praguejava contra nossa utopia torpe. Max não se interessava por assuntos que mantinham minha mente viva – não havia qualquer conversa sobre eventos atuais, sobre ficção popular ou clássicos da literatura, sobre música ou filmes. Tentei interessá-lo, elevá-lo – com a presunção que eu começava a ver as coisas – à minha altura. Ele ficava perplexo, mas não dava muita atenção a minhas tentativas. Ria-se, insistindo que não tinha o desejo de ver além da superfície.

Era um bom marido, exceto pela sua incapacidade de provocar qualquer interesse em mim – interesse por quem ou o que havia sob sua pele. Com menos de dois anos de casados, eu sentia que já o conhecia por completo, e a soma desse conhecimento caberia em uma xícara de café. Por sua vez, ele pouco sabia de mim além de que havia se casado com uma mulher que parecia gostar de discutir. Ele levava na esportiva, como tudo o mais, exibindo um sorriso orgulhoso.

Em um dia como aquele, em 1943, Max caminhou até o ponto de ônibus como sempre. Eu descontei minha frustração nas batatas e cenouras inocentes que descasquei para o jantar, varrendo a varanda, tentando não explodir de vontade de engajar alguém – qualquer um! – em uma conversa mais estimulante do que uma discussão sobre o clima ou o preço da dúzia de ovos. Virei-me para uma roseira rebelde que havíamos plantado na primavera passada. Estávamos em plena guerra, e a maior parte de nossa jardinagem era dedicada a cultivar alface, feijão e qualquer coisa que ajudasse a conservar os produtos comerciais para as tropas e cortar custos em seu transporte. Mas resolvemos fazer uma extravagância e compramos a roseira para plantar em um canto vazio do jardim da frente. Só não esperávamos que fosse uma planta tão exigente de atenção. Quando eu não estava combatendo fungos, estava colocando fertilizante. Quando não era fertilizante, era poda.

As cores do entardecer

Parecia trabalho demais para uma planta de tamanho médio que não nos dera grande retorno. Alguns brotos abriram depois que a plantamos, mas de resto ficou dormente o verão inteiro, o outono e o inverno. Li que uma poda na primavera estimularia a profusão de brotos que eu desejava tanto ver – talvez me dessem esperança de algo mais do que só uma roseira.

A voz dele disse atrás de mim: – Você nunca foi boa podando arbustos.

Deixei cair a tesoura e levei as mãos à barriga. Minhas pernas cederam e eu caí de joelhos no chão. Não esperava nunca mais ouvir sua voz. Mas, mesmo depois de quase quatro anos, eu a reconheceria em qualquer lugar.

Eu não ousava me virar. Temia que a voz tivesse saído de minha imaginação: uma ilusão nascida das imagens que ainda me assombravam. Era óbvio que ouviria a voz de Robert ao podar um arbusto, sonhando com as horas que havíamos passado sob a pérgola. Era óbvio.

Deixei meus olhos se fecharem e fiquei parada, mandando minha mente fazer de novo.

Ouvi um pigarro e virei a cabeça o bastante só para olhar por cima do ombro.

Era Robert, resplandecente em uniforme militar. Segurava o quepe pontudo nas mãos e o levantou em uma saudação desajeitada.

As emoções me dominaram, algumas dirigidas a Robert, outras apenas à situação: alívio, choque, felicidade, fúria, ceticismo, esperança, amargura.

Amor.

Ainda amor.

– Olá, Isabelle. – Calmo. Confiante. Enquanto antigamente ele ainda tinha algo de menino, agora era um homem. A passagem do tempo que vi em seus olhos deve ter se refletido nos meus.

Mas sua voz também demonstrava cautela. Não o temor antigo de ser descoberto ou perseguido. Parecia despreocupado com o que meus vizinhos pensariam, porém receoso de minha reação.

Eu me forcei a ficar de pé, lutando contra a sensação de que a gravidade iria me vencer. Dei um passo em sua direção, examinando-o como se ainda fosse evaporar-se, uma miragem criada a partir de meus desejos – ou resultado do excesso de sol na cabeça enquanto podava a roseira.

– Você é de verdade – eu disse, chegando perto o bastante para tocá-lo, ainda que não o fizesse.

– É claro que sou de verdade – respondeu.

Eu queria me jogar em seus braços, implorar que me dissesse por que nunca tentou entrar em contato comigo, que me salvasse do erro que era meu casamento. Não fiz nada disso. Fiquei calada, absorvendo a visão dele em uniforme.

Os eventos que testemunhou e os demônios que enfrentou durante aqueles quatro anos estavam gravados em sua testa e nos maxilares como histórias escritas em linhas finas e músculos tensos.

Embora sua voz fosse inconfundivelmente Robert, as arestas haviam sido aparadas, ficando algo que beirava o refinamento. Imaginei para onde teria viajado desde que se alistara. Ele já soava diferente depois de ir para a faculdade – antes de nos casarmos –, mas isso superava tudo. Havia sabedoria em seu barítono profundo, mesmo nas poucas palavras que pronunciara.

– Por que veio aqui? O que está fazendo? Como... – Por onde eu ia começar?

– Não sei se tenho todas as respostas – ele falou. – Mas acho que foi o destino que me trouxe até você. De novo.

– Destino? – Fiquei confusa de início, então me lembrei do que lhe dissera tantos anos antes, quando falei com infantilidade sobre *kismet* e destino. Eu fora tão ingênua.

– Encontrei seu pai no centro. Ele me falou de seu... seu casamento. Foi fácil achar o nome de seu marido na lista telefônica.

Ele sabia que eu tinha me casado de novo. E meu pai também sabia. Eu havia ignorado suas tentativas de entrar em contato comigo pelos Clincke, mas, pelo visto, ele vinha me mantendo sob vigilância. Falar nele fez meu coração gelar. – Onde você esteve?

– Onde estive nos últimos tempos?

– Gostaria de saber onde esteve desde a última vez que nos vimos. Por ora, onde esteve nos últimos tempos será o bastante. – Detestei o tom frígido em minha voz. Afinal, ele não podia ter feito nada diferen-

As cores do entardecer

te; meus irmãos e minha mãe estavam decididos a eliminá-lo de minha vida. Qualquer coisa que tentasse teria sido loucura. Mas eu estava amargurada. Não podia evitar. Ele teria ao menos tentado?

– Estive trabalhando em refeitórios do exército com outros homens que se parecem comigo quando não estão transportando suprimentos. – Ele amassou a borda do quepe no punho. – Até agora, tenho ficado na frente doméstica. Quando me alistei, disseram que nunca me deixariam servir em uma unidade médica, mas agora estão falando em treinar um grupo de médicos negros para o teatro de operações europeu. Estou me candidatando.

A notícia expulsou o ar de meus pulmões. Mesmo casada outra vez, tinha nutrido a fantasia de conto de fadas de que um dia ele viria me resgatar. Não consegui falar de imediato. Quando o silêncio entre nós se tornou insuportável, gaguejei uma pergunta rápida. – Você está indo... – parei. A frase "para lá", cantada patrioticamente nas canções de guerra, me enfurecia. Ele havia me encontrado, mas apenas para dizer que estava se sacrificando ao inimigo quando podia ficar em segurança em casa, mesmo sua habilidade e treinamento sendo desperdiçados. Eu queria bater em seu peito e derrubá-lo no chão.

– Não há tanta necessidade de médicos por aqui. Quero fazer minha parte. Tem uma unidade de soldados negros sendo treinada para a Europa. Vão precisar de médicos. Como é agora, ninguém quer tocar nos nossos rapazes. Eles mal recebem atenção quando são feridos. A maioria é deixada para morrer.

Senti vergonha com a menção a *nossos rapazes*. Era minha gente fazendo isso com eles. Estremeci, pensando em homens como Robert abandonados nos campos de batalha só por causa da cor da pele. Mas este era o mesmo país onde levantavam placas como aquela na entrada da minha cidade natal, avisando negros para sumirem antes do anoitecer. O mesmo país onde homens violentos faziam "justiça" com as próprias mãos enquanto outros faziam vista grossa.

No nível intelectual, compreendi a necessidade de Robert, de cuidar de seus irmãos feridos. Claro que sim. Qualquer outra reação seria indigna de nós.

Porém, no nível emocional, eu queria gritar para Robert me salvar do erro infeliz de meu casamento com Max, que me abraçasse e amasse para o resto de nossos dias. Não suportava pensar que ele pretendia me deixar de novo.

– Eu preferia que não tivesse vindo aqui então. – As palavras saíram cuspidas. – Preferia que tivesse me deixado sem saber até mesmo que ainda continuava vivo. Quando por fim consigo suportar a vida sem você, agora meu coração vai se partir mais uma vez.

Tirei as luvas e as joguei ao pé da roseira e chutei a tesoura de poda do caminho. Subi correndo o caminho até a porta e depois os degraus da frente, deixando Robert mudo.

– Isa! – ele gritou enfim. – Eu estou aqui porque precisava vê-la. Eu ainda amo você. Cada dia, cada minuto, eu amo você.

Olhei para a porta de tela, ouvindo suas palavras, o som do nome que me deu.

Balancei a cabeça de um lado para o outro. Ele não estava ali por mim. Ele ia embora tão depressa quanto apareceu.

Mesmo que ainda me amasse.

Enfiei os punhos nos olhos, tentando conter as lágrimas quentes que ameaçavam me trair.

– Nell me disse... Ela me fez acreditar que você havia encontrado outra pessoa – falei em um tom tão baixo, não sabia se ele tinha me ouvido. Mas sua voz surgiu perto do meu ombro esquerdo.

– Você viu a Nell? – perguntou. – Ela lhe disse... Isa, nunca houve ninguém a não ser você. Nunca. Desde o dia em que vi você no riacho, gritando e batendo os punhos no chão.

Vi com clareza Nell em minha memória, fazendo o que achava ser melhor para nós dois, me levando a acreditar que Robert seguiria seu caminho. *Sempre* tentando fazer o que era melhor para nós dois.

– Foi por isso que... – Sua voz se apagou, mas eu sabia qual era a pergunta que deixou incompleta.

Virei-me para ele. – Sim. É por isso que moro neste belo cenário infernal. Eu fiz tocaia para você. Eu esperei por você. Mas você foi embora. Você desistiu e foi embora. Então, quando conheci Max e ele não exigiu mais de mim do que eu podia lhe dar, casei-me com ele.

— Eu queria voltar para buscar você. E teria voltado. Eu não tinha certeza se devia lhe contar isso, mas... Tem mais uma coisa que você precisa saber. — Robert olhou para baixo, como se estivesse envergonhado. — Eu queria procurá-la havia muito tempo, Isa. Planejava fazê-lo. Achei que tinha coragem bastante para quebrar as regras. Continuei nas docas, guardando dinheiro para voltar à escola no verão, sabia que seu pai não ia mais pagar meus estudos, e esperando encontrar um jeito de a gente ficar junto de novo. Tentei tanto encontrar um jeito. O verão estava chegando já quente e úmido. Todo mundo estava de pavio curto. Parecia que, se eu espirrasse na hora errada, meu chefe iria me despedir. Estava andando para casa do trabalho uma tarde quando dois homens pularam em cima de mim do nada. Eles seguraram meus braços e me arrastaram até um carro. Eram Jack e Patrick. E era o carro do seu pai, todo brilhando.

Robert parou, olhando para a rua, olhando para o nada na verdade, lembrando-se do rosto de meus irmãos — ou talvez daquela tarde em que flertamos enquanto ele lavava o carro do papai. Pensei na época do ano. Quando minha gravidez começou a aparecer, Jack e Patrick nunca deram sinal de que perceberam. Nem no dia em que dei à luz, nem depois.

Mas eles haviam percebido.

— Eles me enfiaram no banco de trás. Tinha um sujeito no banco da frente que eu não conhecia. Enquanto ele dirigia, os outros dois seguraram minha cabeça para baixo, apesar de eu tentar resistir no início. Quando o carro afinal parou, eu não fazia ideia de onde estávamos. Era uma estrada de terra, pouco mais que uma trilha no meio de uma floresta. Eles me arrancaram do carro e eu tentei correr, mas os três pularam em cima de mim, quase me matando de tanto bater. Então me arrastaram pelos pés até uma clareira. Tinha mais três ou quatro homens esperando. Implorei a seus irmãos que me dissessem por que tinham me levado até ali. Disse que tinha feito tudo o que mandaram. Deixei você em paz, Isa. Não apareci perguntando por você, não tentei falar com você, mesmo que quisesse. Mesmo ainda pretendendo fazê-lo. Mamãe e Nell já tinham deixado sua casa. A Nell havia mais tempo, claro. Minha mãe havia poucas semanas. Eles disseram "Cala a boca, negro". Disseram que já era hora de me darem uma lição por manchar uma mulher branca.

Segurei-me na porta de tela com medo de minhas pernas não me sustentarem. Suas palavras fizeram meus joelhos tremerem, deixando-os inúteis. A porta frágil não ajudava muito, mas me aguentou.

– Àquela altura, eu já estava além do medo. Calculei que minha melhor chance era ficar calado e não resistir ao que quer que fossem fazer. Eram seis ou sete contra um. O que mais eu podia fazer? Rezei para que não fosse nada envolvendo uma corda e uma árvore. Tinha uma corda. Eles amarraram minhas mãos e pés juntos em um grande nó e me deitaram de lado. Um deles queria me amordaçar, mas Jack disse: "Não. Quero ouvir esse bicho gritar. Quero ouvir ele gritar muito". Nesse momento, eu sabia que o que estava por vir não ia ser nada bom. Só podia rezar para sair dali vivo.

À medida que falava mais rápido, Robert soava mais como o menino que eu conhecera havia tanto tempo.

– Outro sujeito atiçava uma fogueira que ainda não tinha chamado minha atenção até aquele momento. Ele chamou Jack, disse que estava bem quente. Comecei a suar frio, pensando no que pretendiam fazer. Iam me queimar vivo? Eu teria preferido ser enforcado a virar um churrasco humano. E não sou orgulhoso demais para admitir que implorei por misericórdia. Chorei feito um bebê. Achei que ia morrer.

As lágrimas escorriam pelo meu rosto, mas não movi um músculo, não disse uma palavra. Robert estava em minha frente, cem por cento vivo, mas eu senti pavor, como se estivesse acontecendo ali, como se estivesse acontecendo comigo também.

Ele soltou o fôlego pelo nariz. – Eles tinham alguma coisa em mente. Jack disse: "Vai pegar o negócio lá no carro". Patrick voltou com uma ferramenta de metal comprida, como um ferro de lareira. Eu não sabia o que iam fazer. Iam me estuprar com ele? Iam me cegar? O quê? Quando penso no que podia ter acontecido, acho que tive sorte.

Jack pegou o ferro e foi até a fogueira. Só então entendi. Era um ferro de marcar gado.

Respirei fundo.

– Jack esquentou o ferro. Usava uma luva grossa. Vi o quanto estava quente o ferro quando ele não aguentou mais segurá-lo com a mão nua. Ele brilhava, incandescente. Estremeci, a temperatura do meu corpo fria como gelo comparada ao que sabia que viria em seguida. "Está com medo, neguinho?", ele perguntou. Quando não respondi, ele veio e me chutou nos rins.

– "Sim", eu acabei dizendo depois de parar de tossir.

– "Sim, o quê?", ele disse.

– "Sim, *sinhô*."

– "Assim é melhor. Agora, neguinho, isto é para você se lembrar, caso até mesmo pense em olhar para uma mulher branca de novo, entendeu?"

– Eu fiz que sim. "Sim, *sinhô*."

– "E qualquer mulher branca que ousar olhar para um animal como você vai ser punida também." Eu levantei a cabeça e Jack me encarou. Acho que os outros não sabiam, exceto por Patrick. Eles nunca falaram seu nome, mas Jack quis dizer que iam machucar você também. Isso me apavorou, pensar neles fazendo alguma coisa com você, punindo você por minha causa. Jack disse: "Isso não vai doer nem um pouco. Você é um animal mesmo. Um grande animal peludo que não consegue manter seu negócio peludo na calça perto de mulheres brancas". Perdoe meus termos, mas foi o que ele disse, só que não tão educadamente. Os outros riram com ele. Mas eu não estava rindo. Nem naquele momento, nem quando ele enfiou o ferro no meu tronco, na pele fina sobre minhas costelas. A última coisa de que me lembro antes de desmaiar foi o chiado e o cheiro de minha carne queimando.

Levei a mão à boca, com medo de vomitar. Caí sentada em uma das cadeiras da varanda – cadeiras com espaldar e assentos bonitos que Max tinha pintado de amarelo-vivo. O amarelo me deixou ainda mais nauseada e eu tapei os olhos para não olhar para a outra cadeira.

Robert se aproximou, ajoelhou-se em uma perna e continuou em uma voz calma e baixa.

— Quando dei por mim, estava andando onde me jogaram do carro em algum lugar na floresta. Tinham me desamarrado, mas eu mal conseguia ficar de pé com a dor nas costas. Andei de quatro, seguindo o som de água corrente até achar um pequeno riacho. Rasguei uma tira de minha calça, molhei na água e coloquei sobre a pele queimada, esperando que a água fria aliviasse um pouco a dor quase insuportável. Já estava quase escuro. Fiquei deitado ao lado daquele riacho a noite toda, imaginando se não tinham me matado afinal, só que de um jeito mais lento. Acordei na manhã seguinte com uma voz perguntando se eu estava bem. Nunca na minha vida tinha me sentido tão aliviado de ver o rosto de um negro velho olhando para mim. Mostrei-lhe a letra queimada na minha pele. *A*, de animal. Ele me levou em sua carroça até minha mãe. Eles tinham me deixado a menos de um quilômetro de minha casa, pouco depois dos limites de Shalerville. Fiquei apenas alguns dias até me recuperar o suficiente para voltar ao trabalho. Nell avisou meu chefe. Foi uma sorte ele não me despedir. Por que escolheram aquela hora e aquele lugar depois de tantos meses? Acho que nunca vou saber. Mas aquilo me mudou. Perdi a coragem. Contudo, depois que me alistei, depois de meses aturando todo tipo de sujeito que se achava melhor do que era de fato, ela voltou. Eu acreditava de novo. Recuperei a coragem. E eu queria encontrar um meio de tirar você de lá, de tirar você deles. De manter você a salvo de qualquer ameaça que fizessem. Então descobri que você já tinha partido. E que *você* tinha desistido também, Isa.

Desviei o olhar, fitando, através das lágrimas, as irregularidades do concreto do chão da varanda. Ele tinha razão. O que eu dissera sobre esperar por ele? Era mentira na maior parte. Eu havia desistido sem sequer lutar depois de perder nosso bebê. Não fiz nada quando podia tê-lo procurado depois de sair de casa. Eu tinha desistido, acreditando nas insinuações de Nell de que ele havia encontrado outra.

Eu acreditei no que o mundo me disse. Eu me *rendi*.

As cores do entardecer

Robert segurou meu queixo, me fazendo olhar para cima. – Mas eu estou aqui agora. Você está aqui agora. E ainda tenho isto. É a prova de que você é casada comigo, não com ele. – Robert fez um gesto em direção à porta, em seguida tirando uma folha de papel do bolso.

Reconheci o documento, o papel tão fino que dava para ver através dele se levantasse contra a luz. Eu disse: – Minha mãe mandou anular nosso casamento.

Ele balançou a cabeça. – Não no que me diz respeito. Jurei amá-la até o dia da minha morte.

– Não adianta. – Por mais horrorizada que estivesse com a história que me contou, por mais revoltada que estivesse com o que meus irmãos haviam feito com o homem que eu amava, por mais enojada que me sentisse com suas ameaças, minha voz ainda soava ressentida. Suas declarações eram inúteis, não importava o quanto fossem sinceras. Não importava o quanto eu quisesse acreditar nelas. Só serviram para me transformar em um caos rancoroso.

– Podemos levar este papel, Isabelle, levá-lo para onde as pessoas o respeitem e nos deixem em paz.

– Não existe tal lugar. E você está indo embora de novo.

– Eu vou encontrar esse lugar. Mas, antes, vou levar você para um lugar onde você possa esperar por mim e vou voltar para buscá-la. Eu prometo.

Permiti-me contemplar sua proposta. Se eu fosse embora, Max iria me odiar com certeza. E, embora Robert estivesse com nossa certidão de casamento, minha mãe a tornara sem valor, apenas um pedaço de papel para ser jogado no lixo.

No entanto, eu havia feito os mesmos votos. Sua sugestão de que conseguiria encontrar um lugar seguro para nós fez meu coração cantar uma canção que não cantava há anos. Mais do que tudo, eu queria Robert.

– Isa? – Ele se levantou, usando outra vez o apelido pelo qual só ele me chamava. E foi a gota-d'água.

Levantei-me também e me lancei em seus braços. Sem me importar se algum vizinho ou passante nos visse, enterrei meu rosto em seu peito, as lágrimas brotando a vontade, os soluços quentes, ardentes, brotando do fundo de meus pulmões, onde estavam enterrados há tempo demais.

Depois de esgotar minha fúria e frustração com minhas escolhas, encostei a bochecha contra o tecido grosso da camisa de uniforme de Robert. Minhas lágrimas haviam deixado uma mancha úmida no pano engomado.

Robert me segurou por um longo tempo. Então deslizou a mão pelo meu braço e levantou meu queixo com um dedo até eu olhar para seu rosto, seus olhos castanhos que pensei que nunca mais veria, o maxilar robusto recém-escanhoado, a pele tão lisa e macia como de seus lábios.

Puxei-o para mim e nossas bocas colidiram, como se estivéssemos os dois zanzando por um deserto na escuridão, procurando algo que pudesse nos salvar.

Dei um passo para trás, puxando-o comigo, abrindo a porta de tela e entrando em nossa casa, minha e de Max.

A lembrança me deteve menos de um segundo. O bastante apenas para mentir para mim mesma, dizendo que Max era uma variável sem importância nessa nova e estranha equação.

Nós nos beijamos – não, devoramos um ao outro – atravessando a sala, o corredor, todo o caminho até a porta do quarto, onde parei e olhei para a cama simples que Max havia instalado antes de nossa noite de núpcias. Afastei-me do batente da porta e levei Robert até o quarto menor, onde só havia uma cama de solteiro.

Minha hesitação à primeira porta não havia passado despercebida. Robert me questionou com os olhos e com uma só palavra: – Isabelle?

Cobri sua boca com meus dedos e o levei até a cama de solteiro, onde me sentei e me recostei no travesseiro, puxando-o para mim. Lembrei-me da porta da frente destrancada, desejando ter passado o trinco. Mas Max não voltaria para casa por horas e tinha a chave – fora que um trinco não ia impedi-lo de ver isso, o que quer que fosse. Uma traição a Max? Quando eu já havia traído Robert com ele?

Eu não me importava mais.

Não foi nenhuma noite de núpcias simples e inocente. Não havia Robert com medo de machucar. Nem eu tremendo na camisola, escondida debaixo da colcha pesada na expectativa nervosa do desconhecido. Não eram um rapaz e uma moça ainda meio crianças brincando de casinha, ignorantes do que estava para nos destruir em breve.

Estávamos de olhos abertos.

Meus dedos se apressaram em desabotoar a camisa que separava sua pele da minha, em revelar seus ombros, ainda mais largos e fortes agora do que quando os mesmos músculos se flexionaram podando os ramos na pérgola anos antes. Esfreguei meu nariz em sua pele, inalando tudo que me fizera tanta falta. Minhas mãos tremeram sentindo a resistência de seus quadris e os longos tendões atrás de suas coxas. Senti um arrepio quando ele arrancou minha blusa e abriu o fecho de meu sutiã, expondo meus seios para sua boca, depois me levantando e puxando desajeitadamente minha saia até ela cair ao lado da cama.

Não houve troca delicada em nosso amor. Foi tudo sofreguidão e avidez e pressa em chegar ao que não podíamos mais esperar, cada alento encontrando seu par, escalando, gritando ao atingir o ápice. Agonia, exclamação, harmonia discordante.

Depois, ficamos deitados e entrelaçados, úmidos de suor e dos resquícios de nossa reunião, arfando para recuperar o fôlego e diminuir o martelar em nossos peitos.

Robert se encaixou no espaço estreito ao lado da parede e colocou um braço sob a cabeça e o outro sobre meu busto, cobrindo minha nudez com uma listra escura. Tracei meus dedos sobre a cicatriz roxa e enrugada em seu torso, sobre as costelas, na forma de uma letra *A*, imaginando o que ele tinha sofrido por minha causa. Mas ele levantou a mão e afastou meus dedos, como se a cicatriz fosse irrelevante. Então passou os próprios dedos em meu abdômen e eu me enrijeci toda quando se demoraram no vale baixo de pele um tom mais claro do que os platôs que o cercavam – minhas cicatrizes, as que poderiam revelar o meu segredo. Mas ele estava com o olhar voltado para o lado do quarto e eu percebi que não notou nada de diferente sob a ponta de seus dedos, nem estava prestando atenção em nada no quarto em si. Estava, isso sim, estudando a situação, assim como eu, no movimento das partículas de poeira que flutuavam nos raios de sol penetrando pela janela.

Havíamos tomado outra decisão com nossas ações.

Como eu poderia continuar a farsa do meu casamento depois disso? Diante da paixão que eu e Robert compartilhamos, os momentos de prazer tépido cada vez que Max e eu nos uníamos tornaram-se ainda mais pálidos. Max teria de aceitar meu erro, reconhecer que eu havia cedido querendo fazer a coisa certa, enterrando meu amor por Robert. Eu havia avisado que não servia para ele.

Robert e eu nos vestimos, pegando as peças de roupas descartadas no chão, fechando em silêncio botões e presilhas, de volta à vida normal.

Quando ele perguntou se poderia voltar – depois que encontrasse aquele lugar onde eu poderia esperá-lo –, a resposta foi clara. Fiquei de pé à sombra da varanda, seguindo-o com o olhar, como fizera com meu marido aquela manhã.

36
Dorrie, Dias Atuais

DEIXAR O RECADO PARA TEAGUE acalmou meus nervos. Já a imagem do reencontro de Miss Isabelle e Robert me deixou ao mesmo tempo reanimada e ansiosa. Pusemo-nos a caminho. Eu vestida em minha calça e blusa finas, e Miss Isabelle em um vestido elegante que revelava a figura formosa que ainda possuía aos quase noventa anos de idade. Eu tinha me apaixonado por essa palavra no dia anterior – horizontal dezenove, sete letras: "delicadamente linda". *Formosa*.

Não estávamos longe da casa funerária – ficava do outro lado do rio, em Covington – e estávamos adiantadas. Miss Isabelle pediu para fazermos um desvio no caminho. Me mandou ficar de olho para tentar localizar um florista ou um mercado mais refinado que pudesse ter uma seção de flores.

– As pessoas não costumam mandar os arranjos para o velório? – perguntei. – As pessoas chegam levando flores? – Eu não tinha certeza de que era certo.

– Dorrie, por favor, faça o que estou pedindo. Preciso de flores.

Tivemos sorte. Antes que eu pudesse soletrar Cincinnati dez vezes, logo depois de atravessar a ponte de dois andares para Covington, espiei uma floricultura em um prédio antigo na rua principal. E mais sorte ainda: a loja só ia fechar dali a quinze minutos.

– Vai entrar? – perguntei.

– Não. Compre um buquê simples, mas elegante. Nada extravagante. Uma dúzia.

– De rosas? – Isso parecia fácil.

– Sim. Rosas vermelhas, se tiverem.

– Em um vaso?

– Embrulhadas.

Agora eu fiquei preocupada de verdade. O que fariam com flores embrulhadas em uma casa funerária? Talvez ela estivesse contando que houvesse vasos, ou talvez pensasse em levá-las para casa em vez de deixá-las. Ela era austera, mas não a ponto de economizar em um vaso.

Segui suas instruções e logo estava de volta ao carro, depositando as flores com cuidado no banco de trás para não amassarem no caminho. O vendedor disse que tinham chegado ao final do dia. Eu peguei as melhores antes de qualquer outro tocar nelas. Eram lindas e seu perfume preenchia o carro.

Arrancamos e atravessamos o centro de Covington. Passamos por quarteirões de prédios antigos, alguns em bom estado e reformados, com lojas abertas, outros vazios e com tapumes nas janelas. Entramos em uma área mais residencial. Casas antigas e cansadas misturadas a pequenos negócios de família, bares, minimercados e terrenos baldios onde prédios haviam sido demolidos. Eu não sabia por que alguém escolheria morar ali, mas então via uma casa histórica enorme ou uma escola e imaginava como devia ter sido lindo antes e ainda poderia voltar a ser algum dia. Lembrava-me de partes de Dallas e Fort Worth. Aos poucos, a cor das pessoas nas ruas mudou, embora o cenário continuasse o mesmo. Miss Isabelle disse que estávamos no lado leste da cidade, a região tradicionalmente afro-americana de Covington. No semáforo, paramos em frente a uma residência antiga convertida em uma casa funerária.

– Lá está – disse Miss Isabelle, apontando. – Mas temos uma última parada antes de chegarmos. Estamos adiantadas.

Não fiz perguntas. Continuei em frente. Logo paramos diante do portão de ferro do Cemitério Linden Grove. Miss Isabelle olhou para

As cores do entardecer

um papel que retirou da bolsa e entregou para mim. Era um mapa. – Você consegue achar isso? – perguntou, indicando um jazigo numerado com um círculo desenhado a lápis em volta. Estudei o mapa e olhei para o portão e outros marcos reconhecíveis para ter certeza de que poderia localizar o túmulo. Miss Isabelle segurava a alça da bolsa com força. Seu humor vinha variando o dia inteiro e tinha mudado de novo. O ambiente dentro do Buick era solene agora, pesado, com lágrimas não derramadas.

Minha perplexidade aumentou ao dirigir pela rua estreita até a seção onde ficava o túmulo que ela buscava. Talvez ela quisesse ver antes o local do enterro. Talvez a casa funerária já tivesse armado um toldo sobre o túmulo recém-escavado.

Não tinha toldo nenhum. Estacionei o mais perto que pude, então insisti que Miss Isabelle segurasse meu braço. Andamos até uma lápide grande com um sobrenome gravado nela. Estava cercada de lápides menores, algumas mais novas do que as outras. Ela carregava as rosas no outro braço. Eu me ofereci para levá-las, mas ela recusou como se elas a apoiassem pelo outro lado.

Então, parei. De repente, me senti tonta. Miss Isabelle soltou meu braço e continuou sozinha. Ela parou, inclinou-se cuidadosamente, apoiando-se no topo do memorial de granito, abaixando-se para colocar as rosas com delicadeza na base de uma lápide pequena. Aprumou-se de novo e deu um passo para trás, contemplando-a ao meu lado. Baixou a cabeça, permaneceu de olhos fechados um tempo, respirando devagar como que lutando para manter a compostura.

Na pedra, escritas em baixo-relevo e com as bordas erodidas pelo tempo, estavam as palavras: *Robert J. Prewitt, filho e irmão amado.*

37
Isabelle, 1943

CORRI AS MÃOS PELA BARRIGA, estudando o leve inchaço sob meu umbigo. Passei para os seios e me encolhi com a sensibilidade deles, reagindo ao menor toque. Já havia sentido isso uma vez. Refiz os cálculos em minha cabeça. A mulher devia sentir-se plena de felicidade e realizada ao perceber que está grávida.

Eu havia passado por isso uma vez. Dessa vez, senti apenas medo.

Da primeira vez, minha felicidade se transformara em pesar quando não pude compartilhar a notícia com Robert, depois em fúria com minha família por me separar do pai do meu bebê e, de tantas maneiras, da criança em si.

Dessa vez, ninguém se apressaria em arrancar essa criança de meus braços – pelo menos, não na mesma hora. Eu não sabia quem era o pai. Queria acreditar que era Robert, pois fiz amor com ele sem pensar em me prevenir contra uma gravidez. Havia evitado Max nas semanas seguintes, dando uma ou outra desculpa sempre que ele chegava perto na cama e tocava seu pé no meu, nosso sinal passivo, silencioso. Mas houve uma noite antes de Robert – eu fiquei com raiva, mas Max foi cautelosamente otimista quando percebeu que seu preservativo havia se deslocado, deixando escapar sua semente em mim.

Eu era inteligente o suficiente para ter evitado esse dilema. Perguntava-me se não fora meu subconsciente que me trouxera a esse ponto. Por mais que eu não quisesse estar grávida. Sabia que perder outro bebê seria meu fim. Eu faria o que fosse preciso para essa criança nascer forte e saudável.

Mas era mais do que um dilema. Era uma encruzilhada. Robert enviara notícias havia apenas alguns dias – um envelope simples endereçado a mim com um remetente falso como se fosse uma amiga. Ele estava vindo me buscar. Encontrara um lugar onde eu poderia viver sem ser incomodada até ele voltar da guerra. Alternei entre a euforia e o medo ao ler sobre seu plano.

Agoniei-me pensando em como contar ao Max. Como ele iria reagir quando eu dissesse que ia embora? Ele ficaria enfurecido, exigindo explicações e me condenando por enganá-lo, por permitir que me sustentasse enquanto eu planejava abandoná-lo. Minhas horas na loja do Sr. Bartel haviam se reduzido a quase nada, enquanto Max fazia hora extra para pagar a hipoteca, as contas e pôr comida em nossa mesa.

Ou ele ficaria em silêncio, sua dor se revelando apenas em seu aturdimento, assistindo sem palavras enquanto eu deixava para trás o que ele construiu com tanto amor, sabendo que nunca lhe dera meu coração?

Eu quase desejava a primeira possibilidade, mas, conhecendo Max, acho que seria a segunda. Eu me sentiria pior ainda. Ele era um bom homem, sem dúvida. Nunca tivera a intenção de dizer uma palavra rude contra mim. Fora paciente com meu investimento vagaroso em nossa vida conjugal, mas duvido que suspeitasse que eu o trocaria com tanta facilidade por outro homem.

Agora, pensei, havia uma nova peça na engrenagem de nosso casamento: um bebê. Uma criança que Max iria acolher e amar, que teria orgulho de carregar nos ombros para ver por cima da multidão. Ele ensinaria seu filho – eu logo senti que esse bebê seria um menino – a andar de bicicleta e lançar uma bola de beisebol. Ele assumiria cem por cento a paternidade.

Se o filho fosse dele.

As cores do entardecer

E se não fosse? Se eu ficasse? Se a criança surgisse, primeiro parecida com qualquer outro bebê recém-nascido, pálido e coberto de vernix leitoso, chorando e ficando vermelho à medida que o ar preenchesse seus pulmões, e depois assumisse a tonalidade mais morna de outra etnia?

Max não teria escolha a não ser me expulsar de casa, me jogar na rua, onde eu teria de fazer por onde para sustentar a mim e ao bebê se não conseguisse achar Robert de novo, enfrentando horrores inomináveis como mãe solteira de uma criança mestiça. Estremeci ao pensar que eu poderia ser forçada a apelar para uma vida de prostituição, vendendo meu corpo para manter vivo meu filho, pois quem iria me contratar?

Por outro lado, e se eu partisse com Robert e o bebê fosse de Max? Meu filho seria exposto ao ridículo e a constantes ameaças físicas daqueles que não conseguiriam ver além da pele de seu padrasto. Cresceria à margem de ambas as sociedades – a branca, que o puniria pelo pecado da mãe, e a outra, que poderia desconfiar dele mesmo que vivendo ali desde o dia de seu nascimento.

Considerei os dois caminhos e entendi que, no final das contas, só havia uma solução – a que era melhor para meu filho.

Os olhos de Robert, quando veio me buscar, se encheram de mágoa. Enquanto eu explicava, ele deu um passo para trás como se temesse não conseguir conter a fúria se chegasse perto demais. Ele não tinha como saber o quanto minha decisão me devastou. Os cacos afiados de meu coração não eram visíveis.

– A pele da criança é o que vai determinar nosso futuro? – perguntou. – Eu o amaria, Isabelle. Você sabe que sim. Mesmo que não seja do meu sangue, eu cuidaria dele. O que quer que seja parte de você é parte de mim.

Mas eu não podia fazer isso com Max ou com o bebê. Eu havia tomado uma decisão equivocada ao me casar com Max, ao não explorar todas as possibilidades para reencontrar Robert, mas não poderia roubar de Max o seu filho.

– E se ele descobrisse que eu tive um bebê? – perguntei. – Não acha que ele viria atrás do filho? Ele nos deixaria criar um filho que pertencesse a ele?

Eu sabia que, se fosse provocado o bastante, Max iria reagir. Se descobrisse que seu filho fora levado, por mais dócil que fosse, não ficaria quieto. Ele não entregaria seu filho.

Antes de partir, Robert fez uma promessa. – Eu vou voltar, Isabelle. Um dia você vai olhar e eu vou estar descendo a calçada de novo, vindo aqui para ter certeza de que você não está criando nosso filho sozinha.

Ele deu um passo à frente de novo. Eu sabia que ele queria me segurar em seus braços. Eu não aguentaria. Se ele me tocasse, eu fraquejaria. Ruiria e negaria todo o bom senso tão cuidadosamente alimentado nas últimas semanas. Eu partiria com ele e o faria sem olhar para trás. Levantei a mão espalmada. Um aviso e um pedido. – Não.

Seu olhar me destroçou. Nunca imaginei como seria difícil mandá-lo embora de novo. Em outras vezes, família e circunstâncias nos separaram. Eu me agarrara ao resquício do sonho de que um dia iríamos ficar juntos.

Dessa vez eu sabia que o sonho se extinguiria assim que ele se virasse e fosse embora.

Ele se virou, mas, antes de ir embora, disse outra vez: – Eu vou voltar para buscar você, Isa. Eu prometo.

38
Dorrie, Dias Atuais

– MAS ELE NÃO VOLTOU, NÃO FOI, MISS ISABELLE? Ele não cumpriu a promessa.

A segunda linha dizia tudo, embaixo de *Robert J. Prewitt, filho e irmão amado* – a que dizia quando nasceu e quando morreu: *1921-1944*.

Miss Isabelle tirou um envelope da bolsa, o papel puído de tanto manusear. Tive medo de rasgá-lo ao recebê-lo de sua mão esticada. Mas ela insistiu. – Por favor. Eu quero que leia. Quero que saiba quem ele era pela própria mão dele. Não por uma história que contei.

Miss Isabelle sentou-se em um banco de pedra perto do jazigo da família Prewitt. Desdobrei as folhas finas como papel de seda que o envelope encerrava, andando, incapaz de me sentar enquanto examinava a tinta esmaecida, a letra cuidadosa.

> *Isa, meu amor eterno,*
> *Isto significa que estou quebrando minha promessa. Significa que não vou voltar para buscar você ou – se o bebê que carrega for meu – o nosso filho. Se estiver lendo esta carta, rezo para que o bebê seja do Max. Pensar em meu filho crescendo em um mundo que só vê sua pele comparada à da mãe e o trata*

ainda pior do que um menino negro já é tratado sem o pai para protegê-lo, isso me mata.

Eu nunca quis nada mais do que ficar com você e o nosso filho, viver a seu lado o resto de nossas vidas. Mas agora você sabe que não era para ser. Você precisa se contentar em saber que estarei velando você todos os dias, pedindo ao Senhor que a proteja e faça feliz. Isa, não há ninguém como você.

Pedi a Nell, que ainda ama você como uma irmã, que lhe entregasse esta carta caso me aconteça algo. Nell também prometeu que ela e mamãe vão recebê-la de braços e portas abertos, você e qualquer criança que tiver, não importa como ela seja. Elas amam você tanto quanto eu, se isso for possível. Se precisar, procure-as.

Agora, minha Isa, devo me despedir pela última vez.

Nunca, jamais se esqueça de que amei você. Sempre foi você.

Robert.

Achei que ia me asfixiar. Era quase impossível engolir. Por que eu alimentava alguma esperança tola de que as coisas tinham se resolvido para Miss Isabelle e Robert mesmo agora, com a data de sua morte gravada em pedra diante de meus olhos? É como se eu lesse aquela carta achando que a lápide fosse alguma piada, que a qualquer minuto ele surgiria do nada, e ele e Miss Isabelle andariam um até o outro e se abraçariam como um casal de um filme com final feliz.

Sentei-me ao lado de Miss Isabelle, sem palavras, e ela falou.

– Robert prometeu, mas nós dois sabíamos que ele poderia não voltar. Que, quando terminasse o treinamento, ele embarcaria para a Europa se a guerra não terminasse antes. Antes de partir, ele deu a carta para Nell enviar para mim se necessário. Era perigoso até para os médicos na guerra. Eles estavam no negócio de salvar vidas, não exterminá-las, mas não estavam imunes aos ataques inesperados ou não intencionais que aconteciam no campo de batalha. Um bilhete anexo da Nell dizia que os americanos haviam transformado uma área capturada em hospital de campo. Outro médico não vira a ponta de uma mina no chão até Robert se jogar entre ela e seu colega. Meu Robert morreu salvando uma vida, mas voltou para casa como um herói.

Robert morrera na guerra. Não trabalhando na cozinha e limpando o rancho ou transportando suprimentos pelo país como um membro de segunda classe do exército, mas fazendo aquilo que ele queria fazer desde que o pai de Miss Isabelle havia começado a prepará-lo ainda menino. Ele sempre quisera salvar vidas.

Mas isso parecia tão definitivo. Tão triste. Eu mal podia suportar. Achava que eu tinha problemas, certo? Talvez meu filho tivesse feito uma besteira e eu estivesse com medo de chegar em casa e esganá-lo. Talvez eu estivesse morrendo de medo de amar um homem porque acreditava que ele se revelaria um fracassado assim como todos em quem já tinha confiado. Talvez eu tivesse passado por alguns momentos ruins na vida. Talvez estivesse para me tornar avó antes de estar preparada para isso. Ou talvez não. Isso também me faria chorar.

Mas todas as pessoas que eu amava estavam bem ali, na minha casa, esperando por mim, esperando eu poder voltar e ajudar a consertar as coisas ou seguir em frente. Sim, Stevie Júnior disse que o pai de Bailey iria machucá-lo se soubesse da gravidez dela, mas sua compreensão de dor não chegava aos pés do que Robert sofreu nas mãos dos irmãos de Miss Isabelle. Aquela cicatriz horrível que ela descreveu nas costas de Robert... Meu Deus.

Eu não podia imaginar as perdas que Miss Isabelle sofreu.

Dobrei com cuidado a carta e coloquei de volta no bolso com zíper dentro da bolsa dela. Um bolso que eu nunca tinha notado antes. Não espanta que ela tivera medo de alguém pegar sua bolsa. E eu pensando que podia ser comigo.

— Então, o bebê era do Max, afinal? A senhora e ele... Suponho que vocês se arranjaram.

— Dane era filho do Max, com certeza. Eu soube no momento em que nasceu. Você viu as fotografias do meu menino.

Fiz que sim.

— Depois que Robert partiu, Max supôs que eu estivesse deprimida porque não estava preparada para ter um bebê. Ele tinha razão, mas o principal é que eu achava que ia morrer sem o Robert. Havíamos nos reencontrado só para terminar ainda pior do que antes. Eu não conseguia comer nem dormir. Mal me movi os primeiros meses de minha gravidez. Fiquei dentro de casa, deitada na cama ou debruçada sobre o vaso, vomitando quase tudo o que comia nos três trimestres inteiros. Foi um milagre ganhar peso o bastante para manter Dane vivo. Mas ele saiu lutando, forte e raivoso e exigindo que eu o amasse. Ele cobrava a atenção da mãe e eu era obrigada a atendê-lo, alimentando-o e trocando suas fraldas para poupar meus tímpanos de estourarem com seu berreiro. Os vizinhos não faziam ideia de que eu estava grávida até me verem empurrando o carrinho do Dane na calçada sempre que precisava ir até a farmácia ou a biblioteca. Depois disso, passei a ser a vizinha maluca. Não fiz amizades por lá.

– Você ficou feliz por Dane ser branco? Por ele não se parecer com Robert? – Não pude evitar perguntar.

– Foi mais fácil para todos. Não precisei confessar ao Max minha traição. Dane não precisou sofrer o que um filho do Robert teria sofrido naquela época. As coisas mudaram um bocado, mas mesmo hoje em dia acho que haveria momentos difíceis, especialmente ambos os pais sendo brancos.

Concordei com um gesto.

– Para ser honesta, Dorrie, fiquei arrasada. Mais uma vez não fiquei com aquele pedacinho do Robert para me lembrar dele. A carta chegou uma semana antes de Dane nascer. Depois de ler, decidi que não teria forças para dar à luz. Não sabia se me importava de sobreviver eu ou o bebê. Mas Max, ele era um homem *bom*, ele cuidou de mim, nunca questionando por que eu estava tão apática e sem vida por dentro. Ele me fez andar para cima e para baixo nos corredores daquela casa, colocou compressas frescas na minha testa, chamou o médico quando chegou a hora. Ele segurou Dane em seus braços assim que nasceu, amando-o no mesmo instante, do jeito que eu esperava, depois o colocou no meu peito e me fez amá-lo também. Eu alternei entre a raiva e o medo naquelas primeiras semanas; raiva porque nunca mais veria o Robert e

As cores do entardecer

por não ter uma criança para me lembrar dele, e medo de não ser uma boa mãe, de não ser capaz ou não querer cuidar do Dane como deveria. Quando Max viu como foi difícil, nunca mais me pediu para fazê-lo de novo. Uma vez bastou. Para nós dois.

Ela abriu a bolsa para pegar algo tão pequeno que não reconheci até ela colocar na minha mão. – Claro, eu tinha uma coisa para me lembrar do Robert. Ainda tenho.

Era o dedal minúsculo que eu vira em sua penteadeira quando cuidava de seus cabelos. O símbolo improvisado que a esposa do pastor lhes deu no dia em que se casaram.

– Max o encontrou na caixa de correio um dia depois de Robert partir. Não sei quando Robert o colocou lá. Talvez no mesmo dia. Eu não o vi indo embora. Não pude. Teria saído correndo atrás dele, implorando por todo o caminho que não fosse embora, para me levar com ele para sempre.

Virei o dedal com meu polegar. As três palavras diziam tudo.

Fé. Esperança. Amor.

Mas quem estava sendo velado na casa funerária? Ao longo do caminho do Texas a Cincinnati, presumi que fosse Robert. Mas ele estava ali naquele velho túmulo o tempo todo. Alguma outra pessoa esperava pelo adeus de Miss Isabelle.

Nell? Vendo Miss Isabelle dando seus passos curtos e vagarosos até o carro, imaginei-a se despedindo da mulher que fora como uma irmã para ela, disposta a tudo por ela – mesmo que precisasse ignorar o próprio medo.

– E aquele monumento na faculdade? – perguntei a Miss Isabelle depois de entrarmos no Buick. – Achei que queria dizer que Robert tinha terminado a faculdade de medicina.

– Robert completou um semestre de treinamento médico básico na Murray logo antes de embarcar. Seu treinamento e serviço iriam contar para seu diploma e ele teria completado os estudos logo depois da guerra. Ele não foi o único aluno de sua turma que morreu além-mar.

Eu havia concluído que todos tinham se formado. Agora entendia que a lista incluía também os nomes daqueles que teriam terminado o curso em 1946. Perguntei-me quantos outros não voltaram naquele último ano de guerra quando os negros foram enfim aceitos no campo de batalha.

A volta até a casa funerária foi feita em silêncio. Quando desliguei o motor, Miss Isabelle deu a respirada mais funda que já vi na vida. Dei a volta no carro até sua porta e olhei para dentro. Ela parecia não ter forças para sair do carro.

– A senhora vai ficar bem?

– Eu cheguei até aqui, não cheguei?

– Sim, senhora, Miss Isabelle, chegou mesmo.

Chegou mais longe do que jamais imaginei quando partimos de casa.

No interior da casa funerária, ela leu os quadros com os nomes e datas de nascimento e morte dos ocupantes de cada sala de visitação. Quando parou, não reconheci o primeiro nome. Era um nome de mulher, mas não era um nome que Miss Isabelle tivesse mencionado em sua história. Ela nunca chamou ninguém de Pearl.

O sobrenome? Eu já o conhecia bem a essa altura.

Quem era Pearl Prewitt?

Miss Isabelle me contara um último detalhe no caminho. Ela e Max se mudaram para o Texas pouco tempo depois de a guerra terminar. Como ela poderia conhecer alguém que devia ser apenas uma criança quando se mudaram? Por que teria importância?

De repente caí em mim. Achei que não conseguiria entrar com ela na sala silenciosa onde havia um caixão coberto de flores com a tampa aberta para que a pessoa dentro dele pudesse receber as despedidas daqueles que a amaram. Mas eu entrei. Agora, mais do que nunca, Miss Isabelle precisaria de alguém para apoiá-la.

39
Miss Isabelle, Dias Atuais

EU ABSORVO SEUS RETRATOS. Estão expostos em cavaletes. Retratos de Pearl quando era bebê de colo, depois engatinhando, uma jovem e, mais tarde, uma mulher de meia-idade. Finalmente, um instantâneo dela de pé ao lado de uma janela. A figura inerte dentro do caixão se parece mais com esta. Talvez o agente funerário a tenha usado, preparando-a para o enterro.

Ela estava velha. Eu era mais velha, claro, mas cada um de seus 72 aniversários me assombrava. Minha pele é lisa para uma mulher idosa e a dela também era, só que um pouco mais. Ela morreu de repente, de modo inesperado, sem as marcas de anos de doença. Na fotografia recente, seus olhos brilham, alertas, e ela está aprumada, sem demonstrar a hesitação que observo com frequência demais em mulheres de certa idade. No entanto, em seu olhar firme, também percebo décadas de pesar.

Uma leve coloração a identifica como sendo filha de Robert. Sua altura também o lembra – pelo que posso estimar pela fotografia, era uns bons sete a dez centímetros mais alta do que eu –, assim como sua intensidade.

Mas aqui está o que me rasga o peito tanto quanto um bisturi penetrando minhas costelas para extirpar meus pulmões e coração. Pearl se parecia comigo.

40

Dorrie, Dias Atuais

MISS ISABELLE OLHOU PARA A FILHA. Aquela que lhe fora tirada havia tantos anos. Aquela que nunca lhe permitiram segurar nos braços.

Quando entendi quem estava no caixão, tive medo de desmaiar. Segurei o espaldar de uma dessas cadeiras estofadas que colocam nas salas de velórios. Tínhamos chegado trinta minutos antes da hora de início oficial. A sala estava vazia e em silêncio, exceto por mim e Miss Isabelle. Mas agora outra senhora idosa entrou atrás de nós, empurrando um andador pelo carpete. Eu sabia que era Nell – viva – não só pela semelhança dela com Pearl e a idade próxima à de Miss Isabelle, como era óbvio, mas também pelos olhos dela observando Miss Isabelle contemplando a filha perdida.

Miss Isabelle me trouxera com ela porque sabia que eu a amava como uma mãe – e porque sabia que eu seria forte quando ela não conseguisse.

E o momento havia chegado.

Eu entrara na sala atrás dela, mas respirei fundo e me juntei a ela. Ela esticou a mão para mim e eu a peguei e entrelacei em meu braço, colocando minha mão em cima da dela.

Tentei imaginar o que ela estava pensando e sentindo. Era além da minha compreensão. Como a filha dela tinha sobrevivido, essa Pearl

Prewitt, que saíra cedo demais do corpo de Miss Isabelle, pequenina e roxa demais para viver, ou assim dissera a mãe dela? Onde estivera Pearl todos esses anos enquanto Miss Isabelle mantinha sua dor guardada em segredo? Quando Miss Isabelle se casou por conveniência em vez de paixão? Enquanto ela criava um filho que amou e penava pela filha que nunca sequer tinha visto?

Quem fizera isso?

Virei-me para Nell. Queria ir até ela e exigir explicações para o egoísmo de quem quer que tivesse escondido Pearl – em plena vista se meus instintos estavam corretos. Por negarem a Miss Isabelle todas aquelas décadas de maternidade e poder ver seu bebê crescer e se tornar uma linda mulher. Até onde eu sabia, podia haver netos, bisnetos.

Essa fora a parte mais cruel da história.

Porém, quando Miss Isabelle viu Nell, correu para ela o mais rápido que suas pernas de passarinho cansadas permitiam e as duas se abraçaram. Era a imagem de duas irmãs, por mais diferentes que fossem, se unindo em algo tão grande, tão profundo, que eu não tinha como compreender.

Os olhos de Miss Isabelle se encheram e transbordaram, assim como os de Nell. As palavras sussurradas de Miss Isabelle me cortaram até a alma. – Oh, Nell. Ela é tão linda. A vida toda senti sua falta.

Nell mostrou a Miss Isabelle um álbum de fotos que estava colocado ao lado do caixão. Miss Isabelle foi virando as páginas, estudando cada retrato e cada imagem espontânea de Pearl. Em uma, ela levou a mão ao peito e fez um gesto, me chamando para ver.

Assim como o slide que ela havia roubado e guardado, era um retrato de família. Ela apontou para cada um, dando seu nome. Nell e Cora, Irmão James e Alfred e, é claro, a pequena Pearl no colo das mulheres que a criaram, tão juntas que não dava para saber quem a segurava. Só faltava Robert. Ele soubera de Pearl? Sabia que era dele?

Tive de virar a cabeça.

Miss Isabelle ficou em silêncio o resto do tempo, sentada, solitária, em uma cadeira maior do que ela, ouvindo, olhando as pessoas que vieram prestar seu respeito à sua filha e à família dela. Sentei em um canapé ao lado de sua cadeira. Algumas pessoas perguntaram se o lugar ao meu lado estava vago, então estenderam as mãos, apresentando-se como amigos ou parentes da falecida. Eu dizia apenas meu primeiro nome, não oferecia qualquer relação. No fim, eles saíam ou se viravam para falar com alguém.

A maior parte do tempo, Miss Isabelle olhou para o rosto da filha, plenamente visível de onde estávamos sentadas. Ela não conhecia ninguém exceto Nell. Cora já morrera havia muito tempo, é claro. As pessoas olhavam com curiosidade para a senhora idosa branca no canto que se parecia o suficiente com Pearl para deixá-las confusas. Mas Nell não a apresentou; permitiu que Miss Isabelle velasse a filha em paz, evitando explicações constrangedoras.

Exceto perto do fim, quando Nell trouxe alguém até ela. Ela o apresentou como o filho de Pearl. Pearl se casara tarde, embora depois tivesse se divorciado e voltado a usar o nome de solteira. Seu filho estava perto dos quarenta anos, era pai, casado. Uma menina pequena, não mais de quatro ou cinco anos de idade, se agarrava às suas pernas, espiando de trás delas Miss Isabelle com os olhos cor de dia chuvoso – tão parecidos com os olhos dela e de Pearl – até Miss Isabelle sorrir para ela. A criança então saiu de trás do pai e se espremeu na cadeira ao lado dela. Pegou a mão de Miss Isabelle e passou os dedos na pele de suas costas e do antebraço. – Sua pele é macia – ela disse, e eu vi Miss Isabelle estremecer. – Você é minha bisavó? É o que mamãe disse. Você é bonita. Minha avó é bonita também. Ela morreu.

O pai dela tentava se aprumar, deixando a menina se comunicar por ele, enquanto a nora de Pearl observava com os olhos úmidos, felizes-tristes. A menina ficou cochichando com Miss Isabelle depois que seu pai passou para outras partes da sala para falar com parentes e amigos. Acabou dormindo na cadeira, ainda acariciando a pele de Miss Isabelle, às vezes sua bochecha. Quando seus pais estavam prontos para ir embora, seu pai delicadamente a tirou do embalo dos braços de Miss Isabelle. Ela apertou o braço contra o quadril, tentando preservar o calor deixado pelo corpo da menininha.

Fomos embora assim que terminou o velório, voltando cedo para a pousada, onde Miss Isabelle estava cansada demais para pensar em se servir de um lanche da bandeja deixada pelo proprietário. Ela tomou alguns goles de água quente e pediu ajuda para se arrumar para dormir. Mal conseguia levantar os braços enquanto eu desabotoava e abria o fecho de seu vestido com estampa floral. Era a primeira vez que eu a via quase despida. Era tão pequena, parecia tão frágil. Tive medo de que seus ossos se quebrassem se eu não me movesse com cuidado, devagar, ajudando-a a enfiar os braços na camisola e puxando para baixo para cobri-la de novo.

– Obrigada, Dorrie – ela disse. – Você nunca vai saber... Eu não poderia ter feito isso sozinha.

Respondi, apertando de leve seus ombros. – Eu sei, Miss Isabelle. Eu sei.

Ela pareceu cair logo no sono, mas acho que apenas fechou os olhos, descansando naquela cama enorme e macia, imaginando a vida que perdera, talvez apenas cochilando antes de chegar a hora de nos levantarmos e irmos à igreja para o funeral de Pearl.

O serviço foi formal, tranquilo, embora, no momento de ler o obituário de Pearl, os presentes se surpreendessem quando o pastor citou Cora Prewitt como mãe adotiva e Isabelle McAllister Thomas como mãe. Fomos da igreja ao cemitério, onde o caixão de Pearl seria baixado no túmulo ao lado de Robert. A manhã inteira, Miss Isabelle manteve a elegância. Até o momento em que o pastor disse as últimas palavras sobre o caixão. Então senti seu braço tremer no meu e vi seu rosto se contorcer.

Eu nunca vira nada além de lágrimas brilhando em seus olhos durante o velório e em todos os dias que passamos juntas. Agora ela soluçava em silêncio, e ver seu corpo sendo sacudido por tanta dor era aflitivo. Recolhi-a em meus braços, como se eu fosse a mãe e ela, minha filha pequena.

Mais tarde, dirigimos até a casa de Nell. Ela ficara viúva, o Irmão James havia falecido alguns anos antes. Ela ainda morava na mesma pequena comunidade de South Newport onde crescera com Robert em uma casa comprida e estreita que ela e o Irmão James compraram depois de se casarem. Miss Isabelle disse que o bairro não havia mudado muito, mas a igrejinha onde ela encontrara Robert sob a pérgola havia tempos não existia mais, demolida para a construção de um prédio industrial.

As pessoas trouxeram pratos quentes cobertos, pratos de cortes frios, biscoitos e tortas. Dessa vez, algumas abordaram Miss Isabelle, incentivadas por Nell, primeiro de jeito tímido, depois com mais confiança, quando ela sorriu, falando sobre a vida de Pearl, como ela fora generosa. Apesar de sua ascendência nebulosa, apesar de um casamento difícil, enquanto criava uma criança praticamente sozinha, ela havia cuidado de tantas outras. Ela tinha sido professora. Primeiro em uma escola primária segregada em Covington, depois em uma escola integrada durante a era turbulenta dos direitos civis. Além da linda neta de Pearl, os poucos jovens presentes eram filhos e netos de estudantes que ela havia ensinado em um mundo que continuaria a negar seu status pleno de tantas maneiras, mesmo depois que o movimento dos direitos civis fosse apenas uma lembrança remota para a maioria.

Fiquei admirada vendo com que graça Miss Isabelle respondia às palavras desses desconhecidos. Eu? Estaria no chão àquela altura, gritando e espernando pela minha filha perdida e pelos minutos que perdi junto a ela.

Por fim, as pessoas foram embora. A última visita abraçou Nell, embalando-a em sua dor, e saiu. Fora uma das mães substitutas de Pearl, embora Pearl a tivesse chamado de "irmã" a vida inteira.

Nell veio até a mesa da cozinha, onde eu tinha colocado um prato de comida diante de Miss Isabelle. Sem apetite, Miss Isabelle mal tocou no prato. Embora ela já comesse como um passarinho, fiquei preocupada que pudesse enfraquecer. Ela parecia estar definhando diante de meus olhos. Ofereci a ela um café descafeinado na esperança de que o leite que adicionou pudesse lhe dar forças.

Nell se serviu de uma xícara e puxou a cadeira para mais perto. Ficamos as três sentadas em silêncio um tempo. O cheiro de café fresco e o alívio com o fim das cerimônias pairaram sobre nós, misturados à tristeza que pesava desde que entramos na casa funerária no dia anterior.

Depois de alguns minutos, Felícia, a nora de Pearl, voltou, tendo deixado o marido e a filha em casa. Sentou-se ao lado de Nell enquanto Nell explicava tudo o que tinha acontecido. Enquanto preparava uma lista de telefonemas a dar, Felícia descobriu um nome e número na agenda de Pearl. Felícia perguntara a Nell se Isabelle Thomas era alguém a que deveriam avisar sobre o falecimento de sua sogra.

Nell relutou, mas contou a Felícia a história de Isabelle e Robert e, por fim, do nascimento de Pearl. Como tantos outros de sua geração, Nell achou melhor deixar as coisas como estavam, deixar o passado ficar no passado, onde não poderia mais fazer mal a ninguém. Mas Felícia insistiu e Nell concordou que ela devia fazer a ligação. Ela não dera muitos detalhes a Miss Isabelle pelo telefone – havia quase duas semanas, fiquei sabendo. Elas adiaram o enterro de Pearl até Miss Isabelle poder chegar lá, para lhe dar uma chance de absorver o choque e então fazer a viagem. Deus a abençoe, mas ainda assim era difícil pensar em Miss Isabelle recebendo aquela chamada, em como enfrentou sua dor sozinha nos dias antes de me pedir para trazê-la. Como conseguiu? E como tinha conseguido manter a linha durante a viagem, o queixo erguido, a ponto de ser capaz até de rir em alguns momentos?

Senhor, tenha piedade. Ela era mais forte do que eu jamais imaginei – mesmo precisando de mim.

– Depois que Sallie Ames, a parteira, viu Pearl – disse Nell –, ela sabia que o bebê provavelmente era pequeno demais para sobreviver. Sua mãe a fez prometer que a levaria embora para um dos orfanatos negros em Cincinnati. Shalerville, sem dúvida, não era lugar para um bebê negro mesmo que sobrevivesse. Sallie sentiu pena de você, Isabelle. Ela detestou tirar o bebê de você, não lhe dando a chance de ver ou de segurá-la nem por um minuto. Mas ela descobriu onde era o lugar daquele bebê. Não em um orfanato, onde, por ser tão prematura, com certeza morreria. Sallie bateu à nossa porta tarde aquela noite. Estava um calor sufocante, era alto verão; deve ter sido o que manteve Pearl viva nas primeiras horas, além de seu espírito teimoso. Sallie não estava sozinha. – Nell se calou e Isabelle inclinou-se em sua direção, ansiosa por saber quem tinha acompanhado Sallie. Nell parecia estar com medo de continuar. Esperando, meu fôlego ficou preso no peito.

– Era seu pai, querida. Seu pai... seguiu atrás de Sallie, vigiando-a no escuro até ela sair de Shalerville em segurança. Então ele a chamou e os dois correram até nossa casa com o bebê. Sallie já tinha ajudado a cuidar de bebês prematuros antes, é claro, mas o Doutor McAllister, ele sabia das coisas por causa de suas revistas médicas, sabia o que vinham fazendo, mantendo bebês prematuros em incubadoras. As pessoas podiam até ir a exposições públicas e ver os bebês atrás do vidro nas incubadoras. O preço de admissão contribuía para cobrir o custo do tratamento médico. Ele instruiu mamãe a mantê-la quente e próxima a um corpo humano o tempo todo, ensinou a alimentá-la, uma gota de cada vez, com uma fórmula especial que ele preparou. Nós todos nos revezamos com ela, mamãe, papai e eu. Ele aparecia com frequência para examinar a Pearl e trazer mais alimento líquido, pesá-la e detectar qualquer sinal de problemas. Foi por um triz naquelas primeiras semanas, mas aquela menina, ela aguentou, ela lutou com todas as forças de seu corpinho pequenino para sobreviver. E ela sobreviveu.

O rosto de Miss Isabelle ficou branco feito osso enquanto Nell falava. Segurei seu braço, temendo que pudesse desmaiar e cair da cadeira. Ela falou devagar, as palavras saindo aos poucos, lacunas abertas como perguntas entre cada uma. – Meu pai? Eu mal consigo absorver isso, Nell. Eu não sei o que pensar.

Nell balançou a cabeça. – Foi, sim. Ele amava você, Isabelle, e se preocupava com o bebê, sua neta, mesmo não encontrando uma forma de você ficar com ela. Ele era um homem bom, o Doutor McAllister. Mas tinha um grande defeito: medo de enfrentar a sua mãe.

Fiquei pensando quem não teria medo da mãe de Miss Isabelle. Eu não tinha qualquer simpatia por aquela mulher, mas agora encontrei um fiapo de respeito pelo pai – mesmo que se negasse a fazer sua boa ação para que o mundo pudesse ver. Para que a própria filha pudesse ver.

– Por que ele não me contou? – perguntou Miss Isabelle. – Por que escondeu de mim que ela havia sobrevivido? Não importa o quanto era difícil para ele enfrentar minha mãe, ele devia ter me contado.

Nell ficou paralisada. – Que ela tinha sobrevivido? – perguntou. – Quem lhe disse que ela tinha morrido?

Miss Isabelle ficou calada por uns instantes, revendo as memórias. – Eu me lembro com toda a clareza. Mamãe disse: "Foi tão prematuro. Foi melhor assim".

– Oh, querida – disse Nell. Levantou-se, movendo-se com lentidão, dando a volta na mesa até tocar no braço de Miss Isabelle. – Nós pensamos que você não a quisesse. – Seus olhos pareciam aflitos, procurando os olhos de Miss Isabelle.

Eu tinha acabado de levar a xícara até a boca. Coloquei-a de volta na mesa com tanta força que o líquido transbordou. Embora mal conseguisse mover meu braço, forcei-me a pegar o guardanapo de papel para impedir o café de pingar no chão. Miss Isabelle balançava em sua cadeira, os olhos voltados para baixo, obviamente lutando para manter o controle. Nell ficou ao seu lado e eu vi, nesse momento, que até então ela estava se resguardando. Toda a sua reserva se perdeu em um instante e em seu lugar ficou apenas pesar.

Felícia puxou a cadeira de Nell para junto de Miss Isabelle e fez Nell se sentar. A voz de Nell tremeu ao continuar.

– Antes de Sallie deixar sua casa, sua mãe lhe deu um bilhete selado e lhe disse para entregar junto com o bebê. Sallie o colocou dentro do cobertor que tinha embrulhado em volta da Pearl e nós só o achamos depois. Ele dizia: "Eu não quero essa criança. Por favor, não tentem entrar em contato comigo".

Tinham todos acreditado que ela não queria Pearl. Pensei na vez em que Miss Isabelle encontrou Nell no mercado e como ela fora fria e indiferente. Miss Isabelle achou que foi por causa de todos os problemas que havia causado. Mas era muito mais do que isso.

– Eu a queria. Ah, como eu queria. – A voz de Miss Isabelle tremeu. – E meu pai sabia. Por que não me contou?

– Ele nunca viu o bilhete, mas, se tivesse visto, acredito que teria medo de que você fosse atrás dela. E, aqui entre nós, Isabelle, se você fizesse isso, acho que sua mãe teria tornado a vida ainda mais miserável para todos nós.

Já tínhamos perdido nossos empregos, embora estivéssemos bem então; papai tinha ganhado um aumento e eu estava recém-casada e iniciando minha família. Mas acho que seu pai não tinha medo só de sua mãe. Ele temia pelo Robert, de verdade. Já foi ruim o bastante o que seus irmãos fizeram, mas acho que eles teriam matado Robert se tivesse um jeito de burlar a lei. Não era tão difícil naqueles tempos. Homens e jovens negros morriam por muito menos. *Olhar* para uma mulher branca do jeito errado já era considerado um crime. Engravidar uma mulher branca? Isso seria demais. Eles teriam gente fazendo fila para linchá-lo. Mal conseguimos acreditar que você não a queria. Isso quase nos matou de tristeza, mamãe e eu. Mas, querida, acho que acabamos aceitando que, no final das contas, era melhor assim.

– Ela sabia de mim enquanto crescia? Meu nome, ele estava na agenda dela...

Pearl. Miss Isabelle queria saber o que sua menininha sabia sobre a mãe.

– Nós nunca falamos abertamente sobre isso enquanto mamãe estava viva. Não havia por quê. E, claro, era assim naquela época, esse tipo de coisa acontecia com mais frequência do que se pode imaginar. A história era que Sallie Ames fizera o parto de um bebê prematuro em outra comunidade e a mãe morrera ao dar à luz. Ela nos trouxera o bebê porque mamãe estava desempregada e podia cuidar dela melhor do que qualquer um. Seu pai, ele nos deu dinheiro por muito tempo, provendo para que mamãe tivesse o suficiente para tudo de que Pearl precisasse, comida extra na nossa mesa, roupas e assim por diante, mesmo depois de mamãe voltar a trabalhar e eu começar a cuidar da Pearl durante o dia. Até o dia em que ele morreu, pequenos envelopes apareciam embaixo de nossa porta, cheios de dinheiro, sem nome ou nada, mas nós sabíamos quem tinha deixado e sabíamos para o que era. Antes de ele morrer, veio uma pilha de dinheiro, o suficiente para mandar Pearl para a faculdade. Assim, mamãe pôde criar aquela menininha como se nossa casa fosse a casa dela e mamãe fosse a mãe dela.

– Tenho certeza disso – disse Miss Isabelle. – Cora foi uma mãe melhor para mim do que a minha. Sou grata a ela. Mas eu queria ter sabido sobre a minha filha. Todos aqueles anos eu pensei que ela estivesse morta. E Robert? Ele sabia?

– É difícil dizer, mas acho que devia saber. Robert não voltou mais para casa depois que vocês dois fugiram. Só ficou alguns dias quando... o feriram. Ele trabalhou em Cincy até voltar para a faculdade no outono. Depois que se alistou, quando veio de licença em casa, ele disse a mamãe que tinha encontrado você e que queria deixar você com ela até acabar a guerra. Acho que ela teria dito a verdade sobre a Pearl então, ela estava com dois ou três anos e era a imagem perfeita dos dois, mas mamãe sabia que ele precisava ir, precisava servir seu país. Acho que ela pensou que não tinha como contar apenas metade da verdade, que a Pearl era dele, sem contar o resto, que você tinha desistido dela, ou assim acreditávamos. Isso o teria destruído. E então, claro, você não veio. Era o que esperávamos, apesar do que ele tinha dito.

Mas, se Miss Isabelle tivesse ido com Robert, ela teria ido para onde sua menininha morava com todas as pessoas que a amavam – exceto pela própria mãe. Compreendi o raciocínio de Nell de como teria sido perigoso antes, mas, àquela altura, teria importado?

Como saber? Foi uma confusão tão grande, e há tanto tempo, nada poderia consertar as coisas agora. Mas acho que Miss Isabelle estava prestes a transbordar de emoção por dentro. Fiquei preocupada com seu coração, tanto no sentido figurado quanto no literal. Ela levou as mãos até o peito e respirou devagar, para dentro e para fora. O sofrimento em seus olhos parecia embaçá-los e revelar sua dor ao mesmo tempo.

Depois que mamãe morreu – continuou Nell –, quando Pearl já estava crescida, eu contei a ela sobre você e Robert. Ela disse que sempre suspeitara de que houvesse coisas que mamãe não tinha contado para ela, mas tivera medo de investigar. Ela suspeitava, pela cor de sua pele e de seus olhos, que um de seus pais era branco. Ela se parecia bastante conosco e havia tempos especulava que Robert pudesse ser seu pai. Ela costumava estudar as fotografias dele, comparando seu rosto ao dela.

– Eu nunca disse que você não a quis. Achei que seria cruel demais, embora isso me preocupasse o tempo todo se não seria um erro. Fico feliz por isso hoje. Então deixei nas mãos dela decidir o que faria a respeito, Isabelle. A escolha era dela. Pearl disse que tinha achado você no Texas. Disse que tinha começado a ligar para você algumas vezes, chegou a discar seu número e esperou atender. Mas, quando você atendeu, ela não teve coragem de falar. Acho que ela devia ter medo de que você a rejeitasse, uma mulher branca que descobrisse de repente que a filha negra estava viva? Ela também se preocupava com sua família. Seu marido. Outros filhos que podia ter tido com ele. Ela era feliz com a vida que tinha, com o filho, com as coisas que fazia e como ensinava seus alunos. Acho que era mais curiosidade e, no final, ela decidiu deixar as coisas como estavam.

– Eu me lembro – disse Miss Isabelle, seus olhos focalizando algo que Nell, Felícia e eu não podíamos ver. – Por cerca de um ano, o telefone tocava, eu atendia e só se ouvia silêncio do outro lado, mas eu sabia que tinha alguém lá. Nunca imaginei que fosse ela. Tinha ideias malucas, de que o Robert não tinha morrido. De que ele estava me ligando para dizer que vinha me buscar.

– E estava, de certa maneira – comentou Nell, e a expressão no rosto de Miss Isabelle tirou meu fôlego.

– Queria que ela tivesse falado. Ah, como eu queria que tivesse falado. Teria dado qualquer coisa para conhecer minha filha. – Nell puxou as mãos de Miss Isabelle para si e segurou-as enquanto as duas choraram em silêncio, juntas.

Ficamos sentadas mais um bocado, Miss Isabelle e Nell pensando no passado e como poderiam tê-lo mudado. Eu esperando e torcendo que Miss Isabelle sobrevivesse a essa última bordoada. Felícia levantou-se e começou a arrumar a cozinha, passando um pano no balcão e empilhando nossas xícaras quando recusamos mais café.

Ao nos prepararmos para ir, Miss Isabelle e Nell se abraçaram por um longo momento. Acho que ela sabia que Nell sempre havia procurado fazer o que era melhor para ela – havia procurado proteger, Robert e Pearl e a própria Miss Isabelle do perigo da verdade. Os tempos eram diferentes então. Que fardo Nell deve ter carregado todos aqueles anos.

À porta, Miss Isabelle segurou a mão de Felícia entre as suas e olhou em seus olhos, agradecendo por trazer tudo à tona, fazendo-a prometer que enviaria fotos da preciosa menininha que já tinha cativado seu coração, talvez até visitá-la no Texas, embora eu tivesse minhas dúvidas de que isso fosse acontecer. Como fariam para recuperar todos aqueles relacionamentos, a essa altura, sem uma vida em comum para servir de base? Embora fosse educado e gentil com Miss Isabelle, o filho de Pearl não parecia saber como agir ou o que pensar. A breve conversa dos dois fora titubeante, terminando em muitas perguntas não feitas e respostas não dadas. Mas acho que Miss Isabelle ficou feliz em saber que naquele homem, e naquela linda menina e quaisquer outras crianças que estivessem por vir, o amor que ela e Robert compartilharam tinha, afinal, um legado. Apesar de tudo, era mesmo para ter acontecido.

Quando liguei o carro, fiz a Miss Isabelle a pergunta que vinha me incomodando desde que chegamos à casa funerária. – Por que não me disse que era sua filha, Miss Isabelle? Por que não me disse antes de partirmos de casa?

– Eu simplesmente não conseguia falar sobre isso no começo, Dorrie. Só o que consegui foi contar minha história como eu a conhecia antes. Então começaram a acontecer coisas em casa, seu problema com Stevie, suas preocupações com Teague, e eu tive medo de que, se soubesse sobre a Pearl, você fosse se recusar a voltar para casa mesmo que fosse preciso. Você se sentiria obrigada a continuar na estrada comigo.

– Oh, Miss Isabelle – exclamei, balançando a cabeça. – Às vezes você só precisa pedir o que precisa. Mas obrigada.

Deixamos a casa de Nell para trás e Miss Isabelle ficou olhando a noite cair pela janela.

41

Dorrie, Dias Atuais

SAÍMOS DE CINCINNATI NA MANHÃ SEGUINTE por um caminho diferente daquele pelo qual chegamos. Em vez de atravessar a ponte principal para o Kentucky, Miss Isabelle me fez rumar de volta para Newport, para o lugar onde Nell morava antes, mas dirigimos na direção contrária pela estrada principal até chegarmos a uma placa:

BEM-VINDO A SHALERVILLE

– Era ali que ficava. – Ela apontou com um dedo trêmulo o outro lado da estrada. Agora, um enorme carvalho era a única coisa ao lado da placa de boas-vindas. Imaginei-a em minha mente, a placa que teria me impedido de cruzar o limite da cidade depois de escurecer aqueles anos todos atrás – e nem era um passado tão distante assim. Miss Isabelle achava que talvez a placa tivesse sido retirada por volta do fim dos anos 1960. Mas Nell nos dissera que quase nenhum negro morava mais por aquelas bandas hoje em dia, exceto por uma pequena população em Newport e uma cidade pequena que tinha uma universidade.

Em casa, no Texas, mesmo sem qualquer placa à margem da estrada, eu ainda não estaria segura atravessando algumas cidades, ainda mais à noite – Deus que me ajudasse se furasse um pneu e eu tivesse que sair andando. Havia muitas pequenas comunidades assim perto da minha cidade natal, no leste do Texas. Até onde eu sabia, devia ter lugares assim perto da cidade grande onde eu e Miss Isabelle morávamos. Essas pequenas cidades de pôr do sol haviam surgido por toda parte – ao norte e ao sul da Linha Mason-Dixon e ao leste e ao oeste da Divisão Continental. Podiam não ser tão evidentes quanto naquela época, talvez não fosse mais politicamente correto expulsar alguém de sua cidade por causa da cor da pele, mas isso não impedia as pessoas.

Subimos a rua principal da cidade natal dela, então Miss Isabelle me guiou para outro cemitério – o maior e mais enladeirado que eu já vi. Lápides pontilhavam todos os espaços possíveis, não importando quão íngreme. As ruas estreitas subiam e desciam e davam a volta nas colinas em todas as direções. Um prédio antigo de pedra se erguia no topo de uma das colinas. Outro, em um ponto mais baixo, abrigava cortadores de grama e ferramentas de jardinagem. Trabalhadores ocupados em tarefas diversas nos ignoraram enquanto passamos de carro pelas ruas minúsculas dessa cidade povoada de mortos.

Dessa vez, Miss Isabelle sabia aonde ia. Pediu que eu parasse primeiro em um canto isolado. Ficamos no carro, mas ela apontou para uma pequena lápide tão escurecida pelo tempo e umidade que não era possível ler o que estava escrito nela de onde eu estava.

– Aquela é a Tia Bertie – ela disse. – Uma vez, quando eu ainda era menina, segui minha mãe até aqui. Ela não sabia que eu estava a apenas alguns passos atrás dela ao subir a rua para cuidar do túmulo da irmã. Eu nunca saberia onde estava enterrada de outra forma.

Ela observou o túmulo por um momento e, quando falou, sua voz tremeu um pouco. – Eu me escondi atrás de uma árvore e fiquei olhando. Minha mãe deitou-se sobre o túmulo e chorou, Dorrie. Foi a única vez que a vi chorar.

Instantes depois, paramos do lado da estrada e estacionamos. Ela apontou para um marco de família. McAllister.

– Pode me ajudar, Dorrie?

Ajudei-a a sair do carro, algo mais difícil a cada vez que tentava. Ela tinha comprado uma bengala durante a viagem, mas tinha se recusado a usá-la até então, insistindo que eu a deixasse na mala. Dessa vez, ela quis usá-la. Andamos até o mais próximo possível do marco, mas tivemos de manter uma pequena distância. Os nomes da mãe e do pai dela estavam gravados em lápides próximas, assim como os de Jack e de sua esposa. As pedras estavam desaprumadas sobre as bases de concreto rachadas, a de sua mãe tombando em um ângulo obtuso na grama. Miss Isabelle estalou a língua. – Aqueles anos todos, mamãe achava que éramos melhores do que todo o resto da cidade. Agora, veja só, ninguém sequer cuida de seus túmulos. – Mas seus olhos estavam mais uma vez carregados de emoção. Passou um minuto, ela sussurrou algumas palavras e eu tive de me esforçar para ouvir e entender. – Obrigada, papai. Obrigada por ajudar minha menininha a viver.

Lágrimas me calaram, apertando minha garganta.

Dirigimos o dia inteiro até de noite, parando apenas para colocar gasolina, ir ao banheiro e comprar guloseimas – era só o que Miss Isabelle aceitava comer. No caminho, ela folheou, sem interesse, as páginas de suas revistas de palavras cruzadas, quando pedi que lesse algumas dicas. Fingi que estava com sono e que precisava de sua ajuda para ficar acordada.

Perto de Memphis, ela contou o que aconteceu depois que Dane nasceu. A companhia de Max expandiu-se e lhe ofereceram uma promoção e um aumento, mas teriam de se mudar para o Texas. Miss Isabelle disse que não teve qualquer dificuldade em deixar o lugar onde tudo parecia provocar memórias dilacerantes.

No Texas, eles viveram uma vida tranquila. Ela e Max brigavam, mas mantiveram o casamento. Uma vez, contudo, pouco depois de se mudarem para o Texas, Max não escondeu que viu uma mulher duas ou três vezes, alguém que conhecera em uma festa do escritório. Miss Isabelle não reagiu. Achou que não tinha o direito, ainda se sentia culpada por enganá-lo tantos anos antes. O caso esfriou quando Max percebeu que nada mudaria. Ele só estava tentando chamar sua atenção. Ele terminou tudo e voltou a dedicar toda a sua atenção a Isabelle e ao lar. Eles se acomodaram em uma vida sem maiores incidentes dali em diante, à parte um breve período em que Dane serviu no Vietnã. Ele voltou são e salvo, embora cínico.

— E quanto àquelas coisas importantes que você disse ao Robert que faria, Miss Isabelle? Você fez alguma daquelas coisas que sonhou há tantos anos?

— Ah, Dorrie, na verdade, não. Nada muito importante. Tentei ser uma boa esposa e mãe.

Falamos do bairro onde moraram, no extremo leste de Fort Worth. Uma comunidade nova e próspera quando se mudaram para lá, Poly Heights decaiu à medida que o perfil racial começou a mudar. Isabelle e Max ficaram mesmo quando o êxodo branco estava no auge. Eu percebi que ela era respeitada em sua comunidade, mesmo que não dissesse. Ela fazia trabalhos voluntários, dava aulas de reforço para as crianças, ajudava crianças e adultos a requerer cartões de biblioteca e incitava os vizinhos a se registrar para votar. Juntou-se a grupos cívicos para pressionar as autoridades escolares a fazer um esforço maior pela integração nas escolas. As escolas haviam continuado, na maior parte, segregadas em virtude das divisões distritais, mesmo depois de as regras de inscrição mudarem.

Então, a seu modo, Miss Isabelle fez coisas bem importantes — coisas que a maioria das mulheres nem sonharia em fazer. Eu conheci o bairro onde ela e o marido moraram até resolverem se mudar, depois de Max se aposentar, para a casa no subúrbio, menor e mais fácil de manter, onde eu cuidava de seus cabelos agora. Naquela época, Poly era o tipo de bairro que os brancos abandonavam assim que vissem qualquer sinal de diversidade. Era um dos poucos bairros mais antigos de Fort Worth, na maior parte intocado por jovens profissionais, agora que morar na cidade voltara a ser considerado bacana.

Max morreu em paz, enquanto dormia, quase aos oitenta anos. Dane cresceu e mudou-se para o Havaí. Morou e trabalhou lá até falecer, poucas semanas depois de um diagnóstico de câncer. Ele deixou a esposa e duas crianças, que Miss Isabelle quase nunca via quando ele estava vivo, menos ainda depois que morreu e sua esposa se casou de novo. Eles enviavam cartões de aniversário e Natal, mas fazia anos que as crianças não a visitavam e meses desde que falara com elas por telefone.

Ela achava que podia ser culpa sua. – É difícil manter relacionamentos a distância hoje em dia, Dorrie, em particular se já não eram fortes desde o começo. – Ela não sabia se tinha permitido que Dane dependesse dela tanto quanto devia. Ela o havia mantido a distância? Sua capacidade de amar teria sofrido com suas perdas?

– É difícil manter relacionamentos até quando eles estão bem na sua cara – respondi, pensando em meu medo de confiar em homens e no desastre que me esperava em casa. Essas coisas me pareciam quase insignificantes agora. Mas eram problemas meus.

– Eu tive sorte, sabe, Dorrie – ela disse, me pegando de surpresa no dia seguinte. Tínhamos parado afinal em um desses hotéis genéricos de beira de estrada. Estávamos sonolentas demais para conversar no carro naquela manhã. – Eu fui amada por dois homens bons.

Eu pensei a respeito. Tive de concordar. – Espero ter essa sorte algum dia – eu disse –, mas espero não ter que enfrentar tanto desgosto para chegar lá. Um homem bom basta, obrigada.

– Lembre-se disto, Dorrie: tem homens que são má notícia. E tem homens que são bons. E eles já servem. Mas tem homens bons que você ama. Se encontrar um desses, melhor se agarrar a ele com todas as forças.

Ela tinha razão. Eu tinha a sensação de que Teague era um desses. Perguntei a mim mesma se ele tinha ouvido meu recado e se teria paciência para esperar até eu resolver o problema com Stevie Júnior e depois se teria paciência comigo. Porque eu tinha outra sensação. Tinha a sensação de que poderia amá-lo se eu derrubasse as barreiras no meu coração.

Subimos a rampa de sua garagem no fim daquela tarde, cansadas e doloridas. Antes de eu abrir minha porta, Miss Isabelle colocou a mão sobre a minha. – Quando eu soube que Robert havia morrido, achei que minha vida tinha acabado. Passei a amar Max de meu jeito. Dane era um bom menino e eu era uma boa mãe e o amava, é claro. Mas sempre me pareceu que faltava alguma coisa, como se perder minha filhinha e perder Robert houvessem deixado dois buracos no meu coração. Mas aí conheci você e você me aguentou mesmo quando eu era rabugenta e me comportava como uma velha tola. Deus me deu uma bênção. Ele me trouxe uma pequena parte da família que eu havia perdido. Por você, Dorrie. – Ela me silenciou quando comecei a contestar; não porque eu não podia aceitar a honra, mas porque não conseguia acreditar que as coisas que eu tinha feito, tão pequenas, pudessem sequer começar a preencher os vazios em seu coração. – Não me contradiga, Dorrie. Você se tornou uma filha para mim.

As lágrimas brotaram e escorreram de meus olhos. Não pude evitar chorar como uma boba.

– Ora, pare com isso. Está me deixando sem graça. Só amo você como se fosse minha filha, Dorrie. É simples e nada para ficar tão emocionada. Não é como se eu tivesse uma pilha de dinheiro para deixar para você. É provável que eu dê mais trabalho do que valho a pena. – Eu ri meio engasgada e ela bateu em minha mão.

Tirei a mala dela do carro e coloquei a minha no meu carro. Entrei com ela em casa e verifiquei as portas e janelas. Estava tudo em ordem. Deixei as revistas de palavras cruzadas em cima da mesa da cozinha, mas ela me devolveu, dizendo que eu devia ficar com elas como lembrança de nossa viagem. Ela deu uma bufada depois de dizer isso. Mas eu *ia* guardá-las e me lembraria de cada detalhe de sua história quando as abrisse, mesmo com tantos quadrados ainda vazios.

Senti uma diferença ao deixá-la naquela noite, como se ela tivesse mudado durante a viagem, indo de uma velhinha ranzinza que precisava de uma ajudinha extra para uma criatura frágil que eu tinha medo de deixar sozinha. Forcei meus pés a me levarem até a porta.

– Mais uma coisa, Dorrie.

Eu me voltei. Ela se apoiava em uma das cadeiras, que parecia fazer parte de sua sala de estar havia trinta anos ou mais. – Estou despedindo você.

Meu queixo caiu. Como é que é? Eu vinha cuidando de seus cabelos havia mais de uma década. Não tinha jeito de eu parar agora, não importa o que ela dissesse.

As cores do entardecer

– Se você é como uma filha para mim, eu devia estar lhe pagando para vir aqui cuidar dos meus cabelos toda segunda-feira? Você devia fazer de graça. – Ela riu e eu também, embora meu coração desse um salto, assustado com essas pegadinhas que ela tinha mania de fazer comigo.

Ela tirou o chaveiro de dentro de sua bolsa repleta de mistérios. – Tem uma chave extra da casa aqui. Pegue e fique com ela. Você fique à vontade e entre sempre que quiser. Se tiver tempo de cuidar dos meus cabelos quando estiver me visitando, pode fazê-lo.

Levantei os ombros. Ambas sabíamos que eu pretendia aparecer todas as manhãs de segunda-feira para cuidar de seus cabelos, como sempre fizera. E não aceitaria dinheiro dela por isso. – Está bem, Miss Isabelle – eu disse. – Falo com a senhora amanhã.

Houve um momento constrangedor então. Eu devia abraçá-la? Beijá-la? Agora que eu era sua filha honorária, parecia apropriado, mas nenhuma das duas era do tipo afeito a demonstrações físicas de carinho.

Mas talvez algum dia, no futuro, eu a surpreendesse com um abraço rápido e um beijinho na bochecha. Afinal, eu a vira usando roupas de baixo, certo? Que segredos podiam existir entre nós?

42

Dorrie, Dias Atuais

STEVIE JÚNIOR ESPERAVA POR MIM EM CASA, abatido e cabisbaixo, como se eu fosse cair em cima dele e cortá-lo em pedacinhos ali mesmo na sala. Era o que eu devia ter feito alguns dias antes. Mas agora eu entendia o que era mais importante. Isso incluía não afastar meu filho quando ele mais precisava de mim.

– Oi, querido. Como estão as coisas? – perguntei, entrando em casa, arrastando minha mala até o quarto e colocando-a sobre a cama. Deixaria para desfazer a mala depois. Stevie estava estirado em nosso velho sofá. Eu vinha querendo trocá-lo por algo que conferisse mais classe a nossa casa, mas hoje ele parecia aconchegante e confortável. Parecia meu lar.

Stevie levantou-se até ficar sentado e apoiou o queixo sobre as mãos fechadas em punho. Ficou surpreso com minha saudação casual, seus ombros enrijecidos e tensos, como se meu bom humor fosse bom demais para ser verdade.

Sentei na cadeira reclinável ao lado do sofá, igualmente aconchegante e familiar. Minha lista do que parecia ser importante uma semana antes tinha itens diferentes agora. – Bailey falou com os pais?

– Hã, não. Acho que ela não vai mais falar com eles, mãe.

Meu coraçao pareceu parar por alguns instantes, mas voltou a bater entorpecido em meu peito, como se não quisesse, mas iria resistir. Então, era tarde demais para falar alguma coisa. Tarde demais para dizer a Stevie que eu iria apoiar qualquer escolha que fizesse, contanto que tentasse usar ao máximo o cérebro que o bom Deus lhe dera. Suspirei.

– Ela perdeu o bebê.

Virei-me sobressaltada para meu filho. Seus olhos úmidos brilhavam. Eu soube então quanto ele havia levado a sério a situação. Não estava em seus planos, mas agora estava sentindo uma perda que jamais esperava sentir aos dezessete anos de idade.

Levantei da cadeira e sentei ao lado dele, passando meus braços em volta de seus ombros, que me pareceram tão largos, mas eram os mesmos que eu abraçara desde sempre.

– Querido, está falando sério? – Não pude evitar sentir uma pontinha de alívio. Era um sentimento normal, eu acho, a mãe de um garoto que fez uma besteira se sentir aliviada porque as consequências não seriam tão graves. Mas eu senti uma dor maior do que esperava também. Era meu neto, afinal. Mesmo que não estivesse pronta para ser avó, um pedaço do meu legado passou para outro plano sem eu ter a chance de amar o menininho ou menininha.

– Ela começou a sangrar ontem, como uma menstruação mais pesada ou algo assim. Fomos para a emergência. Disseram que ela abortou. Foi cedo o bastante para ela não precisar fazer nada. Simplesmente acabou. Mas, mãe? – Ele olhou para mim, a dor nua em seus olhos. – Isso dói. Eu não sabia que ia doer tanto.

– Ah, meu filho. Eu sei. Eu sinto muito, muito mesmo. – Abracei-o mais forte, seus ombros sacudindo com o esforço de tentar segurar as lágrimas, querendo agir como um homem. – Tudo bem, Stevie. Chorar só o torna mais homem. Acredite em mim.

Uma última onda de soluços percorreu seu corpo como uma tempestade indo embora. Depois de enfim se acalmar e limpar o rosto com um lenço de papel, eu falei.

– Eu não vou mentir. Estou decepcionada, Stevie. Decepcionada por você não ter falado comigo desde o começo, me contado o que estava

As cores do entardecer

acontecendo e o que você achava que precisava. Talvez eu pudesse tê-lo ajudado a tomar uma decisão mais lógica em vez de ir contra tudo o que pensei ter lhe ensinado: arrombar a loja e pegar o dinheiro e, no fundo, permitir que o medo da Bailey o forçasse a fazer escolhas erradas.

– Eu sei, mãe, estou tão...

– Espere. Ouça o que eu tenho a dizer. Também sei que você ainda é uma criança em muitos aspectos. Você ainda vai fazer outras besteiras antes de ficar adulto. Mas quero que se lembre de que, se você me incluir nas decisões sobre as quais não tem certeza, talvez eu possa ajudar você. Sim, são suas decisões e podemos não concordar sempre. Na verdade, acho que vamos discordar muito às vezes. Mas você não precisa fazer sozinho, filho.

Passamos a hora seguinte resolvendo outras coisas – não tão sérias, mas importantes para seu futuro: como abordar o conselho da escola sobre entrar na linha outra vez, como ele pretendia me pagar pelo estrago que fez na porta da loja e no gabinete de arquivos.

Demorei-me abraçando Bebe quando ela chegou da casa da amiga, e, até eu me sentir pronta para a visita que precisava fazer a outra pessoa, as coisas pareciam ter voltado mais ou menos ao normal. Íamos superar o momento.

Perguntei a Teague se ele podia me encontrar na loja. Ele aceitou na hora. Parecia ansioso – como se não só quisesse conversar sobre as coisas, mas talvez tivesse sentido *saudades* de mim. Um homem que sentia minha falta depois de tudo que eu tinha aprontado na última semana talvez fosse um homem que eu devesse segurar.

Ele pulou do carro quando cheguei lá – já tinha estacionado e estava à minha espera. Correu para mim e me deu um abraço tão, tão bom. Então ele levantou meu queixo e me beijou nos lábios.

Foi um beijo tipo bem-vinda ao lar. Um beijo que dizia mais do que qualquer outro beijo. Dizia *Eu gosto de você. Sou um homem paciente. Estou disposto a esperar você resolver isso tudo.*

Sorri. Não pude evitar.

— Vamos conversar. — Ele me conduziu até a porta da loja. Respirei fundo e me preparei para ver o estrago que meu filho tinha feito na porta e no batente.

Uma das primeiras coisas que fiz foi confessar que fumava — estava tentando parar, mas fumava —, só para o caso de eu ter conseguido enganá-lo. Ele riu e disse que vinha esperando eu admitir a verdade. Ele não achava bom, mas também já fora um fumante durante anos. Sabia como era difícil parar, mas estava disposto a me ajudar se eu estivesse disposta a fazer o que era preciso. Eu mal tivera tempo de sentir falta dos cigarros na estrada com Miss Isabelle, mas a primeira coisa que fiz ao entrar em meu carro foi acender um. Claro. Velhos hábitos são difíceis de largar.

Mais tarde, depois de lembrar a ele todas as pessoas por quem eu era responsável em minha vida — meus filhos, minha mãe e até Miss Isabelle —, ele reviu a própria lista. Lembrou-me de que tinha três filhos que dependiam totalmente dele porque a mãe nunca estava por perto, que iam virar adolescentes em breve, com problemas e questões próprias. Lembrou-me também de que tinha um emprego que tomava muito de seu tempo e energia e que às vezes lhe causava muitas preocupações. Como eu. Então me contou sobre outros fardos que carregava e que eu nem sabia.

— A gente não faria um belo par, Dorrie? Eu diria que estamos bem equilibrados. Na verdade, eu ficaria surpreso se você quisesse ficar comigo. Sou um prato cheio.

Eu ri e bati em seu ombro.

— E você confia mesmo em mim? — ele perguntou depois de me abraçar de novo, sentando-se em minha cadeira de cabeleireira e me puxando para seu colo. No passado, eu teria estrilado, achando que ela estava me tratando como uma garotinha em vez de alguém que podia cuidar de si mesma muito bem, obrigada. Mas agora eu entendia algumas coisas sobre o amor. Entendia que ele estava me oferecendo algo que eu não podia deixar passar: um homem bom. Um homem que eu já sabia que amava, mesmo ainda tendo muito que conhecer

As cores do entardecer

um sobre o outro e muita história para construir antes de dizer que era certo.

Então parecia ser uma boa ideia seguir o conselho de Miss Isabelle e pagar para ver para aonde isso levaria minha família e eu. A resposta à pergunta de Teague foi fácil. Dessa vez, eu o beijei.

43

Dorrie, Dias Atuais

MANHÃ DE SEGUNDA-FEIRA. Eu estava cuidando dos cabelos de Miss Isabelle como sempre. Como eu havia prometido fazer, mesmo não tendo dito em voz alta quando a deixei. Ela sabia.

Era diferente agora, é claro. Mais íntimo. O xampu e o condicionador que massageei em seus cabelos os fizeram brilhar. Enquanto esperava os cachos e mechas se firmarem, contemplei sua pele, tão macia e lisa apesar de todos os desgostos e perdas.

Deixei meu pensamento vagar. Quem sabe eu tivesse a mesma sorte. Talvez eu já tivesse enfrentado a maioria de meus demônios na juventude e os anos que me restavam não me envelheceriam tão rápido. Talvez eu fosse gozar o resto de minha vida ao lado de pessoas que eu amava – mesmo se as coisas não saíssem conforme meus planos. Talvez o tempo que Miss Isabelle e eu passamos juntas na estrada tivesse me ensinado a ser uma pessoa mais feliz.

– Acho que vai ficar tudo bem, Miss Isabelle. Meu menino, tenho uma boa intuição sobre ele. Acho que isso tudo o acordou, o susto meteu um pouco mais de juízo nele. Preciso acreditar que ele vai manter os valores que passei para ele e vai usá-los para fazer algo de bom de sua vida. Eu acredito nisso de verdade. Agora, se eu conseguir ajudar Bebe a atravessar os anos dramáticos, vai ficar tudo bem.

Ri para mim mesma, tentando imaginar minha doce Bebe me criando algum problema sério. Era difícil de imaginar agora, mas eu sabia que em algum momento ela me daria trabalho. Eu torcia para que fossem coisas bobas – maquiagem demais ou shorts curtos demais. Mas imaginei que ela também provocaria algumas rachaduras em meu coração antes de terminar de crescer.

– E o Teague. Ai, Miss Isabelle, às vezes acho que ele é bom demais para ser verdade. Fico só esperando ele estragar tudo para poder dizer "Viu só? Eu disse. Não existe isso de homem bom".

Mas ele estava lá no dia em que chegamos em casa de nossa viagem e no dia seguinte também – um domingo, quando precisei de um adulto de verdade para me ajudar a fazer uma das coisas mais difíceis que já tinha feito na vida. Algo que eu não esperava ter de fazer tão cedo, mas que no final não me surpreendeu tanto assim.

Os lábios de Miss Isabelle formavam um sorriso gentil. Eles me consolaram e encorajaram, mais uma vez me dizendo que tudo ficaria bem.

Seus cabelos estavam secos agora, e eu penteei as mechas e os cachos com todo o cuidado, do jeito que ela gostava, emoldurando seu rosto como um halo azul-prateado. Ela nunca fora perfeita – eu sabia disso agora –, mas era a coisa mais próxima de um anjo da guarda que eu jamais teria. Meus olhos lacrimejaram quando pensei em todas as coisas que ela viera a significar para mim. Esperava ter sido uma bênção para ela também.

Usei seu spray favorito para manter tudo arrumado do jeito que ela gostava e dei um passo atrás para avaliar o resultado. Nada mal, disse a mim mesma. Ela estava bem. Estava linda, como sempre. – O que acha, Miss Isabelle? Devo cobrar um extra desta vez? Fiz o meu melhor hoje, sabe? Sim, acho que de fato me superei desta vez. Só porque... – Engasguei ao tentar dizer as últimas palavras.

Só porque eu a amava.

Lembrei-me do que tinha pensado no sábado, quando não sabia se devia abraçá-la ou beijá-la. Dessa vez, não tive dúvidas. Aproximei-me dela de novo, debrucei-me para colocar as mãos em seus ombros frágeis, então a colhi o mais próximo que podia em um abraço. Ela não parecia nem um pouco surpresa. Nem com isso, nem com os beijos delicados que depositei primeiro em sua testa, depois em cada bochecha levemente perfumada com os produtos que usei para pentear seus cabelos, por mais cuidado que tenha tomado para proteger seu rosto.

Passei um dedo em seus lábios, então cobri suas mãos, que estavam entrelaçadas em torno do minúsculo dedal de prata sobre sua cintura, com as minhas. Admirei nossas diferenças uma última vez, o contraste de nossas peles, como a terra fértil e a areia alvejada pelo sol.

Tão diferentes. Tão iguais.

Ouvi um ruído à porta. Levantei o olhar e vi o Sr. Fisher, que esperava pacientemente, mas com uma indagação nos olhos.

– Ela está pronta. Linda como nunca. Aqui entre nós, trabalhamos bem – eu disse.

O agente funerário balançou a cabeça, concordando. Dei um passo para trás.

Ela estava com Robert agora. E Pearl. E, como é bem provável, Max e Dane e todos os outros que a amaram, mas partiram antes.

Acredito que Miss Isabelle *estava* pronta. Dessa vez ela usava um vestido da festa.

Agradecimentos

TENHO UMA DÍVIDA DE GRATIDÃO com tanta gente que mal sei por onde começar. A ordem vai parecer errada, não importa como eu faça isso.

Fui abençoada com agentes literários incríveis. Elisabeth Weed, você foi minha primeira escolha desde o início e ainda não consigo acreditar na sorte que tive por ter você no meu time. A agente de direitos estrangeiros, Jenny Meyer, é nada menos do que mágica. Estaríamos todos perdidos se não fossem suas assistentes, Stephanie Sun e Shane King, que mantiveram as coisas importantes organizadas, assinadas e enviadas nos prazos. Creio que a agente cinematográfica Jody Hotchkiss seja tão fanática por filmes quanto eu, o que é uma coisa boa. Obrigada por se apaixonar por *As Cores do Entardecer*.

As editoras Hilary Rubin Teeman, da St. Martin's Press, e Jenny Geras, da Pan Macmillan, possuem grande sabedoria e exatamente a medida certa de compaixão. Por causa de seu magnífico trabalho em equipe, *As Cores do Entardecer* é mais profundo, amplo, maior e mais verdadeiro. Seu entusiasmo, e o de todos da St. Martin's e Pan Macmillan, é um sonho realizado. A meus editores estrangeiros, fico emocionada e honrada, além de grata por ter tantos leitores pelo mundo.

Kim Bullock, Pamela Hammonds, Elizabeth Lynd, Joan Mora e Susan Poulos, o que eu teria feito sem vocês? Vocês se tornaram mais do que meu grupo crítico e parceiras de blog em *What Women Write*. Vocês são minhas amigas, minhas confidentes e minha bússola ao escrever. *As Cores do Entardecer* teria sido um livro diferente sem vocês.

Outras pessoas foram fundamentais, ao ler as versões iniciais e retornar com comentários sábios ou endossar meus primeiros esforços: Carleen Brice, Diane Chamberlain, Gail Clark, Margaret Dilloway, Helen Dowdell, Heather Hood, Sarah Jio, Beverly McCaslin, Garry Oliver, Jerrie Oliver, Judy Oliver, Tom Oliver e Emilie Pickop. Obrigada a todos vocês.

Minha saudação a todos da Book Pregnant, uma valiosa união de autores iniciantes, por me ajudar a entender o que eu deveria trabalhar melhor e o que deveria deixar de lado. Fico honrada por compartilhar com todos vocês as alegrias e atribulações de dar à luz um livro.

Fico sempre admirada com a generosidade de uma multidão de outros escritores que cruzaram meu caminho literário, incluindo o pessoal da Backspace, The Seven Sisters, Barbara Samuel-O'Neal, Margie Lawson e o pessoal do retiro Mount Hood, em particular Therese Walsh, que me apresentou não só ao grupo, mas também ao meu agente.

Agradecimentos especiais a um grupo de amigos não escritores por me incentivar e torcer por mim o tempo todo. Que algum dia encontremos o porto seguro que todos procuramos, mas, enquanto isso, como sugere o compositor David Wilcox, deixemos que a onda defina quem nós somos. Falando em David Wilcox, obrigada pela sabedoria da Regra Número Um.

Sem a família, seja de sangue, por casamento ou designação honorária, nada disso seria possível. Meus pais, irmãos, sogros e cunhados nunca duvidaram de que um dia eu faria isto que eu amo; é como vivemos nessa família. Gail e Jay Clark têm me amado e apoiado mais do que qualquer um que eu já conheci que não seja família. Eu não poderia ter sobrevivido sem vocês, sério. Meus filhos me ensinaram o sentido do amor verdadeiro desde o momento em que cada uma entrou em minha vida. Heather, Ryan, Emilie e Kristen, seus corações me acompanham aonde quer que eu vá. E meu marido, Todd, meu melhor amigo e verdadeiro cavaleiro de armadura dourada, me permitiu redescobrir minhas

As cores do entardecer

paixões e me concentrar nelas com seu apoio constante e inabalável. Como posso lhe agradecer por assumir, com entusiasmo, a montanha-russa de uma família instantânea por tantos anos?

Fannie Elizabeth Hayes, obrigada por me ajudar a criar a Dorrie, compartilhando comigo mais de uma década de sua coragem, sua compaixão e seu senso de humor enviesado. Que todos os seus sonhos, únicos e incomparáveis, se realizem.

A minha avó, Velma Gertrude Brown Oliver, ainda que não esteja usando seu vestido de festa e talvez não me escute com toda a cantoria, obrigada pelo vislumbre de uma história que conquistou meu coração e o deixou mais em paz. E obrigada, pai, por me contá-la.

Por fim, um recado para meus leitores. Obrigada por lerem *As Cores do Entardecer*. Quaisquer erros a respeito de acontecimentos e locais históricos são exclusivamente meus. Espero que aceitem este romance pelo que ele é: uma história que imaginei sobre coisas verdadeiras. Se vocês moram na rota que Dorrie e Miss Isabelle seguiram, sabem melhor do que eu o quanto as coisas avançaram e quanto ainda falta avançar. Cabe a vocês ser essa mudança.